DONGSUH MYSTERY BOOKS 108

THE EMPEROR'S SNUFF-BOX
황제의 코담뱃갑
존 딕슨 카/전형기 옮김

동서문화사

옮긴이 전형기(全炯基)
서울대 문리대 영문과와 서울대 대학원을 졸업. 서울대·중앙대 강사를 거쳐 한양대 영문과 교수 역임. 옮긴책 존 스타인벡 《분노의 포도》 등.

DONGSUH MYSTERY BOOKS 108
황제의 코담뱃갑
존 딕슨 카 지음/전형기 옮김
1판 1쇄 발행/1977년 12월 1일
2판 1쇄 발행/2003년 8월 1일
2판 3쇄 발행/2010년 7월 1일
발행인 고정일/발행처 동서문화사
창업 1956. 12. 12. 등록 16-345(윤)
서울강남구신사동540-22 ☎546-0331~6 (FAX) 545-0331
www.epascal.co.kr

*

이 책의 출판권은 동서문화사가 소유합니다.
의장권 제호권 편집권은 저작권 법에 의해 보호를 받는 출판물이므로
무단전재와 무단복제를 금합니다.
사업자등록번호 211-87-75330
ISBN 978-89-497-0193-6 04840
ISBN 978-89-497-0081-6 (세트)

황제의 코담뱃갑
차례

황제의 코담뱃갑······ 11

제3의 총탄······ 253

독특한 카의 심리탐정법······ 367

등장인물

이브 닐 밀라말장의 주인, 이혼녀
네드 아투드 이브의 전남편
토비 로즈 이브의 약혼자
모리스 로즈 토비의 아버지, 골동품 수집가
헬레나 로즈 토비의 어머니
재니스 로즈 토비의 누이동생
벤 헬레나의 오빠
이베트 라톨 이브의 몸종
프루 라톨 이베트의 여동생
아리스티드 고론 경찰서장
다모트 킨로스 박사, 고론의 친구, 정신분석의
바톨 검사
에일 솔로몬 변호사
부테 아투드의 주치의

황제의 코담뱃갑

1

 이브 닐은 네드 아투드를 상대로 이혼소송을 제기했으나 네드 측에서는 아무런 반응이 없었다. 이혼소송을 제기한 이유는 네드가 어떤 유명한 여자 테니스 선수와 놀아났다는 것이었는데, 사실 그것은 이브가 이혼소송을 제기할 만큼 그렇게 큰 스캔들은 아니었다.
 그 한 가지 이유로는, 두 사람이 결혼한 곳이 파리의 조르주 5가에 있는 마메리하 교회였으므로 파리에서 이혼수속을 해도 영국에까지 법률 효력이 미치기 때문이었다. 두 사람의 이혼 기사를 영국의 신문들은 1행이나 2행 정도로 가볍게 다루어 주었다.
 이브와 네드가 살았던 곳은 라 반드렛이었다. 이곳엔 좁고 긴 백사장이 있어서 평화시에는 프랑스에서도 가장 많이 알려진 붐비던 피서지였다. 그리고 런던과도 약간의 인연이 있었다. 두 사람에 대해서는 여기저기서 약간씩 화제가 되었으나 아무튼 사건은 그것으로 일단락된 것처럼 보였다. 비록 이혼소송을 제기하긴 했지만 이브로서는 남편과 헤어진다는 것이 남편에게 내쫓기는 것보다 부끄럽게 생각되었다.
 확실히 이러한 생각은 정상이 아니었다. 원만한 성격의 소유자인 그녀에게 있어서는 히스테리 증세가 아닌가 싶었다. 게다가 그 무렵의 그녀는 항상 자신의 아름다운 용모에 대한 세인의 평판과 싸우지 않으면 안 되었던 것이다.
 "글쎄, 내 말좀 들어봐. 네드 아투드와 같은 멋진 사나이와 살려면 그 정도는 각오하고 있어야 할 거야. 안 그래?"
 한 여자가 말했다.
 "하지만 뭐 꼭 그렇게 말할 수도 없다구. 이 여자 쪽 사진을 봐, 어때 예쁘지 않아?"
 상대편 여자가 지지 않으려는 듯이 말했다.
 이브의 그때 나이는 28세였다. 19세에 아버지의 유산으로 랭커셔의 방직 공장 두세 개와 기타의 것들, 그리고 그 아버지의 딸이라는 커다란 긍지를 상속받았고, 25세 때 네드 아투드와 결혼했다. 그와 결혼한 것은 멋진 남자였다는 점과 의지할 데 없는 외로운 사람이라는 것, 또 결혼을 해 주지 않으면 자살을 하겠다고 겁을 주었기 때문이었다.
 이브는 더할 나위 없이 마음이 착했으며 남을 의심할 줄 몰랐다. 그러면서도 겉으로 보기에는 요염한 데가 있었다. 몸매가 날씬한 데다가 키도 커서 방돔 광장에서 레베크가 분장한 요녀 키르케 (Kirke, 호머의 《오디세이》에 나오는 마녀. 마법의 술을 마시게 해 오디세우스의 부하들을 돼지로 변하게 함)와 같았다. 머리는 밝은 갈색이며 숱이 많고 부드러웠다. 그리고 긴 머리채는 어딘지 구식인 듯한 인상의 에드워드조 스타일로 땋아 내렸다. 하얀 피부에 핑크빛 뺨, 잿빛 눈에 미소를 띤 입매는 그런 느낌을 더해 주었다. 프랑스 인에게는 그녀의 그런 스타일이 인상 깊은 듯 이혼소송을 심리하던 판사조차도 그녀를 황홀한 눈으로 바라보았을 정도였다.

프랑스에서는 이혼 판결이 나기 전에 당사자들끼리 대면을 하도록 규정되어 있었다. 그동안 상호간의 불화의 원인이었던 것들이 누그러지지는 않았을까 하는 마지막 기회를 주는 셈이다. 베르사유의 판사 사무실에 앉아 있던 이브는 그날 아침의 일을 잊을 수가 없었다. 파리의 화사한 봄을 잠에서 깨울 것만 같은 마력에 찬 4월의 아침이었다.
친절하지만 날카로운 인상의 구레나룻이 있는 판사는 딴엔 몹시 신중한 표정으로 직무를 수행해 나가고 있었다.
"부인, 그리고 바깥양반께서도 늦기 전에 다시 한 번 생각을 돌이켜 주시지 않겠소?"
네드 아투드는 입을 다문 채 아무 말이 없었다. 그는 지극히 얌전하고 고분고분한 태도였다.
이브도 느껴왔던 대로 그의 그런 매력이 햇살 가득한 그 방에서 더욱 빛나 보였다. 숙취도 그 매력을 앗아가지는 못했다. 우수에 잠긴 듯한 그 얼굴하며 후회의 빛이 어린, 그러나 어딘지 뱃심 좋고 능글맞은 무엇이 감춰져 있었다. 밝은 빛깔의 머리에 파란 눈, 30대 후반을 웃돌면서도 아직 싱성한 젊음을 간직하고 있는 그는 다소곳이 창가에 서 있었다. 이브는 그런 그의 모습에서 지금까지의 스캔들 모두가 이러한 그의 매력 때문이라고 생각했다.
"결혼에 대한 내 의견을 말해 볼까요?"
판사가 말을 꺼냈다.
"아뇨, 괜찮아요."
이브가 가로막았다.
"다만 나로서는 두 분께서 다시 한번 마음을 돌이켜서······."
"나는 마음을 돌이킬 필요가 전혀 없습니다. 처음부터 헤어질 마음은 조금도 없었으니까요."

네드가 쉰 목소리로 말했다.

자그마한 체구의 판사는 휙 돌아서며 위압적으로 말했다.

"바깥양반은 잠자코 계시오! 잘못한 쪽은 당신이오. 부인에게 사과해야 하지 않을까요?"

네드가 망설임 없이 대답했다. "사과하겠습니다. 원하신다면 무릎을 꿇고 용서를 빌 수도 있어요."

네드가 이브 쪽으로 다가가자 판사는 구레나룻을 쓰다듬으며 믿음직한 눈으로 바라보고 있었다. 네드는 용모가 뛰어나기도 하지만 무척 명석했다. 이브는 자신이 이 사나이와 헤어질 수 있을지 어떨지 하여 약간의 동요가 일었다.

"이 사건의 공동 피고는······." 판사는 슬쩍 노트를 들여다보았다. "이 여성이군요, 음······."

판사는 다시 노트를 보며 말했다.

"뷰르밀 스미스······."

"이브, 그 여자와의 일은 모두 뜬소문이라고. 맹세해, 정말 아무 일도 아냐."

네드의 말에 이브는 넌더리가 난다는 듯이 대꾸했다.

"그 얘기는 오래 전에 끝났잖아요?"

"뱃시, 팔머, 스미스 따위는 황소처럼 억센 여자들이야. 내가 어쩌다 그런 스캔들에 말려들었는지 모르겠어. 만일 당신이 질투를 하고 있는 거라면······."

"나는 질투 따윈 하지 않아요. 하지만 당신은 분풀이하기 위해 담뱃불로 그 여자의 팔을 지지고도 남을 사람이에요. 장난삼아 말이에요."

네드의 얼굴이 절망적으로 일그러졌다. 마치 어린아이가 당치도 않은 꾸중을 들었을 때와 같은 표정이었다.

"정말 그런 일 때문에 나를 원망하고 있는 거요?"
"네드, 나는 당신을 조금도 원망하고 있지 않아요. 다만 하루라도 빨리 이 일을 매듭짓고 싶을 뿐이에요. 제발 그만두세요."
"나는 취해 있었어, 내 자신이 뭘 어떻게 했는지도 잘 모른다구."
"이제 와서 그런 것으로 입씨름한들 무슨 소용 있겠어요. 그런 것은 아무래도 상관없다고 말하지 않았던가요?"
"그렇다면 왜 이토록 골탕을 먹이는 거야?"

그녀는 잉크 스탠드가 놓인 금시막인 책상 옆에 앉아 있었다. 네드가 그녀의 손에 손을 얹었다. 두 사람은 판사가 알아듣지 못하도록 영어로 이야기를 시작했다. 그러자 판사는 헛기침을 하고는 고개를 돌려 책장 위에 걸린 그림을 보는 척했다.

이브는 네드에게 손이 잡히자 행여 자신이 네드 쪽으로 강제로 이끌려 가지는 않을까 하여 갑자기 불안해졌다.

확실히 어떤 의미에서는 네드의 말이 옳았다. 그만이 지닌 매력과 현명함은, 어쩌면 자신이 소년과 같은 차디찬 면이 있다는 것을 깨닫지 못하는 데 있었다.

냉혹함…… 이브가 늘 남편이 시치미를 떼는 수단이라고 얕잡아 보았던 장난기 섞인 관념적인 냉혹함이 지금에 와서는 이혼의 원인으로 누적된 것이었다. 그러나 고소의 이유로는 부정 쪽으로 쉽게 결말이 났으며 이는 또한 이혼에 있어서 결정적이었다. 반론을 제기할 여지가 이브로서는 없었으며 이유는 그것만으로도 충분했다. 그러나 네드와의 부부생활을 법정에서 뭇사람들에게 알리느니 차라리 죽는 편이 낫다고 생각되었다.

"남자든 여자든 결혼생활이 첫째입니다."

판사가 책장 위의 그림을 향한 채 말했다.

"이브, 이번만은 용서해 줘."

네드가 말했다.

이브는, 어떤 파티 석상에서 실험심리학자라는 자로부터 그녀가 남달리 최면에 걸리기 쉬운 성질이 있다는 말을 들은 적이 있었다. 그러나 여기서만은 조금도 동요되지 않았다.

네드의 손길이 닿았을 때도 그녀는 동요는커녕 오히려 불쾌하기까지 했다. 네드는 네드 나름대로 그녀를 사랑하고 있었다. 그녀는 문득 이 혼란스러움에서 벗어나기 위하여 '예스'라고 말해 버리고 싶기까지 했다. 그러나 여기서 타고난 착한 성품 때문에, 또는 번거로움을 피하기 위해서 '예스'라고 말해 버린다면, 결국 네드에게 돌아가고 그의 생활 방식이나 친구, 그리고 항상 더러운 구덩이 같은 생활로 되돌아가는 일을 뜻하는 것이라고 생각했다. 이브는 판사의 구레나룻을 보며 웃어야 할지 울어야 할지를 몰랐다.

"안됐습니다만."

그녀는 이렇게 대답하면서 일어섰다.

판사는 일말의 희망을 안고 돌아보았다.

"부인, 당신은…… ?"

"틀렸습니다. 절망입니다."

네드가 대답했다.

그 순간 네드가 지금까지 수차 보여 왔던 신경질을 일으켜 뭔가를 집어던지지나 않을까 하여 이브는 내심 걱정했으나, 네드는 지그시 눌러 참는 것 같았다. 잠시 후 네드는 주머니의 잔돈을 짤랑거리며 이브를 지그시 바라보다가 튼튼한 이빨을 보이며 싱긋 웃었다. 그런 눈언저리에는 자잘한 잔주름이 새겨져 있었다.

"당신은 아직도 날 사랑하고 있어, 그렇지?"

네드는 진심으로 그렇게 믿고 있다는 듯 매우 순진해 보이는 표정으로 말했다.

이브는 테이블에서 핸드백을 집어 들었다.
"내가 그 증거를 보여 주겠어."
네드는 그렇게 말하며 이브의 표정을 보더니 더욱 환하게 웃었다.
"아냐, 지금이 아냐. 당신도 머리를 식힐 시간이 필요하겠고, 아니 그보다도 마음을 따뜻하게 하지 않으면 안 돼. 나는 한동안 어딘가 갔다 오겠어. 그리고 돌아와서……."
그러나 네드는 끝내 돌아오지 않았다.
이브는 세상 사람들의 소문에 신경을 쓰면서도 이웃 사람들은 무시하기로 하고 라 반드렛에 눌러앉아 있었다. 유달리 신경쓸 만한 일이 없었던 것이다.
앙주 거리의 밀라말장에서 일어난 일 따위는 누구도 관심을 갖지 않았다. 라 반드렛과 같은 피서지가 활기를 띠는 때는 짧은 사교적인 시즌뿐이었고, 그곳을 방문하는 미국인이나 영국인은 카지노에 돈을 날리러 올 뿐이므로, 이를테면 호기심의 진공 상태라고도 할 수 있었다. 이브 닐은 앙주 거리에서는 아는 사람이 전혀 없었다.
봄이 지나고 여름이 오자 라 반드렛에는 피서객들이 떼 지어 몰려들었다. 이상한 모양의 창문이 달린, 페인트를 잔뜩 칠한 집들은 월트 디즈니의 만화 영화에 나오는 거리 같았다. 대기는 소나무 향기에 가득 차 있고, 무개마차가 말발굽 소리와 방울 소리를 내며 큰길을 오고갔다. 카지노와 나란히 있는 두 채의 커다란 호텔, 돈존과 브리타니는 화려한 천막을 치고 고딕풍의 탑을 하늘 높이 세워 놓았다.
이브는 카지노나 바 같은 것은 되도록 멀리하고 있었다. 네드와의 골치 아픈 생활 속에서 그녀는 신경의 흥분과 따분함이라는 두 가지 위험에 휩싸여 있었다. 적적하다고는 생각했지만 사람과 사귀는 것은 싫었다. 가끔 골프를 쳤지만 그것도 골프장에 아무도 없는 새벽 시간을 골라서 했다. 또는 해변의 덤불이 많은 모래 언덕에서 말을 타고 달리기도 했다.

토비 로즈와 만난 것은 그 무렵이었다.

로즈 집안은 같은 앙주 거리의 그녀의 집과 약간 어색할 정도로 마주보는 위치에 있었다. 앙주 거리란 길 폭이 좁고 짤막한 거리인데, 담장에 둘러싸인 작은 정원이 있는 흰색이나 핑크의 석조 가옥이 줄지어 있었다. 길 폭이 몹시 좁아서 맞은편에 있는 집의 내부가 창문으로 잘 보였다. 물론 건너편 쪽에서도 이쪽을 들여다볼 수 있었다.

네드와 결혼 생활을 시작한 무렵부터, 이브는 맞은편에 살고 있는 한 가장에 대해서 어렴풋하게나마 알게 되었다. 나이가 꽤 많은 노인 한 사람이었는데——토비의 아버지인 모리스 로즈 경이란 것을 알고 있었으나——그 노인이 난처한 듯한 표정으로 이쪽을 한참이나 지켜 보던 일이 한두 번 있었다. 친절한 수도승과 같은 그 얼굴 생김새는 이브의 기억에 남아 있었다. 그 밖에 그 집에는 붉은 머리의 딸과 명랑한 노부인이 있었다. 그날 아침에 골프장에서 만날 때까지 이브는 토비의 모습을 본 적이 없었다.

6월의 중순이 가까워오는 덥고 조용한 아침이었다. 이 시각이면 라반드렛에는 잠에서 깨어난 사람이 많지 않았다. 골프장은 티도, 아직 아침 이슬에 빛나고 있는 페어웨이도, 그 저쪽에서 바다를 가로막고 있는 솔밭도 정적과 더위 속에 가라앉아 있었다. 이브는 세 번째 그린 조금 앞에서 실수를 하여 샌드랩에 처넣어 버렸다.

잠 못 이룬 밤을 지낸 뒤의 나른한 불쾌감을 느끼면서 골프백을 어깨에서 벗어 내던졌다. 골프도 싫증이 나기 시작했다. 그때 어디선가 아이언 클럽으로 친 긴 타구가 날카로운 소리를 내며 페어웨이로 날아와서 왼쪽으로 빗나가더니 벙커 꼭대기의 풀 속으로 쿵 떨어졌다. 공은 벙커의 가장자리에서 굴러와 그녀의 공에서 1미터도 채 안 되는 모래땅에 떨어졌다.

"위험해요!"

이브는 큰소리로 외쳤다.

1분인지 2분쯤 후에 젊은 사나이가 공을 뒤쫓아서 벙커 저쪽으로 올라왔다. 그 사나이는 벙커 위의 푸른 하늘을 등지고 그녀를 내려다 보았다.

"앗, 이거! 아무도 없는 줄 알았는데……."

"괜찮아요."

"추월하려고 그런 것은 아닙니다. 소리쳐 주셨더라면 좋았을걸 그랬군요, 나는……."

그는 두 타스는 좋이 되는 클럽이 들어 있는 무거운 백을 어깨에서 내려놓고 벙커에서 모래땅으로 달려 내려왔다. 건장하고 소박해 보이며 조금은 촌스럽게 보이는 청년인데, 이브의 눈에는 오랫동안 보지 못했던 쾌활한 표정을 하고 있었다. 그러나 까칠한 갈색 머리를 짧게 깎아 올리고 콧수염은 한껏 건달과 같은 느낌을 주고 있어, 그것이 성실한 태도와 걸맞지 않는 인상을 주었다.

그 청년은 우두커니 선 채 이브를 지켜보고 있었다. 나무랄 데가 없는 청년이지만 얼굴이 새빨갛게 상기되어 있는 것이 옥의 티였다. 얼굴을 붉히지 않으려고 무진 애를 썼지만, 그러면 그럴수록 더욱 빨개지는 것을 알 수 있었다.

"전에도 뵌 적이 있었죠?"

그 청년은 말했다.

"글쎄요?"

이브는 수면 부족으로 부석부석한 자신의 얼굴을 의식하면서 말했다.

토비 로즈는 남들이 수개월 걸리지 않으면 얻을 수 없는 것을 단숨에 손에 넣는 수완이 있었다.

"바깥 분은 아직도 계십니까?"

두 사람은 함께 코스를 한 바퀴 돌았다. 토비 로즈는 그날 오후에 벌써 멋진 여성과 만났다는 것을 가족들에게 이야기했다. 비열한 사나이와 결혼 생활을 해 왔지만 지금은 누가 보아도 칭찬하지 않을 수 없는 훌륭한 여성이라는 것이다.

확실히 그것은 사실이지만 이러한 내용을 입 밖에 내어 밝히게 되면 젊은 청년의 가족으로부터는 별로 환영받지 못하는 것이 통례다. 어느 정도는 세상 물정을 알고 있다고 자부하는 이브로서는, 이것이 로즈 집안에서 어떻게 받아들여질지 대략 짐작이 갔다. 저녁 식사를 하는 자리에서 가족들의 차가운 얼굴, 자못 분별 있는 기침 소리며, 뭔가 의미가 담겨진 듯한 곁눈질. 그다지 대수롭지 않다는 듯이 "그러나 토비" 하는 말에 이어 "그러한 정숙한 여성의 귀감이 되는 사람과 만나보고 싶구나" 어쩌고 말한다. 그녀에게는 그런 광경이 눈앞에 떠오르는 것만 같았다. 로즈 부인이나 누이동생 재니스 등 여자들의 얌전하고 조심스러운 그늘에서 번뜩이는 적의와도 같은 것을 짐작할 수가 있었다.

그러므로 그녀는 사태가 뜻밖으로 진전됨에 따라 몹시 놀라고 말았다.

로즈 집안의 사람들은 순순히 그녀를 받아들였던 것이다. 그녀는 로즈 집안의 나무가 울창한 정원에서 차를 대접받았다. 애기를 열 마디도 나누기 전에 피차 상대가 온전한 사람임을 알았고, 교제할 수 있는 상대임을 알았다. 이런 일은 흔히 있는 법이다. 네드 아투드와 같은 사람의 세계에도, 그리고 불행한 일을 겪은 어느 누구에게도 그런 경험은 있는 것이다. 이혼의 갈피를 잡지 못하는 심정은, 깊은 감사의 마음으로 바뀌어져 갔다. 먹구름으로 덮인 것 같은 우울도 사라지고 어느 틈엔지 행복감조차 느낄 수 있었다.

토비의 어머니인 헬레나 로즈는 이브에 대한 호의를 감추지 않았다. 스물세 살이 된 붉은 머리의 재니스는 무턱대고 그녀의 아름다움을 극구 찬양했다. 파이프만 뻐끔거리고 말수가 적은 벤 아저씨도 무슨 토론이라도 있을 때면 언제나 그녀 쪽을 편드는 것이었다. 노인인 모리스 경도 자기가 수집한 물건들을 이것저것 보이고는 그녀의 의견을 묻기도 했는데, 이것은 노인의 안목에 합격한 상대에게만 주어지는 명예인 것이다.

토비는……

토비는 매우 선량하고 성실한 청년이었다. 하기는 그가 약간 허풍선이로 보인 적도 있었지만 그의 유머 감각이 그것을 보충하고 있었다.

"결국 그렇게 될 수밖에 없어요." 그는 지적했다.

"그렇게 되다니 어떻게?" 머리털이 붉은 재니스가 반문했다.

"'시저의 부인'처럼." 토비가 말했다 (시저의 아내는 의심받을 행동을 해서는 안 된다'——시저가 부정하다고 의심받은 부인 폼페이아와 헤어지면서 한 말).

"혹슨 은행 라 반드렛 지점 간부쯤 되면——이 말은 아직도 그를 짜릿짜릿 기분좋게 하는 모양이었다——신중하게 행동해야 하는 법이지. 런던 은행은 도락을 장려하진 않으니까."

"그럼 다른 데선 그런 걸 장려하고?" 재니스가 물었다. "아무리 프랑스 은행이라고 할지라도 은행원이 카운터 밑에 금발처녀를 숨겨둔다거나 근무시간 중에 술에 취해 있다거나 하는 일은 거의 없을 거란 소리야."

어머니 헬레나는 꿈이라도 꾸는 듯이 이야기했다.

"손 스미스(1892~1934, 미국의 희극작가)의 소설이라면 또 몰라도 술주정뱅이 은행원이라니 기가 막힌 발상 아니니?"

토비는 좀 충격을 받은 듯 했지만 짧은 수염을 쓰다듬으며 진지하게 생각에 빠져들었다.

이윽고 그가 입을 열었다. "혹슨 은행은 영국에서도 전통이 오래된 은행 가운데 하나지. 금세공상(18세기까지는 종종 금융업을 겸했다)이 있었을 무렵부터 계속 템플 바 근처 지금 자리에 있는데." 그는 이브를 바라보았다. "아버지의 수집품 가운데에는 옛날 혹슨이 문장으로 사용하던 작은 금세공품이 있어요."

이 말은 언제나처럼 온화한 침묵으로 받아들여졌다. 모리스 경의 도락인 수집벽은 이따금 식구들의 웃음거리가 되기도 했지만, 더러는 우연히 진귀한 물건을 손에 넣어서 칭찬을 받을 때도 있었다.

수집품은 큰길 쪽으로 면한 2층의 커다란 서재에 진열되어 있었다. 노인은 언제나 밤늦게까지 그 방에 있었다. 이브는 네드 아투드와의 불행한 결혼 생활을 하는 동안에, 길 건너편의 커튼이 드리워지지 않은 서재에서 노인이 확대경을 들고 있는 모습을 한두 번 본 적이 있었다. 다정해 보이는 얼굴과 벽 앞에 나란히 놓인 유리문의 진열장 등이 기억에 남아 있었다.

지금은 그 무렵의 일들은 생각할 필요도 없었다. 로즈 집안에 관한 한 네드 아투드 따위는 없었던 것이나 마찬가지였다. 하긴 언젠가 모리스 경이 그녀의 과거를 물어보려는 듯 몇 마디 말을 꺼냈으나, 그녀가 어리둥절한 표정을 짓자 금세 우물쭈물하며 얘기의 꼬리를 흐렸다.

이윽고 7월이 거의 끝날 무렵에 토비가 그녀에게 구혼을 했다.

그때 이브는 자기가 이 청년을 얼마나 의지하고 있는지, 또 그 청년을 진심으로 대할 수 있는지 스스로도 잘 몰랐다.

그러나 결국 그녀는 토비에게 의지할 수 있다고 생각했다. 때로는 그가 이브를 장식 유리 상자 속의 인형이나 되는 듯이 지나치게 소중하게 다루는 일이 있어도, 그녀는 오히려 그것을 부드럽게 받아들이게 되고 말았다.

 라 반드렛에는 '숲의 요릿집'이라고 불리는 조촐한 레스토랑이 있있는데 그곳은 수목에 등불을 매단 성원에서 식사를 할 수 있게 만들어져 있었다. 그날 밤의 이브는 펄 그레이의 옷을 입고 있었는데 한결 아름답게 보였다. 의복 때문인지 푸른 기 감도는 새하얀 살갗보다 핑크빛의 따스함이 있는 뺨의 빛깔이 강조되었다. 맞은편의 토비는 나이프를 손가락으로 만지작거리고 있었는데, 오늘 밤만은 스스로를 의식적으로 꾸미지 않고 있었다.

 "내가 이런 말을 하는 것은 주제넘은 일이지만……."

 그는 거침없이 핵심으로 들어갔다. 만일 네드 아투드가 들었더라면 웃음을 터뜨렸을 것이다.

 "나는 진심으로 당신을 사랑하고 있고 당신을 행복하게 해줄 수 있다고 생각합니다."

 "여어, 이브."

 그때 그녀의 뒤에서 목소리가 들렸다.

 순간, 목소리의 주인공이 네드가 아닐까 하고 이브는 흠칫 놀랐다.

 그러나 그는 네드가 아니라 네드의 친구였다. '숲의 요릿집' 같은 데서 네드의 친구와 만나다니 정말 뜻밖이었다. 이 시즌에 그들은 10시 30분쯤에 식사를 하고는 카지노로 몰려가 거기서 밤새도록 사기성이 있는 작은 도박으로 밤을 새우는 것이다. 이브는 자기에게 웃음을 보내고 있는 사나이의 이름이 선뜻 생각나지 않았으나 얼굴만은 기억에 있었다.

 "춤추지 않겠어요?"

 그 사람이 따분한 듯 수작을 걸어왔다.

 "저어, 오늘 밤은 춤추지 않겠어요."

 "그럼 실례."

그 사람은 이렇게 중얼거리고는 어슬렁어슬렁 사라졌다. 그녀는 그 눈을 보고 어떤 파티에서의 일이 생각났다. 그녀는 그 사나이로부터 정면으로 비웃음을 받은 듯한 기분이 들었다.
"친구요?"
토비가 물었다.
"아뇨."
오케스트라가 몇 년 전에 유행했던 왈츠를 연주하기 시작했다.
"전남편의 친구예요."
이브는 대답했다.
토비는 여전히 기침만 하고 있었다. 그가 품고 있는 애정은 로맨틱하고 비실재적이며 이상적인 여성상에 대한 것이었으므로, 이 일은 그로서는 살을 에는 듯한 타격이었다. 두 사람은 네드 아투드에 대해서는 얘기한 적이 없었다. 따라서 이브는 네드에 관해서는 토비에게 사실대로 말하지 않았다. 다만 성격의 차이로 헤어졌다고만 말했다.
"정말 멋진 사나이였어요."
이브의 입에서 나온 이런 가벼운 말이 토비 로즈의 둔감한 마음에 날카로운 질투의 화살이 되어 깊이 꽂혔다.
토비는 기침을 열 번도 더 하고 나서 말했다.
"실은 나하고 결혼을 해 주셨으면 합니다. 생각할 시간이 필요하시다면······."
오케스트라의 음악이 이브에게 불쾌한 추억을 불러일으켰다.
"이런 말을 해서 죄송합니다만."
토비는 머뭇거리면서도 끈덕지게 나왔다. 그 손은 나이프를 놓았다.
"만일 대답이 '예스'인지 '노'인지 사무적으로 여기서 말씀해 주신다면······."

이브는 테이블 위에 손을 내놓고 말했다.
"네, 예스예요, 예스."
꼭 10초 동안이나 도비는 입을 다물고 있었다. 삼자코 입술을 혀로 핥고 있었다. 그는 이브의 손을 잡았으나 그것도 마치 스테인드글라스를 만지듯 얌전한 태도였다. 그리고 뭇사람이 보는 앞에서 이런 짓을 하다니 하고 퍼뜩 생각이 미친 듯 얼른 손을 뗐다. 이 너무나도 조심스러운 태도에 이브는 놀랍기도 했고 다소 안타깝게도 생각되었다. 도대체 이 토미 코프런 사나이는 여사에 대해서 약산이라노 알고 있는 것일까 하는 의문이 생길 정도였다.
"이제부터 어떻게 하시겠어요?"
이브가 물었다.
토비는 무얼 생각하는 듯했다.
"한 잔 더 마시는 게 좋겠어요." 이렇게 말하더니, 그는 호들갑스레 고개를 저었다. "오늘은 내 생애에서 가장 좋은 날이니까요."
7월 31일에 두 사람의 약혼이 발표되었다.
그로부터 2주일 후, 네드 아투드는 뉴욕의 플라자 호텔 바에서 방금 도착한 친구로부터 그 소식을 들었다. 그는 한동안 말없이 글라스의 다리를 만지작거리더니, 이윽고 바에서 나가 이틀 후에 출범하는 노르만디 호의 표를 샀다.
이렇게 하여 음산한 비극이 세 사람 모두 아무것도 깨닫지 못하는 사이에, 앙주 거리에 있는 집으로 다가가고 있었던 것이다.

2

네드 아투드가 카지노 거리에서 앙주 거리로 들어선 것은 새벽 1시 15분 전이었다.
커다란 등대의 빛줄기가 먼 하늘을 휩쓸 듯 비추면서 돌았다. 낮에 기승을 부리던 더위가 가시고 서늘한 바람이 일기 시작했으나, 달아올랐던 아스팔트 열기가 아직도 파도처럼 솟아올랐다. 라 반드렛에는 발소리조차 들리지 않았다. 시즌도 거의 끝나가는 그때까지 이곳에 남아 있는 피서객은, 벌써 카지노로 몰려가서 날이 밝을 때까지 거기서 노는 것이다.

그러므로 지금 앙주 거리의 입구에서 잠시 망설이다가 저쪽으로 구부러져 들어간, 검은 양복에 중절모 차림의 젊은 사나이의 모습을 본 사람은 한 명도 없었다. 그 사나이는 어금니를 악물었고 눈은 술에 취해 있는 것처럼 흐렸다. 그러나 그 밤만은 여느 때와는 달리 술에 취하지 않았다. 굳이 취해 있다고 말을 한다면 모종의 감정에 취해 있었던 것이다.

이브에 대한 그의 감정은 변하지 않았다. 이것을 하나의 사실처럼 그는 깊이 믿고 있었던 것이다.

그날 오후 돈존 호텔의 테라스에서 그녀를 되찾으러 왔느니 어쩌니 하고 큰소리를 친 것은 분명히 똑똑한 행동은 아니었다. 그도 이제는 그것을 잘 알고 있었다. 그것은 실패였다. 라 반드렛에 돌아올 바에는 지금 이브의 집 열쇠를 가지고 은밀한 앙주 거리를 걸어가고 있듯이 조용하게 살며시 돌아와야만 옳았던 것이다.

이브가 살고 있는 미라말장은 거리의 큰길을 따라 중간쯤 가서 왼쪽에 있었다.

네드는 집이 가까워지자 본능적으로 맞은편 집에 시선을 던졌다. 이브가 살고 있는 집과 마찬가지로 로즈의 집도 하얀 석조에다 붉은 기와지붕인 크고 네모진 건물이었다. 높은 담장과 작은 철격자의 문이 있고, 건물이 길에서 몇 피트 들어가 있는 것도 이브의 집과 같았다.

네드가 눈길을 들고 보니 과연 생각한 대로였다. 아래층은 캄캄했고, 2층도 모리스 로즈 경의 서재 창문이 두 개 밝혀져 있을 뿐 나머지는 캄캄했다. 서재의 창문에는 강철 덧문이 올려져 있고, 더운 밤이므로 커튼도 내려져 있지 않았다.

"좋아!"

네드는 소리 내어 말하고 달콤한 향기가 풍기는 밤공기를 가슴 가득히 들이마셨다.

노인이 그의 발소리를 알아들을 염려는 없었고, 또 그것을 근심할 필요도 없었지만 역시 그는 발소리를 죽이고 걸었다.

이브의 집 문을 열고 그는 빠른 걸음으로 현관으로 가는 짧은 오솔길을 걸었다. 현관의 열쇠는 행복했던 무렵의, 어쩌면 지금보다는 번화했던 시절에 기념으로 가지고 있었던 것이다.

그는 열쇠를 구멍에 들이밀었다. 여기서 그는 또 한 번 깊이 숨을 들이마시고는 마음속의 마신(魔神)에게 기도를 올린 다음 계획대로 문 안으로 들어갔다.

'이브는 자지 않고 있을까, 아니면 벌써 잠들었을까?' 창문에 불빛은 보이지 않지만 그렇다고 잠들었다고 단정할 수는 없었다. 이브는 늘 밤이 되면 창문의 커튼을 모두 내리는 것이었다. 그는 그것을 병적인 몸가짐이라고 놀려 주곤 했었다.

그러나 아래층의 현관홀은 캄캄했다. 프랑스의 가정이라면 으레 있는 가구의 왁스 냄새와 커피 향기가 풍기고 있어 지난날의 자질구레한 일들이 그의 머리에 떠올랐다. 그는 발로 더듬어서 계단에 이르렀고 발끝으로 계단을 올랐다.

청동으로 세공된 난간이 붙은 좁은 계단이 소라고둥과 같은 곡선을 그리며 벽에 붙어 있었다. 그러나 층계는 높고 가팔랐고, 두꺼운 양탄자가 깔려 있었다. 어둠 속에서 이 계단을 올라갔던 일도 몇 번이었는지 모른다. 이 시계의 초침 소리를 들으면서 사악한 말에 가슴을 두근거리던 일도 몇 번인가 있었다.
 그는 이브를 사랑하고 있었지만, 이브는 자기에게 성의를 다하지 않는 게 아닌가 하고 제 나름대로 의심하고 있었기 때문이다. 이브의 침실에서 가까운 계단의 꼭대기 부근에 양탄자를 고정시키기 위해 박아놓은 진주 핀이 한 개 솟아 있는 것을 그는 생각해냈다. 그는 몇 번이나 그것에 발이 걸렸던 경험이 있었고, 자기를 죽일 생각이냐고 그녀에게 고함을 친 적도 있었다.
 네드는 한 손으로 계단의 난간을 짚고 올라갔다. 이브는 그때까지도 잠들지 않았다. 눈앞의 문 밑으로 가느다란 한 줄기 빛이 새어나오고 있었다. 그 빛에 정신이 팔려서 조심해야만 했던 양탄자 핀에 결국 걸려 네드는 앞으로 고꾸라지듯 기우뚱거렸다.
 "빌어먹을!"
 그는 소리쳤다.
 침실에 있던 이브 닐은 그 소리를 들었다.
 그녀는 그가 누구인지 알아차렸다.
 이브는 거울 앞에서 머리에 천천히 빗질을 하고 있던 참이었다. 방에는 한 개뿐인, 거울 위에 매달려 있는 전등이 그녀의 모습을 어렴풋이 비추고 있었다. 어깨까지 늘어진 밝은 밤색의 머리카락이며 반짝이는 잿빛 눈, 빗질을 하기 위해 머리를 위로 올리면 매력적인 어깨 위의 우아한 목이 보였다. 그녀는 흰 비단 파자마를 입고 백공단의 슬리퍼를 신고 있었다.
 이브는 뒤도 돌아보지 않고 빗질을 계속하고 있었는데, 갑자기 형용할 수 없는 공포에 휩싸였다. 곧 등 뒤의 문이 열리고 네드 아투드의 얼굴이 거울 속에 나타났다.
 네드는 술에 취하지 않은 멀쩡한 얼굴이었으나 그 음성은 거칠었다.

"이봐, 그런 짓은 못하게 하겠어!"

그는 문을 다 열기도 전에 지껄이기 시작했다.

이브는 자기도 뭐라고 말을 하고 있다는 것을 깨달았다. 공포가 가라앉기는커녕 더욱 더 강해졌으나 머리를 빗는 손만은 멈추지 않았다. 손이 떨리는 것을 감추기 위해서였는지도 몰랐다. 그녀의 음성은 조용했다.

"당신일 거라고 생각했어요. 이젠 깨끗하게 잊은 것으로 생각했는데요."

"잊다니, 나는……."

"쉬이! 제발 조용히 하세요."

"당신을 사랑하고 있어."

네드는 그렇게 말하고 두 손을 내밀었다.

"열쇠는 잊어버렸다고 그토록 분명하게 말하더니만, 그것도 거짓말이었군요."

"그런 시시껄렁한 얘길 주고받을 때가 아냐."

네드는 정말로 그런 것은 시시껄렁한 일이라고 생각하고 있는 것 같았다.

"당신은 정말 결혼을 할 생각이야? 그 로즈 녀석과."

그는 내뱉듯이 말했다.

"네."

두 사람은 본능적으로 큰길로 면한, 커튼이 내려져 있는 두 창문 쪽으로 시선을 돌렸다. 두 사람이 모두 같은 생각이 머리에 떠오른 모양이었다.

"실례예요, 에티켓의 첫걸음을 가르쳐 드릴까요?"

"당신을 사랑하고 있으니 어쩔 수 없잖아!"

그가 애원하는 듯한 태도를 취하고 있는 것은 확실하지만 이것도 연극일까? 그녀는 이것이 남자의 본심이 아닐까 하는 마음이 들었다. 적어도 이 순간만은 그의 몸에 배어 버린 뻔뻔스런 태도는 느낄 수 없었다. 그러나 그런 모습도 금세 사라지고 네드는 다시 여느 때의 그가 되고 말았다. 성큼성큼 안으로 들어오더니 모자를 침대 위에 내던지고 안락의자에 앉았다.

이브는 큰소리로 사람을 부르고 싶은 충동을 가까스로 억제했다.
"건너편 집에는……."
그녀가 입을 떼었다.
"알고 있어, 알고 있단 말야!"
"뭘 알고 있죠?"
이브는 이렇게 말하고 손을 놓고 거울 앞의 의자를 돌려서 그를 마주 보고 있었다.
"그 영감 말야, 모리스 로즈 경인가 하는……."
"어머? 어떻게 그분을 알고 계시죠?"
"매일 밤, 늦도록 건너편 방에서 수집품 따위를 바라보면서 잠을 안 자지. 건너편 창문으로 이쪽도 환하게 보이지."

침실 안은 몹시 더워서 담배와 목욕 용품의 냄새가 감돌고 있었다. 안락의자에 몸을 버티고 앉아 기다란 종아리를 의자의 팔걸이에 걸고 네드는 온 방 안을 휘둘러보고 있었다. 그 얼굴에는 아니꼬워서 못 견디겠다는 표정이 완연히 드러나 보였다. 윤곽이 뚜렷하고 잘생긴 얼굴일 뿐 아니라, 이마나 눈이나 입 언저리의 주름 등을 보면 상상력이 풍부하고 지적이라고도 해도 좋은 얼굴이었다.

그는 주홍빛 새틴을 친, 눈에 익은 벽을 둘러보았다. 여기저기에 걸려 있는 많은 거울, 이불 위에 그가 모자를 놓은 침대, 침대 옆의 전화, 거울 위에 외로이 켜진 전구 등을 둘러보았다.
"지독하게 결백한 사람들인 것 같군, 그렇지?"

"누가요?"

"로즈 집안 사람들 말야. 당신이 밤 1시에 손님을 불러놓고 환대하고 있는 것을 저 영감이 안다면……."

이브는 일어서려다가 다시 주저앉았다.

"걱정할 건 없어."

네드가 거칠게 말했다.

"나도 당신이 생각하고 있는 것만큼 비열한 사나이는 아냐."

"그럼 여기서 나가요."

그의 말투는 자포자기 조였다.

"내가 듣고 싶은 것은 왜냐 하는 거야. 어째서 그런 자식과 결혼을 할 마음이 들었느냐 그거야."

"그 사람이 좋아졌기 때문이에요."

"흥."

네드는 그 대답을 코웃음으로 받아넘겼다.

"무슨 애기인지는 모르지만 시간이 오래 걸리겠어요?"

네드는 생각을 하면서 말했다. "돈 애기는 아니지. 당신은 돈이 많으니까. 맞았어, 이 설탕을 넣어 만든 마녀는 돈 때문에 결혼할 여자는 아니지. 아니, 그 반대로."

"반대라뇨……, 그건 무슨 뜻이죠?"

네드는 대들 것처럼 말했다.

"저 욕심꾸러기 영감이 왜 그토록 열심히 잘난 척하는 자기 아들놈의 아내로 당신을 탐내는지 생각해 본 적 없어? 돈이지. 나에게는 고맙게도 놈들의 목적은 그것뿐이야."

이브는 빗을 집어서 그에게 내던지고 싶었다. 모처럼 쌓아올린 행복을 이 사나이는 또 두들겨 부수겠다는 것이다. 네드는 의자에 몸을 버티고 앉아 있었다. 올이 엉킨 거무스름한 양복 깃에서 넥타이가 삐져나와 있었다. 그는 진지하게 어려운 문제의 해답이라도 생각하고 있는 듯한 표정을 짓고 있었다. 이브는 울고만 싶은 심정이었다.
"로즈 집안에 대해서 꽤 자세히 알고 있는 것 같군요?"
그녀는 화난 목소리로 빈정거렸다.
"알고 있어서가 아냐. 다각도로 정보를 모으고 있을 뿐이야. 그리고 이번 약혼의 열쇠가 되는 것은……."
"아, 열쇠 얘기가 나왔으니 말인데요. 이러고 있을 때 당신이 가지고 있는 열쇠를 돌려 줘요."
"열쇠?"
"이 집의 열쇠 말예요. 바로 당신이 지금 만지작거리고 있는 열쇠고리에 매달려 있는 열쇠 말예요. 당신에게 이런 식으로 시달리는 것은 이것이 마지막이었으면 해요."
"이브, 당신은!"
"더 작은 목소리로 말해 주세요."
"당신은 내게로 돌아와야 해!" 네드가 똑바로 앉으며 말했다. 이윽고 그녀의 표정을 보고 있던 그의 목소리에 노기가 담겼다. "왜 그래? 당신은 변했군."
"그런가요?"
"왜 갑자기 거드름을 피우게 됐어? 전에는 이러지 않았는데 지금의 당신은 몹시 아니꼬워. 대체 왜 그러는 거야! 그 로즈 집안과 사귀게 된 뒤부터 당신은 로마의 루크레시아도 민망할 만큼의 부덕을 지녔군 그래!"
"그런가요?"
당장이라도 울화통을 터뜨릴 것만 같이 네드는 발을 동동 구르고 있었다.
"그런가요, 어쩌고 하면서 태연하게 있을 수는 없을 텐데 말야. 토비 로즈를 사랑하고 있다고? 그 말을 내 앞에서 할 수가 있어? 안 그래?"

"토비 로즈의 어디가 나쁘다는 거죠?"

"어디가 나빠서 그러는 게 아냐. 다만 그놈이 잘난 척하는 녀석이라는 것은 세상이 다 알고 있어. 아니, 그와 반대로 좋은 사람인지도 모르지. 어쨌든 당신 같은 여자와 어울리는 사람은 아냐. 역시 당신에겐 내가 어울려."

이브는 본능적으로 진저리를 쳤다.

네드가 거울을 향한 채 큰소리로 외쳤다.

"대체 당신은 어떻게 해야 말귀를 알아듣지?"

여기서 말을 끊더니 그녀도 옛날에 본 기억이 있는 어떤 천박한 표정을 짓고 있었다. 이윽고 그는 덧붙였다.

"나로서는 당신을 되찾는 방법이 하나밖에 없을 것 같군."

이브도 의자에서 벌떡 일어났다.

"당신의 성적 매력은 대단해. 특히 그렇게 파자마를 입고 있는 모습은 선인(仙人)도 이성을 잃고 말 정돈데. 더구나 나는 선인이 아니지."

"가까이 오지 말아요!"

"나는 왠지 멜로드라마의 악한 같군."

네드는 갑자기 풀이 죽어서 말했다.

"겁에 질린 미녀가 구원을 청하지나 않을까 겁을 내고 있는데……."

그는 창문 쪽으로 턱을 까딱해 보였다. 이윽고 그의 표정이 조금씩 달라졌다.

"좋아, 악한이 돼도 좋아! 뱀 같은 악한이 되어도 좋겠지? 당신도 그런대로 즐기게 될 테니까."

"말해 두지만, 나도 고분고분 말을 듣지는 않겠어요."
"옳지, 그러는 편이 좋아."
"네드, 난 진심이에요!"
"나도 진심이야. 당신은 몸부림치며 거역하겠지만 그건 처음뿐이지. 나는 끄떡없어."
"당신은 언제나, 예의는 지키지 않지만 페어플레이 정신만은 있다고 큰소리쳤었죠. 만일……."
"건너편의 늙은이에게 들리지, 그렇지?"
"네드, 무슨 짓이에요? 창가로 가면 안 돼요."
이브는 비로소 거울 위의 전등을 깨달았다. 손으로 더듬어서 머리 위의 스위치를 끄자 방은 캄캄해졌다. 창문은 열려 있긴 했으나 두터운 커튼으로 가려져 있었다. 그 밑에는 레이스의 커튼이 드리워져 있었다. 네드가 다마스크 직물의 커튼 주름을 더듬어서 한쪽으로 약간 당기자 서늘한 바람이 들어왔다. 그는 다급하지 않는 한 이브로 하여금 아주 난처하게 만들 마음은 없었다. 게다가 창문에서 바깥을 보는 그는 안도의 숨을 쉬었다.
"모리스 경은 아직도 안 자요? 일어나 있어요?"
"음, 안 자고 있어. 그러나 이쪽에 대해서는 신경도 쓰지 않고 있어. 확대경을 들고 코담뱃갑 같은 것을 들여다보고 있어. 앗!"
"왜 그러죠?"
"누군지는 모르지만 또 한 사람 있어."
"토비겠죠."
이브의 속삭임이 숨을 죽인 비명과 같은 음성이 되었다.
"네드, 창가에서 떨어져요."
여기서 두 사람은 전등을 껐다는 사실을 깨달았다.
큰길에서 스며드는 희끗하고 아련한 빛이 고개를 돌린 네드의 옆얼굴을 환하게 비쳤다. 순박한 표정으로 방이 캄캄한 것을 보고 어린애처럼 놀랐으나 곧 입가에 비웃는 듯한 웃음이 떠올랐다. 그는 레이스의 커튼을 놓고 두터운 커튼을 내렸다. 밖은 다시 캄캄해졌다.

방안은 견디기 어렵도록 더웠다. 이브는 다시 머리 위의 전등 스위치를 더듬어 찾으려 했으나 찾지 못했다. 그녀는 스위치를 찾는 대신 의자에서 떠나 살며시 네드에게서 먼 곳으로 걸어갔다.

"이봐, 이브."
"이건 바보짓이에요, 전등을 켜 주지 않겠어요?"
"왜? 당신 쪽에서 더 가깝지 않아?"
"아녜요, 나는……"
"흥."

네드는 이상스런 목소리를 냈다.

네드의 음성이 변한 것을 알고 그녀도 더욱 공포에 사로잡혔다. 의기양양한 목소리였던 것이다.

네드로서는 이해할 수 없는 일이었고 혹은 그의 단순한 자만심 때문에 이해하지 못했는지도 모르지만, 이브는 그를 가까이하지 못하게 할 생각이었다. 그러나 상황은 단순히 난처한 정도가 아니고 악마처럼 무서운 것으로 되어 있었다. 이 장소에서 도망칠 유일한 수단은 사람 살리라고 소리를 지르는 것이었는데 그녀로서는 어림도 없는 일이었다. 하인을 부르는 것조차도 불가능했다.

이런 경우, 자기의 변명을 믿어 줄 사람은 하나도 없을 거라고 이브는 생각했다. 언제나 이런 경우 여자의 변명은 통하지 않는 것인만큼, 이번 경우에는 누구도 믿어 주지 않을 것이다. 이브의 인생 경험으로써는 그렇게밖에는 생각할 수 없었다. 사실 이브는 로즈 집안에 알려지는 것과 마찬가지로 하녀들의 귀에 들어가는 것도 두려워하고 있었던 것이다. 하녀들은 금세 소문을 퍼뜨린다. 연달아 소문이

퍼짐에 따라 침소봉대될 것이다. 갓 고용한 하녀인 이베트도 그렇다······.

"당신이 그 로즈란 놈과 결혼하게 된 조리 있는 얘기를 듣고 싶군."

네드가 냉랭하게 말했다.

커다란 음성은 아니었으나 어둠 속을 찢듯이 울리고 있었다.

"제발 돌아가 주세요. 그 사람을 좋아하기 때문이라는 이유를 믿지 못하겠어요? 정말이에요. 아무튼 내가 하는 행동을 당신한테 설명해야 할 의무는 없어요. 이젠 없단 말이에요. 그래도 할 말이 있어요?"

"있지."

"뭐죠?"

"지금 거기로 가서 가르쳐 주지."

캄캄한 곳에서도 그녀가 무엇을 하고 있는지 네드에게는 완연하게 보이는 것만 같았다. 옷자락이 스치는 소리와 침대의 용수철이 삐걱거리는 소리 등으로 그녀가 침대의 발치께에 있던 두꺼운 레이스의 실내복을 집어 들고 입기 시작한 것을 그는 잘 알고 있었다. 그가 가까이 갔을 때에 이브는 이미 마지막 한쪽 소매에 팔을 넣으려 하고 있을 때였다.

이브에게는 또 하나의 불안이 있었다. 그것은 이브의 머리에 달라붙어 떠나지 않는 불안이었다. 그녀보다도 세상 물정을 잘 알고 있는 지인들이 자주 하는 말, 여자는 육체적으로 최초에 안 사나이를 끝내 잊지 못한다는 말이었다. 이 말처럼 네드를 자기 뇌리에서 완전히 지워 버리기는 그리 쉬운 일이 아닐 것 같았다. 이브도 인간이다. 지난 몇 달 동안 외로운 규방을 지켜온 터였다. 그리고 뭐니 뭐니 해도 네드 아투드는 마음먹은 것을 끝내 해내고야 마는 사나이가 아닌가. 만일 그가…….
 그에게 붙잡히자 이브는 사납게, 그러나 어설프게 그에게 대항했다.
 "놔요! 무슨 짓이에요!"
 "얌전히 있지 못해!"
 "싫어요, 하녀들이…….."
 "웃기지 마. 모프시 할멈뿐이잖아."
 "모프시는 없어요. 새 하녀가 와 있어요. 이번 하녀는 믿을 수가 없어요. 스파이 같아요. 아무튼 이러지 마세요…….."
 "얌전하게 말을 들어!"
 "싫어요."
 이브는 키가 커서 네드와는 2인치 정도밖에 차이가 나지 않았다. 그러나 가냘프고 말랑한 그녀의 몸은 네드를 방어할 힘이 없었다. 극도로 흥분한 네드도 이 지경이 되고 보면 그녀의 반항이 단순한 교태가 아니라 진심임을 분명히 알았을 것이다. 상황으로 보아도 그러했다. 네드도 바보는 아니었다. 그러나 이브를 두 팔로 끌어안은 그는 완전히 제정신이 아니었다.
 그때였다. 요란하게 전화벨이 울렸던 것이다.

3

 전화벨이 시끄럽다는 것은 어디서도 마찬가지여서 별로 기분 좋은 것이 못 된다. 캄캄한 침실의 어둠을 찢고 전화는 두 사람을 나무라기라도 하듯 따르릉따르릉 계속 울려댔다. 좀처럼 멎을 것 같지 않았다. 두 사람 모두 질겁했다. 마치 전화가 알아듣기라도 하는 것을 겁내는 듯이 목소리를 낮추었다.
 "받지 말아, 이브."

"놔요, 어쩌면……."
"글쎄 내버려 두라니까."
"하지만 그 사람들이……."
두 사람은 전화기가 손에 닿을 만한 거리에 서 있었다. 이브는 본능적으로 수화기에 손을 뻗치려 했으나 네드의 손이 그 팔을 잡았다. 그 바람에 수화기가 테이블 위에 떨어져 데그르르 소리를 내며 굴렀다. 드높은 벨소리는 멎었으나 몹시 조용해진 방 안에, 이번에는 작은 음성이 두 사람의 귀에 들렸다. 토비 로즈의 목소리였다.
"여보세요, 이브요?"
어둠 속에서 목소리가 들렸다.
네드는 두 손을 움츠리고 뒤로 물러나 있었다. 그가 들어본 적이 없는 목소리지만 누구의 음성인지 상상하기는 어렵지 않았다.
"여보세요, 이브요?"
이브는 뒹구는 수화기를 더듬어 찾았다. 수화기는 벽 밑에까지 굴러가 있었다. 세찬 숨소리가 차츰 가라앉았다. 어떤 사람이라도 그때 그녀의 태도에는 감탄했으리라. 그녀는 침착한 목소리로 말했다.
"네, 토비 당신이었군요?"
수화기 속에서 토비 로즈의 굵은 목소리가 천천히 들려왔다. 그가 하는 말은 네드에게도 또렷하게 들렸다.
"이런 깊은 밤에 깨워서 미안해, 잠이 안 와서 참다못해 전화를 했지. 실례가 되었나?"
네드 아투드는 허둥지둥 걸어가서 거울 위의 전등을 켰다.
그런 짓을 하면 이브로부터 눈총을 받을지도 모른다고 생각했는지 모르지만, 이브는 그에게는 눈길도 주지 않았다. 커튼이 내려져 있나 어떤가를 확인하기 위해 그쪽을 흘끔 보았을 뿐, 이브는 아무것도 깨닫지 못한 듯한 표정을 지었다. 네드가 있다는 것조차 무시하고 있었다. 토비의 변명을 하는 듯한 명랑한 어조를 듣자 이브의 기우는 사라졌다.

네드는 히쭉 웃었다. 무언가 재미있는 듯한 표정이었나.

"토비, 전화 잘 하셨어요."

이브는 비로소 마음이 놓인다는 듯이 말했다.

그 음성은 그야말로 사랑을 하고 있는 여자의 음성이었다. 눈을 빛내고 있는 그녀의 안심과 감사의 마음이 상대방에게까지 절실하게 전달될 정도였다.

"전화를 걸어서 실례가 되지 않았어?"

"어머, 천만에요! 무슨 일이 있어요?"

"아니, 별일 없어. 그저 잠이 오지 않아서 말야."

"지금 어디에 계세요?"

"아래층 응접실이야."

사랑에 눈이 먼 로즈 군은 이 질문을 조금도 이상하게 생각하지 않는 것 같았다.

"내 방에 들어가 있었는데 아름다운 당신의 모습만이 머리에 떠올라서 참다못해 전화를 건 거지."

"어머, 토비 씨."

"쯧!"

네드 아투드는 혀를 찼다.

사랑하는 사람끼리 주고받는 말은 남이 들으면 마치 미친 사람의 헛소리처럼 들릴 수도 있다.

"정말이야."

토비는 아주 진지하게 말했다.

"그런데 말야, 오늘 밤에 본 영국 극단의 연극은 재미있었어?"

이 야밤에 연극 얘기를 할 생각으로 전화를 했단 말야? 이거 너무

하는군 하고 투덜대면서 네드는 어처구니가 없어했다.
"재미있었어요, 토비. 쇼의 연극은 의외로 달콤한 데가 있더군요."
'버나드 쇼의 연극이 달콤한 데가 있다고? 젠장.'
네드는 전화로 이렇게 말하고 있는 이브의 표정을 보고 있으려니 속이 메스꺼워지기까지 했다.
토비는 말하기 어려운 듯이 말했다.
"그러나 그 연극은 약간 품위가 없는 것 같았는데, 당신은 그렇지 않았군."
"믿을 수 없어."
네드는 눈이 동그래진 채 수화기를 바라보며 중얼거렸다.
"정말 믿을 수 없어."
"어머니도 재니스도 아저씨도 감탄을 했지만 나는 잘 모르겠단 말야."
토비도 쇼의 사상에 크게 어리둥절해하는 그런 사람의 하나인 듯싶었다.
"나는 좀 구식인지도 몰라. 어쨌든 성실한 여성이, 즉 가정 환경이 좋고 점잖은 여성은 그런 것을 몰라도 좋다고 생각했어."
"나는 별로 놀라지도 않았어요."
"저런."
로즈 군은 금세 타협했다. 그가 저쪽 전화기 앞에서 우물쭈물하고 있는 모습이 눈에 선했다.
"사실, 전화한 이유는 그것 때문이었어."
"허, 정말로 부인을 소중히 여기는 대단한 시인님이군."
네드는 빈정대듯 중얼거리고 있었다.
토비는 침을 꿀꺽 삼키고는 말을 이었다.
"아 참, 내일은 피크닉 가는 걸 잊지 말아요. 날씨가 좋겠어. 그건 그렇고 아버지는 오늘 밤에 또 새 골동품을 사들이셨어. 무척 좋아하고 계셔."
"맞았어, 영감이 그걸 바라보고 있는 것을 우리들도 조금 전에 보았다네."
네드는 비웃었다.
"네, 토비. 우리들도 보았……."
이브도 맞장구를 치려다 네드를 의식하고는 뒷말을 흐린 채 무서운 공포에 싸여 그녀는 또 한번 움찔했다.
네드의 밉살스럽지만 매력 있는 얼굴이 일그러진 웃음을 띠고 있었다. 그러나 그녀는 거침없이 말했다.
"우리들도 썩 좋은 연극을 봤잖아요."
"그래, 그렇군. 그러나 언제까지 당신을 붙잡고 잠을 못 자게 할 수는 없지. 잘 자요."
"안녕히 주무세요. 전화를 주셔서 내가 얼마나 기뻐하고 있는지 당신은 상상도 못할 거예요."
그녀가 수화기를 놓자 다시 원래의 정적이 찾아들었다.
이브는 그대로 침대 가장자리에 앉아 한 손은 수화기 위에 대고, 한 손은 레이스의 실내복 가슴께를 누르고 있었다. 그녀는 머리를 들고 네드 쪽으로 눈길을 보냈다. 잿빛 눈 밑의 뺨에 불그레하게 핏기가 올랐다. 우아한 얼굴을 돋보이게 하는 기다란 비단 같은 머리는, 반질반질 갈색으로 빛나고 있었으나 꽤나 헝클어져 있었다. 그녀가 한 손을 들어 그 머리를 뒤로 넘기자 핑크빛 손톱이 빛나서 하얀 팔과 대조를 이루었다. 쌀쌀맞고 숨겨진 정열을 억제하고 있어도 역시 피는 끓어오른다. 이런 그녀의 아름다움을 대하고서는 어떤 남자도 머리가 돌고 말 것이다.
네드는 그녀를 지켜보고 있다가 호주머니에서 담배와 라이터를 꺼내어 깊숙이 빨아들였다. 라이터의 불길이 그의 손 안에서 꺼지기 전에 조금 떨렸다. 숨기려 했지만 그의 전 신경이 떨리고 있는 것을 눈치챌 수 있었다. 시계 소리조차 후덥지근한 이 방의 답답한 침묵을 깨뜨릴 수는 없었다.

그러나 네드는 느긋했다.

비로소 네드가 기침을 하며 말했다. "하는 수 없지. 하고 싶은 말을 해."

"무슨 말을 하라는 건가요?"

"모자를 가지고 가라고 말야."

"모자를 가지고 돌아가 주세요."

이브가 그의 말대로 조용하게 말했다.

"알 만해."

그는 담뱃불을 지켜보며 또 한 모금 빨아들이더니 후우하고 연기를 뱉었다.

"마음에 걸린다 그거군 그래."

꼭 그런 것은 아니지만 그 속에는 이브의 얼굴을 붉게 만드는 진실이 어느 정도는 담겨져 있었다. 키가 큰 네드는 어슬렁거리면서 아직도 담뱃불을 지켜보고 있었다. 그는 그러는 동안에도 악마와 같은 탐정적 본능으로 이 말의 반응을 분석하고 있었던 것이다.

"여봐, 설탕으로 빚어서 만든 마녀님, 당신은 속이 메스껍지 않아?"

"왜요?"

"로즈 집안 식구들과 함께 생활한다는 것을 생각하면 말야."

"네드, 당신은 이해하지 못해요."

"내가 선량하지 못해서 말야? 건너편 멍청이 도련님과 달라서 말야?"

이브는 일어서서 실내복의 앞깃을 여몄다. 실내복은 허리를 핑크빛 융단의 끈으로 묶도록 되어 있었다. 끈이 언제나 잘 풀어지기 때문에 그녀는 끈을 다시 잡아맸다.

"그런 뒤틀린 어린애 같은 말을 하지 않는다면 당신은 훨씬 인상이 좋았을 거예요."

"그런 것은 아무래도 좋아. 그놈과 얘기를 하고 있을 때의 당신의 말투란 정말 사람 죽이더군."

"그런가요?"

"그렇고 말고, 당신은 머리가 좋은 여자야."

"황송하군요."

"그런데 토비 로즈와 얘기하는 걸 보니 녀석의 지능에 정도를 맞추려고 하는 것 같아. 한심하더군! 쇼의 연극은 달콤한 데가 있다고? 당신도 벌써부터 그 바보 멍청이와 닮아가는군. 결혼 전부터 그런 식이라면 결혼 후에는 어떻게 될까?"

네드는 부드럽게 말했다.

"이브, 당신은 매스껍지 않아?"

'무슨 소릴 하는 거야!'

이브는 마음속으로 중얼거렸다.

"왜 그래?"

네드는 또 담배 연기를 내뿜었다.

"심술쟁이가 하는 말 따위는 상관도 안 하겠다는 거야?"

"이제 당신에 대해서는 관심도 없어요."

"그런데 로즈 집안에 대해서 당신은 얼마나 알고 있지?"

"당신과 결혼할 때도 내가 당신에 대해 뭘 알았죠? 그렇게 말한다면 나하고 만나기 전의 당신을 내가 얼마나 알고 있었죠? 알고 있는 것은 당신이 자기중심적이고……."

"그 점은 인정해."
"징그럽고……."
"이봐 이봐, 난 지금 로즈 집안에 대해서 말하고 있단 말야. 당신은 그 집안의 어디에 반했지? 로즈 집안의 명망인가?"
"물론 명망은 탐이 나요, 여자란 다 그래요."
"알겠군."
"이제 와서 그런 말을 하다니 영리한 당신답지 않군요. 말해 두지만 나는 로즈의 집안을 좋아해요. 토비도, 그의 부모님도, 재니스도, 벤 아저씨도 모두 좋아요. 나무랄 데 없는 생활을 하고 있으며 게다가 어두운 구석이 없어요. 그 사람들은……."
이브는 뭐라고 말을 해야 좋을지를 생각했다.
"몹시 건전한 사람들이에요."
"로즈 경은 당신의 은행 예금이 좋은 거야."
"당신이 그런 말을 할 수 있어요?"
"증거는 없지만 언젠가는……."
네드는 입을 다물고 손등을 이마에 가져다 댔다. 잠시 동안 그는 이브를 지그시 바라보며 서 있었다. 그 태도엔 참다운 애정을 느낄 수 있는 그 무엇이 있었다. 지금까지 그에게 없었던 혼란과 절망과 다정함까지 담겨져 있는 무엇인가가 말이다.
"이브, 당신에게 그런 짓을 하게 하고 싶지가 않아."
그는 불쑥 말했다.
"무슨 뜻이죠?"
"당신이 잘못을 저지르게 하고 싶진 않아."
네드가 담배 꽁초를 비벼 끄려고 거울 밑에 있는 유리 재떨이 쪽으로 갔으므로, 이브는 움찔 몸을 움츠리고 네드를 물끄러미 바라보았다. 그러나 네드에 대해서는 너무나 잘 알고 있으므로 그가 뭔지는 모르지만 명랑한 기분이라는 것을 이브는 느낄 수 있었다.

네드는 새 담배에 불을 붙이고 나서 돌아다보았다. 곱슬곱슬한 밝은 머리길 밑의 환한 이마에 자잘한 잎주름이 새겨져 있었다.

"이브, 나는 오늘 돈존 호텔에서 어떤 말을 들었어."

"뭐죠?"

"로즈 경은 소문에 의하면……." 그는 담배 연기를 내뿜고 나서 창문 쪽으로 턱짓해 보이며 말했다. "귀가 몹시 나쁘다는 거야. 그러나 커튼을 젖히고 큰소리로 '안녕하세요'라고 말을 하면……."

이브는 잠자코 있었다.

그녀는 뱃멀미가 나는 것 같은 으스스한 불쾌감이 가슴께에 치밀어 올라와 눈앞이 아찔해지는 심정이었다. 모든 것이 꿈속처럼 보였다. 찌는 듯이 더운 방 안은 담배 연기로 가득 차 숨이 막힐 것만 같았다. 연기 속에서 네드의 파란 눈이 자기를 지켜보고 있었다. 자신의 목소리가 아득히 먼 곳에서 들려오는 것만 같았다.

"그런 비열한 음모는 집어치워요!"

"집어치우라고?"

"네, 아무리 당신이 그런 사람이지만 그런 짓은……."

"하지만 비열한 음모뿐일까?" 네드는 천천히 그녀에게 손가락질을 하면서 말했다. "당신이 뭘 했단 말야? 양심에 부끄러운 일은 없을 게 아냐?"

"그래요."

"그럼 다시 한 번 말하지. 당신은 부덕의 거울이고 나는 악당역이야. 열쇠를 가지고 있어서 이 방엘 멋대로 침입한 것만은 사실이야." 그는 열쇠를 꺼내 보였다. "그러므로 내가 아무리 떠들어댄다 해도 당신은 조금도 겁 낼 일이 없을 거야, 안 그래?"

이브는 입술이 바싹 말라붙는 것 같았다. 모든 것이 공허하고, 이상한 소리들이 먼 곳에서 들려오는 것만 같았다.

"가령, 토비가 나를 때린다고 해도 할 말이 없는 무법자야. 당신도 나를 쫓아내려고 하지 않았소? 게다가 당신을 완전히 믿고 있는 만큼 당신의 말이라면 금세 믿을 거야. 끄떡 없어! 나도 당신이 하는 말을 부정하지 않겠다고 약속하겠어. 당신이 정말 나를 미워하고 경멸한다면, 만일 로즈 집안 사람들이 당신이 말하는 그런 사람들뿐이라면, 겁을 주는 나에게 질려 있지 말고 소리쳐서 구원을 청하면 되잖소?"

"네드, 난 그렇게 비열한 짓은 하고 싶지 않아요."

"왜?"

"당신은 이해하지 못할 거예요."

"왜?"

이브는 말로는 설명할 수 없는지 그저 두 팔을 흔들었다.

이윽고 그녀는 입을 열었다.

"이것만은 말할 수 없어요."

이브는 눈에 눈물이 글썽한 채 조용히 말했다.

"당신이 오늘 밤 여기에 온 것이 사람들에게 알려지게 되니 차라리 죽어 버리겠어요."

네드는 잠시 그녀를 지켜보고 있었다.

"저런, 그래?"

그는 그렇게 말하더니 몸을 돌려 창가로 성큼성큼 걸어갔다.

이브는 전등을 끌 생각으로 앞으로 달려갔다. 하마터면 두터운 실내복 자락에 걸려 나뒹굴 뻔했다. 공단 허리띠가 또 풀어졌다. 거울의 의자에 발이 채이면서 늘어져 있는 전등 스위치에 손을 뻗쳤다. 스위치가 잡혔다. 그녀는 비틀거렸다.

방 안이 캄캄해지자 그녀는 비로소 마음이 놓이는지 울음을 터뜨리고 말았다.

 그때 그녀의 심정이 어떠했든 간에, 네드가 진심으로 건너편의 모리스 로즈 경에게 말을 걸 생각이었는지 어떤지는 의심스럽다고 해도 좋으리라. 그러나 어느 쪽이든 간에 결과는 마찬가지였다.

 그는 비단 커튼을 힘차게 젖히고, 그 밑의 레이스 커튼을 들어올리고 바깥을 내다보았다. 그가 한 행동은 그것뿐이었다.

 그는 큰길을 사이에 둔 모리스 로즈 경의 전등이 켜 있는 서재의 창문을 바라보았다. 그 창문은 방바닥까지 이어지는 길쭉한 프랑스식 창문이었다. 창문의 바깥쪽은 현관의 바로 위에 있는 돌과 쇠로 된 작은 발코니로 되어 있었다. 창문은 반쯤 열려 있고 덧문이 내려지지 않았으며 커튼은 젖혀져 있었다.

 그러나 서재 안은 몇 분 전에 네드가 들여다보았을 때와는 형편이 달랐다.

 "네드!"

 더욱 커지는 공포에 떠는 목소리로 이브가 불렀다.

 대답이 없었다.

 "네드, 왜 그래요?"

 네드는 손가락질을 했다. 그것만으로 충분했다.

 보통 크기의 네모진 방의 벽에 여러 가지 모양의 유리문이 달린 골동품 진열장이 나란히 놓여 있는 것이 보였다.

 두 개의 창문을 통하여 서재의 내부가 자세히 보였다. 나무 상자가 한둘 진열장 사이에 끼어 있었다. 벽은 백색이고 깔개는 그을린 잿빛이었는데, 의자나 집기는 방추형 금박 받침대나 비단 천으로 장식되어 있었다.

 네드가 먼젓번에 보았을 때에는 탁상 스탠드밖에 불이 켜져 있지 않았었다. 그런데 지금은 천정 중앙의 샹들리에가 빛나고 있어, 보고 있는 사람에게는 그 광경이 너무도 뚜렷하게 보였다.

왼쪽 창문에서는 왼쪽 벽으로 붙여놓은 모리스 경의 커다란 책상이 보였다. 오른쪽 창문으로는 오른쪽 벽의 백색 대리석 난로가 보였다. 서재의 안벽 쪽, 두 사람에게는 정면이 되는 벽에 2층 복도로 나가는 문이 보였다. 누군가가 그 문을 막 닫고 있었다.

그리고 서재를 나가는가 싶었다.

이브는 약간의 시간 차이로 그 사람의 얼굴을 보지 못했다. 미처 보지 못한 그 얼굴 때문에 그녀는 나중에 엄청난 시달림을 받게 되었다.

그러나 네드는 그 얼굴을 보았던 것이다.

막 닫히고 있는 문의 그늘에서 손이 나와 있었다. 그 손은 갈색 장갑을 끼고 있었다. 그 손이 문 옆의 전등 스위치에 가 닿았다. 손가락을 구부린 솜씨 있는 손놀림으로 스위치를 끄자 샹들리에의 불빛이 꺼졌다. 이윽고 문고리 대신 철제 핸들이 붙은, 키가 큰 백색 문이 조용히 닫혔다.

그리고 지금은 녹색의 유리 스위치가 있는 작은 책상용 탁상 스탠드가, 왼쪽 벽에 붙인 커다란 책상과 그 앞에 놓은 회전 의자에 흐릿한 빛을 떨굴 뿐이었다. 모리스 로즈 경은 여느 때처럼 옆얼굴을 보이며 앉아 있었다. 그러나 경은 이미 확대경을 손에 들고 있지는 않았고 다시는 확대경을 들 수도 없게 되었다.

확대경은 책상 위의 흡묵지 위에 놓여 있었다. 흡묵지 위에도······ 아니, 책상 위 전체에 부서진 듯한 무언가의 파편이 어지럽게 흩어져 있었다. 엄청나게 많은 파편, 묘한 파편이었다. 장밋빛 눈송이같이 핑크빛으로 반짝반짝 빛나는 투명한 파편, 그것은 빛을 받아 눈부시게 반사되고 있었다.

파편 속에는 금도 섞여 있는 것 같았다. 뭔가 다른 것이 있었는지도 모른다. 그러나 피가 책상 위로부터 벽까지 튀어서 그 빛깔은 분명하게 판단할 수가 없었다.

 최면술에 걸리기라도 한 듯 눈앞의 광경을 믿을 수 없는 심정으로, 목구멍까지 솟구쳐 올라오는 구토를 느끼면서 얼마나 그렇게 하고 서 있었는지 이브 닐은 나중에도 기억해 낼 수 없었다.

 "네드, 나……."
 "쉬잇!"

 모리스 로즈 경의 머리는 어떤 흉기로 몇 번이나 격렬하게 맞았던 것이다. 경의 몸은 곤두박질된 채 의자에 앉혀져 있었다. 턱을 가슴에 묻고 두 팔을 축 늘어뜨리고 있었다. 피가 얼굴에 그림물감이라도 칠한 것처럼 뺨으로부터 코 밑까지 흐르고 있었으며, 꼼짝도 하지 않는 모자를 쓴 듯이 피에 흠뻑 젖어 있었다.

4

 일찍이 웨스트민스터의 퀸 앤즈 게이트에 주택을 갖고, 최근에는 라 반드렛의 앙주 거리에 살고 있었던 훈공작(勳公爵) 모리스 로즈 경은 이런 모습으로 세상을 떠난 것이다.

 당시는 신문 기삿거리가 될 만한 사건도 적었던 시대였으므로 경의 죽음은 영국의 언론계까지 파문을 던졌다. 확실히 경과 같은 인물은 이런 불가사의한 방법으로 살해되지 않았더라면 그 사람됨을 아는 사람도 적고, 그가 무엇으로 작위를 받았는지 관심을 가질 사람도 없었을 것이다.

 사건에 의해서 경에 관한 모든 것이 흥미의 대상이 되었다. 경이 서훈된 것은 경이 옛날에 인도주의적 공적이 있었기 때문임을 알게 되었다. 경은 빈민굴의 일소, 형무소의 개혁, 선원의 대우 개선과 같은 문제에 관심을 가지고 있었다.

 비망록에 의하면 경의 취미는 '골동품 수집과 인간성 탐구'로 되어 있었다. 또한 경은 훗날 영국을 파산지경에까지 몰아넣은 사람들 중의 한 사람이었다. 또 경은 자선에 아낌없이 큰돈을 던졌고, 민생 향상에 돈을 쓰지 않는다고 당국을 달달 볶아대기도 했다. 그러면서도 본인은 세금을 내지 않기 위하여 되도록 외국에 나가서 사는 인물이었다. 콧수염과 탐스러운 턱수염을 기른 작달막한 노인으로서 마음 편한 생활을 하고 있었다. 그러나 친절한 사람으로서 평판도 좋았고 가정에서도 원만하고 명랑하여, 가장으로서도 손색이 없는 사람이었다. 확실히 경은 칭찬받을 만한 인물이며 존경받을 만했다.

이러한 모리스 로즈 경을 누군가가 용의주도한 계획 아래, 그토록 잔인한 방법으로 죽인 것이다. 날이 채 밝지 않은 새벽의 조용한 거리가 내려다보이는 창가에서, 이브 닐과 네드 아투드는 겁에 질린 어린애처럼 우두커니 서 있었다.

이브는 램프 불빛을 받은, 피에 얼룩진 광경을 차마 보고 있을 수는 없었다. 한번 창가에서 몸을 비키고 나서 다시는 그쪽으로 시선을 돌리지 않았다.

"네드, 거기서 떨어져요."

사나이는 대답도 하지 않았다.

"네드, 그분은 설마……."

"응, 아무래도 그런 것 같아. 여기서는 단언할 수 없지만."

"상처만 입고 있는지도 몰라요."

네드는 이번에도 대답하지 않았다. 두 사람 중에서 네드가 더 놀란 것은 무엇 때문인지 모른다. 그러나 그것은 당연한 일이었다. 그는 이브가 보지 않은 것까지 보았기 때문이었다. 갈색 장갑을 낀 사나이의 얼굴을 그는 보았던 것이다. 불이 켜진 방 안을 지그시 들여다보고 있던 그의 가슴은 뛰고 목이 모래처럼 바싹 말라 있었다.

"그렇죠? 부상만 당했는지도 모르잖아요?"

네드는 기침을 했다.
"그럼, 당신은 우리들이 나가서……."
"우리들은 갈 수 없어요."
이브가 나직하게 말했다.
"가고 싶어도 갈 수가 없어요."
"나도 가고 싶지가 않군."
"저분은 대체 어떻게 되었을까요?"

네드는 무슨 말을 할 듯하다가 입을 다물었다. 너무나도 참혹한 광경이라 현실 같지가 않았다. 말로는 설명할 수도 없었다. 대신 그는 잠자코 흉기를 내리치는 시늉을 해 보였다. 두 사람이 속삭이는 음성보다 큰 목소리를 내려고 하면, 굴뚝 속에서 얘기를 하듯 크게 메아리쳐 울리기 때문에 당황해서 입을 다물어 버렸다.

네드가 또 기침을 하고 말했다.
"뭔가 보는 것 없어? 쌍안경이나 오페라 글라스라도 좋아."
"어떻게 할 거죠?"
"뭐든지 좋아, 있어?"

쌍안경. 이브는 옆의 벽에 기대서 있었다. 쌍안경을 무엇에 쓰려고 그러나 하고 이브는 생각해 보았다. 쌍안경――경마――론샹 경마장. 바로 2, 3주일 전에 그녀는 로즈 집안의 사람들과 론샹에 갔다. 화려한 색채와 소음이 머릿속에 떠올랐다. 구름 한점 없이 맑은 대낮, 신호의 벨소리, 기수들의 갖가지 빛깔의 셔츠, 하얀 나무 울타리 쪽으로 달려가는 말. 로즈 경은 잿빛 실크해트를 쓰고 쌍안경을 눈에서 떼지 않았다. 벤 아저씨는 여느 때처럼 돈을 걸었다가 날리고 말았다.

네드가 왜 쌍안경을 필요로 하는지 모른 채, 이브는 물건들에 걸려서 기우뚱거리며 옷장 쪽으로 어둠 속을 달려갔다. 맨 윗서랍에서 가죽 케이스에 들어 있는 쌍안경을 꺼내 네드의 손에 건네주었다.

맞은편 방은 중앙의 조명이 꺼졌으므로 전보다도 꽤 어두웠으나, 오른쪽 창문에 쌍안경을 향하고 초점을 맞추는 작은 바퀴를 돌리자 방의 일부가 갑자기 또렷하게 그의 눈에 들어왔다.

오른쪽 벽과 난로가 비스듬히 보였다. 대리석 난로 위의 벽에 청동으로 만든 나폴레옹 황제의 상패가 걸려 있었다. 8월이므로 난로 속은 텅 비어 있고, 화열을 막기 위해 색무늬가 있는 직물로 덮여 있었다. 그러나 화구 옆에는 진주의 머리가 달린 난로 용구대(用具臺)가 있었고, 거기에는 삽이며 부젓가락이며 화봉(火棒) 따위가 얹혀져 있었다.

"저 부젓가락이 아닐까?"

네드는 입을 열었다.

"부젓가락으로 어떻게 했죠?"

"이걸로 좀 봐."

"무서워서……."

그 순간 이브는 네드로부터 정면으로 비웃음을 받지나 않을까 하고 생각했으나 네드 아투드도 그 정도로 심술궂은 사람은 아니었다. 그의 얼굴은 물에 젖은 종이처럼 창백했고, 쌍안경을 케이스에 담은 손은 떨리고 있었다.

"저렇게 건전한 가정에서 말야."

그는 골동품에 에워싸인 피투성이의 시체에게로 턱을 끄덕이면서 말했다.

"건전한 가정이라고 말했었지?"

이브는 목구멍에 치솟는 덩어리 같은 것 때문에 숨이 막힐 것만 같았다.

"누군가를 봤다는 거예요?"

"응, 그럼."
"도둑이 저분을 때렸겠죠? 그것을 보았죠?"
"아니, 때리는 현장을 본 것이 아냐. 내가 보았을 때에는 그 갈색 장갑을 낀 놈이 일을 마친 뒤였어."
"그럼 뭘 봤죠?"
"일을 끝낸 갈색 장갑이 부젓가락을 스탠드 위에 거는 거였어."
"그 도둑을 나중에 보면 알겠어요?"
"그런 말은 쓰지 않는 게 좋겠어."
"어떤 말을요?"
"도둑이란 말 말야."
 건너편의 불이 켜져 있는 서재의 문이 또 열렸다.
 그러나 이번에는 살며시 여는 것이 아니라 급하게 열렸다. 문에 나타난 것은 어김없는 헬레나 로즈 부인의 뚱뚱한 모습이었다.
 어둠침침한 곳이었으나 헬레나의 동작이며 몸놀림이 바로 옆에서 보는 것처럼 보였다. 그녀가 무엇을 생각하고 있는지 그것까지 알 수 있을 것 같았다.
 그녀는 문을 열 때부터 입술이 움직이고 있었다. 마치 그녀가 뭐라고 말하고 있는지 들리는 것만 같았다.
'여보, 그만 주무셔요.'
 헬레나를 로즈 부인이라고 부르는 사람은 없었다. 적당한 키와 뚱뚱한 몸매에 맹랑해 보이는 둥근 얼굴인데 은빛 머리를 짧게 자르고 있었다. 그녀는 화사한 동양식 옷을 걸치고 두 손을 소매에 꿴 채 슬리퍼 소리를 내며 걷고 있었다. 그리고는 문턱에 서서 또 한 번 말을 하며 중앙의 전등을 켜고는 두 팔을 흔들면서 등을 돌린 채로 있는 남편에게 말을 하려고 어슬렁어슬렁 앞으로 걸어 나갔다.
 근시인 헬레나는 남편의 손이 닿는 곳까지 이르러서도 사태를 깨닫지 못했다. 오른쪽의 창문을 통과했을 때 큰길에 그녀가 움직이는 그림자가 드리워졌다. 그녀의 모습이 창에서 떠났다가 왼쪽 창문에 나타났다.

결혼 이래 30년 동안, 헬레나 로즈는 좀처럼 이성을 잃은 행동을 한 적이 없었다. 그런 만큼 그녀가 뒤로 후닥닥 물러서며 비명을 지르기 시작했을 때는 엄청났다. 드높은 비명은 언제까지나 그치지 않았고, 조용한 밤하늘에 크게 울려 퍼졌다. 마치 한 집 한 집에 살고 있는 온갖 사람의 잠을 깨울 정도의 큰소리였다.

이브 닐이 조용히 말했다.

"네드, 돌아가요. 빨리!"

그러나 상대는 꼼짝도 하지 않았다.

이브는 그 팔을 잡았다.

"헬레나가 나를 부르러 와요! 늘 그랬어요. 게다가 경찰들이 오구요. 이 근처는 곧 경관으로 가득차요. 당신이 지금 당장 떠나지 않으면 우리들은 이제 끝장이에요." 그녀는 신음하듯 말을 하면서 아직도 네드의 팔을 잡아 흔들고 있었다. "네드, 당신은 설마 아까 한 말대로 행동하겠다는 것은 아니겠죠? 창문에서 고함을 질러 우리들의 비밀을 털어놓을 생각은 아니겠죠?"

네드는 손을 들어 크고 우람한 주먹으로 눈을 문질렀다. 그리고는 어깨를 축 늘어뜨린 채 서 있었다.

"아냐, 그렇게 할 생각은 없었어. 내가 좀 돌았던 모양이야. 그것뿐이야. 미안해."

"그럼, 돌아가세요."

"응, 가겠어. 정말 그럴 마음은 없었어."

"모자는 침대 위에 있어요. 이쪽이에요."

그녀는 침대로 가서 손으로 이불 위를 더듬었다.

"어둡지만 참고 내려가요. 지금 불을 켤 수는 없으니까요."
"왜?"
"이베트가 있어요, 새로 온 하녀 말이에요!"
나이는 꽤 많지만 부지런하고 재치 있게 움직이는 하녀 이베트의 모습이 그녀의 머리에 떠올랐다. 필요 없는 말은 한마디도 하지 않지만 그녀의 동작 하나하나가 이브에게는 무언가를 말하고 있는 것처럼 보이는 것이었다. 토비 로즈에 대해서조차 이브에게는 납득이 가지 않는 이상한 태도를 보이는 하녀였다.

이브에게는 이베트라는 이 하녀가 소문을 퍼뜨리고 다니는 대표적 존재처럼 생각되었다. 그녀는 만약의 경우 법정의 증언대에 서지 않을 수 없게 되었을 때를 생각해 보았다.

"모리스 로즈 경이 피살되었을 때 내 방에는 한 사나이가 있었습니다. 하지만 그 사나이는 물론 아무 관계도 없는 사람입니다."

그녀가 이렇게 말하자 여기저기에 킥킥 웃는 소리가 들리더니, 이윽고 까르르 하고 크게 웃음이 터진다.

이브는 불현듯 큰소리로 말했다.

"이베트는 이 위에서 자고 있는데 틀림없이 잠에서 깨어났을 거예요. 저 비명이라면 온 거리의 사람들이 깰 거예요."

비명은 여전히 계속되고 있었다. 이브도 그 비명이 언제 끝날까 하고 생각할 정도였다.

그녀는 모자를 보고 그것을 네드에게 던져 주었다.

"이브, 당신은 정말 마음속 깊이 저 구두쇠 바보 녀석을 사랑하고 있어?"

"바보 녀석이라고요?"

"토비 로즈 말야."

"지금이 그런 것을 말할 땐가요?"

"죽었다면 몰라도 살아 있는 동안에는 사랑이니 뭐니 하는 얘기는 언제든지 할 수 있는 거야."

네드가 대들 듯이 말했다.

"당신은 많은 여자들에게 그런 말을 해 왔겠군요."

"그렇긴 하지만, 가장 긴요한 상대에겐 말한 적이 없었지. 게다가 당신에겐 말하지 않아도 알고 있을 테고 말야."

그는 아직도 딱딱하게 굳은 것처럼 앉아 있었다. 이브는 가능하다면 자기도 비명을 지르고 싶을 정도였다. 할 수만 있다면 그를 문까지 밀어내고 싶었다.

길 건너편의 헬레나의 외침 소리는 멎었지만, 아직도 그 목소리가 남아 있는 것 같았다. 귀를 기울이고 있자니 달려오는 경관의 발소리 같은 것이 들렸다. 그리고 이브는 건너편 창문을 흘끔 보다가 거기서 무언가를 발견했다.

이제 헬레나 로즈의 옆에는 두 사람이 있었다. 귀여운 처녀 재니스와 부인의 오빠인 벤이었다.

두 사람은 환한 불빛에 눈이 부신 듯이 발을 헛디디며 문 쪽으로 들어왔다. 이브는 재니스의 붉은 머리와 벤 아저씨의 난처해 뵈는 얼굴을 볼 수가 있었다. 심야의 고요 속에서 의미도 맥락도 없는 말의 파편들이 점점 커지며 이쪽까지 들려왔다.

이브는 네드의 목소리 때문에 퍼뜩 정신이 났다.

"정신 차려, 우물쭈물하고 있으면 당신도 곧 히스테리를 일으키게 돼. 침착해. 근심하지 말고. 나는 들키지 않아. 뒷문으로 빠져 나갈 테니까."

"가기 전에 열쇠를 돌려 줘요."

그는 장난스레 놀라는 표정을 지었으나 그녀는 끈덕지게 매달렸다.

"딴전 피우지 마세요. 이제 당신은 이 집의 열쇠를 가질 이유가 없어요, 돌려 줘요!"
"싫어, 열쇠만은 지니고 있겠어."
"당신은 소금 선에 미안하나고 말했잖아요? 당신도 약산은 예의를 알고 있는 사람이라면, 나를 오늘 밤 이런 궁지에 몰아넣지는 않았을 거예요."

네드가 주저하고 있는 것은 아니지만, 그가 사람을 애먹일 때면 늘 보이는 후회하는 표정을 그녀는 깨달았다.

"그걸 돌려주면…… 당신과 또 만나도 좋아요."
"정말이야?"
"열쇠를 돌려 줘요!"

1초 후 그녀는 열쇠를 돌려 달라고 말하지 않았으면 좋았을 걸 하는 마음이 들기 시작했다. 열쇠를 고리에서 벗겨내는 데 믿을 수 없을 만큼 그가 꾸물거리고 있는 것처럼 보였기 때문이었다. 그와 또 만나겠다고 말했으나 그녀의 진심은 그게 아니었다. 다만 그런 약속이라도 하지 않고는 열쇠를 돌려받지 못하리라고 생각했기 때문이다.

그녀는 열쇠를 소중하게 파자마의 윗주머니에 집어넣고 그를 문 쪽으로 밀었다.

2층의 복도는 조용하고 어두웠다. 3층의 이베트는 잠에서 깨어나지 않은 것 같았다. 복도의 커튼을 치지 않은 창문으로부터 어렴풋이 빛이 스며들고 있었다. 계단을 발로 더듬으며 내려가는 모습의 윤곽만이 보였다.

그러나 이브는 아직도 궁금한 것이 하나 있었다.

지금까지 그녀는 불유쾌한 것을 되도록 피하면서 살아왔다. 흰 벽에 방추형의 도금으로 장식된 가구가 있는 방에서 부젓가락으로 타살된 모리스 경의 모습과, 그 뒤에 사람의 얼굴인 듯한 것이 떠오르는 불유쾌함, 어쩌면 무서움이라고 말해야 좋을지 모르지만 그런 것을 그녀는 되도록 잊고 싶었다. 그러나 이번만은 피할 수가 없는 것이다. 어쩌면 이것이 그녀의 몸에 깊이 연결되는 것이 아닐까 하고 생각되었다.

그녀는 또 시청의 시계탑이 떠올랐다. 그 건물에는 경찰도 있다. 그녀는 서장인 고론 씨 생각이 났다. 음산한 아침, 덜컹하고 떨어지는 단두대를 그녀는 생각했다.

"네드, 그것은 도둑이었죠?"

"좀 이상한데."

그는 불쑥 말했다.

"뭐가요?"

"오늘 밤, 내가 여기를 올라왔을 때 이 복도는 당신의 모자 속처럼 캄캄했었어. 아마 저 창문의 커튼이 쳐져 있었기 때문이겠지."

그는 복도가 끝나는 곳을 손가락질하면서 말했다. 생각해 보니 그의 그런 느낌은 틀림없었다.

"층계에서 뒹굴 뻔했어. 그 양탄자 편에 걸려서 말야. 조금이라도 불빛이 있었더라면 나는 발이 걸리지 않았을 거야. 헌데, 왜 이렇게 밝을까?"

"네드, 딴전 피우지 말아요. 그건 도둑이었죠?"

그는 깊숙이 숨을 들이마셨다.

"젠장, 도둑이 아니란 것은 당신도 알고 있을 것 아냐."

"믿을 수 없어요. 설마 그런 일이, 믿을 수 없어요."

"무슨 소릴 하는 거야!"

네드는 단호하게 말했다. 어슴푸레한 속에서도 그의 눈이 빛나고 있다는 것을 알 수 있었다.

"다른 사람도 아니고 바로 내가 약한 자의 편이 될 줄은 몰랐군. 그러나 당신 같은 가냘픈 여성을……."

"내가 어쨌다는 거죠?"

"내버려 둘 수는 없어, 그것뿐이지."

급한 커브가 있는 층계는 감감한 굴 같았다. 네드는 계단의 난간이 흔들릴 정도의 기세로 한 손을 얹었다.

"당신에게 말을 해야 좋으냐, 해서는 안 되느냐의 결심을 해야 한다고 생각하고 있었어."

그는 주먹을 쥔 채 가까스로 평정을 되찾으며 말했다.

"나는 당신의 몸가짐에 대해서 이러쿵저러쿵 참견할 생각은 없어. 다만 말야, 지금 이런 얘기가 문득 생각났어. 빅토리아 여왕 시대의 얘긴데, 이 얘기를 듣고 나는 크게 웃은 적이 있어."

"도대체 무슨 얘기죠?"

"기억 안 나? 사건은 약 100년쯤 전의 일이야. 윌리엄인지 뭔지 하는 귀족이 종에게 피살된 얘긴데 말야."

"하지만 그 불쌍한 모리스 경에게는 종이 없었어요."

"답답하군, 엉덩이를 두들겨 줄까 보다. 아무튼 그런 얘기를 들어 본 적 없어?"

"없어요."

"살인 현장을 맞은편 집 창가에 서 있던 사나이가 목격했다는 거야. 그런데 그 사나이가 보고 있던 그 방이 유부녀의 침실이었으므로, 자기가 본 범인을 남에게 얘기하거나 고발을 할 수가 없었어. 그래서 죄 없는 사나이가 살인혐의로 체포를 당했을 때 그 사나이는 어떻게 했겠나? 물론 이런 얘기는 꾸민 얘기겠지만, 아무튼 이 얘기에선 범인의 정체에 대해서 의심할 여지가 없었어. 빅토리아 시대에는 그런 이상한 짓을 하면서도 그것을 공표할 수가 없었어. 남녀의 그런 궁색한 경우가 재미있었는지 이 얘기는 오래도록 전해져 왔지. 나는 지금껏 이런 입장은 일종이 희극이라고 생각해 왔는데 지금의 입장이 되어 보니……."
잠시 입을 다물었다가 네드는 말을 이었다.
"재미있기는커녕 이건 심각한 일이야."
"네드, 누구였죠? 누가 죽였어요?"
네드는 그 오래된 얘기에 빠져 버린 듯, 방금 일어난 사건에 대한 그녀의 질문이 들리지 않았다. 아니면 듣지 못한 척하고 있었는지 모른다.
"나의 기억이 틀림없다면 누군가가 그 얘기를 연극 각본으로 썼지."
"네드, 제발……."
"내 얘기나 들어, 이것은 중대한 문제야."
이브는 어스름 속에서 그의 희끗한 얼굴을 보았다.
"연극에서는 교묘하게 모면을 했더군. 그 등신 같은 사나이가 경찰에 익명의 편지를 써서 살인 범인을 고발했는데, 그것으로 만사가 무사히 해결될 줄 알았지. 물론 그 정도로는 해결이 안 되지. 실제로 그 어려움에서 빠져 나올 유일한 수단은 법정에 서서 진짜 살인범과 대결하여 증언을 하는 것이었어."
법정이라는 불길한 말을 듣고 이브는 그의 팔을 잡았다. 이미 층계를 한 계단 내려가 있던 그는 이브를 위안하는 듯한 몸짓을 했다. 몸을 돌려서 그녀와 마주 섰다. 조심스러운 두 사람의 대화는 아무리 태연한 사람이라도 흥분하지 않을 수 없을 텐데 더욱 차분하고 나직한 음성이었다.
"근심할 것 없어. 당신은 관련이 없단 말이야, 잘 되도록 해 주겠어."
"설마 경찰에 가서 말을 하는 것은 아니겠죠?"
"누구에게도 말하지 않겠어."

"하지만 나한테는 말해 줘도 좋지 않아요, 누가 했죠?"

그는 이브의 손을 떼어내고 또 한 계단을 내려갔다. 뒷걸음질치면서 왼손을 난간에 얹었다. 희고 흐릿해져서 이빨만이 반짝이는 그 얼굴이 그녀로부터 뒤로 물러나면서 가물가물 스러져가는 것처럼 보였다.

이브의 머리에 떠오른 것은 지나치게 긴장하지 않으면 떠오르지 않을 무서운 광경이었다.

"아냐."

언제나 사람의 마음을 읽고는 앞질러가는 네드답게 그는 그것을 부정했다.

"당신은 그런 일로 애를 태울 것은 없어. 가족의 일원이 한 짓은 아니니까."

"정말인가요?"

"응, 그것만은 맹세할 수 있어."

"나를 애태우게 할 생각은 아니겠죠?"

네드는 부드럽게 말했다.

"천만에, 나는 오히려 가만히 놔둘 생각이야. 당신은 모르는 편이 좋아. 당신을 좋아하게 된 남자는 다 그렇게 하기를 바라지. 하지만 이것만은 정말! 당신 나이라면 세상 물정을 어느 정도는 알 만도 할 텐데 말야, 아무튼 좋아."

그는 깊이 숨을 들이쉬었다.

"당신도 곧 듣게 될 테니까."

"빨리 말해요!"

"맨 처음 우리들이 들여다봤을 때…… 기억하고 있지?"

잊으려 해도 그 광경이 떠나지 않았다. 이브는 네드의 시선을 느끼면서 지금까지 몇 번이나 본 적이 있는 왼쪽 벽에 붙인 커다란 책상과 확대경을 손에 들고 있는, 작은 턱수염이 있는 모리스 경의 조그마한 체구를 생각해냈다. 아직 그 머리가 피에 흠뻑 젖어 있지 않을 때의 모습이었다. 그리고 지금은 일그러진 윤곽의 한 그림자가 그 위에 얼씬거리고 있었다.

"맨 처음 들여다봤을 때 노인과 함께 누군가가 있는 것 같다고 말했었지? 누군지는 몰랐지만 말야."

"그래서요."

"그런데 두 번째 보았을 때에는 불이 켜져 있었어……."

이브도 그를 따라서 한 계단 내려갔다. 그녀는 손을 내밀어 그를 세차게 떠밀 마음은 추호도 없었다. 갑자기 경관의 날카로운 호각 소리가 울려 퍼졌기 때문에 그렇게 된 것뿐이다.

바깥의 큰길에서는 경적 소리와 함께 살인이라고 외치는 소리가 들렸고, 있지도 않은 강도를 쫓는 듯한 큰소리로 목청껏 경관을 불러 모으고 있었다. 그 소리를 듣고 격렬한 공포 속에 휩싸인 이브는 그를 빨리 아래층으로 내려 보내 집 밖으로 쫓아냄으로써, 자기의 위험을 배제하고 싶다는 세찬 본능에 의한 행동에 지나지 않았다. 그녀의 손이 네드의 어깨에 닿았고 그녀는 그 손으로 그를 밀었던 것이다.

네드는 소리를 지를 겨를도 없었다. 그는 위태로운 자세로 몸의 중심을 잡고 있었고 왼손은 난간 위에 가볍게 얹고 있었는데, 등 뒤는 계단이고 게다가 발뒤꿈치가 계단 가장자리 밖으로 나가 있었다. 의지할 데를 잃고 비틀거리다가 그는 성난 듯한 소리를 지르면서 한 걸음 뒤로 물러났다. 한 계단 밑에는 삐죽이 솟아나온 양탄자 핀이 대기하고 있었다. 이브는 그가 쓰러지기 전에 얼떨떨한 표정으로 노려보는 것을 보았다.

5

 사람의 몸이, 위험하기 그지없는 16단의 계단을 굴러 떨어져 계단 아래의 벽에 머리를 냅다 부딪쳤으니, 누구든지 온 집 안을 진동시키는 큰소리가 났다고 생각할 것이다.
 그러나 이브가 나중에 생각해 보니 극히 작은 소리밖에 들리지 않았다. 이것은 그녀가 극도로 놀란 때문인지도 몰랐고, 혹은 엄청난 음향이 들릴 것이라고 각오하고 있었기 때문인지도 모른다. 네드가 계단 아래로 굴러 떨어지고 그의 옆으로 그녀가 헐레벌떡 달려가 쪼그리고 앉을 때까지는 순간의 일이었다.
 이브는 그를 해칠 마음이 없었다. 매력도 매력이지만 정숙하고 선량한 그녀처럼 아름다운 여성이, 상대로부터 의심을 받을 줄은 꿈에도 생각하지 않았다. 물론 그녀는 스캔들을 두려워하고는 있었지만, 왜 그 스캔들을 자기에게 멀리할 수가 없는지 깊이 생각해 보지도 않았다.
 이브는 퍼뜩 정신이 들었다. 네드 아투드가 죽은 줄로만 알았다. 커브진 계단 아래의 홀이 캄캄해서 이브는 네드의 몸에 발이 걸렸다. 악몽의 결말다웠다. 그녀는 가능하다면 현관의 문을 열고, 빨리 결말을 내기 위해 경관을 불렀으면 하고 생각할 정도였다. 그러므로 죽은 줄로만 알았던 몸이 꿈틀꿈틀 움직이며 말을 했을 때에는 울고 싶도록 기뻤다.
 "도대체 어쩌자는 거야? 왜 떠밀었어?"
 안도의 물결이 뱃멀미처럼 스러져갔다.
 "일어설 수 있어요? 다치지 않았어요?"
 "다치진 않았어. 좀 부딪쳤을 뿐이야. 이봐, 대체 왜 그래?"
 "쉬잇!"
 네드는 손으로 땅을 짚고 엉거주춤 엎드린 채 조금 비틀거리며 일어났다. 그 음성은 약간 트릿했으나 별탈은 없는 것 같았다. 그를 안아 일으키려고 몸을 굽힌 이브는 그 얼굴에 손이 닿고 머리카락을 만졌는데 끈적끈적한 피의 감각에 섬뜩해서 손을 움츠렸다.
"다쳤군요!"
"괜찮아! 부딪쳤을 뿐이야. 그렇긴 하지만 조금 이상하군. 어깨가 이상해. 젠장, 질겁을 했어. 여봐, 왜 떼밀었지?"
"얼굴에 피가! 성냥이나 라이터 갖고 있어요? 불을 켜 봐요."
잠시 말이 끊겼다.
"코에서 피가 나오고 있어. 하지만 이상한데, 코를 부딪친 기억은 없는데 말야. 아무튼 괜찮아. 라이터라면 있어, 여기."
라이터의 작은 불길이 붙었다. 네드가 손수건을 찾고 있는 동안에 이브는 라이터를 그 손에서 빼앗아 높이 쳐들고 그의 머리를 살폈다. 머리칼이 헝클어지고 윗옷이 더럽혀져 있을 뿐 상처 입은 기색은 보이지 않았다. 코피를 흘리고 있었다. 이브는 자기의 손에 묻은 피를 보고 오싹 몸을 떨었다.
네드는 재빠르게 코피를 닦아낸 후 손수건을 주머니에 넣고 찌부러진 모자를 집어 들고 먼지를 털어서 다시 썼다.
그동안 네드는 어리둥절한 얼굴을 하고 있었다. 그는 무언가의 맛을 시험해 보기라도 하듯 혀로 몇 번이나 입술을 핥았다. 어떤가 알아보기라도 하듯 고개를 흔들며 어깨를 구부리기도 했다. 안색은 꽤 창백했으며 멍청히, 마치 무언가를 주시하고 있는 것같이 파란 눈을 한 곳에 고정시키고 있었다.
"정말 괜찮아요?"
"괜찮아, 고마워."
그는 이브의 손에서 라이터를 빼앗아 불을 켰다. 그가 전에 보인 적이 있는 거센 흉포함이 얼핏 나타난 것 같았다.

"이상해, 정말 이상해. 당신은 지금 나를 죽이려고 했는데도 이젠 또 무슨 마음으로 나를 무사히 돌려보내려 하는 걸까?"

옛날이 네드 아투드 그대로였다. 네드는 그녀를 위협하는 유령인 것이다. 이브는 그 자리에 질린 채 서서 잠시 동안 그런 것을 생각하고 있었다…….

이윽고 두 사람은 어두운 집 안에 들어서서 묵묵히 뒷문으로 갔다. 스프링 자물쇠는 이브가 열었다. 거기에서 대여섯 계단을 돌층계로 내려가면, 높은 돌담에 둘러싸인 조촐한 뒷마당으로 나갈 수 있었다. 그쪽의 뒷문으로 해서 카지노 거리로 빠지는 골목으로 나갈 수 있는 것이다.

쥐 죽은 듯이 조용한 뒷문에서 문이 끼익하고 소리를 냈다. 습기 찬 풀과 장미꽃 향기에 가득 찬 훈훈한 밤의 바깥 공기가 졸음을 몰고 왔다. 지붕 저쪽의 먼 하늘에서 큰 등대의 불빛이 20초 간격을 두고 빛났다가 스러지곤 했다.

두 사람은 뒷마당으로 가는 돌층계 밑에서 잠시 걸음을 멈추었다. 현관 쪽에서 경관이 몰려온 듯 와글와글하는 소리가 들려왔다.

이브는 네드의 귀에 입을 가져다대고 따지듯 물었다.

"잠깐 네드, 아까 말하려다 그만둔 그 사람은 누구였죠?"

*

"잘 자요."

아투드는 정중하게 말했다.

그는 꺼벙한 태도로 고개를 숙여 보이고는 그녀의 입술에 키스를 했다. 이브는 또 약간 피가 묻은 것을 느꼈다. 네드는 그녀를 향하여 가볍게 모자에 손을 얹더니 등을 돌리고는 약간 비틀거리며 뒷마당으로 나가는 돌층계를 내려갔다. 의젓한 걸음걸이로 마당을 지나 뒷문으로 갔다.

너무 불안하여 큰소리로 악이라도 써보고 싶었으나, 이브는 네드의 뒷모습을 향하여 소리를 지르지는 않았다. 돌층계를 달려 올라가자니 실내복의 공단 허리끈이 또 풀렸다. 그녀는 네드의 뒷모습을 보며 마구 손을 흔들었으나 그는 깨닫지 못했다. 이런 상황이었으므로 뒤의 문에서 찰칵하는 작은 소리가 나는 것을 그녀는 깨닫지 못했다.

네드가 집에서 나가기만 하면 이미 위험은 사라진 거나 같다고 그녀는 생각하고 있었다. 사람들에게 발각된다면 숨 막힐 듯한 불안에서 벗어날 수 있게 되었으니 그녀는 안도의 숨을 쉴 수가 있었다.

그러나 사태는 아직도 평온 상태로 돌아오지는 않았다. 이브로서는 꼬집어서 말할 수는 없지만 막연한 공포가 솟아오르는 것을 느낄 수 있었다. 그것은 네드 아투드의 몸에서 풍겨 나오는 것이 아닌가 싶었다. 그녀가 알고 있는 네드는 야무지지 못하고 깔끔하지 못한 사나이였는데, 마치 마법에라도 걸린 듯이 기분이 나쁠 정도로 예의바른 사람으로 싹 변해 버렸기 때문이었다.

이브는 깊이 숨을 쉬고 살금살금 돌층계를 내려갔다. 그리고 손을 내밀어 문을 더듬다가 움찔 놀라며 서 버렸다. 문이 잠겨 있었던 것이다. 스프링 자물쇠가 안쪽으로 걸려 있었다.

세상에는 이렇다 할 이유 없이 하는 일마다 그 결과가 시원치 않을 때가 더러 있는 법이다. 남자보다도 여자 쪽이 그런 경우에 부딪치는 일이 많다. 돌이킬 수 없을 만큼 중대한 일은 아니지만 여자의 입장으로는 괴로운 일인 것이다. 그러다 보면 응접실에서 물건을 깨뜨리는 실수도 저지른다. 그런 뒤부터는 언짢은 일만 일어나는 것이다. 추울 때는 오래도록 동면 상태에 있는 뱀처럼 가정에서의 사소한 말썽거리가 갑자기 잠에서 깨어나 엄습해 온다. 생명이 없는 물체까지 심술궂은 악마가 씌운 듯이 보여 화가 치미는 일이 있는 법이다.
 단단히 닫혀진 문의 손잡이를 사납게 당기면서 이브는 이런 생각을 하고 있었다.
 그런데…… 문이 어째서 저절로 잠겼을까?
 바람은 조금도 없었다. 바깥은 생각했던 것보다 시원했다.
 별이 빛나는 하늘 아래, 마당의 나무들 밑에는 움직이는 것이란 하나도 없었다.
 그러나 지금 그런 것은 아무래도 좋았다. 이런 일이 흰끼빈에 그녀에게 엄습해 온 것이 짓궂은 운명의 장난이라면, 어째서 이런 꼴이 되었을까 하고 생각하는 것은 쓸데없는 일이다. 그녀가 생각하지 않으면 안 될 것은 어떻게 해야만 집안에 빨리 들어가느냐였다. 당장이라도 경관이 와서 그녀의 모습을 발견할지도 모른다.
 문을 두드릴까?
 이베트를 깨울까? 빛나는 작고 검은 눈과 앙상하게 빠진 모피와 같은 눈썹, 이베트의 뻔뻔스러운 얼굴을 생각하면 화가 날 정도로 혐오스러웠다. 왜 그런지 자기도 알 수 없었지만 그녀는 분명히 이베트를 두려워하고 있었다.
 하지만 어떻게 집 안에 들어갈까? 창문은 안 된다. 1층의 창문은 방마다 안쪽에서 단단히 쇠를 걸어두었던 것이다.
 이브는 이마에 두 손을 댔는데 손이 기분 나쁘게 피로 끈적거려 얼른 손을 떼었다. 실내복이 엉망이 되어 있으리라. 살펴보려고 했지만 너무 어두워서 보이지 않았다. 비교적 더러워지지 않은 왼손으로 실내복을 벗으려고 가슴께를 잡아당겨 보았다. 그러자 파자마의 가슴주머니에 네드 아투드로부터 되돌려 받은 현관 열쇠가 있음을 깨달았다.
 마음 한구석에서는 '큰길은 벌써 경관 투성이야! 현관으로 돌아가서는 안 돼' 하고 부르짖고 있었다. 또 집 둘레의 돌담이, 큰길에서는 보이지 않는다고 부르짖는 소리도 들렸다. 살며시 이곳에서 빠져 나가 소리만 내지 않으면 들키지 않고 현관으로 들어갈 수 있을지 모른다.

결심을 할 때까지 약간 시간이 걸렸다. 1초 1초, 시간이 흐름에 따라 불안은 더해 갔다. 드디어 그녀는 해 보겠다고 결심을 했다. 담에 찰싹 달라붙은 듯한 자세로 거친 숨을 몰아쉬면서 그녀는 앞마당으로 나갔다. 그곳에서 토비 로즈와 정면으로 마주치고 말았다.

물론 토비 쪽에서는 그녀가 보이지 않았다. 그것만이 유일한 행운이었다.

아닌 게 아니라 그녀를 부르러 온 것이었다. 토비는 파자마 위에 길다란 레인코트를 입고 구두를 신었는데, 길을 건너와 때마침 미라 말장의 문에 손을 대고 있는 참이었다.

큰길 쪽 담장은 2.7미터 정도의 높이이고 입구는 철격자의 문이 있는 아치형 통로로 되어 있었다. 앙주 거리의 크고 어스름한 가로등이 호두나무 가지에 걸린 채 녹색 빛을 던지고 있었다. 그리고 그림자는 이브의 집 앞마당에 드리웠다. 가로등은 또 문 밖의 토비의 모습을 뚜렷하게 비추고 있었다. 게다가 앙주 거리는 아직도 경관으로 가득 차 있지는 않았다. 오히려 이브가 발견되는 것을 면하게 해 준 것은 경관이었다. 토비가 문에 손을 대자 높은 음성이 그 등 뒤에서 프랑스어로 떠들어 댔다.

"잠깐! 당신 거기서 뭘 하고 있소? 그곳 영국인에게 용건이라도 있는 거요? 그래요?"

따져 묻는 듯한 어조가 한마디 한마디 높아졌다. 무거운 발소리가 큰길을 횡단해 왔다.

토비는 두 손을 펼친 채 뒤돌아보고 프랑스 어로 대답했다. 유창한 프랑스 어였는데 귀에 거슬리는 악센트가 있었다. 이브는 전부터 토비가 다른 외국인은 흉내내지 못하는 것을 보여 주기 위해 짐짓 그런 악센트를 붙이고 있는 게 아닌가 하고 의심하고 있었다.

"닐 부인 집에 갈 뿐이오."

그도 큰소리로 응수를 하고 문을 두드렸다.

"안 됩니다, 집에서 나와서는 안 돼요. 돌아가시오, 빨리."

"그러나, 여보시오……."

"돌아가라니까요. 서투른 짓은 하지 마세요."

토비는 짜증난다는 듯이 화가 난 몸짓을 해 보였다. 불빛 밑에서 그가 휙 돌아서는 것이 보였다. 갈색의 부드러운 머리칼과 콧수염을 짧게 깎은 상냥해 뵈는 표정이 강한 감정으로 어필해 왔다. 그리고 일그러지고 몹시 놀란 모습이 철격자 너머로 보였다. 토비는 주먹을 휘두르고 있었다. 그가 몹시 괴로워하고 있다는 것은 누가 보아도 알 수 있었다. 특히 이브는 확실히 알 수 있었다.

"경감님."

토비가 불렀다. 경감은 프랑스 어로 단순히 경관을 뜻한다는 것을 기억하고 있을 것이다.

"어머니에 대해서 알고 있겠죠? 2층에서 히스테리 증세를 일으키고 있어요. 보셨겠죠?"

"네, 봤어요."

경관이 대답했다.

"그 어머니가 닐 씨를 불러 달라고 하십니다. 어머니를 위로해 줄 수 있는 사람은 그 사람뿐이에요. 그리고 나도 몰래 숨으려고 한 것도 아니고, 이 집으로 닐 씨를 데리러 왔을 뿐입니다."

"어디에도 가서는 안 됩니다."

"죽은 사람은 나의 아버지란 말이오!"

경관은 꾸짖듯 말했다.

"여기서 살인 사건이 난 것은 내 탓이 아냐. 라 반드렛의 살인이라, 지독한 사건이야! 고론 서장이 뭐라고 말할까. 카지노의 자살 사건만도 몸서리가 나는 판인데 또 사건이라니!" 여기서 목소리는 더한층 커졌다. "어, 또 한 사람 온다!"

이 경관의 두통거리는 큰길을 건너오는 또 하나의 발걸음 소리로 더욱 심해졌다. 이번 것은 서둘러 오는 듯한 가벼운 발소리였다. 새빨간 파자마를 입은 재니스 로즈 양이 문 옆의 두 사람이 있는 쪽으로 다가갔다. 길게 묶은 타오르는 듯한 붉은 머리가 새빨간 파자마에 귀여운 얼굴과 좋은 대조를 이루고 있었다. 올해 스물세 살이 되는 재니스는 몸매가 작고 얼굴이 둥글고 청초하며, 멋지고, 말괄량이인데다 콧대가 센 18세기풍의 용모와, 때로는 18세기풍의 고지식한 면을 보이는 아가씨였다. 지금의 재니스는 다만 멍청해져서 금세 울음이 터질 것만 같아 보였다.

"왜 그래요?"

그녀는 토비에게 말을 걸었다.

"이브는 어디 있죠? 왜 이런 곳에 서 있어요?"

"이 등신 같은 자식이……."

"제지한다고 꼼짝 못하는 거예요? 안 돼요."

경관은 영어를 알아듣는 것 같았다. 재니스가 문 안을 들여다보자 이브의 모습이 보이지 않았지만, 정면으로 이브의 눈과 마주쳤을 때 또 날카로운 호각 소리가 그들의 귀에 울렸다.

"저 소리는 당신들더러 돌아가라는 신호입니다."

경관은 분명하게 말했다.

"자, 당신과 아가씨도 돌아가세요. 얌전히 돌아가시는 거죠? 아니면 강제로 돌려보낼까요?"

경관의 모습이 춤을 추듯 이브의 시야 속에 들어와 토비의 팔에 손을 얹었다. 경관은 망토 밑에서 그때까지 손을 들고 이리저리 돌리던, 희고 짧은 딱딱한 고무 경찰봉을 쑥 내보였다.
 경관의 거칠기만 하던 음성이 우수를 띠기 시작했다.
 "정말 딱하군요. 나로서도 기분이 좋지는 않습니다. 물론 당신들도 그런 모습이 되신 아버님을 본다는 것은 괴로운 일이겠지만요."
 토비는 두 손으로 눈을 덮었다. 재니스는 홱 등을 돌려 집으로 달려갔다.
 "그러나 명령이니까, 자아, 오세요." 경관은 얼마간 동정을 담아서 달래듯이 말했다. "대단한 일은 아닙니다. 알겠어요? 주임이 올 때까지 15분이 채 안 되는 동안입니다. 15분 말이오. 그동안만 지나면 의심받지 않고 그 부인과 만날 수도 있어요. 자, 어서 돌아가십시다……."
 "알겠소." 토비가 낙심한 듯이 대답했다.
 경관이 그의 팔을 놓자 토비는 떠나기 전에 또 한 번 미라말장을 바라보았다. 긴 레인코트를 입은 볼품없는 모습으로 각지고 뭉툭한 턱을 휘두르며 뜻밖의 말을 했다. 조심성을 잃은 모양이다. 서투른 연극 대사로 들릴 정도로 그의 감정은 격해 있었던 것이다.
 "이 세상에서 가장 다정하고 아름다운 분이여!"
 "뭡니까?"
 "닐 씨 얘기요."
 토비가 설명을 하면서 손가락질해 보였다.
 "그래요?"
 경관은 어이가 없어서 닐의 주택 쪽으로 시선을 던졌다.
 "저런 사람은 처음 봤어. 고결하며 더러움을 모르고 다정해서……."

토비는 이브도 모를 만큼 열심히 자기를 억제하고 꿀꺽 마른 침을 삼키고는, 새빨개진 눈을 문 쪽으로 보내며 프랑스어로 덧붙였다.
"그녀의 집에는 못 가더라도 전화 같은 건 해도 괜찮겠죠?"
잠시 후 경관이 말했다.
"전화까지 못하게 할 수는 없죠. 어쨌든 전화라면 괜찮겠죠. 저런, 달려가지 않아도 될 것을!"
또 전화다.
이브는 경관이 문 안쪽을 들여다보지 않았으면 하고 기도했다. 토비 로즈에게서 전화가 걸려오기 전에 전화기 옆에 가 있지 않으면 안 된다. 토비가 그녀를 이토록 이상화하고 있을 줄은 몰랐다. 저토록 호들갑스럽게 철없는 소리를 지껄이다니 따귀라도 때려 주고 싶었다. 그건 그렇고, 그녀는 여지껏 느껴보지 못한 정도로 가슴이 울렁거리는 것을 느꼈다. 마음속 한편으로는 안타까움으로 들떠 있으면서도, 여자 특유의 자기 희생을 아무렇지도 않게 생각하는 심정으로 오늘 밤의 지겨운 침입자에 대해서 토비에게 알리지 않을 수 있다면, 어떤 일이라도 하겠다고 새삼스럽게 마음으로 맹세하는 것이었다.

경관이 문을 열고 고개를 들이밀었기 때문에 이브는 잠시 동안 숨을 죽여야만 했는데 경관은 그것으로 만족한 것 같았다. 길을 건너가는 발소리가 들리고 건너편 집의 문이 쾅 소리를 내며 닫혔다. 이브는 목을 움츠리고 자기 집 현관을 향하여 달렸다.

문득 실내복 앞자락이 풀려져 있는 것을 그녀는 깨달았다. 허리띠가 또 풀린 것인데, 그런 것에 신경을 쓰고 있을 수 없었다. 현관까지는 돌층계만 오르면 된다. 그것이 그녀에게 무한의 공간인 것처럼 여겨졌다. 사나운 채찍질에 쫓기고 있는, 언제 붙들려서 맞아 죽을지 모른다는 심정이었다. 열쇳구멍에 열쇠를 찔러 넣는 시간조차 무한히 길게 느껴졌다. 열쇳구멍이 그녀에게서 도망쳐 가는 것 같았고, 열쇠도 꼭 쥐지 않으면 떨어뜨릴 것만 같았다.
 가까스로 안에 들어갔다. 후덥지근하지만 어둠 속에서 안도의 숨을 내쉬었다. 부드러운 소리를 내며 닫힌 문이 그녀를 무서운 공포로부터 보호해 주었다. 이제 살았다. 그녀는 분명히 누구에게도 들키지 않았다고 생각했다. 가슴이 두근거리고 왼손에 묻은 피가 아직도 끈적거리는 것 같았다. 그녀의 머리 움직임은 느린 수레와 같았다.
 어둠 속에 웅크린 채 호흡을 조정하며, 전화로 토비와 여느 때처럼 통화할 수 있도록 머리와 감성을 신성시키고 있었다. 그때 2층의 전화벨이 울렸다.
 그녀는 이미 두려워할 것이 없었다. 만사가 잘 되었다고 그녀 스스로에게 타이르고 있었다. 물론 모든 것이 잘 되었다. 잘 안 되었을 리가 없다. 실내복의 앞섶을 단단히 여며 잡고 그녀는 전화를 받기 위해 살며시 2층으로 올라갔다.

6

 그리고 꼭 1주일 후인 9월 1일 월요일 오후, 아리스티드 고론 씨는 친구인 다모트 킨로스 박사와 돈존 호텔의 테라스에 앉아 있었다.
 고론 씨는 얼굴을 잔뜩 찡그리고 있었다.
 모리스 로즈 경의 살해용의자로 이브 닐 부인을 검거하기로 했던 그는 커피를 저으면서 말했다.
 "증거에 의심가는 점은 없나?"
 "유감스럽게도 아무것도 없어."
 다모트 킨로스 박사는 목줄기가 섬뜩해지는 기분이 들었다. "그렇다면 그 여성은……."
 고론 씨는 한쪽 눈을 감고 생각을 하고 있더니, "설마 그렇게는" 하고 말했다. "그렇게까지는 하지 않을 거야. 그 가느다란 목을, 그런 미인의 목을 설마."

"그렇다면?"

"글쎄, 15년쯤 섬으로 보낼지도 모르지. 10년으로 끝날지도 몰라. 유능한 변호사에 의뢰하여 자기의 매력을 십분 발휘한다면 5년으로 끝날지도 모르고. 물론 5년의 섬생활이라면 그렇게 무거운 형은 아니지."

"글쎄, 헌데 그 닐 부인은 어떤가? 체념하고 있는가?"

고론 씨도 우물쭈물하며 커피 찻잔에서 스푼을 꺼냈다. "그것이 가장 문제야. 그 아름다운 부인은 자기의 힘으로 무죄가 될 줄로 알고 있어. 자기에게 혐의가 씌워졌다고는 조금도 생각지 않고 있어. 그 사람에게 그것을 언도하는 것은 나의 직무야. 괴로운 입장이지……."

서장이 괴롭다는 것도 무리는 아니었다. 범죄가 라 반드렛에서는 좀처럼 발생하지 않았는데 그래도 그는 괴롭다고 투덜대는 것이었다. 고론 씨는 보기 좋도록 통통하게 살이 찐 사람으로, 하얀 스패츠를 치고 가슴의 단추 구멍에 하얀 장미꽃을 꽂고 있는 인물이었다. 서장의 직무라곤 해도 경관다운 행동을 할 일은 좀처럼 없고, 라 반드렛 시의 행사가 있을 때면 주역이 되는 것이 고작이었다. 그러나 고론 씨는 꽤나 날카로운 점도 있는 인물이었다.

이 근처 일대는 그의 세력 범위로써 하얀 라 포레 거리는, 석양을 받아 반짝반짝 빛나는 자동차며 무개마차가 오가고 있었다. 머리 위는 돈존 호텔 정면의 오렌지 빛과 검정 무늬가 있는 차양이 테라스를 석양으로부터 차단하고 있었다. 작은 테이블이 몇 개인가 나란히 놓여 있었는데 앉아 있는 사람은 많지 않았다. 고론 씨의 꽤나 튀어나온 눈망울이 지그시 상대를 지켜보고 있었다.

"헌데, 그 닐 부인은 아주 녹초가 되었더군. 뭔가 겁을 먹고 있는 것 같아. 로즈 집안의 누군가와 만나면 그것만으로도 사람이 달라진 것처럼 되거든. 양심의 가책 때문이 아닌가 생각하는데 달리 생각나는 것은 없나? 지금 말한 대로 증거는 완전히 갖추어져 있고……."

"그러면서 자네 자신이 납득이 가지 않는 거지?" 다모트 킨로스 박사는 유창한 프랑스 어로 말했다.

고론 씨는 빙그레 웃으며 말했다.

"역시 자네는 머리가 좋군. 솔직히 말해서 납득이 안 가. 나는 완전히 납득하고 있는 게 아냐. 그래서 일부러 의견을 듣자는 걸세."

박사는 부드럽게 웃어 보였다.

많은 사람들 속에 있어도 박사를 돋보이게 하고 교제해 보고 싶다는 생각이 들게 하는, 그의 풍격이 어디에서 나오는지 지적하기는 어렵다. 아마도 그것은 그의 표정 속에 있는 관용과, 누구나 이 사람이면 자기와 같은 생각을 하며 자기를 이해해 주겠지 하고 생각하게 만드는 태도 때문이리라.

볕에 그을린 얼굴은 다정스럽고 생각이 깊어 보이며, 학자다운 주름이 패인 이마에, 꿈을 꾸는 듯한 검은 눈이 빛나고 있었다. 숱이 많은 검은 머리에는 아직 흰 머리가 섞여 있지 않았다. 얼굴 한쪽은 아르라스에서 받은 폭탄의 상처를 정형외과 수술로 치료했는데 알아보기 어렵도록 수술이 잘 되었다. 유머가 있고 경솔하지 않은 재기가 번득이고 있는데, 박사의 다부진 면은 필요가 있을 때 이외에는 표면에 나타나지 않았다.

그는 담배를 피우며 앞에 놓인 위스키 소다를 마시고 있었다. 얼핏 보면 한가롭게 휴일의 기분을 맛보고 있는 것처럼 보이지만, 그는 진짜 휴일이 어떤 것인지 모르는 사나이였다.

"그래서?" 그는 얘기를 독촉했다.

서장은 음성을 낮추었다.

"그래서 이건 나무랄 데 없는 혼담이라고 생각하네. 즉, 이브 닐 부인과 그…… 모두들 토비라고 부르고 있는데, 호레이쇼 로즈 씨와의 혼담 말야. 이상적이라고 해도 좋겠지. 돈도 있고 목숨보다 더 사랑하고 있는 것 같아."

"목숨까지도? 그런 사랑은 없네. 아무튼 이 세상이란 A가 B와 만나지 못하면, C와 행복해질 수 있도록 돼 있어."

고론 씨는 약간 의아한 표정으로 박사를 보았다.

"박사, 정말 그렇게 생각하나?"

"생각뿐 아냐, 과학적인 사실이야."

"자넨 아직 닐 부인을 만나보지 못했잖나?" 고론 씨는 아직도 의아해하고 있었다.

박사는 웃어 보였다. "만나진 않았지. 내가 그 부인을 만나지 않았다고 해도 과학적인 사실에는 변함이 없네."

고론 씨는 한숨을 쉬고 본론으로 들어갔다.

"1주일 전의 밤이었어. 앙주 거리의 포누르장의 식구는 모리스 로즈 경과 부인, 딸인 재니스와 아들인 토비, 그리고 부인의 오빠인 벤자민(벤) 필립 씨였어. 그리고 고용인이 둘 있었어. 8시에 모리스 경을 제외한 로즈 집안의 전 가족이 닐 부인과 극장엘 갔어. 모리스 경은 가지 않았다는 거였어. 이것은 기억해 두기 바라네만, 모리스 경은 언제나 오후의 산책에서 돌아오기만 하면 이상하게도 기분이 언짢아져 있는 모양이야. 그러나 그 언짢아진 기분도 8시 30분의 라 알프 거리의 미술상 베이유 씨로부터 전화를 받고 깨끗이 사라져 버렸어. 베이유 씨는 모리스 경의 수집을 위해 굉장한 보물을 입수했다고 보고해 왔어. 그는 경에게 보여 주기 위해 곧 포누르장으로 갖고 가겠다고 했고, 또 그렇게 했어."

고론 씨가 숨을 돌렸다. 킨로스 박사는 담배 연기를 뿜어내어 따뜻하고 나른한 대기 속으로 동그라미를 그리며 올라가는 것을 바라보고 있었다.
"그 보물이란 것은 어떤 물건인가?"
"담뱃갑이야. 나폴레옹 황제의 소유물이었다는 코담뱃갑인데 말야."
서장은 잠시 멍청히 앉아 있더니 말을 이었다.
"나중에 베이 씨로부터 그 물건의 값을 들었는데 믿을 수 없었어. 어이가 없더군, 아무리 취미지만 그런 큰돈을 말야! 물론 골동품의 가치란 것이 있겠지만……."
그는 적당한 사이를 두었다가 물었다.
"아 참, 나폴레옹 황제는 정말 코담배 따위를 사용했는가?"
다모트 킨로스 박사는 웃었다.
"자네는 영국의 연극에 나오는 나폴레옹을 본 적 없는가? 배우마다 코담뱃갑을 만지작거리면서 대사를 외는 동안에, 무대 전체에 코담배를 뿌리지 않고는 5분간도 연극을 하지 못한다고 생각하고 있어. 믿을 만한 회고록을 보아도 황제는 늘 코담뱃가루를 몸에 붙이고 있었다네."
고론 씨는 눈썹을 찌푸렸다.
"그 물건의 진짜와 가짜를 의심할 것은 없네. 그러나 물건 자체의 가치만은 대단해!" 그는 눈을 둥글게 뜨고 커피를 마셨다. "헌데 그건 투명한 장밋빛의 마노로 만들어졌고, 금테가 붙었으며 작은 다이아몬드가 전체에 박혀 있어. 보면 알겠지만 이상한 모양인데 진짜라는 유래서가 붙어 있어. 모리스 경은 몹시 좋아했어. 경은 나폴레옹의 유품이라면 사족을 못 쓴다구. 그 담뱃갑을 살 테니까 놓고 가라고 말하고 이튿날 아침에 수표로 대금을 보내기로 했어. 대금은 아직 지불이 안 되었으니 베이유 씨가 노발대발했다는데 무리도 아니지. 그날 밤 닐 부인은 지금 말했듯이 로즈 집안의 사람들과 연극을 보러 갔어. 〈워렌 부인의 직업〉이란 영국 연극이야. 돌아온 시각은 11시로 곧 헤어져서 집으로 돌아갔어. 젊은 토비 로즈는 그녀를 현관까지 바래다주었더군. 그건 그렇고, 나중에 검사가 '당신은 그때 작별의 키스를 했습니까?' 하고 묻자 토비는 허수아비처럼 자세를 바로잡고 '별참견 다 하시는군요' 하고 불쾌한 듯이 대답했다는 거네. 그래서 검사는 두 사람이 싸우기라도 한 것이 아닌가 의심했는데, 그런 일도 없었던 모양이야."

여기서 또 고론 씨는 망설였다.

"로즈 집안의 사람들이 돌아오니까 모리스 경이 2층에서 금으로 장식된 녹색의 작은 상자를 가지고 몹시 반기며 마중을 나왔어. 재니스 양이 '예쁘군요' 하고 말했을 뿐이고 모두들 관심이 없는 표정을 보였어. 헬레나 부인이 엄청난 낭비라고 말하자, 경은 불쾌한 듯이 마음 놓고 있을 수 있는 곳은 서재뿐이라고 하며 서재로 들어가 버렸어. 다른 사람들도 곧 잠자리에 들었어. 다만 잠을 이루지 못한 두 사람이 있었던 것 같아."

고론 씨는 테이블 위에 몸을 내밀고 테이블을 똑똑 두드렸다. 애기에 열중한 나머지 커피는 식어 버렸다.

"호레이쇼 씨, 즉 토비 말인데 밤 1시에 일어나 닐 부인에게 전화를 했다는 거야. 검사가 '옳지, 연모의 정을 이기지 못했다 그거군요?' 하니까 토비는 안색이 변하여 그런 천한 심정은 아니었다고 부정했는데 그건 증거가 없지. 하지만 상황으로 보건대 있음직하다는 느낌이야. 자네도 그렇게 생각하지?"

"꼭 그렇다고 말할 수는 없군."

"그렇게 생각하지 않나?"

"현 단계에선 그건 아무래도 좋아. 그리고?"
"그리고 토비는 아래층에 내려와 전화를 걸고 다시 침실로 돌아와 시 졌어. 집 안은 캄캄했고 아무 소리도 들리지 않았어. 아버지의 서재 문틈으로 불빛이 새어나오는 것을 보았으나 경을 방해하지는 않았어. 그 무렵, 헬레나 부인도 잠을 자지 않았지. 남편이 값비싼 코담뱃갑을 샀기 때문에 고민을 해서는 아니겠지만, 왠지 잠을 이루지 못했어. 밤 1시 15분에 그녀는 일어났어. 이 시간은 기억해 두게. 그녀는 남편의 서재로 갔어. 표면으로는 그만 자라고 말하러 간 것이지만, 그녀의 얘기에 의하면 장밋빛 마노의 그런 값진 것을 산 남편을 은근히 비꼬아 주려는 속셈도 있었다는 거야."
고론 씨는 배우처럼 여기에서 한층 음성을 돋워 날카롭게 말했다.
"이것으로 제1권의 끝!"
이렇게 말하고 그는 손가락을 탁 튕겼다.
"남편이 책상 앞에서 죽어 있는 것을 발견한 거네. 남편의 머리는 방 한쪽 난로 용구대에 걸쳐 있던 부젓가락으로 무차별 난타를 당해 있었어. 경은 벽을 향하고 앉아 코담뱃갑에 대한 것을 종이에 기록하고 있었던 것 같아. 경 앞의 메모지에 글을 쓴 것이 있었으니까. 그런데 또 있다네! 우연인지 고의인지 모르지만 그때의 일격이 마노의 담뱃갑에 맞아 그것을 산산히 부숴 버린 거야."
킨로스 박사는 놀라서 '휘익' 휘파람을 부는 시늉을 하였다.
"노인의 목숨을 빼앗을 뿐 아니라, 그 보물까지 부셔야만 했는가? 아니면, 또 한 번 말하지만 이것은 단순한 우연의 소치인가?"
고론 씨는 말했다.
킨로스 박사는 더욱 아리송해졌다.
"사람의 머리와 같은 커다란 목표를 헛쳐서 책상 위의 담뱃갑까지 때리다니 흔치 않은 일이군. 그렇다면……."

"그렇다면 뭔가?"
"아무것도 아니네, 어서 계속하게."

고론 씨는 성현의 말씀이라도 듣는 것처럼 손을 귀에 대고 엉거주춤 허리를 들고 있었다. 그의 튀어나온 눈은 킨로스 박사의 얼굴을 지그시 지켜보았다. 그러나 그는 다시 의자에 앉았다.

"이 범죄는 잔인하고 의미가 없는 범죄야. 얼핏 보면 미치광이의 짓처럼 보여……."
"천만에……."

킨로스 박사가 자르듯이 말했다.

"반대로 이것은 엄청나게 별난 범죄이네."
"별난?"
"그런 타입이군. 아, 참견을 해서 미안해. 계속해 주게."
"아무것도 도둑맞은 것도 없고 도둑이 침입했다는 흔적도 없어. 이 범죄는 집안의 내용을 잘 알고 있는 자의 소행이야. 부젓가락이 난로 옆에 있다는 것도 알고 있었으며, 뒤에서 노인에게 가까이 가도 약간 귀가 먹었기 때문에 잘 모를 거라는 것까지 알고 있었어. 로즈 집안은 행복한 가정으로 프랑스 인과 다름없이 평화로운 생활을 하고 있었어. 확실히 이 사건으로 로즈 집안은 낭패를 한 셈이야."
"그래서?"
"닐 부인을 부르러 갔지. 그 집안은 닐 부인에게 호감을 갖고 있었어. 범죄가 발견되자 곧 토비와 재니스 양이 일부러 그녀를 부르러 갔다는 거야. 감시를 하던 경관이 경감이 올 때까지 누구도 집에서 나가선 안 된다고 그것을 제지했어. 재니스 양은 그런 뒤에도 또 한 번 집에서 빠져 나간 모양인데 결국 닐 부인과는 만나지 못한 것 같아. 경감이 와서 질문이 시작되었어. 여기까지 알 만하지? 집안 사람들이 닐 부인을 만나게 해 달래서 경감이 부하 한 사람을 건너편 집까지 데리러 보냈어. 그 부하란 것이 아까 고지식하게 남매를 제지했던 경관이야. 녀석이 갔는데, 그는 운 좋게 등불을 가지고 있었어. 집은 맞은편이있어. 그것은 신문에도 나왔었고 얘기로도 들었지?"

"알고 있어."

"그 경관이……." 고론 씨는 굵은 팔꿈치를 테이블 위에 짚고 몹시 얼굴을 찡그리며 말했다. "문을 열고 들어갔어. 도중에 닐 가의 현관 바로 앞에."

"뭐가 있었나?" 고론 씨가 숨을 돌리자 박사가 재촉했다.

"분홍색 공단의 끈인지 밴드인지가 떨어져 있었어. 여자가 실내복이나 잠옷에 사용하는 그런 것이야. 그것에 피의 얼룩이 조금 묻어 있었어."

"으음."

여기서 또 얘기가 잠깐 끊겼다.

"그런데 그 경관이 재치가 있는 사람이라서, 공단의 허리끈을 호주머니에 집어넣고 시치미를 떼고 현관의 벨을 누른 거야. 곧 겁에 잔뜩 질린 두 여자가 나왔어. 그 두 사람의 이름은……." 고론 씨는 작은 수첩을 꺼내 눈높이로 들었다.

"몸종인 이베트 라톨과 요리사 셀레스틴 브셀이야. 여자들은 캄캄한 속에서 음성을 낮추어 대답했는데, 입에 손가락을 대고 조용히 하라고 신호를 하더니 경관을 아래층의 어두운 방으로 데려가, 두 사람이 보고 들은 것을 얘기해 주었다는 거네. 이베트는 커다란 소리에 잠을 깼다는 거야. 자기 방에서 나와 보니까 닐 부인이 살며시 집 안으로 들어오는 것이 보였어. 담대한 여자였으나 깜짝 놀란 이베트는 요리사 셀레스틴을 깨우고 둘이 살금살금 부인의 침실까지 내려가서 들여다보았네. 침실 안쪽의 거울을 벽에 끼워 넣은 욕실 안에서 닐 부인이 산발을 하고 숨을 헐떡이면서 손과 얼굴의 피를 씻어 내고, 하얀 레이스 실내복의 작은 핏자국을 훔쳐내고 있는 것을 보았다는 걸세. 실내복의 허리끈은 없었고."

고론 씨는 힐끔 뒤를 돌아다보았다.

돈존 호텔의 테라스는 아까보다 붐비고 있었다. 라 포레 큰길의 건너편 솔밭 저 너머에 막 넘어가고 있는 태양이 두 사람의 눈을 부시게 했다.

숨을 죽이고 몰래 엿보고 있는 하녀들과 거울에 비치어 몹시 흥분해 있는 얼굴이, 킨로스 박사에게는 견딜 수 없을 만큼 확실하게 보이는 것 같았다. 그것은 경찰의 직책 범위인 사악한 어둠에서 태어난 것인데, 동시에 박사의 직분인 심리의 어둠 속에서 탄생한 것이기도 했다. 잠시 판단을 보류한 채 박사는 "그래서?"라고만 말했다.

"그래서 경관은 이베트와 셀레스틴에게 누구에게도 그 말을 하지 말라고 다짐을 받고, 과감하게 2층으로 올라가 침실 문을 노크했어."

"침대에 누워 있었나?"

고론 씨는 이 점에서는 감탄했다는 듯이 말했다. "천만에. 외출복을 입으려는 참이었어. 토비의 전화로 깼다는 거야. 두 번째 전화지. 방금 걸려온 전화 말이네. 경의 죽음을 알린 전화였네. 그녀는 그때까지 아무 소리도 듣지 못했다는 거였네. 경관의 호각 소리도, 바깥에서 떠드는 소리도 깨닫지 못했다는 거였네. 그러나 박사, 정말 연기가 그럴 듯했어. 모리스 로즈 경의 죽음 소식을 듣고 눈물 흘리는 장면은 정말 볼 만했어. 멍하니 입을 벌리고 눈이 동그래져서 말야! 하얀 실내복이 옷장에 걸려 있었고, 옆의 욕실에는 그녀가 노인의 피를 열심히 씻어낸 때문인지 거울이 그때까지 김으로 흐려 있었어."

킨로스 박사는 몸을 약간 움직였다.

"그래서 경관은 어떻게 했어? 무슨 수를 썼는가?"
"뱃속으로 웃으면서 시치미 딱 떼고 할 수 있다면 건너편 집에 문상이나 하러 가라고 부탁했어. 그리고 지기는 좀 뒤에 가셨냐고 말했지."
"조사를 하기 위해선가?"
"맞았어. 몰래 실내복을 가져오기 위해서지."
"그래서?"
"하녀 이베트에게 잠자코 있으라고 당부를 하고, 부인이 실내복은 어쨌느냐고 물으면 세탁소에 보냈다고 하라고 일렀다네. 이 수작이 탄로 나지 않게 다른 의류도 몇 가지를 곧 세탁소에 보내기로 했어. 닐 부인이 눈치를 챌지도 모른다는 염려는 할 필요가 없었지. 얼마 안 되는 핏자국은 씻어냈으니까 말야. 물론 화학적 검사를 하면 그런 핏자국이라도 확실하게 밝혀낼 수 있다는 것을 그녀는 상상하지 못했을 거야. 그러나 박사, 실내복으로 문제가 된 것은 이 핏자국뿐이 아니라네."
"아니라고?"
"그렇다네." 고론 씨는 테이블을 손가락 끝으로 두드리면서 말했다. "경관이 보는 앞에서 실내복을 세밀히 조사한 것은 하녀 이베트였는데, 그녀가 레이스에 작은 장밋빛 마노 파편이 달라붙어 있는 것을 발견한 거야."
서장이 여기서 잠시 말을 끊은 것은 멋을 부리거나 효과를 노려서가 아니었다. 유감스럽지만 이것이 중대한 포인트의 하나였다.
"1주일이나 걸려서 참을성 있게 그 부서진 담뱃갑을 조립한 결과 그 파편이 빈틈없이 그것에 일치하는 것을 알게 되었어. 닐 부인이 부젓가락으로 노인을 때려 죽였을 때, 확하고 흩어진 파편의 하나였어. 무서운 일이지만 논쟁의 여지가 없는 일이야. 덕분에 닐 부인의 생애도 이것으로 끝장이 나겠지."
잠시 침묵이 이어진 뒤 킨로스 박사가 기침을 했다.
"닐 부인은 그런 점을 어떻게 해명했나?"
고론 씨는 움찔한 것 같았다.
킨로스 박사가 말했다. "아, 실례. 깜박 잊었어. 부인에겐 아직 그 얘기를 하지 않았겠지?"
"이 나라에선 말야, 박사, 승부가 결정되기 전에 이쪽의 속을 보이는 것을 영리한 방법이라고 생각하지 않는다네. 물론 그녀의 해명이 요구되겠지. 그것은 검거되어 검사 앞에 연행된 뒤의 일이라네." 고론 씨는 오만하게 말했다.
검사의 심문은 아마 불쾌한 것이겠지 하고 킨로스 박사는 생각했다. 실제로 고문은 하지 않는다 하더라도 법률은 정신적인 압박의 거의 전 형식을 인정하고 있었다. 상당히 억센 여자가 아니리면 심문하는 상대를 맞받아 노려보거나, 나중에 후회할 말을 하지 않고는 견딜 수 없을 것이다.
"자네가 잡은 증거가 하나도 닐 부인에게 새어나가지 않은 것은 확실하지!"
"틀림없어."
"그건 잘 됐군. 이베트와 셀레스틴이라는 두 고용인은? 그 사람들이 입을 놀리거나 하지 않았을까?"
"그것도 잘 돼 있어. 요리사는 쇼크를 구실로 잠시 휴가를 얻게 됐고, 또 한 하녀는 야무진 여자이고 입이 무거워." 고론 씨는 뭔가 생각난 것이 있는 듯 덧붙였다. "그리고 그 하녀는 부인을 별로 좋아하지 않는 것 같아."
"그래서?"
"딱 한 가지 분명해진 것이 있어. 그 로즈 집안은 훌륭한 가정이어서 아무리 칭찬을 해도 모자랄 지경이야. 아버지를 잃고 모두 거의 미친 사람처럼 혼이 나가 있지만, 우리들의 질문에는 다 대답해 주었어. 자네의 나라에서 말하는 의연한 대도로 말일세." 고론 씨는 의연이라는 말에 영어를 쓰고 있었다. "닐 부인에 대해서도 여전히 호의를 보이고 있어……."

"호의를 가져서 안 된다는 이유는 없겠지? 그녀가 범인임을 눈치채고 있기 때문인가?"

"천만에!"

"그럼 식구들은 부친이 왜 피살되었다고 생각하고 있을까?"

고론 씨는 손을 저었다. "집 식구들은 상상도 할 수 없지. 도둑인지 미치광이인지!"

"하지만 도둑맞은 것은 하나도 없지 않은가?"

"아무것도 도둑맞진 않았어. 다만 마노의 코담뱃갑 이외에도 뭔가를 휘저어서 찾은 흔적은 있었어. 서재의 문 왼쪽에 있는 유리 케이스에는 그의 수집품 외에 귀중한 물건들이 들어 있었지. 역시 유서 있는 값진 다이아몬드와 터키석의 목걸이인데 말야."

"그래서?"

"나중에 그 목걸이가 약간 핏자국이 묻은 채 골동품 진열장 밑에 내던져져 있는 것이 발견되었어. 미친놈 소행이네."

범죄심리학으로는 영국의 제일이라는 평을 듣는 정신과 의사인 다모트 킨로스 박사가 이상한 듯한 얼굴로 상대의 얼굴을 바라보았다.

"그런 말은 쓸모가 있는데."

"쓸모 있는 말? 뭐가 말인가, 박사?"

"미친놈의 소행이란 말이네. 그 도둑의 혐의를 받은 미치광이가 어떻게 집 안에 침입했다고 생각하나?"

"다행히 집안사람들은 거기까지 생각하지 않는 것 같아."

"그럼, 닐 부인은 어떻게 침입했을까?"
고론 씨는 한숨을 쉬었다.
"아무래도 그것이 최후의 열쇠가 되겠지. 앙주 거리의 네 채의 집은 같은 건축 회사의 손으로 지어진 것이야. 한 채의 열쇠로 다른 집 문을 전부 열 수 있어."
여기서 또 고론 씨는 귀찮은 듯이 테이블 위에 몸을 내밀었다.
"닐 부인의 파자마 가슴 주머니에 현관문의 열쇠가 들어 있는 것을 영리한 하녀 이베트가 발견했어. 어떤가? 자기 집 현관의 열쇠를 파자마의 주머니에 넣고 다니나? 왜 그런 짓을 했을까? 잠자기 전에 왜 현관의 열쇠 따위를 몸에 지니고 있어야만 했을까? 이유는 하나밖에 없어. 닐 부인은 맞은편 집에 들어가기 위해 열쇠가 필요했던 거야. 이것이 그녀가 밤중에 살인 목적으로 포누르장을 방문한 결정적인 증거가 돼."
확실히 닐 부인은 독 안에 든 쥐였다. 의심의 여지가 없었다.
"그건 그렇다 치고……, 그 여자의 동기는?" 다모트 박사는 집요하게 물고 늘어졌다.
고론 씨가 이야기했다.
태양은 길 건너편 숲 그늘에 가라앉아 있었다. 핑크빛 저녁놀에 아직도 후덥지근한 기운이 남아 있었다. 프랑스의 햇빛은 스포트라이트처럼 사람의 눈을 부시게 했다. 그 눈부심이 사라지자 두 사람은 눈을 익히기 위해 깜짝거렸다. 고론 씨의 이마에는 땀이 작은 구슬이 되어 빛나고 있었다.
킨로스 박사는 두 사람이 앉아 있는 옆의 돌난간 저쪽에 담배 꽁초를 버리려고 상체를 일으켰지만 던지기를 그만두었다. 그의 손은 허공에 든 채였다.
그 테라스는 지면에서 거의 1미터가량 높은 곳에 있었고, 자갈을

깐 정원에도 테라스와 마찬가지로 테이블이 점점이 놓여 있었다. 아래층 난간 바로 옆 테이블에 한 젊은 여자가 앉아 있었다. 그녀의 머리 위치는 마치 두 사람의 발치께였다. 상복과 같은 검은 옷에 검은 모자의 그 여자는, 화려한 라 반드렛의 색채 속에서 오히려 음산스럽게 두드러져 보였다.

여자가 고개를 들어서 킨로스 박사와 시선이 마주쳤다.

귀엽게 생긴 처녀로서 스물 두셋쯤 되었을 거라고 박사는 짐작했다. 밝고 붉은 머리의 처녀였다. 석양이 그쪽에서 비쳐서 그때까지는 눈이 부셔서 눈길을 돌리지 않았기 때문에, 그녀가 얼마나 오래 그곳에 있었는지 알 수가 없었다. 손도 대지 않은 칵테일이 그 앞에 놓여 있었다. 그녀의 저쪽 라 포레 큰길에는 엔진 소리며, 경적을 울리면서 지나가는 자동차가, 말굽소리와 방울 소리를 내고 한가롭게 달리는 무개마차를 추월했다. 마치 이 세상에는 그런 사건 따위는 일어난 일이 없고, 앞으로도 일어나지 않을 것만 같은 평화로운 광경이다.

갑자기 여자가 벌떡 일어섰다. 허리 언저리가 작은 오렌지 빛 테이블에 부딪쳐 칵테일 글라스가 쓰러졌다. 찰칵 하고 접시가 부딪치는 소리가 나고 내용물이 쏟아졌다.

그녀는 얼른 핸드백과 검은 레이스의 장갑을 집어 들더니 테이블 위에 5프랑 은화를 던져놓고 획 등을 돌려 큰길로 달려가 버렸다.

킨로스 박사는 그녀의 눈빛을 회상하면서 그 뒷모습을 지켜보고 있었다.

고론 씨가 조용히, 그러나 화가 난다는 듯이 말했다.

"허, 낭패로군! 공개 장소에서 이런 얘기를 하다니! 지금 그 처녀는 재니스 로즈 양이었어."

7

"재니스, 무슨 터무니없는 소리를. 너는 히스테리를 일으키고 있는 거다." 헬레나 부인이 나무라듯 말했다.

바퀴가 달린 티 테이블 옆에 쪼그리고 앉아 있는 스패니얼 개, 찰스 왕의 귀 언저리를 긁어 주고 있던 벤 아저씨는 좀 놀란 듯한 이상한 얼굴을 보임으로써 자기의 의견을 고스란히 표시하고 있었다.

"난 히스테리를 일으킨 게 아니에요." 재니스는 나직한 음성으로 빠르게 말했다. 그러나 히스테리가 쉽사리 없어질 목소리는 아니었다.

그녀는 거친 동작으로 장갑을 벗었다.

"그리고 나는 꿈을 꾸고 있는 것도 아니고 아무렇게나 짐작을 말하고 있는 것도 아니에요. 제멋대로 상상한 것도 아니에요."

재니스의 음성이 커졌다. 힐끔 이브 쪽으로 얼굴을 돌렸으나 눈길은 마주치지 않으려고 노력했다. "경찰이 이브를 체포하러 와요."

헬레나 부인은 눈을 깜짝거렸다.

"도대체 왜?"

"어머니, 경찰에선 이브를 범인으로 생각하고 있어요!"

"무슨 잠꼬대 같은 소리를!" 헬레나 부인은 말문이 막혔으나 다른 사람들도 깜짝 놀라 그저 잠자코 있었다.

이브는 그럴 수 없다고 생각했다. 있을 수 없는 일이다. 이런 결과가 된다고는 꿈에도 생각하지 않았다.

이브는 기계적으로 찻잔을 놓았다. 포누르장의 응접실은 길쭉하지만 넓은 방으로, 단단한 나무로 된 바닥은 윤이 나도록 손질이 되어 있었다. 바깥 창문은 앙주 거리에 면해 있었고, 뒷 창문으로 내다보이는 정원에서는 시원해 보이는 녹색의 저녁 빛이 스며들고 있었다.

벤 아저씨는 반백의 머리를 짧게 깎은 중키의 사나이로, 말수가 적지만 온화한 얼굴을 하고 있었다. 늘 숨이 차서 헐떡거리는 뚱뚱한 헬레나 부인은, 짧게 자른 은백의 머리에 복스럽게 보이는 둥글고 붉은 얼굴이었다. 부인은 지금 어처구니가 없고 믿을 수 없다는 듯한 미소와 같은 것을 띠우고 있었다.

재니스 양이 잠시 말을 더듬었다…….

재니스는 용기를 낸 것 같았다. 그녀는 지그시 이브를 바라보았다.

"이봐요 이브, 들어봐요……." 재니스는 슬픈 듯이 입술을 적시고 말했다. 입이 꽤 큰 편이지만 그것이 얼굴의 귀여운 모습을 손상시키지는 않았다. "물론 우리들은 이브가 한 짓이 아님을 알고 있어요."

그녀는 변명 비슷한 말투를 썼지만 그 눈은 이미 이브를 보고 있을 수가 없었다.

"하지만 왜 경찰이……." 헬레나 부인이 입을 열었다.

"혐의를 가졌나……." 벤 아저씨가 그 뒤를 받아서 말했다.

재니스는 난로 위를 응시하고 있었다.

"어쨌든 당신은 그날 밤 집에서 나오지는 않았죠? 피투성이가 돼서 돌아가거나 하지는 않았죠? 그리고 우리 집 열쇠를 주머니에 넣지도 않았죠? 그리고…… 그 코담뱃갑의 파편이 당신의 실내복에 붙어 있었다니…… 거짓말이죠?"

갑자기 온화한 이 응접실의 분위기가 마비되어 버린 것 같았다. 커다란 스패니얼 개가 먹을 것을 더 달라고 낑낑거렸다. 헬레나 부인은 천천히 안경 케이스를 찾아서 테 없는 코안경을 꺼내어 코에 걸고 보았다. 그 입은 아직도 반쯤 벌어져 있었다.

"재니스 넌 정말!" 그녀는 엄하게 꾸짖었다.

"지금 말한 것은 서장님 입을 통해 직접 들었어요." 재니스도 잠자코 있지는 않았다. 모두가 뭐라고 말을 하려고 하자 그녀는 세차게 주장했다. "이 귀로 들었어요!"

벤 필립 아저씨도 무릎 위의 빵 부스러기를 털었다. 그는 한가한 사람처럼 스패니얼의 귀를 다정하게 쓰다듬어 주다가, 이윽고 주머니에서 한시도 떼어놓지 않는 파이프를 꺼냈다. 그의 피곤해 뵈는 표정과 파란 눈에는 얼핏 놀라움의 빛이 떠올랐으나 금세 부끄러운 듯이 그것을 거두어 들였다.

"난 돈존 호텔에서 칵테일을 마시고 있었어요." 재니스는 설명하기 시작했다.

"재니스야, 너는. 여자가 그런 곳엘 다 가다니……." 헬레나가 반사적으로 말했다.

"거기서 서장이 박사인지 뭔지 하는 사람과 얘기를 하는 것을 들었어요. 범죄심리학의 대가예요. 영국인이구요. 아뇨, 그 박사 말이에요. 서장은 물론 영국인이 아니에요. 그 사람의 사진은 어디선가 본 적이 있어요. 거기서 서장이 말했어요. 이브가 코담뱃갑의 파편을 붙이고 피투성이가 되어 그날 밤 집으로 돌아갔다는 거예요."

재니스는 아직도 뭇사람에게서 시선을 돌리고 있었다. 쇼크가 사라지자 이번에는 공포에 사로잡히는 것이었다.

"증인이 두 사람이 있다나 봐요. 이베트와 셀레스틴이 그것을 보았다는 거예요. 경찰에선 이브의 실내복도 입수했고 거기에 피가……."

이브 닐은 굳은 자세로 의자에 앉아 멍하니 재니스 쪽으로 시선을 던지고 있었다. 그녀는 큰소리로 웃고 싶었다. 웃고 또 웃어서 머릿속의 불길하고 지겨운 소음을 지우고 싶었다.

이브를 살인죄로 검거한다! 섬뜩 가슴에 와 닿는 것이 없다고 하더라도 이브로서는 이상한 이야기임에 틀림없다. 확실히 어떤 의미에선 우스꽝스러운 이야기였다. 그녀의 몸에 붙어 있었다는 코담뱃갑의 파편이 어쩌고 하는 믿을 수 없는 이야기는, 불쾌한 모습으로 범벅이 되어 있는 그녀의 머리로써는 도무지 이해할 수 없는 것이었지만, 그러나 우스꽝스럽다고 처리할 수도 없는 문제였다. 무언가 오해임이 분명하다. 아니면 누군가 원한이 있어 그녀를 궁지에 몰아넣어 죽이려고 하는 것일까? 물론 그녀는 경찰을 겁낼 까닭이 없다고 생각하고 있었다. 그 나이 많은 로즈 경을 죽였다고 기소된다 해도 무고하다는 반증은 금세 들 수 있겠지. 네드 아투드와의 관계를 꺼내면 얼마든지 변명을 할 수가 있으며, 네드도 그녀의 이야기를 입증해 줄 것이다.

이브는 자기가 그 누구도 죽이지 않았다는 것은 증명할 수 있지만, 네드와의 얘기를 꺼낸다면······.

"그런 터무니없는 얘긴 들어본 적이 없어요!" 이브는 큰소리로 외치고 말았다. "아무튼 잠깐 기다려요!"

"그런 것은 거짓말이죠?" 재니스가 집요하게 물었다.

이브는 몸짓을 크게 하며 말했다.

"그럼요, 물론이죠! 다만 그것은······."

갑자기 거센 망설임을 그녀는 느꼈다. 목소리가 떨리고 몸이 떨렸다. 마치 떠는 것으로 사태를 설명하고 있는 것 같았다.

"아무렴, 그렇고 말고." 벤 아저씨가 잘라 말하고 기침을 했다.

"그렇고 말고." 헬레나 부인도 기다렸다는 듯이 맞장구를 쳤다.

"그럼, '그것'이란 뭐라 말하려고 한 거죠?" 재니스는 또 물고 늘어졌다.

"난······ 뭐가 뭔지 모르겠어요."

"분명히 뭔가 말을 하려 했어요. 그런데 얼른 입을 다물었죠. 표정이 싹 변하기까지 하구요. 그리고 '그것은······' 하고 말한 것은 뭔가 까닭이 있는 것 같았어요."

"어머나, 뭐라고 말해야 좋을까." 이브는 마음속으로 신에게 기도했다.

"모조리 거짓말이죠? 일부분이 정말이고 일부분이 거짓말이란 있을 수 없어요. 안 그래요?" 재니스가 열띤 음성으로 말했다.

"확실히 얘가 말하는 것도 일리는 있군." 벤 아저씨는 또 기침을 하고 말하기 거북한 듯이 말했다.

분명히 호의에 찬 세 사람의 다정한 시선을 받자 이브는 그 순간 숨이 막힐 것만 같았다.

차츰 사정을 짐작하기 시작한 것 같았으나 확실한 것은 하나도 알지 못했다. 모든 것은 거짓과 오해였다. 아니 그녀의 마음속에 끈질기게 위협을 하듯이 떠오르는 그 '코담뱃갑의 파편'과 같은 불쾌한 것이 있었다. 그러나 그 속에는 사실도 몇 가지인가 있었다. 경찰은 그것을 입증하겠지. 그것까지 부정해도 하는 수 없었다.

이브는 자기의 입장을 분명하게 하려고 말했다. "네, 말해 주세요. 당신들은 내가 사람을 해치는 사람이라고…… 그것도 다른 사람도 아니고 그분을…… 내가 남을 해치는 사람이라고 진심으로 생각하고 계시나요?"

"원, 천만에." 헬레나 부인은 용기를 주듯 말했다. 근시인 그녀의 눈이 애원을 하듯 빛나고 있었다. "그런 얘기는 다 거짓말이라고 말해요! 우리들이 듣고 싶은 것은 그것뿐이야."

"이브, 당신은 토비와 만나기 전에 어떤 생활을 하고 있었죠?" 재니스가 조용히 물었다.

이것은 이 집에서 이브에 대해 한 최초의 심각한 질문이었다.

"재니스 너!" 헬레나 부인은 딸을 나무랐으나 전보다 더 애를 태우고 있는 것 같았다.

재니스는 태연했다. 살며시 다가오더니 이브의 맞은편 가죽의자에 앉았다. 붉은 머리에 희고 두꺼운 듯한 피부가 성깔이 나면 푸른기가 감돌았다. 재니스의 커다란 눈은 지그시 이브에게 쏠리고 있었다. 그 눈은 찬탄과 혐오가 섞인 표정을 담고 있었다.

"당신을 책망히는 기라고 생각하지는 말아요." 그녀는 23세라는 나이에 걸맞은 위엄을 보이며 말했다. "나는 어느 편인가 하면 진심으로 당신을 존경하고 있어요. 전부터 그랬어요. 지금 이런 얘기를 하는 것도 서장이 얘기를 했기 때문이에요. 즉, 당신이 아버지를 죽일 만한 이유가 있는지도 몰라요. 그렇다고 당신이 한 짓이라고 말하는 건 아녜요. 그런 건 생각해 보지도 않았어요. 다만 까닭이 있어서 어쩔 수 없이 그런 짓을……."

벤 아저씨가 기침을 했다.

헬레나 부인이 입을 열었다. "우리들은 좀더 마음을 크게 갖자. 토비는 아직 돌아오지 않았고 가엾은 아버지는 …… 이제 도리가 없지만. 그렇긴 하지만 재니스야, 너는 무슨 말을 하는 거냐!"

재니스는 어머니의 말을 묵살했다.

"이브, 당신은 아투드란 사나이와 결혼했었죠?"

"네, 분명히 그랬어요."

"그 사람이 라 반드렛에 돌아왔다는 것을 알고 있죠?"

이브는 입술을 축였다.

"돌아왔어요?"

"네, 2주일 전에 그 사람은 돈존의 바에서 지껄이고 있었어요. 그때 당신이 아직도 그 사나이를 사랑하고 있다느니, 우리 가족에게 당신의 과거를 폭로해서라도 당신을 되찾고 말겠다느니 말했다는 거예요."

이브는 꼼짝도 하지 않았다. 일순간 심장이 멎는 것 같은 기분이 들었으나, 이윽고 심장은 격렬한 리듬으로 두들기기 시작했다. 너무나 지독한 말을 들었기 때문에 말도 못 할 정도였다.

재니스는 머리를 흔들면서 말을 계속했다.

"아버지가 피살되던 날의 오후를 기억하고 있어요?"

헬레나가 눈자위를 닦았다.

재니스는 말을 이었다. "아버지가 어떤 모습으로 집에 돌아오셨어요? 몹시 이상한 얼굴로 말이 없으시고 신경질적이셨잖아요? 게다가 모두와 함께 연극 구경도 안 가신다고 하고, 왠지 이유도 말씀하시지 않았어요. 나중에 골동품 가게에서 코담뱃갑에 대한 전화가 와서야 비로소 기분이 좋아지셨어요. 그리고 연극에 가기 전에 오빠에게 뭔가 말씀을 하신 것 같았는데, 오빠도 그 뒤부터 눈치가 이상했어요. 이브, 당신은 그때의 일을 기억해요?"

"그래서?" 벤 아저씨가 파이프 자락을 꼼꼼히 살피면서 재촉했다.

"시시한 소리." 헬레나 부인은 그렇게 말했는데 그날 밤의 얘기가 나오자 눈물을 글썽거렸다. 여느 때의 생글거리는 표정도 사라지고 눈물을 글썽거리고 안색도 창백해져서 말했다. "토비가 그날 밤에 시무룩했던 것은 연극 때문이다. 〈워렌 부인의 직업〉이 매춘부의 연극이었기 때문이지."

이브는 상체를 일으켰다.

"아빠는 돈존 호텔 뒤의 동물원을 산책하는 것을 좋아하셨어요. 혹시 그날 그 아투드란 사람이 아버지를 따라가서 뭔가 말을 한 것은……"

재니스는 끝까지 말을 하지 않고 똑바로 이브 쪽을 보며 말했다.

"그래서 아버지는 그렇게 창백한 얼굴로 돌아오신 거예요. 아버지가 뭔가 토비에게 말씀하셨지만 오빠는 믿으려고도 하지 않았어. 이것은 모두의 상상이지만, 그렇지만 토비는 그날 밤에 잠을 이루지 못했을 거예요. 새벽 1시에 이브에게 전화를 해서 아버지께 들은 얘기를 했는지도 몰라요. 그래서 이브가 아버지에게 시비를 걸러 와서……."
"잠깐." 이브가 몹시 조용한 음성으로 밀했다.
말을 하기 전에 그녀는 빨라진 호흡을 조정했다.
"당신들은 지금까지 나를 어떻게 생각하고 있었나요?"
헬레나 부인은 코안경을 벗으면서 말했다. "그게 아니라, 이브, 너같이 좋은 사람은 없다! 어머, 손수건을 어디에 뒀더라! 우리들은 다만 재니스가 피가 어떻고, 뭐가 뭔지 모르는 얘기를 꺼냈는데 네가 확실하게 부정을 하지 않아서……."
"그래." 벤 아저씨도 말했다.
"하지만 그것뿐이 아니에요. 내가 정말 묻고 싶은 것은 무엇 때문에 이런 언짢은 말을 들어야 하는가, 지금까지 말없이 무슨 생각을 하고 있었는가 하는 거예요. '워렌 부인의 직업'이 '닐 부인의 직업'이라고 말씀하고 싶은 거죠? 그렇죠?"
헬레나 부인은 깜짝 놀란 것 같았다.
"천만에, 그게 아냐!"
"그럼 뭐죠? 세상에서 나에 대해 뭐라고 말을 하는지, 적어도 이전에는 뭐라고 했는지 나는 알고 있어요. 그러나 그건 모두 거짓말이에요."
"그럼 살인과는 어떤 관계가 있죠?" 재니스가 온화하게 물었다.
재니스는 어린애처럼 단순한 데도 있었다. 그녀는 이미 나이에 어울리는, 즐거움을 비웃는 말괄량이고 건방진 처녀는 아니었다. 낮은 의자에 무릎을 끌어안고 앉아 있었다. 갈색 눈을 분주하게 깜박거리고 있었으며, 입술도 떨리고 있었다.
"우리들이 당신을 지나치게 이상화한 탓으로……." 그녀는 설명하기 시작했다.

여기서도 또 말을 끊고 나머지는 몸짓으로 끝내 버렸다. 이브는 이 집안의 사람들에게 호의를 품고 있었다. 그러나 그녀의 입장이 괴로운 것은 변함이 없었다.

"당신은 아직도 아투드란 사람을 사랑하고 있어요?" 재니스가 물었다.

"아뇨!"

"그런데도 이 1주일 동안 시치미를 떼고 있었어요? 우리들에게 뭔가 숨기고 있는 것이 있죠?"

"없어요, 그것은 다만……."

"이브가 좀 초췌해 보이는데, 그러고 보니 우리들 모두가 그렇군." 벤 아저씨가 중얼거렸다. 그는 주머니에서 접는 칼을 꺼내어 파이프 자락 안쪽을 깎아내다가, 난처한 듯한 얼굴을 들고 헬레나 부인에게 시선을 보냈다.

"헬레나, 기억하고 있겠지?"

"뭘 말인가요?"

"내가 자동차를 운전하고 있을 때의 일이야. 그 갈색 가죽의 작업용 장갑을 낀 손이 약간 이브의 몸에 닿았을 뿐인데, 이브는 기절할 정도로 놀란 일이 있었지. 별로 깨끗한 장갑이라곤 말할 수 없지만."

이브는 두 손을 눈으로 가져갔다.

"너에 대한 소문 따위는 누구도 믿지 않는단다. 하지만 그것과 이것과는 얘기가 다르지." 헬레나 부인은 다정하게 말했다.

부인은 잠시 말을 끊었다가 이었다.

"너는 아직도 재니스의 질문에는 대답하지 않았지? 그날 밤 너는 밖에 나갔니?"

"네, 나갔어요."

"그래서 피가 묻었니?"

 석양의 잔영이 창가에 남아 있는 넓은 응접실에는 침묵이 감돌았다. 다만 앞다리 사이에 귀를 축 늘어뜨리고 딕을 문 스패니얼 개가 졸린 듯 낑낑거리며 방바닥을 긁고 있는 소리만이 들릴 뿐이었다. 벤 아저씨가 파이프 속을 깎는 작고 날카로운 소리마저 뚝 그쳐 버렸다. 상중(喪中)답게 검은 복장의 세 사람――검은 옷을 입은 여자 두 사람과 짙은 잿빛 옷을 입은 사나이는 각기 정도의 차이는 있을망정 놀라움과 의아스런 눈길을 이브에게 보냈다.

 "그런 눈으로 나를 보지 마세요." 이브는 외치듯 말했다. "거짓말이에요, 모리스 경이 살해된 것과 나는 아무런 관계도 없어요. 나는 그분을 좋아했습니다. 정말 오해예요. 그 무서운 오해를 나로서는 어떻게 할 수도 없어요."

 재니스는 입술까지 창백해졌다. "그날 밤에 우리 집에 왔어요?"
 "안 갔어요. 정말 댁에는 가지 않았어요."
 "그럼 왜 우리 집 열쇠가 파자마의 주머니에 들어 있었죠?"
 "댁의 열쇠가 아니에요. 우리 집 거예요. 댁과는 아무 관계도 없는 거예요! 그날 밤에 어떤 일이 있었는지 얘기하고 싶었지만……. 그 일이 있은 후 얘기를 하려고 생각했었지만 그럴 용기가 없었어요."
 "그런데, 왜 얘기를 못 하니?" 헬레나 부인이 말했다.
 '과감하게 얘기하지 못한 것은 네드 아투드가 나의 침실에 있었기 때문이에요.'

 이브는 이 말이 입 속에서 맴돌았으나 끝내 입 밖에 내지는 않았다.

8

아리스티드 고론 서장과 다모트 킨로스 박사는 뚱뚱한 서장에게는 너무 빠를 정도의 걸음걸이로 앙주 거리에 들어섰다.

"이것도 인연이야! 운이 나빴군! 그 재니스 양은 틀림없이 닐 부인에게 얘기를 하러 가겠지." 서장은 아직도 투덜거리고 있었다.

"있음직한 일이지." 박사도 맞장구를 쳤다.

서장은 적당하게 살이 찐 몸을 한결 돋보이게 하는 실크해트를 쓰고 종려나무 가지로 만든 단장을 들고 있었다. 성큼성큼 걷는 박사와 나란히 서서 숨을 헐떡이며 뒤뚱뒤뚱 걷고 있었다.

"자네가 닐 부인을 만나 그 인상을 솔직히 나에게 얘기해 준다면 일찍 만나보게 해 주었을 텐데. 검사는 화를 내겠지? 방금 전화를 했더니 없었어. 얘기를 들으니 검사가 벌써 손을 썼더군. 즉시 샐러드 바구니를 보내어 닐 부인이 오늘밤은 바이올린 속에서 잠자도록 해야겠어."

킨로스 박사는 눈을 깜박거렸다.

"샐러드 바구니? 바이올린? 뭐가 그래?"

"이거 깜박 잊었군! 샐러드 바구니란, 음……." 고론 씨는 적당한 말을 생각하면서 과장된 제스처로 설명하려 했다. 그것을 보아도 뭐가 뭔지 잘 알 수 없었다.

"블랙 마리아(수인 호송차)인가?" 박사는 어림짐작으로 말했다.

"그래 그래, 블랙 마리아라는 영어는 들어본 적이 있어. 그리고 바이올린이란 영국에선 감옥이니 요치소라고 말한다는 것도."

"유치소야, 유라고 발음한다네."

"써둬야지." 고론 씨는 작은 수첩을 꺼냈다. "그러나 나는 이래 봬도 영어는 잘하는 걸로 자부하고 있네. 그렇지! 로즈 집안의 사람들과 얘기를 할 때에도 영어로 한다네."

"자네의 영어는 능숙해. 다만 부인과 인터뷰한다는 말 대신 인터코스(성교)한다는 등의 온당치 않은 말을 쓰지 않도록 부탁하네."

고론 씨는 고개를 갸우뚱거렸다. "같은 말이 아닌가?"

"같다고 할 수 없지, 그러나……."

킨로스 박사는 보도에 멈추었다. 해질녘의 어스름 속에서 개장한 피서지다운 조용한 길을 둘러보았다. 잿빛 담장에 호두나무가 그림자를 떨구고 있었다.

이때의 킨로스 박사의 모습은 런던의 동료에게 보여도 그 사람임을 알아볼 사람은 많지 않으리라. 더부룩한 운동복에 휴가온 듯한 모습을 하고 있는 탓도 있었다. 라 반드렛에 온 뒤의 그는 피로도 꽤나 풀리게 되었고, 지금까지 그가 떠날 수 없었던 일이라는 것에 대한 다부진 의욕도 상당히 감퇴한 것 같았다. 눈도 한층 빛나고, 뚜렷하게 비추어 보기 전에는 알아보기 어려운 정형 수술 자국이 있는 거무스름한 얼굴에도 한결 생기가 있어 보였다. 즉, 고론 씨로부터 이 살인사건의 상세한 내용을 듣기까지는 박사는 이렇듯 한가로운 상태에 있었던 것이다.

킨로스 박사는 눈썹을 찌푸리고 물었다.

"닐 부인의 집은 어딘가?"

"이쪽이야." 서장은 단장을 내밀어 왼쪽의 높은 담장을 찔렀다. "포누르장은 이 건너편인 셈이야."

박사는 뒤돌아보았다.

포누르장은 새빨간 기와지붕과 검소하게 흰 칠을 한 네모진 집이었다. 아래층 창문은 담장에 가려져서 보이지 않았다. 2층에는 여섯 개의 창이, 방 하나에 창문 두 개의 비율로 나란히 있었다.

박사와 서장이 올려다본 것은 중앙의 두 창문이었으며 그 창문은 프랑스식으로 되어 있었다. 그리고 그 창은 난간이 있는 발코니에 이어져 있었다. 회색으로 된 강철 덧문이 빈틈없이 닫혀져 있었다.
"저 서재 안을 구경할 수 있으면 재미있겠는데." 박사는 말했다.
"어렵지 않지." 이렇게 말한 서장은 등 뒤의 이브의 집을 돌아보고 전보다 더 불안한 듯이 말했다. "그런데 닐 부인과 만날 게 아닌가?"
박사는 그 말에는 대꾸하지 않고 물었다.
"모리스 경은 밤이면 늘 창문의 커튼을 열어놓고 있었나?"
"그런 것 같아, 워낙 더워서 말야."
"그럼 범인은 모험을 한 셈이군?"
"응?"
"다른 사람이 볼 염려가 있네. 길 건너쪽 집의 2층에서라면 어떤 집에서도 보였을 거네."
"아냐, 그 염려는 없었던 것 같아."
"왜?"
고론 서장은 어깨를 움츠렸다.
"이 피서지의 시즌은 이미 끝이야. 사람이 있는 집은 극히 드물어. 큰길마다 인적이 드문 것을 느꼈을 텐데?"
"그래서?"
"닐 부인의 양옆 집은 틀림없이 비어 있었어. 안심하게. 그 점은 싫증이 나도록 철저하게 조사했어. 만일 누군가가 현장을 볼 수가 있었다면 그건 닐 부인뿐일 거야. 그러나 만일 닐 부인이 범인이 아니라 하더라도 그녀가 현장을 보았다는 것은 믿기 어렵지. 뭐라고 말해야 좋을까, 그녀는 창문의 커튼을 닫는 것에는 광적으로 열심인 것 같아."
킨로스 박사는 모자를 다시 깊숙이 내려썼다.
"아무래도 자네가 말하는 증거란 것이 마음에 들지 않네."

"저런!"

"예를 들면 닐 부인이 가졌다는 그 동기가 이치에 닿지 않아. 설명을 할까……."

그러나 박사의 말은 거기서 끊겼다. 강한 흥미를 느낀 고론 서장이 누가 엿들을까 해서 주위를 둘러보았고, 카지노 거리 쪽에서 성큼성큼 걸어오는 사람의 모습이 보였기 때문이다. 서장은 박사의 팔을 잡자 이브의 집 문으로 끌어당기고 문을 닫아 버렸다.

"토비 로즈가 오네." 그는 나직한 목소리로 말했다. "수상쩍은 걸음걸이군. 닐 부인을 만나러 오는 거겠지. 부인을 적절히 다루려면 우리가 먼저 만나야만 해."

"그러나……."

"부탁이야, 토비를 보기 위해 서 있지 말게. 흔해빠진 보통 남자야. 자, 전진! 문의 초인종을 눌러 주게."

그러나 초인종을 누를 필요는 없었다. 현관으로 오르는 2단의 돌층계의 첫 층계에 발을 얹었을까말까 할 때 눈앞의 문이 활짝 열렸다.

안에 있던 사람도 두 사람을 발견하고 놀란 것 같았다. 어두컴컴한 현관 안에서 놀란 것 같은 여자의 목소리가 들렸다. 두 여인이 문턱에 섰는데 한 여인이 문의 손잡이를 잡고 있었다.

한 여인은 이베트 라톨임이 분명하다고 킨로스 박사는 생각했다. 단단하고 무거워 보이는 느낌의 여자로서 머리가 검고 드세게 보였다. 겁을 먹고 있어서인지 자칫하면 현관 안으로 들어가 버릴 것 같았다. 그 얼굴에는 처음에 놀라움이 떠올랐다. 이어서 작고 검은 눈에 심술궂은 빛이 얼핏 떠올랐으나 이윽고 무표정한 얼굴이 되었다. 그런데 고론 씨가 놀라서 눈을 크게 뜬 것은 또 한 사람의 20대 처녀를 보았기 때문이었다.

"저런? 이거 참!" 그는 모자를 벗고 음성에 억양을 주어서 말했다. 차츰 그의 음성은 커졌다.
"실례했습니다." 이베트가 말했다.
"천만에요."
"얘는 동생이에요. 지금 돌아가는 길이에요." 이베트가 거침없이 말했다.
"언니, 안녕."
"안녕. 조심해서 가. 어머니에게 안부도 전하고······." 이베트는 애정이 담긴 따뜻한 어조로 동생에게 말했다.
젊은 여자는 발랄했다.
핏줄은 어쩔 수 없는 것, 그러나 이베트를 닮은 것은 얼굴뿐이었다.
그 젊은 여자는 날씬한 몸매에 깔끔한 복장이었다. 그리고 어딘지 새침해 보이는 데가 있었다. 한 마디로 말해서 멋진 여자였다. 그녀는 프랑스 여인만이 지니고 있는 천진스럽고 꾸밈이 없는 얼굴로 두 사람을 빤히 바라보았다. 돌층계를 천천히 내려오자 짙은 향수 냄새가 확 풍겼다.
"프루 씨 아니오?"
고론 서장은 일단 인사를 했다.
"어머, 서장님."
여자도 정중하게 허리를 굽히고는 그대로 문 밖으로 사라졌다.
"닐 부인을 만나고 싶소만."
서장은 이베트에게 말했다.
"지금 안 계세요, 서장님. 부인은 지금 로즈 씨 댁에 가 계십니다."
"실례했소."
"천만에요."

이베트는 지나치게 정중한 태도를 보였는데, 문을 닫기 전에 박사로서는 알 수 없는 이상한 표정을 지었다. 비웃음 같기도 했다. 고론 서장은 모자도 쓰지 않은 채 닫혀진 문을 밀뚱이 바라보고 서 있었다.

"흥, 여보게. 좀 이상한데?" 서장이 중얼거렸다.

"그런가?"

"지금 이 작은 만남은 무언가 의미가 있는 것 같아. 그것이 뭔지는 아직 모르겠지만."

"나도 그런 기분이야." 킨로스 박사도 동의했다.

"그 두 사람은 뭔가 꿍꿍이속이 있었어. 눈치로 알 수 있어. 이런 것은 우리들의 본능이니까. 그러나 그 이상의 추측은 금물이야."

"그 여자를 알고 있나?"

"프루 양? 알고 있지."

"그럼, 그 사람은?"

"정상적인 여자냐, 그거겠지?" 고론 서장은 갑자기 웃었다. "정말 영국인이란 누구나 그걸 맨 먼저 알고 싶어하거든."

말은 그렇게 했으나 그는 한동안 고개를 갸우뚱하며 신중하게 생각하고 있었다. "그렇군, 내가 아는 범위로는 그 여자는 멀쩡해. 알프 거리에 꽃가게를 하고 있지. 바로 그 골동품 가게인 베이유 씨 가게 근처야."

"모리스 경에게 코담뱃갑을 판 가게 말이군?"

"그렇다네, 그러나 돈은 아직 지불하지 않았어." 서장은 이렇게 말하고 약간 심각해져 진심을 털어놓았다.

"그러나 이것은 별로 쓸모 있는 단서는 되지 않아. 프루 양이 언니를 어떤 용건으로 찾아왔는지 궁금하지만 와서는 안 될 이유도 없지. 아무튼 우리들은 지금 닐 부인을 만나러 왔으니 저쪽에 가서 닐 부인이 뭐라고 하는지 들어보는 것이 좋겠어."

두 사람은 곧 닐 부인을 만나러 갔다.

포누르장의 앞마당은 벽돌 담장에 둘러싸인 아담한 잔디였다. 현관문은 닫혀 있었는데, 바로 그 오른쪽의 기다란 창문은 크게 열려 있었다. 6시가 지난 시각이므로 정원에는 인적이 없고 객실 안도 어두웠으나, 방 안에서는 전기와 같은 세찬 감정이 불꽃을 튀기고 있었다.

고론 씨가 문을 열자 두 사람 귀에 객실에서 울려오는 여자의 목소리가 들렸다. 젊은 여자의 음성은 영어를 말하고 있었다. 원기 발랄한 재니스 로즈의 사람됨이 디모트 킨로스 박사의 눈에 선했다.

"얘기를 계속해요."

그 음성이 재촉했다.

"나는…… 얘기할 수 없어요."

잠시 후 상대방 여인의 음성이 들렸다.

"그런 얼굴을 하지 말아요! 마침 토비가 돌아왔으니까 얘기를 계속해요."

"이봐, 대체 왜 그래?"

묵직한 남성의 음성이 어쩔 줄 몰라하며 끼어들었다.

"오빠, 오빠에게 말하려던 참이었어요."

"오늘은 은행에서 골탕을 먹었어. 부인들은 이해를 못 하겠지만, 늙은 지점장이 잠시도 일에서 손을 떼지 않아서 말야. 그러니 게임 같은 걸 할 기분이 나지 않는군."

"게임?"

재니스가 되물었다.

"응, 보나마나 놀이를 하자는 게 아니겠어. 나를 좀 내버려 둬."

"오빠, 내 말 좀 들어봐요. 아빠가 살해되던 날 밤, 이브는 자기의 집을 비웠다가 피투성이가 되어 돌아왔다는 거예요. 그리고 우리 집의 열쇠를 갖고 있었대요. 이브의 실내복에 그 코담뱃갑의 파편인 마노가 붙어 있었고요."

고론 씨는 박사를 손짓해 부르고 조용히 잔디를 밟아 창가로 다가가 안을 들여다보았다.

기다란 객실에는 가구가 가득 놓여 있었다. 방바닥은 매끄럽게, 하늘보다도 밝은 푸른 호수처럼 손질이 되어 있었다. 쾌적해 보이는 방인데 재떨이 따위가 여기저기에 놓여 있었으며, 일상 생활에 필요한 물건들이 적절히 배치되어 있었다.

자주 사용하는 방 같았다. 올이 굵은 갈색 천을 씌운 안락의자며, 대리석의 난로, 사이드 테이블 위의 파랑과 진홍의 화분이 어두컴컴한 방에 희미한 색채를 보이며 놓여 있었다. 그러나 상중의 검은 옷을 입은 사람들은 살아 있다는 것을 나타낼 뿐이고, 몸은 그림자처럼 흐릿하게 보였다.

고론 서장의 설명으로 헬레나 로즈며, 티 테이블 옆에 빈 파이프를 물고 앉아 있는 벤자민 필립에 대해서는 킨로스 박사도 금세 알아볼 수 있었다. 재니스는 낮은 의자에 이쪽으로 등을 보이며 앉아 있었다.

이브 닐의 모습은 그 중간에 토비 로즈가 있어서 보이지 않았다. 토비는 수수한 그레이 양복에 검은 상장을 달고 난로 옆에 서 있었다. 좀 얼빠진 듯한 얼굴이었다.

그는 멍하니 재니스에게서 어머니에게로 시선을 돌리더니 다시 재니스에게로 시선을 옮겼다. 이윽고 그는 높은 소리로 말했다.

"대체 무슨 얘기들을 하고 있는 거야?"

"물론 사정 설명을 듣고 있단다." 헬레나 부인이 망설이면서 말했다.

"설명?"
"그래, 모두 이브의 전남편인 네드 아투드 덕분이다."
"네?"
지금까지의 얘기가 그로서는 납득이 가지 않았는데, 여기서 갑자기 토비는 깜짝 놀란 듯 눈이 동그래졌다. 토비는 저녁 하늘에 젖어들기라도 한 듯 입을 다물고 있었다. 자제를 하여 짓눌린 듯한 목소리였으나, 주의해서 들어보면 질투가 담긴 말이었음을 알 수 있었다.
"어머니, 그 사나이는 이브와 헤어졌단 말입니다." 토비는 입술을 축이며 말했다.
"그렇지만 그 사람은 아직도 미련을 두고 있는 거예요. 이브의 얘기로는 라 반드렛에 돌아와 있대요." 재니스가 나섰다.
"응, 돌아왔다는 말은 나도 들었어." 토비는 감정 없는 목소리로 말하고 눈을 가리고 있던 손을 떼며, 그로서는 몹시 거친 몸짓을 해 보였다. "그것이 도대체 어쨌다는 거야……?"
"아투드 씨가 아버지가 살해되던 날 밤에 이브의 집에 몰래 들어갔다는 거예요." 재니스가 대답했다.
"몰래 들어가?"
"즉, 함께 살았을 때 가지고 있던 열쇠를 줄곧 가지고 있었던 거죠. 파자마로 갈아입고 있는 이브의 방에 올라갔대요."
토비는 우두커니 서 있었다.
어두운 곳에서 본 바로는 그의 표정은 멍청하기만 했다. 한 걸음 뒤로 물러나 난로에 부딪쳐서 제정신이 들 때까지 멍청한 채로 있었다. 그는 이브에게로 시선을 돌리려 한 것 같았으나 마음으로 돌이킨 모양이었다.
"그래서?" 그는 갈라진 음성으로 말했다.
재니스가 말했다. "구태여 내가 얘기를 할 필요는 없겠죠? 이브에게 직접 물어보세요. 얘기할 거예요. 이브, 얘기해요! 토비의 애를 태우지 말고 거리낌 없이 시원하게 얘기해요."

라 반드렛의 경찰서장 아리스티드 고론 씨는 목구멍 속으로 으르렁거렸다. 그는 깊이 숨을 몰아쉬더니 둥근 얼굴에다 애교를 띠고는, 어깨를 펴고 모자를 벗어 반질반질한 방바닥에 발소리가 울리도록 힘차게 걸어 객실에 들어섰다.

"그리고 내가 여기 있다는 것도 꺼리지 마시고 얘기해 주시오, 닐 부인." 서장이 말했다.

9

10분 후 고론 씨는 의자에서 몸을 일으켜 눈을 번뜩이면서 이브의 얘기를 재촉했다. 심문은 영어로 했으나 흥분하면서 길고 까다로운 말에 막혀 결국은 아예 프랑스 어로 바꾸어 버렸다.

"알겠군요, 그래서요?" 그는 연신 고개를 끄덕이면서 들었다.

"그 밖에 뭘 또 얘기하죠?" 이브의 음성이 커졌다.

"아투드 씨가 열쇠를 가지고 2층에 몰래 올라왔다, 거기서 강제로······." 서장은 여기서 기침을 했다. "자기의 욕정을 채우려 했다, 그렇죠?"

"네."

"당신은 전혀 그런 의사가 없었겠죠?"

"물론이에요."

"알았습니다. 그래서 어떻게 하셨습니까?" 고론 씨는 위로하는 듯한 어조로 말했다.

"조금은 예의를 갖추고 돌아가 달라고 말했어요. 건너편 방에 모리스 로즈 경이 안 주무시고 계시니까 소동을 일으키지 말아 달라고 말했어요."

"그래서?"
"그 사람은 커튼을 들고 모리스 경이 일어나 있는지 어떤지를 본다는 거예요. 그래서 나는 얼른 전등을 끄고……."
"당신이 껐습니까?"
"네."
고론 씨는 눈썹을 찌푸렸다. "부인, 나는 좀 둔한 편이라서…… 그러나 그것은 아투드 씨의 마음을 돌이키게 하는 짓 치고는 좀 이상한 방법이군요."
"그러니까 로즈 경에게 알리고 싶지 않았다고 말했잖아요."
"그럼, 그런 장면이 발각되면 나중에 난처하니까, 음, 그 뭐랄까…… 힘껏 거역했다 그겁니까?"
기다란 객실 안은 황혼 빛이 짙어졌다. 로즈 집안의 사람들은 서 있는 사람, 앉아 있는 사람 할 것 없이 모두 납인형처럼 꼼짝도 하지 않았다. 무표정하게 굳어진 얼굴이 아니면 의미를 알 수 없는 모호한 표정을 짓고 있었다. 난로 옆에 있던 토비는 불도 피우지 않은 난로에 기계적으로 손을 쬐고 있었다.
고든 서장은 엄포도 위협도 하지 않았다. 여전히 난처한 얼굴이었다. 프랑스 남자인 고론 서장은 그 골치 아픈 상황을 이해하려고 정직하게 노력하고 있을 뿐이었다.
"당신은 아투드 씨를 두려워하고 있었군요."
"네, 몹시."
"그런데 바로 눈앞에 로즈 경이 있는데도 구원을 청하려 하지 않았습니까?"
"하지 못했던 거예요!"
"그래요? 모리스 경은 뭘 하고 있었죠?"
"일어나 계셨어요."

이브는 대답을 하면서 마음속에 생생하게 인상 깊었던 광경을 떠올리고 있었다.
 "책상 앞에 앉아서 확대경으로 무엇인가 보고 계셨어요. 거기에는 ……"
 "뭡니까?"
 '그 밖에 누군가 있었어요.'
하고 덧붙일 생각이었는데, 로즈 집안의 사람들 앞이고 이것이 어떠한 것을 의미하는가를 생각하니 말이 목구멍에 걸리고 말았다. 여기서 또 노인의 입술이 움직이고 있었던 것, 확대경, 노인의 등 뒤에 몰래 가까워지는 그림자 등이 그녀의 머릿속에 생생하게 떠올랐다.
 "그리고 코담뱃갑이 있었어요. 경은 그것을 보고 계셨어요."
 그녀는 간신히 모면을 했다.
 "그것은 몇 시경이었습니까?"
 "글쎄요, 기억나지 않아요."
 "그러고는?"
 "네드가 나에게 다가왔기 때문에 밀어냈어요. 하녀들이 깨니까 조용히 해 달라고 부탁했어요."
 이브는 한마디의 거짓말도 없이 진실을 털어놓았지만 이 마지막 한마디로, 그 말을 듣고 있던 사람들의 안색이 조금씩 달라졌다.
 "글쎄, 생각해 보세요. 그런 일을 하녀들에게 알리고 싶지 않았어요. 마침 그때 전화벨이 울렸어요."
 "알겠군요." 고론 씨는 만족한 듯이 말했다. "그렇다면 시간을 추정하는 것은 문제없겠군. 토비 씨, 당신이 전화한 것은 1시 정각이었다고 생각합니까?" 서장은 몸을 돌리며 말했다.
 토비는 고개를 끄덕였으나 그런 것이 문제가 아니라는 듯이 이브에게 말을 걸었다.

"그렇다면 나하고 전화를 하고 있는 동안, 그놈은 줄곧 침실에 있었군."

"미안해요, 토비. 당신에게 알리고 싶지 않았어요."

재니스는 낮은 의자에서 몸도 움직이지 않은 채 말했다. "그래요, 그것을 숨기고 있었어요."

"그놈이, 당신 옆에 서서…… 아니, 당신과 나란히 앉아 있었어?"

토비는 그렇게 중얼거리며 팔을 흔들었다.

"더구나 당신은 그토록 침착해 있었어. 마치 아무 일도 없는 듯이, 한밤중에 전화벨 소리에 잠에서 깨어나 나 이외의 것은 아무것도 생각하지 않은 것 같은 태도로……."

"얘기를 계속해 주실까요." 고론 서장이 끼어들며 이브를 재촉했다.

"그 사람더러 나가 달라고 강력하게 말했어요. 그래도 그 사람은 나가려고는 하지 않고, 내가 실수하는 것을 잠자코 보고 있을 수는 없다고 말했어요."

"그것은 무슨 뜻인가요?"

"내가 토비와 결혼을 해서는 안 된다는 거였어요. 그 사람은 창문에서 몸을 내밀고 건너편에 있는 로즈 경에게 소리를 질러 자기가 나의 침실에 있는 것을 보여 주면, 세상 사람들에게 터무니없는 오해를 받는다고 생각하고 있었어요. 네드는 앞뒤의 분별을 잃은 사람이었죠. 그 사람이 창가에 다가가기에 나도 쫓아갔어요. 그런데 창에서 내다보니까……."

이브는 손바닥을 위로 젖히고 어깨를 으쓱해 보였다. 다모트 킨로스 박사와, 아리스티드 고론 서장도, 이 자리의 공기에 민감해져 있는 사람들도, 그때의 상황이 어땠으리라는 것을 곧 알아챌 수 있었다.

침묵의 고요 속에 작은 잡음이 일어났다. 헬레나 부인은 손을 가슴에 대고 가볍게 기침을 했고, 열심히 파이프에 담배를 채우고 있던 벤 아저씨가 성냥을 그었다. 성냥의 불길이 일어나기 전의 칙하는 작은 소리가 마치 무슨 의미가 있는 말처럼 들렸다.
  재니스는 아직 꼼짝도 않고 있었다. 그녀는 순박한 갈색 눈을 동그랗게 뜨고 사태의 중대성을 차츰 인식하고 있는 것 같았다. 이윽고 토비가 입을 열었다.
  "창문으로 건너다봤단 말이지?"
  이브는 고개를 끄덕였다.
  "언제?"
  "사건 직후에……."
  그녀는 그 이상 말하지 않았다. 나직하고 짓누르는 듯한 그 음성은 큰소리를 내면 뜻밖의 일이 벌어지리라 겁을 내는 듯한 목소리였다. 헬레나 부인이 말했다.
  "아무것도 보지 못했겠지?"
  "누가 있었죠?"
  재니스가 캐물었다.
  "뭐가 이상한 점이라도?"
  벤 아저씨도 중얼거리듯 말했다.
  누구도 깨닫지 못하도록 구석진 의자에 앉아 턱을 괴고 이브에게서 눈을 떼지 않았던 다모트 킨로스 박사는, 이브의 말 속에 숨은 뜻을 열심히 생각하고 있었다.
  정신분석의로서의 박사는 그녀를 다음과 같이 진단하고 있었다. 이 형은 상상력이 풍부하고 암시(暗示)에 걸리기 쉽다. 선량하고 지나치게 관대한 면도 있다. 친절을 베풀어 주는 상대에 대해서는 누구에게도 성의를 다한다. 분명히 이 여인은 명분만 서는 일이라면 살인도 할 수 있다. 다시 박사는 20년 동안을 자기의 감정이란 것을 죽이기 위해 그 주위에 쌓아올린 강인한 피부를 꿰뚫고 오는 어떤 불안을 깨달았다.

박사는 커다란 안락의자에 앉아 있는 그녀를 물끄러미 쳐다보고 있었다. 의자의 팔걸이를 잡았다 놓았다 하는 그녀의 손가락, 야물게 입을 다물고 있는 얼굴, 목 언저리에서 꿈틀꿈틀 움직이고 있는 가느다란 힘줄 등을 박사는 한동안 지켜보고 있었다. 이마의 작은 주름은 중대한 문제를 깊이 생각하고 있음을 말해 주고 있었다.

그녀의 잿빛 눈이 토비에게서 재니스에게로, 다시 재니스에게서 헬레나 부인과 벤 아저씨 쪽으로, 그리고 또 토비에게로 옮겨갔다.

'이 여자는 거짓말을 할 생각이군.' 킨로스 박사는 생각했다.

"보지 않았어요!" 이브는 큰소리로 말했다. 뭔가를 결심한 듯이 몸을 똑바로 한 채 앉아 있었다.

"우린 아무도 보지 못했고, 이상한 것도 전혀 눈에 띄지 않았어요."

"우리들이야?" 토비가 난로 위를 손으로 두드리며 말했다. "우리들 중의 누구를 못 봤어?"

고론 씨가 힐끔 노려보자 토비는 침묵을 지켰다. "그러나 뭔가를 봤겠죠?" 그는 기분 나쁘도록 온화하게 물었다. "모리스 경이 죽었죠?"

"네."

"확실하게 보였습니까?"

"네."

"그럼 그것이 어째서 살해된 '직후'임을 알았습니까?" 서장은 부드럽게 말했다.

"뭐, 확실하게 알았던 것은 아니에요." 이브는 잠시 말을 끊었다가 다시 이었다. 잿빛 눈이 고론 씨를 똑바로 바라보고 있었다. 가슴이 천천히 물결치고 있었다. "그럴 것이라고 생각했을 뿐이에요."

"그리고 이렇게 했습니까?"

"헬레나 부인이 들어오셔서 비명을 지르기 시작했어요. 나는 이번에는 네드를 보고 아주 진지하게 나가라고 강요했습니다."

"저런? 그때까진 진심이 아니었습니까?"

"진심이었어요, 정말이에요. 다만, 이번에는 그 사람도 돌아가지 않으면 안 된다고 생각할 만큼 신시했어요. 돌아가기 전에 그 열쇠를 돌려받아서 파자마의 주머니에 넣었습니다. 아래층에 내려갈 때 그 사람은……." 그녀는 여기까지 얘기를 하고, 지금까지 얘기하는 것이 별 의미가 없고 이치에 닿지 않는 데가 있음을 깨달았다. "내려가다가 그 사람은 계단을 헛디디는 바람에 코를 다쳤어요."

"코를?" 고론 씨가 되물었다.

"네, 코피가 났어요. 나는 일어나는 것을 도왔기 때문에 손에 피가 묻었고 옷에도 그 피가 묻었어요. 당신들이 야단법석을 떨던 그 피는 실은 네드 아투드의 피예요."

"정말입니까?"

"믿지 않으신다면 네드에게 물어보세요. 아무리 그 사람이라도 내가 이런 지경에 있다는 말을 들으면, 나의 말을 입증할 정도의 인정은 있을 거예요."

"그런가요, 부인?"

이브는 또 한 번 고개를 끄덕였다. 그녀는 자기를 에워 싼 사람들에게 호소하는 듯한 시선을 던졌다. 이 여성은 다모트 킨로스 박사의 판단을 흐리게 했다. 박사는 지금껏 여성에 대하여 이토록 관심을 가져본 적은 한 번도 없었다. 더구나 그의 머릿속의 냉정한 이성은, 이브가 망설이면서 얘기한 말의 전부가 진실이라는 것이다.

"네드 아투드 씨가 계단에서 굴러 코를 다쳤단 말이죠? 그 밖에 다친 데는 없었습니까?" 서장이 물었다.
"다친 데라뇨?"
"예를 들면 머리를 다쳤다든가……."
"글쎄, 모르겠어요. 어쩌면 다쳤는지도 모르죠. 높고 가파른 계단이고 심하게 굴러 떨어졌으니까요. 어두워서 어떻게 됐는지 잘 보이지 않았어요. 그러나 그 피는 코에서 나온 피였어요."
고론 씨는 이런 대답을 이미 짐작하고 있었다는 듯이 약간 웃어 보였다.
"어서 계속하십시오."
"그 사람을 뒤꼍으로 데리고 가서……."
"뒤꼍엔 또 왜요?"
"정면의 큰길엔 경관들이 우글거리고 있었어요. 그래서 그 사람은 뒷문으로 돌아갔어요. 그런데 그때 이상한 일이 일어났어요. 뒷문은 스프링 자물쇠로 돼 있는데 내가 밖에 나와 있는 동안에, 바람에 문이 닫혀서 열고 들어갈 수가 없게 되었어요."
이브가 말을 끊자 로즈 집안의 사람들은 이상하다는 얼굴로 마주 보았다. 헬레나 부인이 부드럽게 항의하는 듯한 어조로 말했다.
"너, 무슨 착각을 한 거 아니냐? 문이 바람에 닫히다니 그날 밤 생각이 나지 않니?"
재니스도 입을 열었다. "그날 밤은 밤새도록 바람이 없었어요. 연극 구경하러 갔을 때 그런 이야기도 나왔지 않아?"
"그, 그랬어."
"나도 그것을 깨달았어요. 그러나 나중에 왜 그렇게 되었을까 하고 생각을 하다가 문득, 누군가가 닫은 게 아닐까 하는 생각도 들었어요. 그래요, 누군가가 일부러 닫았는지도 모른다고……."

"그래요? 누가 닫았습니까?" 고론 씨가 물었다.
"하녀 이베트예요. 그러나 그 여자는 왜 나를 그토록 싫어할까요?"
고론 씨의 눈썹이 더욱 치켜 올라갔다.
"부인, 즉 이런 내용입니까? 이베트 라톨이 문을 안에서 닫고 당신을 못 들어오게 했다는 겁니까?"
"나의 상상일 뿐이지, 확실하게 그렇다고는 말하지 않았어요. 왜 그렇게 되었는지 한껏 궁리를 했을 뿐이에요."
"우리들도 그렇습니다. 자, 얘기를 계속해 주시오. 당신은 뒷마당에 있었다고요?"
"그래도 모르시겠어요? 나는 쫓겨나서 집 안에 들어가지 못했다구요."
"들어가지 못해? 이거 놀랍군! 문을 두드리거나 벨을 누르기만 하면 될 텐데요."
"어쨌든 하녀가 깨어나잖아요. 그런 짓은 하고 싶지 않았어요. 이베트를 깨우다니 생각할 수도 없는 일이에요."
"그러나 그 이베트가 잠에서 깨어나 무슨 이유인지는 몰라도 당신을 못 들어오게 하지 않았습니까. 아무튼 놀라진 마십시오." 고론 씨는 동정하듯 한숨을 쉬며 말했다. "당신을 함정에 빠뜨리거나 속일 생각은 없습니다. 다만 나로서는…… 뭐랄까…… 진실을 말하고 있는가 어떤가를 확인하려는 것뿐입니다."
"그러나 이것이 전부예요."
"전부?"
"나는 파자마 주머니에 현관 열쇠가 있다는 것이 생각났어요. 살며시 현관으로 돌아가서 집 안으로 들어갔어요. 거기서 허리끈을 떨어뜨린 거예요. 어디서 떨어뜨렸는지는 확실하지 않지만 내가……

그래요, 손과 얼굴을 씻고 있을 때 깨달았어요."

"과연!"

"그것도 경찰에서 발견한 건가요?"

"그렇습니다. 헌데 그 끈 말인데요, 또 한 가지 설명 좀 해 주셔야 할 게 있습니다. 그것은 당신의 실내복 레이스에 붙어 있던 마노의 파편입니다."

이브는 조용히 말했다.

"그것에 대해서는 나는 아무것도 모르겠어요. 나의 말을 믿어 주실 수는 없나요." 이브는 두 손을 갖다댔는데 그 손을 내리더니 듣는 이가 감동을 할 만큼 열성껏 말했다. "이런 말을 들은 것은 지금이 처음이에요. 내가 집에 돌아갔을 때는 그런 것은 붙어 있지 않았다고 말할 수 있습니다. 글쎄, 아까도 말했듯이 나는 피를 씻어내기 위해 실내복을 벗었어요. 누군가가 나중에 붙여 놓았다고밖에는 해석할 길이 없군요."

"누군가가 붙였다……." 고론 씨가 질문이라기보다는 단순한 중얼거림처럼 말했다.

이브는 웃음이 나올 것 같았다. 그녀는 이상한 듯이 뭇사람의 얼굴을 둘러보았다.

"그러나 나를 살인범이라고 생각할 수는 없지 않겠어요?"

"솔직히 말해서, 지금의 기묘한 얘기는 꾸며낸 말 같군요."

"하지만 나는…… 내가 말한 것 전부가 진실이라는 걸 증명할 수 있어요."

"어떻게 말입니까?" 서장은 이렇게 묻더니 손질이 잘 된 손톱 끝으로 옆의 작은 테이블을 똑똑 두드리기 시작했다.

이브는 다른 사람들에게 호소하듯 시선을 보냈다.

"미안합니다. 그것을 숨긴 것은 네드가 나의 침실에 있었던 것을 애기하고 싶지 않았기 때문이었어요."

"그것은 잘 알겠어요." 재니스는 생기가 없는 목소리로 말했다.

이브는 두 손을 펴치며 말했다. "하지만……. 이건 뭐라고 말해야 좋을지 모를 만큼 어처구니없는 일이에요. 아닌 밤중에 자는 사람을 두들겨 깨우고는 들어본 일도 없는 사람을 죽였다면서 검거하는 것과 같아요. 지금처럼 나의 말을 입증할 만한 방법이 없었다면 나도 두려워서 죽었을는지도 몰라요."

"같은 말만 묻습니다만, 어떻게 증명을 하시겠습니까?" 고론 씨가 물었다.

"네드 아투드에게 물어봐 주세요."

"알겠어요." 경찰서장이 말했다.

서장은 몹시 태연했다. 윗옷의 깃을 세우고 가슴에 꽂혀 있는 장미꽃의 향기를 맡았다. 그 눈은 방바닥 복판 언저리를 지그시 지켜보고 있었다. 그 얼굴은 갑자기 날아든 벌레를 씹은 것처럼 보였다.

"부인, 부인께서는 이 얘기를 지난 1주일 동안 줄곧 연구해 온 것 같군요."

"나는 아무 생각도 하지 않았어요. 이런 얘기를 들은 것도 지금이 처음입니다. 나는 진실을 얘기하고 있는 겁니다."

고론 씨는 눈을 들었다.

"지난 1주일 동안에 당신은 아투드 씨와 만나셨죠?"

"아뇨, 만나지 않았어요."

"이브, 당신은 아직도 그 사람을 사랑하고 있나요? 지금도 그 사람을 사랑하고 있어요?" 재니스가 나직한 목소리로 물었다.

"그럴 리가 없지 않니." 헬레나 부인이 이브의 입장을 도왔다.

"고마워요." 이브는 이렇게 말하고 토비에게 얼굴을 돌렸다. "당신에게도 내가 그 사람을 사랑하지 않는다고 입 밖에 내서 말해야만 하나요? 나는 그런 사람은 질색이에요. 그 남자만큼 경멸을 느낀 사람은 없어요. 두 번 다시 얼굴을 보기도 싫어요."

"그 얼굴을 또 한 번 보기가 어려울 것 같군요." 고론 씨가 온화하게 말했다.

모두들 움찔해서 서장에게로 눈길을 돌렸다. 서장은 또 방바닥에 눈길을 떨구고 있다가 다시 시선을 들었다.

"부인은 아투드 씨가 그럴 마음이 있어도, 부인의 말을 입증할 증언을 할 수 있는 상태가 아닌 것을 알고 계시겠죠? 아투드 씨가 돈존 호텔에서 뇌진탕으로 누워 있는 것을 부인은 알고 있을 겁니다." 고론 씨의 음성이 날카로워졌다.

10초나 지난 뒤 이브는 안락의자에서 간신히 일어났다. 그녀는 서장을 지그시 바라보았다. 그녀가 회색 비단 블라우스와 검은 스커트를 입고 있는 것을 킨로스 박사는 이때 비로소 깨달았다. 영롱한 잿빛 눈이며, 뺨이 장밋빛으로 물들어 하얀 얼굴에 잘 어울렸다. 그러나 이때 그녀의 모든 신경의 움직임이며 그녀의 머리에 떠오른 생각 등을 알고 있다고 생각했던 킨로스 박사는 지금까지와는 다른 느낌을 받았다.

이브에게 있어서 여기까지의 이런 비난은 시시한 빈정거림이나 농담에 지나지 않았을 것이다. 그런데 지금 갑자기 사태가 그렇지 않다는 것을 알았다. 어떤 결과가 되어 가는지 그녀도 이해하기 시작한 것이다. 어처구니없는 일이지만 그런 것이다.

그녀는 고론 서장의 부드러운 말투 등의 모든 것에서, 절박하고 무서운 위험을 느낄 수가 있었다.

"뇌진탕?"

"그렇습니다. 1주일 전 새벽 1시 30분경, 아투드 씨는 돈존 호텔의 로비로 걸어 들어와서 자기의 방으로 올라가는 엘리베이터 안에서 쓰러졌던 것입니다."

이브는 두 손으로 관자놀이를 눌렀다.

"하지만 그것은 집에서 돌아간 시간이었어요. 어두워서 깨닫지 못했지만 그 사람은 그때 머리를 부딪쳤던 거예요……."

잠시 후 그녀는 "불쌍한 네드" 하고 말했다.

토비 로즈가 난로를 주먹으로 두들겼다.

고론 씨의 겸손한 얼굴에 보일 듯 말 듯 비꼬는 듯한 웃음이 번졌다.

"헌데 아투드 씨는 약간의 의식이 남아 있어서 큰길에서 자동차에 떠받쳐, 보도에다 머리를 박았다고 말하고 있습니다. 그것이 마지막 말이었지만요."

고론 씨는 여기서 손가락으로 허공을 그으며 다짐을 받는 듯한 몸짓을 했다.

"알겠어요? 아투드 씨는 지금 아무 증언도 할 수 없고, 회복도 어려운 상태랍니다."

10

고론 씨는 수상쩍다는 표정으로 말했다.

"이런 말은 당신에게 해선 안 될 말입니다. 맞아, 나도 좀 경솔했어. 용의자에게 이렇게 털어놓고 말한다는 것은 바보짓이고 그것도 체포 전에……."

"체포?" 이브가 머뭇거렸다.

"그 정도는 각오하셔야겠습니다."

감정이 흥분되어 있으므로 다른 사람도 이젠 프랑스 어만으로 얘기를 하고 있을 수는 없게 되었다.

"그렇게는 못 합니다." 헬레나 부인이 눈물이 글썽해서 떨리는 음성으로 말했다. 아랫입술이 도전하듯 삐죽이 나왔다. "영국 국민에 대해서 그렇게 못할 겁니다. 돌아가신 남편은 영사님과 친하게 지냈습니다. 게다가 이브는……."

"그러나 조금 변명할 필요는 있겠죠." 재니스도 흥분이 되어 음성이 커졌다.

"그 코담뱃갑의 파편 말이에요. 그리고 아투드란 사람을 정말 겁내고 있었다면 왜 구원을 청하지 않았는지, 나 같으면 소리를 쳤겠어요."

토비는 우울한 듯이 난로의 재떨이를 발로 차고 있었다.

벤 아저씨는 아무 말도 하지 않았다. 그는 언제나 말수가 적은 사나이로, 자동차 수선을 하거나 모형 배를 만들거나 벽지를 바르는 손재간 일을 시키면 전문가 뺨치는 사람이었다. 그는 티 테이블 옆에서 파이프 연기를 뿜어대고 있었다. 이따금 이브에게 용기를 주듯 웃는 얼굴을 보이곤 했으나, 역시 온화한 눈에 근심스러워하는 빛을 띠고 머리만 흔들고 있었다.

"닐 부인을 체포하는 문제는……." 고론 씨가 영어로 말을 이었다.

"잠깐만." 킨로스 박사가 말을 했으므로 일동은 깜짝 놀랐다.

박사는 피아노 옆의 어둑한 구석에 앉아 있었기 때문에 그쪽을 보는 사람은 없었고, 그때까지 그가 그곳에 있다는 것을 누구도 깨닫지 못했던 것이다.

지금 이브는 그쪽으로 똑바로 시선을 보냈다. 그 찰나 박사는 얼굴을 반쪽 잃은 채 평생을 살아야만 하는가 하고 생각했을 때의 그 옛날의 공포를 느꼈다. 그 불행했던 나날의 흔적과 함께 그는 마음의 병이 이 세상에서 최악의 병이라고 깨달았고, 따라서 그것과 싸우는 것이 자기의 천직이라고 생각되었다.

고론 서장은 펄쩍 뛰었다.

"아뿔싸 깜박 잊었군." 서장은 연극조로 말했다. "박사, 실례했습니다, 용서해 주십시오. 아무튼 이런 흥분 상태였으므로……."

여기서 서장은 일동에게 손을 흔들어 보였다.

"영국에서 오신 킨로스 박사를 소개합니다. 이분들이 아까 말한 로즈 집안의 사람들이오. 이분이 헬레나 부인, 그리고 부인의 오빠와 따님과 아드님, 그리고 닐 부인이오. 잘 부탁합니다."

토비 로즈는 움찔했다.

"영국분이군요."

"네." 킨로스 박사는 생긋 웃었다. "영국인입니다. 그러나 신경 쓰지 마십시오."

"고론 씨의 부하인 줄 알았어요." 토비는 일부러 불쾌한 듯이 말했다. "재미없군. 우리들은 우리들 내부의 얘기를 하고 있었어요."

그는 흘깃 주위를 둘러보았다. "아무도 없는 줄 알고 거리낌 없이 얘기를 했었는데."

"어머, 상관없잖아요?" 재니스가 말했다.

"그거 미안하군요." 킨로스 박사가 사과를 했다. "갑자기 폐를 끼친 것 같군요. 다만……."

"내가 불렀답니다." 고론 서장이 설명했다. "이분은 빈폴 거리에선 명의로 알려진 분인데, 공인으로서도 내가 알고 있는 바로는 세 사람이나 되는 중대 범인을 체포했습니다. 한 번은 윗옷의 단추가 제대로 채워져 있지 않은 점에서, 또 한 번은 범인의 말투로 눈치를 채고 체포했습니다. 심리적인 재능인 셈이죠. 그래서 오늘 이곳에 초대한 것입니다만……."

킨로스 박사는 똑바로 이브를 보고 말했다.

"이 고론 서장이 닐 부인에 대한 혐의의 증거가 약간 의심스럽다고 해서……."

"여보, 박사!" 서장은 약간 화가 난 듯 비난의 화살을 던졌다.
"그렇지 않은가?"

"꼭 그런 것은 아냐. 이제는 그렇지 않네." 고론 씨는 퉁명스럽게 말했다.

"실은 내가 이곳을 찾아뵙고 도움을 드리려는 이유는, 댁의 바깥양반을 전에 뵌 적이 있기 때문입니다."

"모리스를 아세요?" 박사의 시선을 받고 헬레나 부인이 큰소리로 물었다.

"네, 오래된 얘깁니다만 형무소에 근무하고 있을 때입니다. 주인 어른은 형무소 개선에 많은 관심을 갖고 계셨습니다."

헬레나는 고개를 흔들고 있었다. 뜻밖의 손님에 당황했으나, 의자에서 벌떡 일어나 그에게 환영의 인사를 하려고 했다. 그러나 이 1주일의 긴장이 힘에 겨웠고 모리스라는 이름을 듣기만 했는데도 벌써 눈물이 글썽해지는 것이었다.

"주인은 관심 정도가 아니었어요. 형무소에 있는 사람들을…… 즉, 수인 말입니다만 세밀히 조사를 하고 있어서 잘 알고 있었습니다. 하기는 세상에는 별로 알려지지 않았습니다만, 그것은 수인들을 구제하고도 자랑삼지 않았기 때문이죠."

"킨로스 선생님." 재니스는 작지만 또렷하게 말했다.
"뭡니까?"
"경찰에선 정말 이브를 체포할 작정인가요?"
"그렇지 않다면 좋겠습니다만." 박사는 조용히 대답했다.
"어째서죠?"
"그렇게 되면 나는 이 오랜 친구인 고론 씨와 두고두고 원수가 되니까요."

"이브의 얘기를 듣고…… 그 얘기를 우리가 좋아하든 좋아하지 않든 그것이 문제가 아니고…… 당신께서는 어떻게 생각하시나요? 그녀를 믿고 계십니까?"

"믿고 있습니다."

고론 씨는 약간 불쾌한 표정이었으나 말은 하지 않았다. 킨로스 박사의 인덕은 뭇사람의 신경을 부드럽게 누그러뜨려 어느덧 마음을 홀가분하게 만드는 것 같았다.

"이런 얘기를 들을 줄은 몰랐군. 우리들로서는 모두 생각지도 않았던 일이야." 토비가 말했다.

"물론 그렇겠죠. 그러나 닐 부인의 입장으로서는 죽느냐 사느냐의 문제가 아니겠습니까?"

"도대체 처음 만난 사람끼리 이런 얘기를 꺼낸 것이 잘못이지." 토비가 말했다. "실례했습니다. 그럼 나는 돌아가겠습니다."

토비는 두 손을 흔들었다. "뭐, 돌아가 달라는 뜻으로 말한 것은 아닙니다." 항상 다정해 뵈던 얼굴이 불만으로 일그러져 신음하듯 말했다. "모든 것이 너무 갑작스럽고 뜻밖입니다. 아무튼 그런 형편인만큼 나의 입장도 이해해 주십시오. 헌데 나는 당신과 만난 적이 있는 사람을 알고 있습니다. 당신은 혹시 그……?"

킨로스 박사는 되도록 이브를 보지 않으려 노력하고 있었다.

이브에게는 도움이 필요한 것이다. 공포와 불안으로 두 손을 굳게 맞잡고 의자 곁에 선 채 토비가 바라보기를 기다리고 있었다. 심리학자가 아니더라도 그녀에게 필요한 것은 토비의 위로의 말이라는 것을 즉시 알 수 있었다. 그런데도 토비는 그 말을 해 주지 않았다. 보고 있던 다모트 킨로스 박사의 마음속에 막연한 분노가 치솟았다.

"분명한 말을 듣고 싶습니까?" 박사는 물었다.

아마도 마음속에서는 그것을 바라지 않았겠지만 토비는 고개를 끄덕였다.

"그럼, 당신 자신이 태도를 분명히 하십시오." 박사는 싱긋 웃으며 말했다.

"태도를 분명히?"

"그렇습니다. 닐 부인이 당신을 배신했는지 아니면 살인을 범했는지? 부인은 두 가지를 다 하지는 못했을 겁니다."

토비는 뭐라고 말을 하려다가 입을 다물고 말았다.

킨로스 박사는 일동을 차례차례 둘러본 후 다시 토비를 보더니 역시 차분한 어조로 말을 이었다.

"당신은 그것을 잊고 있는 것 같군요. 전화를 했을 때 그녀의 방에 아투드가 있었다고 생각하니 참을 수 없다고 말을 하면서, 금방 같은 입으로 실내복에 어째서 코담뱃갑의 파편이 붙어 있었는지 설명하라고 했습니다. 닐 부인의 약혼자로 그런 이율배반적인 말을 하는 것은 부인에 대해 좀 심하지 않을까요? 헌데 로즈 씨, 결정을 하십시오. 만일 부인이 아버님을 살해하려 이 집에 왔다면——동기가 뭔지 얼핏 생각이 안 나지만——그 경우 아투드는 부인의 침실에 함께 있지 않았다는 것이 됩니다. 당신을 배반했다는 문제로 당신이 분개할 원인은 없는 셈이죠. 그리고 아투드가 부인의 침실에 함께 있었다고 한다면, 그녀는 아버님을 살해하러 이곳에 왔다고는 생각할 수 없게 됩니다."

박사는 여기서 말을 끊었다가 다시 이었다.

"어느 쪽을 선택하시겠습니까?"

박사의 세련된 어조와 비꼬는 듯한 말투가 화살촉처럼 토비에게 꽂혔다. 일동도 그럴 듯해하고 있었다.

"잠깐, 박사." 고론 씨가 침착한 소리로 말했다. "자네와 좀 은밀히 얘기를 하고 싶네."

"좋네."

"부인, 실례입니다만……." 고론 씨는 헬레나 부인 쪽으로 휙 몸을 돌리며 여전히 큰소리로 말했다. "킨로스 박사와 잠깐 복도에서 얘기를 하고 오겠습니다."

그는 대답을 기다리지 않고 박사의 팔을 꼭 잡고, 학교 선생님 같은 태도로 박사를 방 저쪽으로 끌고 갔다. 복도의 문을 열고 박사를 먼저 내보내고, 자기는 방에 남아 있는 사람들에게 고개를 숙이고는 나갔다.

복도는 캄캄했다. 고론 씨가 전등의 스위치를 넣으니까 붉은 양탄자를 깐 돌층계가 있는, 잿빛 타일을 바른 아치형 현관이 보였다. 서장은 숨소리도 거칠게 모자와 단장을 모자걸이에 걸었다. 그는 여전히 약간의 곤란을 느끼면서 영어로 얘기를 했으나, 문이 닫힌 것을 확인하자 킨로스 박사를 향해 성난 듯한 프랑스 어로 떠들어댔다.

"여봐, 자네는 못된 친구야."

"미안, 미안."

"게다가 배신을 했어. 나는 도움을 받기 위해 자네를 데리고 온 거야. 헌데 자네는 대체 뭐야! 왜 그런 태도를 취했는지 이유를 말해 주게."

"그 여자는 무죄야."

고론 씨는 신경질적으로 복도를 왔다 갔다 하고 있었다. 그는 프랑스 인다운 아리송한 시선으로 보며, 노려볼 때만 걸음을 멈추었다.

"그건 자네의 머리로 생각해서 한 말인가, 아니면 감정에서 나온 말인가, 어느 쪽이지?" 서장은 공손하게 물었다.

박사는 대답을 하지 않았다.

"자네는 매사를 과학적 사실밖에는 상대하지 않는다고 자네 자신이 그렇게 말했었지. 과학적 사실도 닐 부인의 매력에는 맥을 못 춘단 말인가, 그 여자는 정평 있는 위험 인물이네."
"내가 말하고 싶은 것은……."
박사는 딱하다는 눈빛으로 상대를 보았다.
"여보게, 박사. 나는 명탐정이 아니야. 천만에! 그러나 쏘아 올리는 꽃불이라면 문제는 달라. 꽃불처럼 위험한 여자가 있다는 것은 육감으로 알아."
킨로스 박사는 서장의 눈을 보았다.
"나의 명예를 걸고 말하겠네. 나는 그 여자가 유죄라고는 생각지 않네." 박사는 진실을 담고 응수했다.
"그 여자의 얘기를 듣고?"
"그 얘기의 어디가 옳지 않은가?"
"여보게, 박사. 자네는 그걸 내게 묻는 건가?"
"들어보세. 그 아투드란 사나이는 계단에서 떨어져 머리를 다쳤네. 닐 부인이 얘기한 상태는 그 징후에 완전히 부합이 돼. 의사로서 말하네만, 외상이 없이 코피가 나온다는 것은 뇌진탕의 가장 뚜렷한 징후야. 자기 딴에는 대단치 않다고 생각하고 아투드는 일어나서 호텔까지 걸어가 거기서 쓰러졌어. 이것도 뇌진탕 특유의 징후네."
이 특유라는 말로 고론 씨는 심각하게 생각하게 되었는데, 그는 그 이상 깊이 캐물으려 하지 않았다.
"아투드 씨의 진술에도 불구하고 그런 짓을……."
"안 되는가? 그는 자기 몸의 상태가 좋지 않음을 알았어. 그러나 자기와 닐 부인이나 양주 거리에서 일어난 일과의 관계를 일체 없애 버리지 않으면 안 된다고 생각할 정도의 의식은 있었어. 닐 부인이 살인범으로서 사건에 말려들 줄은 상상도 못했을 거네. 그런 것까지 예측할 수 있는 사람이 있겠나? 그러므로 그는 자동차에

치였다고 적당히 꾸며댄 거네."
고론 씨는 얼굴을 찡그렸다.
"물론 자네들도 모리스 로즈 경의 피와 부인의 허리끈이나 실내복에 묻은 피를 비교해 보았겠지?"
"물론이지, 양쪽 모두 같은 혈액형이었네."
"어떤 형이야?"
"O형이야."
다모트 박사는 눈썹을 치켜 올렸다. "그것만으론 충분하다고 말할 수 없네. 안 그래? 가장 많은 혈액형이야. 유럽인의 41퍼센트는 O형이야. 아투드의 혈액형도 조사했나?"
"아직 거기까지는! 글쎄, 부인의 얘기는 지금 처음 들었으니까."
"그럼, 조사하게. 만일 다른 형이라면 그녀의 얘기는 거짓말인 셈이야."
"그렇겠군."
"그러나 반대로 그것도 O형이라면 소극적이긴 하지만 닐 부인의 얘기는 입증이 돼. 아무튼 그 여자를 형무소에 던져놓고 쥐어짜기 전에, 정의를 위해 확인해 봐야 한다고 생각하지 않나?"
고론 씨는 또 부지런히 복도를 서성거리기 시작했다.
"나는 닐 부인이 자동차 사고로 부상당했다는 아투드의 얘기를 듣고, 그것을 자기 얘기에 끌어들여서 꾸민 것이라고 생각하고 싶군." 고론 서장은 큰소리로 말했다. "그리고 사랑에 불타오르고 있는 아투드 씨가 의식을 회복하면, 그녀가 한 말을 입증할 것이 틀림없고 말야."
이 말은 박사로서도 있을 수 있다고 시인하지 않을 수 없었다. 자기가 옳다는 것은 단언할 수 있으나 만일 그게 아니라면? 사람의 마음을 어지럽게 하는 이브 닐의 매력이 아직도 그에게 작용하고 있었다. 박사는 그녀의 모습이 눈앞에 떠오르는 것만 같았다.

그러나 그에게는 자기의 판단이나 자기의 육감이 틀림없다는 강한 확신이 있었다. 그리고 만일 그가 이러한 모든 공격이나 함정과 싸워 주지 않는다면, 경찰은 그녀를 살인범으로 피고석에 세우고 말 것이다.

"동기는? 동기다운 것이 뭔가 발견되었나?" 박사 물었다.

"그 동기란 것이 문제야!"

"여봐, 자네답지 않네. 그녀는 왜 모리스 로즈 경을 죽였을까?"

"그건 아까 얘기했잖나." 고론 씨가 말했다. "약간 억지가 있을지는 모르지만 이치는 맞다구. 모리스 경은 살해된 날의 오후에, 닐 부인에 대해서 뭔가 엄청난 얘기를 들은 거야."

"뭘 들었다는 건가?"

"그걸 내가 어떻게 아나?"

"그렇다면 어떻게 그렇다고 생각하나?"

"잠자코 듣게! 노인은 모두들 얘기했듯 좀 이상한 태도로 집에 돌아와서 아들 토비에게 뭔가를 얘기했어. 두 사람 다 몹시 흥분하고 있었어. 토비는 밤 1시에 닐 부인에게 전화를 걸어서 들은 대로 전했어. 닐 부인도 역시 흥분하여 모리스 경을 만나러 갔으며, 그 문제로 말다툼이 벌어졌어……."

"저런! 자네는 뚱딴지 같은 소릴 할 텐가?" 킨로스 박사가 말했다.

고론 씨는 눈을 깜짝거리며 박사를 보았다.

"뭐라고?"

"그렇지 않다는 것은 자네도 잘 알지 않나? 싸움 같은 건 하지 않았어. 거친 말을 주고받기는커녕 만나보지도 않았어. 자네의 주장에 의하면 살인범은 귀가 어두운 노인의 등 뒤로 몰래 다가가, 노인이 귀중한 코담뱃갑에 열중하고 있을 때에 느닷없이 때렸다는 것이었어, 그렇지?"

고론 씨는 우물쭈물했다. "요컨대……."

"흥, 닐 부인이 했다는 거겠지. 그럼, 왜 그런 짓을 했을까? 모리스 경이 그녀의 비밀을 뭔가 알고 있기 때문인가? 그 비밀이란 토비가 방금 그녀에게 전화로 알려 주었을 테니까 토비도 알고 있는 게 아닌가."

"그건 그렇지만……."

"생각해 보게나, 한밤중에 내가 자네에게 전화를 걸어 '검사가 자네는 독일의 스파이니까 사살하겠다고 하더군' 하고 말했다고 하세. 그렇다면 자네는 곧 나가서 비밀 누설을 막기 위해 검사를 죽이겠나? 그런 비밀은 이미 나도 알고 있는데? 그것과 같네! 만일 닐 부인의 인격에 관계되는 험담이었더라도 그녀가 몰래 큰길로 건너가 약혼자의 부친을 죽이겠는가? 한마디의 변명도 듣지 않고."

"여자란 남자하곤 다르니까." 고론 씨는 신중히 말했다.

"그러나 그토록 엉터리는 아니네."

고론 씨는 이번엔 복도의 길이라도 측량하듯 고개를 떨군 채 끝에서 끝까지 걸어다녔다. 몇 번이나 말을 하려다 말고 망설였으나 기어코 두 팔을 벌리고 폭발했다.

"박사, 자네는 나더러 증거를 무시하라는 건가?"

"그러나 어딘지 애매하다고 생각은 하지?"

"때로는 애매한 증거도 있는 법이야." 서장도 드디어 풀이 죽었다.

"그래도 그녀를 체포하겠나?"

고론 씨는 놀란 것 같았다. "물론이지. 검사가 명령하면 그 즉시야! 그러나……."

그의 눈은 조소어린 빛을 띠고 있었다.
"내가 존경하는 친구인 박사가 그녀가 무고하다는 것을 몇 시간 내에 보여 준다면 문제는 달라지지만 말야. 어떤가? 이 사건에 뭔가 생각한 것이라도 있나?"
"글쎄, 내 나름의 생각은 있지."
"어떤?"
여기서 킨로스 박사는 또 고론 씨와 시선이 마주쳤다.
"이 살인은, 내가 보기엔 화목한 로즈 집안 사람 중에 하나가 저지른 짓이야."

11

라 반드렛의 서장을 깜짝 놀라게 하는 일은 좀처럼 어려운 일인데, 이 말에는 그도 깜짝 놀랐다. 박사를 마주 보았을 때의 서장의 눈은 튀어나올 것만 같았다. 잠시 후, 이런 믿을 수 없는 말에는 입으로 대답조차 할 필요가 없다는 듯이, 닫혀져 있는 객실 문을 손가락질하면서 물어보는 듯한 몸짓을 해 보였다.
"그렇다네." 박사가 말했다.
고론 씨는 기침을 했다.
"자네는 범죄 현장을 보고 싶다고 했지? 가세, 보여 주지."
그리고 그때까지는 잠자코 있으라는 거친 몸짓을 보이고는 "아무 말도 하지 말게" 하고 말했다.
고론 씨는 휙 몸을 돌려 앞장서서 계단을 올라갔다. 박사는 서장이 입속으로 중얼거리는 소리를 들었다.
2층의 복도는 캄캄해서 고론 씨가 전등 스위치를 누르고, 정면에 있는 서재의 문을 손으로 가리켰다. 높다랗고 하얀 이 문은 수수께끼로 통하는 비밀의 그 문이었다. 어쩌면 공포로 이어지는 문이 될지도 몰랐다. 박사는 용기를 내어 쇠로 된 손잡이를 잡고 그 문을 밀었다.

방 안에는 황혼의 어스름이 깔려 있었다. 서재에 이토록 빈틈없이 양탄자를 깔아놓기란 프랑스에서는 드문 일이었다. 두터운 양탄자였다. 박사는 문 왼쪽에서 전등 스위치를 손으로 더듬어 찾으면서 이것을 마음에 간직해 두었다.

스위치는 세로로 두 개가 나란히 있었다. 위의 것을 누르자 책상 위의 녹색 갓이 씌워진 스탠드에 불이 켜졌다. 아래의 것을 누르니 프리즘을 장식으로 단 유리 성과 같은 중앙의 샹들리에가 환하게 빛났다.

박사는 네모진 방의, 흰 판자로 바른 벽을 둘러보았다. 정면에는 방바닥까지 내려온 프랑스식 창이 두 개 나란히 있는데, 지금은 강철 덧문이 굳게 닫혀 있었다. 왼쪽 벽에는 육중한 대리석 난로가 있었다. 오른쪽 벽을 끼고 책상이 놓여 있고 회전의자가 그 앞에 약간 쳐져 놓여 있었다. 방추형의 금빛 자수로 장식된 의자 몇 개와 중앙에 역시 금빛 나는 작고 둥근 테이블이 있는데 잿빛 양탄자와 화려한 대조를 이루었다. 사방 벽에는 책 상자가 한둘 끼어 있을 뿐, 빙 둘러서 유리창이 달린 골동품 진열 선반이 샹들리에의 빛을 반사하고 있었다. 이런 경우가 아니었다면 박사는 진열품에 흥미를 느꼈을 것이다.

방 안은 후덥지근하고, 세제와 같은 냄새가 감돌고 있었다. 죽음의 냄새 같았다.

킨로스 박사는 책상 쪽으로 다가갔다.

깨끗하게 청소가 돼 있었다. 지금은 녹슨 갈색으로 변한 오래된 핏자국이, 흡묵지와 모리스 경이 죽기 직전까지 글을 썼던 커다란 메모 용지에 남아 있을 뿐이었다.

박살난 코담뱃갑의 흔적은 하나도 남아 있지 않았다. 확대경, 보석 감정용 렌즈, 펜, 잉크 등의 문방구가 녹색의 불빛을 받으며 흡묵지 위에 흩어져 있었다.

다모트 박사는 메모 용지를 보았다. 옆에는 주인을 잃은 금만년필이 뒹굴고 있었다.

메모 용지에는 커다란 장식 문자로 시계형 코담뱃갑, 나폴레옹 1세 유품이라고 깨끗하게 표제가 씌어 있고, 그 밑에 작지만 꼼꼼하게 예쁜 글씨로 된 설명문이 씌어 있었다.

이 코담뱃갑은 1811년 3월 20일 나폴레옹의 아들이 탄생함에 있어, 의부 오스트리아 황제가 보나파르트에게 선물한 것. 직경 2인치 4분의 1. 금딱지로 된 용두(龍頭) 도금. 시계의 문자와 바늘은 작은 다이아몬드를 박았고, 중앙에 나폴레옹 보나파르트의 장식 문장(紋章)인 N이…….

여기서 문장은 끊어지고 핏자국이 두 방울쯤 묻어 있었다.
킨로스 박사는 휙하고 휘파람 소리를 내고는 말했다.
"이건 굉장한 가치가 있겠군."
"가치? 그런 것은 아까 말하지 않았나?" 서장은 신경질을 냈다.
"그러나 부서져 버렸어."
"맞았어. 모양이 신기하다는 것도 얘기했을 거야. 그 문장을 보면 알 수 있듯 시계 모양을 하고 있었어."
"어떤 시계?"
"보통의 회중시계지."

고론 씨는 자신의 회중시계를 꺼내 박사 앞에 내밀었다. "실제로 로즈 집안의 사람들은 모리스 경이 보여 주었을 때, 처음엔 시계인 줄 알았다는 거야. 이런 식으로 뚜껑이 열리고……. 그렇지? 그 책상 위의 흠집을 보게. 범인의 타격이 빗나가서 맞은 자국이네."

박사는 메모 용지를 책상 위에 놓았다.

시장은 아리송해하는 시무룩한 얼굴로 박사를 지켜보고 있었다. 박사는 몸을 휙 돌리더니 방 저쪽의 대리석 난로 옆에 있는 난로 용구대에 눈길을 보냈다. 난로 위에는 청동으로 만든 나폴레옹 황제의 양각상이 걸려 있었다. 범죄에 사용된 부젓가락은 없었다. 박사는 그곳까지의 거리를 눈으로 가늠하고 있었다. 그의 머릿속에는 반쯤 완성된 생각으로 가득 차 있었다. 그 생각 속에는 딱 하나 고론 씨로부터 들은 증거에 모순 되는 데가 있었다.

"여보게, 로즈 집안의 사람으로 눈 나쁜 사람이 있는가?"

"아아! 아아!" 박사의 질문에 고론 씨는 지겨워 죽겠다는 듯이 두 손을 들고 소리쳤다. "또 로즈 집안이야! 로즈 집안의 가족만 들먹거리는군 그래!"

서장은 더욱 목소리를 낮추었다. "여기에는 나하고 단 둘뿐이야. 듣는 사람은 아무도 없어. 가족 중의 한 사람이 노인을 죽였다고 그렇게 고집을 피우는 이유를 말해 주지 않겠나?"

"내가 듣고 싶은 것을 먼저 말해 주게. 가족 중에서 눈이 나쁜 사람이 있나?"

"그건 모르겠어."

"그러나 곧 알 수 있지 않은가?"

"그렇군!" 고론 씨는 약간 망설이더니 부젓가락으로 때리는 시늉을 하며 말했다.

"자네는 범인이 사람의 머리 같은 목표를 겨냥하지 못하고 헛쳤으니까, 눈이 나쁠 것이라고 생각했나?"

"그런지도 모르지."

킨로스 박사는 유리 케이스를 들여다보면서 방 안을 천천히 한 바퀴 돌았다. 진열품 중에는 유독 하나만 빛나고 있는가 하면, 짝을 맞춰 예쁜 글씨로 쓴 아름다운 카드를 달아 놓은 것도 있었다. 그는 보석에 대해서 약간의 지식이 있었지만 수집에 관한 지식은 없었다. 그러나 단순한 도락에 지나지 않는 이 잡동사니 중에도 상당히 훌륭한 진짜가 섞여 있을 거라는 것은 누구나 상상할 수 있었다.

 도자기도 있었다. 몇 개의 부채며 사리 상자와 진기한 시계도 몇 개 있었다. 수출품으로 생산한 가느다란 칼을 걸어놓은 칼걸이, 그리고 뉴게이트 감옥을 철거할 때 입수한 유품만 모은 케이스도 있었다. 정교한 골동품에 둘러싸인 가운데 이 케이스는 으스스하고 지저분했다. 책 상자 속에는 거의가 보석 감정에 관한 전문서뿐이었다.

 "그리고?" 고론 서장이 재촉했다.

 "또 하나 증거 비슷한 것이 있다고 했지? 도둑맞은 것은 하나도 없었지만 상자 속에 있던 다이아와 터키석 목걸이가 피가 약간 묻은 채 방바닥에 나뒹굴었다고 했지?"

 고론 씨는 고개를 끄덕이고 나서 문 바로 왼쪽 하단에 삐죽 나와 있는 유리 케이스를 두들겨 보았다. 이 케이스도 다른 케이스와 마찬가지로 자물쇠로 잠겨 있지 않았다. 고론 씨가 손가락으로 슬쩍 건드리기만 했는데도 정면이 소리 없이 열렸다. 내부의 선반도 유리로 되어 있었다. 선반 중앙에 소중하게 안치되어 잘 보이도록 비스듬히 세워진 짙푸른 공단 받침대를 배경으로, 그 목걸이는 샹들리에의 프리즘의 다채로운 빛을 받고 알록달록한 불길처럼 빛을 발하고 있었다.

 "깨끗하게 닦아서 제자리에 가져다 놨군." 서장은 말했다. "전하는 말에 의하면 이 목걸이는 마리 앙투아네트가 총애하던 드 랑부예 부인이 걸고 다니던 것으로, 부인이 라 포르스 감옥 밖에서 군중에게 참살되었을 때 몸에 지니고 있던 물건이라네. 모리스 경은 기분 나쁜 물건을 좋아한 모양이지?"

"기분 나쁜 것을 좋아하는 묘한 취미를 가진 사람도 있는 법이네."
고론 씨는 씩 웃었다. "그 옆에 있는 것을 봤나?"

킨토스 박사는 그 왼쪽을 흘낏 보았다. "뭔지는 모르지만 작은 바퀴가 달린 오르골 같군."

"응, 오르골이야. 유리 선반에 바퀴가 달린 오르골을 놓다니 좀 이상하군. 아직도 기억하네만 범행이 있던 이튿날, 피살자가 아직 그 의자에 앉아 있을 때 이 방을 조사했었는데, 그때 경감이 이 케이스를 열어보았네. 그러다가 손이 오르골에 부딪쳐 그것이 방바닥에 떨어졌지."

고론 씨는 또 오르골을 가리켰다. 나무로 만든 무거운 오르골인데 동체에 그을린 주석이 붙어 있고, 거기에 퇴색한 그림이 그려져 있었다. 박사는 그것이 아메리카 남북전쟁의 그림임을 알았다.

"떨어진 오르골이 옆으로 쓰러지면서 존 브라운의 〈유해〉를 노래하기 시작했다네. 들어본 적이 있겠지?" 서장은 그 곡조를 휘파람으로 불었다.

"그 결과가 큰 야단이었지. 토비가 화가 나서 쫓아와 아버지 유품에 손을 대지 말라는 거였네. 벤은 누군가가 최근에 이 오르골을 움직였을 거라고 말하더군. 바로 며칠 전에 기계 만지기 좋아하는 그가 고장난 오르골을 수리해서 태엽을 잔뜩 감아놨다고 하는 거야. 그때 밑에 떨어졌을 때는 1절인가 2절로 끝이 나고 말았어. 그러나 그런 별것 아닌 일로 야단법석을 떨 수도 있을까?"

"있을 수도 있지. 아까도 말했듯이 이 사건은 특수한 사건이니까."

"헌데 어째서 특수한 사건이라고 하는지 그 이유를 알고 싶군."

"그것은 가정 내의 범죄이기 때문이야. 이토록 화목하고 쾌적한 노변(爐邊)에서의 살인은 흔히 있는 일이네."

고론 씨는 뭔가를 느꼈다는 듯이 주위를 둘러보았다.

"박사, 자네는 진정으로 그런 말을 하는가?"

다모트 킨로스 박사는 중앙 테이블 가에 앉아서 검은 머리를 쓰다듬고 있었다. 눈동자가 검어서 눈초리가 조금도 날카롭게 보이지 않지만, 어떤 생각에 집중하려고 애쓰는 것 같았다.

"한 번쯤 때려도 충분한데 아홉 번이나 맞고 피살된 사나이가 있어. 자네는 그것을 보고 '이건 지독하군, 상식을 벗어났어. 미치광이의 소행이야' 하겠지. 그렇기 때문에 자네는 평화로운 집의 가족들 중에는 이런 지독한 짓을 할 사람은 없다고 생각하고, 가족에 대해서는 생각도 하지 않게 되는 거라네.

그러나 범죄사를 보면 그렇지 않아. 이 집의 사람들이 영국인이니까 그런 예를 든 거네. 냉정하고 확실한 동기를 가지고 있는 보통의 살인범은 이렇게 잔인한 살인을 절대로 하지 않네. 그런 짓을 할 필요가 없잖은가? 그놈의 뚜렷한 목적은 되도록 솜씨 있게, 뒤가 깨끗하게 죽이는 거니까.

흔히 있는 일이네만 가정의 평화를 위해서 처음에 감정을 억제해 오다가, 서서히 참을 수 없을 만큼 감정이 부풀어 올라 갑자기 폭발점에 이르러 폭발하네. 그런 때의 격렬함이란 우리들 보통 사람으로는 믿을 수 없을 만큼 엄청난 것이네. 가정 내의 갈등이 생각지도 않은 폭발 동기를 만드는 거네.

매우 신앙심 깊은 가정에서 나무랄 데 없이 길러진 딸이 별것도 아닌 가족간의 갈등 이외에는 이렇다 할 이유가 없는데도, 손도끼로 계모를 죽이고 다시 아버지를 죽인 사건이 있는데 이것을 터무니없는 일이라고 단언할 수 있겠는가? 지금까지 아내와 말다툼 한 번 한 일 없는 중년의 보험회사 외판원이 아내의 머리를 부젓가락으로 마구 때린 사건이 있네. 또 16세의 얌전한 소녀가 계모에게 앙갚음하기 위해 갓난애의 목을 잘라 버린 사건도 있지. 믿을 수 없는가? 다 별다른 동기도 아니지 않는가. 그래도 그런 사건은 일어난다네."

"근본적으로 잔인한 성격의 소유자이겠지." 고론 씨는 말했다.

"그렇지 않다네. 자네나 나와 같은 보통 사람이야. 그런데 닐 부인이……."

"뭔가! 뭐가 있나?"

"닐 부인은 무언가를 보았어." 킨로스 박사는 서장의 눈을 정면으로 바라보면서 말을 이었다. "무엇을 보았는지 나에게 묻는다고 내가 알겠나! 다만 그녀는 범인이 이 집안의 사람인 것만은 알고 있네."

"그럼, 왜 그 얘기를 하지 않는 거야?"

"누구인지 확실히 모르기 때문인지도 모르지."

고론 씨는 묘한 웃음을 띠며 고개를 저었다.

"박사, 나는 그렇게 분명하게는 말할 수 없군. 그리고 자네의 심리학이란 것에도 크게 찬성할 수 없네."

박사는 노란 매릴랜드 담뱃갑을 꺼냈다. 라이터로 불을 붙이고 고론 서장의 눈동자를 들여다보았다. 서장은 박사의 눈에 단순한 불안이라고 말할 수 없는 빛이 떠 있는 것처럼 느껴졌다. 박사는 웃는 얼굴을 보였으나 하나의 이론을 확인했다는 기쁨의 빛밖에 떠 있지 않았다.

박사는 담배 연기를 후욱 내뿜었다.

"자네에게서 들은 증거를 말한다면 로즈 집안의 한 사람은 고의로 시시한 거짓말을 한 셈이 되네." 박사는 최면술에라도 걸린 듯한 낮고 단조로운 음성으로 말했다. "어디가 거짓말인지 얘기를 해 주면 자네는 생각을 고쳐먹겠나?"

고론 씨는 입술을 핥았다.

그러나 그가 대답할 겨를도 없이 복도의 문이 열렸다. 박사가 막 그 문제를 설명하려고 그 문을 손가락으로 가리킬 때였다. 눈이 부신 듯이 손으로 눈을 가리면서 들여다본 것은 재니스 로즈였다.

이 방은 그녀에게는 무서운 방이었다. 그녀는 흘낏 회전의자를 보고는 불쾌한 세제 냄새를 느끼고 섬뜩했다. 그러나 그녀는 조용히 방 안에 들어와 문을 닫았다. 문을 등 뒤로 하고 선 그녀의 검은 옷이 하얀 거울에 또렷하게 보였다. 그녀는 킨로스 박사를 향하여 영어로 말을 건넸다.

"어디 계신가 하고," 나무라는 듯한 어조였다. "복도에 나가신 뒤 함흥차사라서요." 그녀는 모습이 사라졌다는 몸짓을 해 보였다.

"아가씨, 무슨?" 고론 서장이 재촉했다.

재니스는 서장의 말을 묵살하고 킨로스 박사에게로 몸을 돌렸다. 입을 떼는 용기를 내려고 애쓰는 것 같았는데 그것도 그녀의 눈이 박사의 얼굴을 찾고 있는 동안만 그랬을 뿐 곧 젊은 사람 특유의 솔직함으로 말을 꺼냈다.

"우리들이 이브에 대하여 심했다고 생각하나요?"

박사는 그녀에게 웃어 보였다.

"아가씨, 당신은 그 사람에 대해 훌륭한 변호를 해 주셨다고 생각합니다." 박사는 조심해야 한다고 생각했으나 저절로 턱 언저리가 굳어져서, 그런 표정을 지을 때는 늘 그렇듯 분노가 불길처럼 타오르는 것을 느꼈다. "그렇지만, 당신의 오빠는 너무했소!"

"박사님은 오빠를 잘 모르시기 때문이에요," 재니스는 외치면서 발을 동동 굴렀다.

"그럴까요?"

"토비는 그 사람을 진심으로 사랑하고 있습니다. 게다가 오빠는 품행에 대해서는 분명한 규칙 같은 것을 가지고 있는 착실한 사람이에요."

"산크타 싱프리시타스!"

"그건 '존경할 만한 솔직'이란 뜻이죠?" 재니스는 박사를 물끄러미 바라보면서 평소의 그 거리낌 없는 태도로 질문을 하려고 애를 썼지만 마음먹은 대로 되지 않았다. "이런 말을 해 봤자 소용이 없지만 우리들 입장이 돼서 생각해 보세요. 어쨌든 아버지는……."

그녀는 이렇게 말하고 회전의자를 가리켰다.

"아버지는 살해되었어요. 우리들의 머릿속은 그것만으로 꽉 차 있었어요. 그런데도 만일 당신께서 생각지도 않던 이런 혐의를 받는다면 '물론 나는 관계없어요. 그러니 변명할 필요 없어요' 하고 시치미를 떼고 있을 수 있겠어요? 인간이라면 그럴 수 없을 거예요."

냉정하게 생각해서 그녀의 말이 옳다고 박사는 수긍했다. 박사는 그녀에게 웃어 보였는데 그것은 격려할 때의 웃음이었다.

"그래서 나는 박사님께 여쭈어 보고 싶어요. 은밀히 말씀드릴 수 있을까요?"

"물론이죠." 고론 서장이 박사가 대답하기 전에 기다렸다는 듯이 끼어들었다. "헌데 닐 부인은 지금 어디 있습니까?"

재니스의 얼굴이 흐려졌다.

"지금 토비와 얘기를 하고 있어요. 어머니와 벤 아저씨는 둘이 거북하지 않도록 자리를 피했어요. 그러나 내가 여쭙고 싶다는 것은……." 그녀는 망설였으나 호흡을 크게 하고는 박사를 지그시 지켜보았다. "아까 당신은 아버지가 형무소 문제에 관심을 가지고 있었다고 어머니에게 얘기하셨죠?"

박사는 왠지 형무소 문제란 말이 추악하게 생각되었다. 박사는 재촉했다. "그래서요?"

"그 말을 듣고 생각난 것이 있어요. 살해되던 날 오후, 아버지의 태도가 이상했었다고 모두들 말한 것을 기억하시죠? 산책에서 돌아오셨을 때의 태도며, 연극 구경을 가지 않겠다고 하셨고, 유령 같은 창백한 안색이었고 게다가 손이 떨리고 있었다는 점 등입니다. 그 얘기를 들으면서 나는 아버지가 전에도 그런 태도를 보이신 적이 한 번 있었다는 것이 생각났어요."

"그래서요?"

"8년 전쯤의 일이었어요. 피니스테르라는 말재간 좋은 노인이 찾아와서 아버지를 감언이설로 속여 사기를 쳤어요. 나는 나이도 어렸고 사업에 대해서는 흥미도 없었으므로 자세한 내용은 몰랐습니다. 하기는 지금도 사업이라면 그 무렵과 다름이 없지만요. 하지만 그 때의 엄청난 소동만은 기억하고 있어요."

한 손을 귀에 대고 이 얘기를 듣고 있던 고론 씨는 의아스런 얼굴이었다.

"매우 재미있어 보이는 얘기입니다만, 솔직히 말해서 나는……." 서장이 참견을 했다.

"기다리세요." 재니스는 박사에게 당부하듯 말했다. "아버지는 사람의 얼굴을 좀처럼 기억하지 못하는 편이었지만, 엉뚱한 때에 문득 생각날 때가 있는 것 같았어요. 그 피니스테르가 아버지의 얘기를 하고 있을 때——그것은 사기에 대한 법적 보상이 아니면 그것 비슷한 내용이 아닌가 합니다만——아버지는 갑자기 그 사람이 누구인가를 기억해낸 모양이었어요.

피니스테르는 분명히 마콘클린이란 사람으로, 가출옥이 허가되어 감옥에서 나왔으나 서약을 지키지 않고 자취를 감춘 수인이었던 거예요. 마콘클린이란 사람은 아버지와 만난 일도 없었으나 아버지는 그 사건에 흥미를 가지고 있었으므로 최소한 어떠한 사나이인가 정도는 알고 있었던 거예요. 그 마콘클린이 느닷없이 나타난 것이었어요.

마콘클린은 정체가 드러난 것을 알자 아버지에게 경찰에 넘기지 말아 달라고 울면서 호소했습니다. 돈도 되돌려 주겠다며, 처자까지 들먹이면서 애원했어요. 형무소에 돌려보내지만 않는다면 어떤 짓이라도 하겠다고까지 했어요. 아버지는 유령처럼 창백한 얼굴로 2층에 올라가셨는데 구역질까지 하시더라고 나중에 어머니가 말씀하시더군요. 아버지는 범인을 형무소에 집어넣는 것을 몹시 싫어하셨던 겁니다. 그러나 그렇다고 해서 아버지가 그런 일을 하지 않으셨던 것도 아니었어요. 정말로 변호의 여지가 없는 나쁜 짓을 했다면 아버지는 가족의 한 사람이라도 형무소로 몰아넣으셨을 겁니다."

재니스는 여기서 숨을 돌렸다.

단조롭고 빠른 말로 이야기했기 때문에 입술이 말라 있었다. 그녀는 골동품 진열장에 둘러싸인 이 방에 마치 아버지가 있기라도 한 듯이 사방을 두리번거리고 있었다.

"그래서 아버지는 피니스테르에게 말했어요. '24시간 여유를 주겠으니 그 사이에 어디든 도망을 해라. 시간이 되면 네가 도망을 쳤든 여기 있든, 네가 어디에 있으며 어떤 이름으로 행세하고 있는지 빠짐없이 런던 경시청에 신고돼 있을 것이다'라고요. 아버지는 말한 대로 했습니다. 피니스테르는 형무소에서 죽었습니다. 그리고 며칠 동안 아버지는 한 숟가락도 잡수시지 못하셨다 합니다. 아버지가 그 사나이를 불쌍히 여겼다는 것을 알 수 있으시죠?"

재니스는 자기의 말에 확신과 의미를 담고 말했다.

"나는 시누이 근성이 있다는 소리를 듣고 싶지 않아요. 그런 것은 없어요. 그렇게 보였는지 몰라도 나 자신은 그런 생각이 없었어요. 하지만 이런 것들이 머리에 떠오르는 것을 숨겨도 소용이 없겠지요."

여기서 그녀는 다시 박사의 눈을 지그시 바라보며 말을 덧붙였다.

"이브 닐이 형무소 생활을 한 적이 있다고 생각하세요?"

12

아래의 객실에서는 이브와 토비가 버티고 있었다. 방의 반대쪽에는 금빛 갓이 씌워진 플로어 스탠드가 켜져 있었다. 두 사람은 서로 상대의 얼굴을 잘 보려고 하지도 않았다. 이브는 핸드백을 찾았으나 머리가 혼란되어 눈에 띄지 않았다. 그저 방 안을 서성거리며 같은 곳만 찾고 있는 것이었다. 그러나 그녀가 문 쪽으로 다가가자 토비는 달려가서 그 앞을 가로막았다.

"가는 건 아니겠지?"

"핸드백을 찾고 있어요." 이브는 힘없이 말했다. "찾으면 가야겠어요. 좀 비켜 주시지 않겠어요?"

"그러나 이 문제의 결론을 내야 해. 경찰에선 이브를……"

"들으셔서 짐작하겠지만 경찰에선 나를 체포하러 와요. 그래서 나는 돌아가서 신상 정리나 하는 게 좋지 않겠어요? 그 정도의 것은 허락해 주시겠죠?"

낭패의 빛이 토비의 얼굴을 스치고 지나갔다. 그는 한쪽 손으로 이마를 문질렀다. 정의는 지키지 않으면 안 된다. 자기의 감정을 죽여서라도 올바른 일을 하겠다고 굳게 결심한 그는, 순교자와 같은 자기의 영웅심이 자기도취에 지나지 않는 것을 깨닫지 못하고 있었다.

"내가 이브 편이란 것은 알고 있겠지? 그것만은 일순간이라도 잊지 않았으면 좋겠어."

"고마워요."

비꼬는 말인 줄도 모르고 토비는 발치께를 내려다보며 생각에 잠겨 있었다. 지금까지의 일들을 되새기고 있는 것이었다.

"어떤 일이 있어도 이브를 체포하게 하지 않겠어. 경찰에서도 진심인지 엄포를 놓는 것인지도 모르고, 아무튼 오늘 밤 영국 영사를 만나러 갑시다. 이브가 체포되기라도 한다면…… 은행으로서도 난처하니까."
"여러분이 그렇게 생각해 주신다면 좋겠지만."
"이브, 당신은 이런 일이 어떤 영향을 끼치는지 아직 몰라. 호크슨 은행은 영국의 은행가에서는 가장 오랜 전통을 자랑하는 은행이야. 그러므로 내가 늘 말했듯이 몹시 까다로워. 우리들의 입장을 지키기 위해 손을 쓰겠다는 것도 무리는 아닐 거야."
이브는 물었다.
"토비, 당신은 내가 아버님을 죽였다고 생각해요?"
그때 이브는 토비의 약간 얼빠진 듯한 얼굴에 빈틈없는 치밀한 모습이 얼핏 드러나는 것을 보고 흠칫 놀랐다. 지금까지의 토비 로즈에게서 찾아볼 수 없었던 자못 깊이 있는 표정이었다. 토비는 우울한 빛을 띠며 말했다.
"이브는 누구도 죽이지 않았어. 이브의 그 하녀가 이 사건의 그늘에 숨어 있어. 틀림없어. 그 여자는……."
"토비, 당신은 그 하녀에 대해 뭔가 알고 있군요?"
"아니 아무것도," 토비는 심호흡을 했다. "그러나 나로서는 좀 괴롭군. 우리 두 사람의 사이가 좋아져서 만사가 잘 돼 나가는 참인데, 이브가 또 그 아투드란 놈과 만났으니까."
"그걸 믿고 있어요?"
토비는 고민하고 있었다.
"내가 뭘 어떻게 믿겠어? 이봐 정직하게 말해 줘. 난 말야, 재니스가 툭하면 놀려대지만 그렇게 구식 사람은 아냐. 내 딴에는 꽤 마음이 넓다고 자부하고 있을 정도야. 이브가 나하고 만나기 전에 어떤 생활을 해 왔는지 모르고 있는 만큼, 그걸 꼭 알고 싶어. 전부 털어놓고 애기를 해준다면 지나간 일은 깨끗이 잊어버리겠어."

이브는 걸음을 멈추었으나, 그를 힐끔 보기만 했을 뿐 말은 하지 않았다.

"아아, 정말 싫다, 싫어!"

토비는 더욱 열이 올랐다.

"남자란 어떤 이상을 갖고 있는 거야. 그래 이상이야! 그러므로 여자와 결혼하겠다는 생각을 하면 여자가 그 이상에 걸맞은 생활 태도를 가져다준다고 생각하는 거야."

이브는 핸드백을 찾았다. 바로 눈앞의 테이블에 놓여 있었던 것이다. 몇 차례나 그 언저리를 돌아다녔는데도 어째서 눈에 띄지 않았는지 이상하기만 했다.

핸드백을 집어 들고 뚜껑을 열고 기계적으로 속을 들여다본 그녀는 문 쪽으로 걸음을 옮겼다.

"비켜 주세요, 가야겠어요."

"이봐, 지금 나가선 안 돼. 경관이나 신문기자가 대기하고 있을지 몰라. 지금 상태로는 이브가 무슨 말을 할지 불안해."

"흐크슨 은행이 난처해진다는 건가요?"

"그렇지 않다고 말할 수도 없지. 이브, 이런 일은 좀더 현실적으로 생각해야 해. 여자는 이런 점을 이해하지 못한단 말야."

"벌써 저녁 식사 시간이에요."

"옳지, 이것만은 말할 수 있어. 이것만 내가 확신한다면 흐크슨 은행 따위는 상관없어. 이브는 나를 속이지 않겠지? 나도 이브를 속이지는 않았으니까. 이브는 또다시 아투드를 선택한 것은 아니겠지?"

"아니에요."

"믿을 수 없어."

"왜 같은 말을 몇 번이나 묻죠? 좀 비켜 주세요."

"좋아." 토비는 자존심이 상해서 팔짱을 끼고 말했다. "이브가 정 그렇다면."

토비는 짐짓 정중한 태도로 한쪽으로 비켜섰다. 입술을 깨문 채 턱을 내밀고 있었다.

이브는 망설였다. 그녀는 토비를 사랑하고 있었다. 언젠가는 그가 믿을 수 있도록 적절한 말로 얘기할 때가 오겠지. 그러나 몹시 괴로워하는 듯한 토비의 표정도 지금의 그녀를 움직일 수는 없었다. 그녀는 토비의 곁을 지나 현관으로 나가 문을 닫았다.

밝은 현관의 불빛에 그녀는 일순 눈이 부셨다. 눈이 익숙해진 뒤에 보니 벤 아저씨가 기침을 하면서 다가오고 있었다.

"벌써 가는 거야?" 벤 아저씨가 말했다.

'이분도 나를 믿지 않는 것일까? 신이여, 이분은 그렇지 않기를!' 이브는 마음속으로 기도했다.

벤 아저씨는 남몰래 동정을 표시하러 온 것 같은 겸연쩍은 태도였다. 한쪽 손으로 희끗희끗한 머리를 긁고 있었다. 또 하나의 손에는 구겨진 봉투 같은 것을 들고 있었다.

"아 참, 잊을 뻔했군. 이브에게 온 편지야."

"편지요?"

벤 아저씨는 현관 쪽을 턱으로 가리켰다. "10분쯤 전에 우편함에 들어 있는 것을 발견했지. 집배원이 아니고 다른 사람이 가지고 온 모양이야. 아무튼 이브 앞으로 왔으니까." 온화하고 푸르스름한 눈이 그녀를 물끄러미 지켜보았다. "중요한 편지인지도 모르지."

이브는 어떤 편지인지 별로 신경도 쓰지 않고 겉봉의 이름을 보고는 핸드백 속에 찔러 넣었다. 벤 아저씨는 빈 파이프를 물고 요란한 소리를 내며 빨고 있었다. 노인은 마음속으로 말머리를 꺼낼 용기를 내려고 애쓰고 있는 것 같았다.
 "이 집에서는 난 별로 중요한 사람이 아니지만 나는 이브의 편이야." 벤은 불쑥 말했다.
 "고맙습니다."
 "언제든지……." 벤 아저씨가 그렇게 말하면서 팔을 잡으려 하자 그녀는 본능적으로 팔을 움츠렸다. 동작이 느린 벤은 마치 얼굴이라도 얻어맞은 듯이 표정이 굳어졌다. "왜 그러지?"
 "아, 미안합니다!"
 "그 장갑의 경우와 같군."
 "무슨 장갑 말인가요?"
 "그건 말야." 벤 아저씨는 부드러운 얼굴로 그녀의 얼굴을 보면서 말했다. "내가 자동차를 운전하고 있을 때의 갈색 장갑 말야. 왜 그까짓 것에 그토록 놀라는 건지 여간 이상하지 않아."
 이브는 몸을 홱 돌리며 달려갔다.
 큰길에 나오자 막 어두워지고 있었다. 9월의 온화한 저녁은 봄의 저녁보다 기분이 좋다. 푸르스름한 가로등이 호두나무 사이에 빛나고 있었다. 포누르장의 후덥지근한 방에서 나온 이브는 자유로운 세계로 뛰쳐나온 것 같았다. 그러나 그녀에게 있어 자유로운 세계로 멀리 떨어진 것 같은 기분이 들었다. 갈색 장갑, 갈색 장갑, 갈색 장갑.
 문에서 나온 이브는 담장 그늘에 우뚝 섰다. 혼자 있고 싶었다. 상자 속에 갇혀 버린 듯이 혼자 있고 싶었다. 마음에도 없는 다정한 음성이나 찌르는 듯한 눈초리에서 도망쳐 누구도 보지 않는 캄캄한 곳에 있고 싶었다.
 '바보야!' 그녀는 스스로를 꾸짖었다. 왜 본 것을 과감하게 얘기하지 않았을까? 그 집안의 누군지는 모르지만 갈색 장갑을 낀 사람이었고, 그 사람이 위선자라는 것을 왜 털어놓지 못했을까? 그 집안에 대한 의리 때문일까? 그런 말을 한다면 그 집안 사람들이 더 냉정해 질까봐 두려워서일까? 아니면 토비에 대한 의리 때문일까? 그 사람이 심했다고는 해도 그것도 정직하고 솔직하기 때문이니까······.

그러나 그 사람들에겐 아무런 의리도 느낄 것이 없어. 이제 와서는 그런 것은 조금도 없어.

이브가 가장 싫은 것은 거짓 눈물이었다. 그 집안 사람들 전부가 유죄라고는 할 수 없다. 범인 한 사람을 제외하고는 다른 가족 모두는 이브와 마찬가지로 놀라고 있는 것이다. 다만 이브를 책망하는 듯한 눈초리로 보는 사람 중의 한 사람이, 마치 샐러드라도 섞듯 냉혹하게 살인을 범한 것이다.

더구나 그 사람들은——그녀의 마음속을 들여다보면 그녀를 가장 화나게 만드는 것이다——모두가 그녀를 시궁창의 매춘부와 다름없는 여자인 듯이 생각하는 것 같은 태도를 보이면서, 그런 여자라도 다정하게 대해 준다는 관대함을 보여 주려고 하는 것이다. 아마도 사실은 그렇게 심한 사람들은 아닐 것이다. 흥분된 혼란 때문일 것이다. 무리도 아니다. 그러나 이브로서는 마치 은혜라도 베풀어 주는 듯한 태도는 질색이었다.

그러나 이러다 보면?

틀림없이 형무소행이 될 것이다. 그럴 수는 없어! 터무니없는 일이야!

알고 그러는지 모르고 그러는지, 오늘 이브에게 마음의 안정을 얻게 할 인정이 있는 사람은 둘밖에 없었다. 한 사람은 비열한 방탕자인 네드 아투드였다. 네드는 스스로 '다정함' 따위를 강매하지는 않았지만, 그녀를 비호하는 것 같은 거짓말을 하면서 쓰러졌다고 했다. 또 한 사람은 아까의 그 박사였다. 이름도 기억하지 못하고 얼굴도 어떻게 생겼는지 아무리 생각해도 머리에 떠오르지 않았으니, 뭇사람의 위선을 증언하는 듯 검은 눈을 빛내고 있던 표정은 기억하고 있었다. 박사의 비웃음이 담긴 음성이 로즈 집안의 객실에 울려 퍼지자, 그것은 예지의 칼처럼 엉터리 거품을 쪼개고 겉모양뿐인 포즈를 때려부수었다.

문제는 만일 네드가 순순히 얘기했더라도 경찰이 네드 아투드의 말을 믿느냐 어떠냐였다.

네드는 몸을 다쳐 쓰러져 의식을 잃고 있다. 그래서 '회복할 가망이 없다'고 한다. 자신의 위험에 정신이 팔려서 그녀는 네드에 대해서는 잊고 있었다. 로즈 집안과의 관계를 무시하고 과감하게 네드를 찾아가면 어떻게든 되지 않을까? 현재로선 전화도 할 수 없고 편지도 보낼 수 없지만······.

편지!

앙주 거리의 시원한 나무 그늘에서 이브의 손가락은 핸드백을 쓰다듬고 있었다. 백을 열고 꽤 구겨진 봉투를 찾았다.

이브는 안정된 걸음걸이로 큰길을 건너가 자기의 집과 가까운 가로등 밑에서 걸음을 멈추었다. 잿빛 봉투를 자세히 보았다. 봉함이 되어 있고 겉봉에는 그녀의 이름이 프랑스 서체로 씌어 있었다. 집배원이 아닌 사람이 가지고 와서 그녀의 집 건너편의 우편함에 넣고 간 것이다. 봉투는 색다른 곳이 없었다. 그런데도 왠지 가슴이 뛰는 것을 느꼈다. 봉함을 뜯으면서 목구멍에 뜨뜻한 것이 치솟아 오르는 것을 느꼈다. 프랑스 어로 씌어진 짤막한 편지인데 서명은 없었다.

부인, 당신이 현재의 고통을 타개하는 데 도움이 되는 길을 알고 싶거든 10시 지나서 라 알프 거리 17번지로 오십시오. 문은 열려 있습니다. 거리낌 없이 들어오십시오.

머리 위에서 나뭇잎들이 흔들리더니 잿빛 종이 위에 그림자를 던졌다.

이브는 눈을 들었다.

눈앞에 자기 집이 있고, 요리사가 없는데도 이베트가 저녁 식사를 해 놓고 기다리고 있었다. 이브는 편지를 접어서 핸드백에 집어넣었다.

그녀가 초인종에 손도 대기 전에 여전히 무뚝뚝한 표정의 이베트가 안에서 문을 열었다.

"부인, 식사 준비가 돼 있습니다. 벌써 30분 전부터예요."

"식사 생각은 없어."

"하지만 조금이라도 드셔야 합니다. 몸에 기력이 붙지 않으면 안 됩니다."

"어째서지?"

그 말을 하고서 이브는 하녀를 밀치듯이, 거울이며 시계가 장식된 보석 상자와 같은 작은 현관을 지나 계단 쪽으로 걸어갔다. 이브는 거기서 휙 몸을 돌려 질문을 던졌다.

"어째서지?" 이브는 되풀이해서 말했다.

"어머, 부인." 이베트는 의외로 적의가 없고 붙임성 있는 음성으로 대답했다. 눈이 동그래져서 레슬러와 같은 굵은 두 손으로 허리를 짚고 있었다.

"누구든 살아있는 동안엔 몸에 힘을 지니고 있을 필요는 있는 게 아니겠어요?"

"오전날 밤엔 왜 나를 밖으로 몰아냈지? 모리스 경이 돌아가시던 날 밤 말야."

"어머, 부인."

"왜 그랬지?"

"무슨 말씀인지 모르겠어요."

"경관에게 뭐라고 했지?" 이브는 이렇게 말하면서 심장이 죄어오고 뺨이 화끈거리는 것을 느꼈다.

"부인, 저는……."

"내 하얀 실내복은 어째서 아직까지 세탁소에서 찾아오지 않지?"

"어머, 부인! 그런 건 저는 모릅니다요. 가끔 몹시 늦어질 때가 있지 않아요? 저녁 식사는 몇 시에 드시겠어요?"

입씨름은 도중에 끝나고 모리스 경의 코담뱃갑처럼 박살이 나버렸다.

"저녁은 먹지 않겠다고 말했잖아……." 이브는 계단의 첫 층계에 발을 내디디면서 말했다. "방으로 가겠어."

"그럼 샌드위치라도 올릴까요?"

"그렇군, 커피도."

"네, 부인. 그리고 오늘 밤에도 외출하시나요?"

"어쩌면, 아직 모르지만."

그녀는 계단을 뛰어 올라갔다.

침실은 비단으로 짠 커튼이 내려져 있고, 경대 위의 전등이 켜져 있었다. 이브는 문을 닫았다. 숨이 차서 마치 가슴에 구멍이 뻥 뚫린 것 같았다. 심장의 고동이 아련하게 느껴졌다. 무릎이 후들후들 떨리고 온몸의 피가 머리로 올라온 것 같았다.

그녀는 안락의자에 앉아 몸을 편하게 하려고 했다.

라 알프 거리 17번지. 라 알프 거리 17번지. 라 알프 거리 17번지.

침실에는 시계가 없었다.

이브는 살며시 복도로 나가 손님용 침실에 가서 시계를 가지고 왔다. 시계의 초침 소리가 마치 시한 폭탄처럼 무섭게 들렸다.

그녀는 시계를 장롱 위에 놓고 손과 얼굴을 씻으려고 욕실로 갔다.

욕실에서 나오자 샌드위치 한 접시와 커피포트가 사이드 테이블에 가지런히 놓여 있었다.

그녀는 샌드위치는 먹지 않고 커피만 마셨다. 담배를 몇 대나 피우면서 시계바늘이 8시 30분에서 9시, 9시 30분에서 10시로 기어가듯 움직이는 것을 지켜보고 있었다.

그녀는 언젠가 파리에서 살인범의 재판을 방청하러 간 일이 있었다. 네드가 데리고 갔었는데 그는 그것을 재미있는 구경거리쯤으로 생각했던 것이다. 이브는 그곳에서 고함을 지르는 소리가 너무나도 많아서 놀라고 말았다. 법복에 납작한 모자를 쓴 판사도 몇 사람인가 있었는데, 그 판사들까지도 검사가 피고에게 고백하라고 소리치는 것에 지지 않을 만큼 피고에게 사납게 고함을 치는 것이었다.

그때의 그녀에게는 그것이 인연도 관계도 없는 불유쾌한 구경거리에 지나지 않았으나, 이제는 피고석에서 심리를 받던 그 더러운 얼굴의 사나이가 피고석의 난간 손잡이를 시커먼 손톱의 손으로 움켜잡고 빽빽 소리를 지르며 말대꾸를 하던 모습이 한낱 웃음거리가 아닌 것이 되고 말았다. 정리가 그 사나이를 법정에 데리고 왔을 때 석탄산 냄새가 나는 통로 쪽 문에서 자물쇠 두 개가 철컥거리는 소리가 났다.

지금의 이브에게는 그 석탄산 냄새가 되살아나는 심정이었다. 마치 앞에 닥쳐올 일을 암시하고 있는 것 같았다.

그녀는 이런 공상에 열중해 있었기 때문에 바깥 큰길에서의 소란은 거의 깨닫지 못했다.

그러나 현관에서 울리는 초인종 소리만은 들었다. 아래층에서 중얼거리는 듯한 인기척도 들렸다. 계단의 양탄자를 밟는 쿵쿵거리는 소리도 이브의 귀에 들렸다. 이베트가 지금까지는 볼 수 없었던 빠른 걸음으로 소리를 내며 올라오는 것이었다. 이베트는 침실 문을 노크했다. 그녀는 아직도 정중한 태도였다.

"부인, 아래층에 경찰이 잔뜩 와 있어요." 이렇게 말한 이베트의 어조가 마치 일을 멋지게 해낸 뒤의 만족감 같은 것을 노골적으로 드러내고 있어, 이브의 입 안이 바싹 마르는 듯한 심정이었다. "곧 내려오신다고 전할까요?"

그녀의 음성은 말이 끝난 뒤에도 한참동안 이브의 귀에 왕왕 울리고 있었다.

"객실에 안내해요, 곧 가겠어."

"알았습니다."

문이 닫히자 이브는 일어났다. 옷장에서 짧은 모피 케이프를 꺼내어 어깨에 둘렀다. 핸드백을 들여다보고 돈이 있는 것을 확인하자 그녀는 전등을 끄고 소리 없이 복도로 나갔다. 솟아오른 양탄자 핀을 조심하면서 누구도 알아채지 못하도록 재빠르게 계단을 달려 내려갔다. 그녀는 이베트가 움직이는 시간을 재고 있었다. 아래층에서 웅성대던 소리가 객실에서 들려오고 있었다. 조금 열려진 문 사이로 이베트가 저쪽을 향하여 경관들에게 친절을 베풀고 있는 모습이 보였다. 한 경관의 한쪽 손과 콧수염이 얼핏 보였으나, 그쪽에서는 그녀의 모습을 보지 못한 것 같았다.

2초 후에 그녀는 어두운 식당에서 더 어두운 부엌으로 나가고 있었다.

요전과 마찬가지로 그녀는 오늘 밤도 통용문의 스프링식 고리를 열었는데, 이번에는 바깥으로 나가자 빈틈없이 꼭 닫았다.

밤이슬에 젖은 뒷마당으로 올라갔다. 머리 위에는 등대에서 던지는 빛이 밤하늘을 쓸면서 비치고 있었다. 그녀는 급히 뒷문을 통하여 골목으로 나갔다. 3분 후에는 어디에선가 사슬에 묶인 개가 짖는 소리에 놀랐을 뿐, 그녀는 이미 카지노 큰길에서 택시를 부르고 있었다.

"라 알프 거리 17번지로."

13

"여기예요?"

"네, 그렇습니다. 라 알프 거리 17번지입니다." 운전 기사가 말했다.

"여염집인가요?"

"아뇨, 가게예요, 꽃집입니다."

라 반드렛에서도 점잖은 편에 속하는 거리가 아님을 즉시 알 수 있었다. 즉 바닷가에 가까운 산책 도로의 옆이었다. 라 반드렛의 재원인 영국의 돈푼깨나 있는 사람들은 이 일대를 몹시 꺼리고 있었다. 그것은 이 일대가 웨스턴 해안이나 페인턴, 포크스톤과 같은 느낌이고 실제로도 그러했기 때문이었다.

낮에 보면 잿빛 슬레이트 지붕뿐인 이 일대는 벌집같이 좁은 길가에 선물 가게의 깃발이며 장난감 삽, 양동이, 풍차 등을 늘어놓은 가게들, 사진관의 노란 간판, 가족 대상의 술집 등으로 빈틈없이 늘어서 있었다.

그러나 가을로 접어들면 쓸쓸하다. 더욱이 거리의 불들이 모두 꺼지면 을씨년스럽다. 택시는 높다란 집들 사이로 난 라 알프 거리로 들어갔다. 불들이 꺼진 가게 앞에서 택시가 서자 이브는 내리는 데 엄청난 망설임을 느꼈다.

반쯤 열린 문에 손을 댄 채, 그녀는 미터 램프의 희미한 빛을 받고 있는 운전 기사를 지켜보고 있었다.

"꽃집?"

"틀림없습니다." 운전 기사는 어두컴컴한 진열장에 어렴풋이 보이는 흰 에나멜로 쓴 글씨를 손가락질하며 읽었다. "에덴 동산 특선 생화……. 닫혀져 있는 것 같군요." 그는 친절하게도 이렇게 덧붙였다.
"그렇군요."
"다른 데로 모실까요?"
"아뇨, 여기서 내리겠어요." 이브는 택시에서 내린 뒤에도 우물쭈물하고 있었다. "이 가게가 누구의 것인지 알고 있어요?"
"주인은 모릅니다요." 운전 기사는 고개를 갸웃했다. "주인은 모르지만 가게를 경영하고 있는 사람이라면 잘 알고 있습니다. 이 가게는 라톨이란 여자가 경영하고 있습죠. 모두들 프루 씨라고 부르는 꽤 얌전한 젊은 처녀죠."
"라톨?"
"그렇습니다. 부인, 기분이라도 언짢으십니까?"
"아니에요, 그럼 그 처녀의 언니나 아주머니가 되는 사람으로 이베트 라톨이란 이름을 가진 분은 없나요?"
운전 기사는 눈이 동그래져서 그녀를 보았다.
"부인, 그건 무리죠. 거기까지는 알 수 없습니다. 내가 알고 있는 것은 이 가게가 그 아가씨처럼 깔끔한 가게라는 것뿐이죠."
운전 기사는 어둠 속에서 의아한 듯이 이브를 지켜보았다.
"부인, 여기서 기다릴까요?"
"글쎄요, 기다리는 게 좋겠군요."
이브는 계속 질문을 하려다가 그만두는 것이 좋겠다고 생각했다.
그녀는 몸을 돌려 보도를 가로질러 꽃가게 쪽으로 걸음을 서둘렀다.
뒤에 남은 태평스런 운전 기사는 생각하고 있었다. 한심한 손님이야. 그러나 괜찮게 생긴 여자이고 틀림없이 영국인이군. 프루 양과 저 마담의 애인이 친해져서 마담이 지금 보복을 하러 왔는지도 모른다. 그렇다면…… 운전 기사 마르셀 노인은 황산을 끼얹는 소동이 일어날 경우를 생각하여, 기어를 넣고 당장이라도 도망치는 것이 상책 인지도 모른다고 생각했다. 그러나 다시 생각해 보니 영국인은 황산을 뿌리는 짓은 하지 않을거야. 남편이 술에 취했다고 해서 아내가 악을 쓰는 것은 보았지만, 영국인이라도 화는 내거든. 어쨌든 좋아, 뭐 내 목숨이 위험한 것도 아니고 또 재미있는 구경도 오붓하게 할 수 있잖은가. 그리고 8프랑 40상팀의 택시비도 받아야지.

그러나 이브 자신의 생각은 그렇게 단순하지 않았다.

그녀는 가게의 문 앞에서 잠시 섰다. 한쪽 옆에 깨끗하게 닦은 유리 진열장이 있었으나 내부는 거의 보이지 않았다. 어두운 지붕 위에서 달이 얼굴을 내밀고 있었으나, 그것이 진열장에 비쳐서 내부가 보이지 않았다.

10시 지나서는 언제든지 좋으며 문은 열려 있습니다. 거리낌 없이 들어오십시오.

이브가 손잡이를 돌리자 문이 열렸다. 머리 위에서 벨이 울릴 거라고 생각하면서 문을 힘껏 밀어서 열었다. 아무 소리도 들리지 않았다. 조용하고 캄캄했다. 문을 열어놓은 채 이대로 들어가도 좋을까 하는 일말의 불안이 있었으나, 밖에 운전 기사가 있으니까 하고 그대로 발을 들여놓았다.

그러나 아무도 나오지 않았……

싸늘하고 눅눅한 꽃향기에 싸였다. 큰 가게 같지는 않았다. 오른쪽 창문에 붙여서 덮개를 씌운 새장이, 나직한 천장에서 사슬에 매달려 있었다. 바닥까지 스며 들어온 달빛이 꽃으로 장식된 방을 환상처럼 보이게 했고, 장례용 화환의 그림자를 벽에 비쳐 주고 있었다.

습기도 다소 가라앉은 여러 가지 꽃향기 속에서 판매대와 계산기 옆을 지나니까, 가게 안쪽에 노란빛이 한 줄기 보였다. 안쪽 방문에 드리워진 두꺼운 커튼 자락에서 바닥으로 흐르는 빛이었다. 커튼 그늘에서 젊은 여인의 발랄한 목소리가 들려왔다.

"누구죠?" 그 음성은 프랑스 어였다.

이브는 앞으로 나아가 커튼을 젖혔다.

그곳의 광경은 어디로 보나 가정적이었다. 온 방 안에서 가정적이라는 숨결을 느낄 수 있었다. 작지만 쾌적해 보이는 거실로, 취미가 결코 좋은 편이라고는 할 수 없었다.

난로 위에는 거울을 둘러싸고 작은 나무 선반이 이어져 있고, 난로 격자 속에는 프랑스 인이 포탄이라고 부르고 있는 그 둥근 석탄이 활활 타고 있었다. 방 중앙의 테이블 위에는 예쁘게 장식된 전기 스탠드가 놓여 있었다. 인형이 놓여 있는 소파가 있고, 피아노 위에는 액자에 들어 있는 가족 사진이 걸려 있었다.

프루 양은 태연히 전등 옆의 안락의자에 얌전히 앉아 있었다.

이브는 그녀를 만난 적이 없지만 고론 씨나 킨로스 박사라면 기억하고 있으리라. 프루 양은 꽤나 세련된 옷을 입고 있었는데 그것이 상당히 어울렸다. 크고 까맣고 새침한 눈으로 이브를 올려다보고 있었다. 옆의 테이블 위에는 바느질 그릇이 놓여 있는데 마침 솔기를 꿰매고 있던 양말의 핑크빛 고무 밴드의 실을 이빨로 끊으려던 참이었다. 이것이 이 광경에 온화하고 가정적인 분위기와 편안한 기분을 주었던 것이다.

그녀와 마주 보고 토비 로즈가 앉아 있었다.

프루는 바늘, 실, 양말 따위를 챙기고 일어섰다.

"어머, 부인! 편지를 받으셨군요? 다행이에요. 어서 오세요." 그녀는 명랑하게 말했다.

오랜 침묵이 계속되었다.

이브는 말하기조차 부끄러운 일이지만 무엇보다도 먼저 토비를 비웃어 주고 싶다고 생각했다. 그러나 이것은 웃어넘길 일이 아니었다. 토비는 몸을 굳힌 채 앉아 있었다. 그는 뱀의 독기에 씌운 개구리처럼 이브에게 얼굴을 향하고 있어, 그녀의 시선에서 얼굴을 돌릴 수도 없었다. 차츰 그의 얼굴이 시뻘게지는 것이 당장이라도 불이 붙을 것만 같았다. 그가 마음속으로 어떤 생각을 하고 있는지 알고 싶으면, 그 얼굴의 주름 하나하나를 보면 애처롭도록 명료하게 알 수 있으리라. 이때의 그를 보았다면 불쌍히 여겼을 것이다.

이브는 생각했다. 악을 써도 괜찮다. 하지만 나는 지금은 할 수 없다. 할 수 없어.

"당신이…… 그 편지는 당신이 보냈어요?" 그녀는 자기가 어느 사이엔가 이렇게 말하고 있는 것을 깨달았다.

"미안해요." 프루는 근심스런 웃음을 얼굴에 깔고 진지하게 말했다. "하지만 이렇게 하지 않을 수가 없었어요."

그녀는 토비에게로 가서 이마에 가볍게 키스를 했다.

"이 토비와 나는 오랫동안 친구였어요. 하지만 이분은 나의 이런 심정을 이해해 줄 것 같지 않으므로, 지금 분명하게 얘기하지 않을 수 없게 되었던 거예요. 좋죠?"

"네, 부디 분명하게 말해 주세요." 이브도 말했다.

프루의 귀엽게 생긴 얼굴이 다시 침착을 되찾았다.

"부인, 나는 좋지 않은 직업을 가진 여자는 아니에요. 온전한 집의 온전한 처녀입니다." 그녀는 피아노 위의 사진을 가리켰다. "이쪽이 아버지와 어머니, 이분은 숙부인 알세느, 이 여자는 언니 이베트예요. 나는 고독해지거나 하면……. 그래요! 어떤 여자라도 자기도 한 사람의 인간이라고 생각할 권리는 있지 않겠어요?"

이브는 토비를 보았다.

토비는 일어서려고 하다가 다시 앉았다.

"그러나 부인, 이것만은 기억해 두세요." 프루는 말을 계속했다. "나는 로즈가 진지하게 생각하여 결혼해 줄 것으로 알고 있었습니다. 적어도 나만은 그랬습니다. 순진하게도 그렇게 생각하고 있었어요. 그런데 당신과의 약혼 발표가 뭡니까? 난 싫어요, 싫어요!"

그녀의 음성은 싸움이라도 걸어올 것처럼 커졌다. "당신께 묻겠어요. 그래도 좋을까요? 그래서 옳은가요? 부끄럽지 않은가요?"

그녀는 어깨를 으쓱했다.

"하긴 그런 남자가 있다는 것도 알고 있어요. 그러나 언니는…… 이베트는 노발대발이에요. 그 결혼을 못하게 하고 나를 로즈 씨 팔에 안기게 만든다고 언니는 서슬이 시퍼래서 설치고 있는 거예요."

"그게 정말이에요?" 이브는 비로소 여러 가지 일의 실마리가 풀리는 것 같았다.

"하지만 나는 그런 것은 싫습니다. 남의 뒤꽁무니는 쫓고 싶지 않습니다. 그렇게는 하고 싶지 않아요! 토비가 차가워졌다 하더라도 남자는 얼마든지 있으니까요. 그렇지만 나는 내 시간의 손실과 감정을 희롱당한 것에 대하여 약간은 보상을 받을 만도 하지 않을까요? 부인도 여자로서 동의해 주시겠죠?"

토비가 비로소 입을 열었다.

"당신이 이브에게 편지를……." 멍청하고 허전한 음성이었다.

프루는 그에게 의미가 없는 부드러운 미소를 보였을 뿐이었다. 그녀가 진실로 상대하고 싶었던 사람은 이브였던 것이다.

"나는 이 사람에게 기분 좋게 헤어질 수 있는 보상을 해주지 않겠느냐고 부탁했던 것입니다. 나도 이 사람의 행복을 빌고 결혼을 축하해 줄 수 있습니다. 하지만 이 사람은 돈이 없다고 꽁무니만 빼는 것이에요."

프루의 눈초리는 그녀가 그것을 어떻게 생각하고 있는가를 이야기해 주고 있었다.

"그런데 아버지가 돌아가셨다는 소동이지 뭡니까. 나도 진심으로 안됐다고 생각했기 때문에…… 1주일 동안이나 이 사람에게 문상했을 뿐 귀찮은 말은 입도 떼지 않았습니다." 프루는 진심으로 안됐다고 생각한 것 같았다. "게다가 이 사람은 돌아가신 아버지의 장남이니까 앞으로 나에게도 쩨쩨하게 굴지 않아도 된다고 말했어요. 그런데 글쎄 들어보세요! 어저께 이 사람은 아버지의 재정 상태가 엉망이어서 돈은 없고, 게다가 이 근처의 미술상인 베이유 씨가 망가진 코담뱃갑의 대금을 지불하라고 요구해 왔다는 거예요. 그런데 그 대금이 자그마치 75만 프랑이라지 뭡니까?"

"이 편지는……." 토비가 또 입을 열었다.

프루는 그래도 이브 쪽을 바라본 채였다.

"네, 제가 썼어요. 이베트 언니는 그런 편지를 쓴 것은 모릅니다. 나 혼자 생각한 일이에요."

"왜, 나에게 편지를 썼나요?" 이브가 물었다.

"부인, 그런 말을 태연하게 물으실 수 있어요?"

"네, 듣고 싶어요."

"눈치가 빠른 사람이라면 누구라도 알 만한 일이에요." 프루는 새침하게 내쏘듯 말하더니 토비에게로 가서 그의 머리를 쓰다듬었다. "나는 토비를 몹시 좋아해요."

토비는 펄쩍 뛰었다.

"게다가 나는 정말 돈이 없어요." 프루는 발끝으로 서서 춤을 추듯 하면서 난로 위의 거울에 비친 자신의 흔들거리는 모습을 흐뭇한 듯이 바라보았다. "돈이 없으면서도 나는 이렇게 사치만 하고 있는 것을 당신도 알고 있을 게 아닙니까."

"예뻐요."
"부인! 부인은 부자예요. 적어도 세상 사람들은 그렇게 말하고 있어요. 눈치 빠르고 점잖은 부인이라면 이런 것은 입 밖에 내어 말하지 않아도 알고 계시겠죠?"
"나는 아직도······."
"부인은 나의 토비와 결혼하시려는 것 아닙니까? 실컷 노리개가 되었다가 이 사람에게 버림을 받는다면 나는 그야말로 꼴좋은 장난감이 되는 거죠. 물론 나는 혼자 살고 있고, 누구에게도 방해물이 되고 싶은 마음은 없어요. 그러나 이런 문제는 역시 분명히 해 두는 것이 좋죠. 그러니 부인이 만일 조금이라도 나에게 보상하는 것에 동의해 주신다면 이보다 더 좋은 일은 없겠습니다만."
여기서 또 긴 침묵이 계속되었다.
"부인, 뭐가 우습죠?" 프루가 싹 달라진 날카로운 목소리로 따지고 들었다.
"아, 미안해요. 웃는 게 아니에요, 정말이에요. 앉아도 좋아요?"
"네, 어서 앉으세요. 그만 깜박 잊었군요. 이 의자에 앉으세요. 토비가 늘 앉던 의자예요."
토비의 얼굴에서는 놀라는 기색도, 어색한 현장을 들켰다는 수치심도 자취를 감추었다. 그는 이미 15라운드를 끝낸 권투 선수처럼 풀이 죽어 있었다. 겸연쩍은 듯한 표정은 짓지 않았다.
"이젠 괜찮아" 하고 어깨를 두드리며 용기를 북돋아 줄 필요도 없을 것 같았다.
그는 아직 긴장이 풀리지는 않았으나 분노의 기색과 독선적인 마음이 고개를 쳐들기 시작했다. 인간이란 좋든 싫든 결국은 인간인 것이다. 그는 이때까지 당황하지 않을 수 없는 입장에 놓여 있었으나, 이번에는 그 분풀이로 상대가 누구든 상관없이 누군가를 그런 입장으로 몰아넣으려는 것이었다.
 "나가 줘." 그는 프루에게 큰소리로 말했다.
 "네?"
 "나가 달라고 말했어!"
 "토비, 당신은 잊고 있는 게 아닌가요?" 이브는 토비의 눈이 동그래질 만큼 빠른 말로 얘기했다. "여기는 라톨 씨의 집이에요."
 "누구의 집이든 상관없어, 나는……."
 토비는 머리칼을 쥐어뜯고 머리를 손으로 힘껏 싸안으며 가까스로 자신을 억제했다. 거칠게 숨을 쉬면서 그는 벌떡 일어섰다.
 "나가지 않겠어?" 그는 부드럽게 말했다. "부탁이야, 빨리 자리를 피해 줘. 이 사람과 할 말이 있어."
 프루는 안도의 숨을 내쉬었으며 몹시 동정적이었다. 그 얼굴에서 불안의 구름이 걷혔다.
 "부인도 위자료 건으로 의논하고 싶을 테니까요." 프루는 눈을 빛내며 말했다.
 "그래요." 이브도 동의했다.
 "나도 이해심은 있어요." 프루는 말했다. "부인, 당신께서 이토록 다정한 마음으로 이해해 주셔서 정말 기쁘게 생각해요. 사실 나는 좀 걱정했어요. 자, 가겠어요. 하지만 2층에 있겠습니다. 용건이 있으시면 그 단장으로 천장을 찌르세요, 내려올 테니까. 그럼 부인, 토비도 나중에 또."
 양말의 밴드며 바늘, 실 따위를 주섬주섬 챙겨 가지고 프루는 거실 안쪽의 문으로 걸어갔다. 그녀는 두 사람에게 눈, 입술, 이의 아름다움을 돋보이게 하는 것 같은 명랑한 인사를 하고는 밖으로 나가 살며시 문을 닫았다. 그녀가 문을 여는 바람에 꽃내음이 방 안에 감돌았다.

이브는 테이블 옆 안락의자에 앉았다. 그녀는 아무 말도 하지 않았다.

토비는 우물쭈물하고 있었다. 이브에게서 떨어져 난로 선반에 팔꿈치를 얹었다. 꽃가게 안채의 이 조용한 방 안에 세찬 소나기와 같은 분위기가 조성되어 있다는 것은, 토비 로즈보다 둔감한 사람도 느낄 수 있으리라.

그때의 이브에게 주어진 것 같은 기회를 만난 여성은 그리 많지 않으리라. 그토록 심한 고통을 겪은 뒤였으므로, 그 보상을 받는 의미에서 그녀가 아무리 큰소리로 외쳐도 좋았던 것이다. 이 말쑥한 방에 있는 토비와 이브를 보면 공평한 제3자는 환호성을 지르며 '덤벼들어라, 상대의 엉덩이나 다리를 두들겨 줘라' 하고 선동했을 것이다.

침묵은 계속되었다.

토비는 난로 선반에 팔꿈치를 짚은 채 콧수염을 만지작거리면서 고개를 푹 숙이고 있었다. 이따금 이브의 태도를 흘끔거리며 보았다.

이브는 불쑥 입을 열었다.

"그래서요?"

14

"이런 결과가 되어서 정말 유감이야." 토비가 그의 버릇인 진지한 체하는 심각한 얼굴로 갑자기 입을 열었다.

"그래요?"

"당신에게 이런 일이 알려지게 된 것 말이오."

"어머, 당신이 근심하고 있는 것은 은행에 알려지게 된다는 것이 아니었던가요?"

토비는 그 대답을 준비하고 있었다.

"아, 그 점에 있어서는 염려 없어." 자신이 있다는 듯이 말하면서 이브에게로 고개를 돌린 토비의 얼굴에는 비로소 안도의 기색이 떠올랐다. "이브, 이브는 그런 것까지 생각해 주었소?"
"그런지도 모르죠."
"그 일이라면 염려 없어." 토비는 진지한 태도로 말했다. "물론 나도 그 점은 생각해 보았어. 그러나 당신이 괜히 소란을 피우지 않는 한 염려는 없어. 공표되지만 않으면 괜찮아. 추문만 나돌지 않는다면 사생활은 자유야. 당신과 나만의 문제니까." 그는 흘낏 좌우를 둘러보았다. "은행의 지배인 듀포만 하더라도 부로뉴의 정부 집을 출입하고 있으니까. 정말이야! 은행 내부에서는 공공연한 비밀이야. 하지만 이것은 우리들만의 비밀이야."
"그렇겠죠."
그녀의 말에 토비의 얼굴이 더욱 붉어졌다.
"나는 이브의 그런 이해심 많은 점이 좋아."
"그래요?"
"정말이야." 토비는 이브의 시선을 피하면서 말했다. "이런 일은 문제가 아냐, 안 그래? 아름다운 여성에게 이런 얘기를 하는 건 싫거든. 더구나 당신에게 말야. 그러나 이렇게 피차의 장벽이 없어지고 보니……. 그렇지?"
"그렇군요, 장벽은 없어진 것이겠죠."
"대개의 여자는 히스테리를 일으키곤 하지. 솔직하게 털어놓지. 지난 몇 주일 동안 내가 얼마나 고생을 했는지. 당신은 말해도 모를 거야. 아버지가 죽기 전부터지. 그러나 여느 때처럼 명랑하지 못했던 것은 당신도 눈치채고 있었을 거야. 저 2층의 화냥년이……." 이브는 이 말을 듣고 움찔했다. "저 여자만큼 나의 골치를 썩인 여자도 없어. 내가 얼마나 고생을 했는지 당신은 상상도 못할 거야."
"얘기는 그것뿐인가요?" 이브는 천천히 말했다.

토비는 눈을 깜박거렸다.
"그것뿐이라니?"
이브 닐은 이제까지 교양 있는 여성으로 알려져 있었다. 그러나 그녀도 랭커셔의 둠홀트에서 닐 공장의 조 닐이라고 불린 사나이의 딸이었다. 아버지와 마찬가지로 고집불통이어서 사정에 따라서는 얼마든지 참을 수 있지만, 도저히 참을 수 없는 경우도 있었다.
프루 양의 자리에 앉은 이브는 방 안에 안개가 자욱한 것 같은 기분이 들었다. 난로 옆에 걸려 있는 거울에 토비의 뒤통수가 비쳤다. 곱슬곱슬한 머리 한복판에 6펜스 동전만 하게 머리털이 빠진 작은 맨살이 보였다. 그 뒤통수를 보고 있자니 왜 그런지 분노가 더욱 솟구쳐 올랐다.
그녀는 앉음새를 고치며 말했다.
"당신은 자신의 낯가죽이 두껍다는 것을 깨닫지 못하세요?"
이런 심한 말을 듣고 토비는 순간 스스로의 귀를 의심했다.
"나하고 알게 된 이후에도 그 여자와 줄곧 관계를 가진 채, 나에겐 늘 도덕을 설명하며 고결하고 비범한 갤러하드 기사(원탁의 기사 중에서 최고로 고결한 기사)처럼 이상이 어떻고 주의가 어떻고 하며 설교를 했어요. 자신도 이상하다고 생각하지 않았어요?"
토비는 섬뜩해지는 것 같았다.
"이브! 그건……."
이렇게 말한 토비는 은행 지배인 듀포가 나타나는 게 아닐까 걱정이라도 하듯 겁에 질린 눈초리로 재빨리 방을 휘둘러보았다.
"정말이에요, 협잡꾼!"
"당신이 갑자기 그렇게 천한 말을 쓸 줄은 몰랐어."
"천한 말이라고요? 자신의 행동은 어떻죠?"
"내 행동이 뭐가 어떻다는 거야?"

"그럼 내가 한 짓을 깨끗이 용서할 수도 있겠군요. 안 그래요? 유라이어 힙(디킨스의 《데이비드 코퍼필드》의 작중인물) 뺨치게 관대한 당신이니 어렵지 않겠어요. 거만을 떨면서 용서하겠다고 하겠지요. 그러고서도 당신의 이상이 순수하고 올바른 도덕관념을 가진 신사라고 자처하나요?"

토비는 몹시 난처했다. 완전히 놀라고 있었다. 어머니를 닮아서 눈이 나쁜지 눈을 가늘게 뜨고 이브를 보았다.

"그러나 그것과 이것은 이야기가 달라." 그는 뻔한 일을 어린애가 설명하듯 어이없다는 얼굴로 대꾸했다.

"그런가요?"

"그렇고 말고."

"어떻게 다르죠?"

토비는 대답에 궁해 있었다. 마치 천체의 구조라든가 우주의 구성을 한마디로 설명하라는 요구를 받은 것 같았다.

"이브, 남자란 그…… 충동적으로……."

"그럼, 여자에겐 그 충동이라는 것이 일어나지 않나요?"

"뭐야? 그럼 당신은 그것을 인정하겠단 말이오?"

"뭘 인정한다는 말인가요?"

"당신이 역시 아투드란 놈과 옛날 관계를 되찾아서 불장난을 하는 것 말이오."

"나는 그런 말을 한 기억이 없어요. 나는 다만 여자도……."

"아냐, 그게 아냐."

토비는 신이 무더기로 모여서 덤벼들어도 그런 것에 대해서는 내가 더 잘 알고 있다고 말하듯이 고개를 저으면서 말했다. "정상적인 부인은 그런 마음이 생기지 않는 법이야. 그 점이 남자와 여자가 다른 점이야. 그런 절제 없는 마음을 가진 여자는 이미 온전한 숙녀라곤 말할 수 없지. 게다가 그런 여자는 이상적인 여성으로 숭앙을 받을 가치가 없어. 이브, 나는 당신이 지금 한 말에 놀랐어. 좀더 분명하게 말을 해도 좋겠지? 당신을 학대할 마음은 조금도 없다는 것은 당신도 잘 알 테지만, 이것만은 꼭 얘기를 해야겠어. 나는 오늘 밤에 당신을 다시 봤어. 마치 당신은……."

이브는 대꾸하려 하지 않았다.

그녀는 불 옆에 너무 가까이 앉아 있는 토비를 무심히 바라보고 있었다. 잿빛 양복의 종아리 뒤쪽 부분이 열기를 받아 눌어서 타들어가고 있었다. 몸을 조금만 더 움직이면 그것을 깨닫고 법석을 떨 것이다. 그러나 그렇게 생각만 했지 그녀는 아랑곳하지 않았다. 토비의 말을 중단시킨 것은 프루 양이었다. 노크도 하는 둥 마는 둥 방에 뛰어들어 그녀는 조심스런 동작으로 테이블 쪽으로 급히 갔다.

"실을……." 그녀는 변명했다. "무명실의 실패를 가지러 왔어요." 프루 양은 반짇고리를 뒤지기 시작했다. 순간 토비의 바지 가랑이에 불이 붙어 마구 뛰었고, 그 모습을 보고 있던 이브는 스페인 무용의 사라반드를 떠올리고 있었다.

"토비." 프루 양은 말을 이었다. "그리고 부인도 제발 큰소리를 내지 마세요. 나는 이래 봬도 부끄럽지 않은 생활 태도를 가지고 있어요. 이웃 사람들이 놀라겠어요."

"우리들이 큰소리를 내던가요?"

"그럼요, 나는 영어를 모르기 때문에 뭐가 뭔지 알아듣지 못했지만 좋은 얘기는 아닌 것 같았어요." 그녀는 빨간 무명실을 찾아내어 그것을 전등 밑으로 가져갔다. "설마 그 문제로 타협이 잘 안 되어 그런 것은 아니겠죠? 위자료 문제로……."

"그거예요." 이브가 말했다.

"어머, 부인, 뭐가요?"

"나는 당신의 애인을 돈을 주고 빼앗는 짓은 하고 싶지 않아요."

이브는 이렇게 말하며 토비와의 문제를 손쉽게 해결해 버렸다. 이렇게 되고 보니 토비도 그 나름대로 이브에 뒤질세라 화를 냈다.

"그러나 당신에게 하고 싶은 말이 있어요." 조 닐 영감의 딸답게 이브는 시원스레 말했다.

"당신의 언니 이베트가 모리스 경이 살해되던 밤에 나를 문 밖에서 들어서지 못하도록 안에서 문을 잠갔다는 것을, 당신들의 능력으로 경찰에 증언할 수 있다면 위자료의 배액을 지불해도 좋아요."

프루 양은 얼굴이 헬쑥해졌다. 그 바람에 핑크색을 칠한 입술과 신한 속눈썹이 싱싱하게 돋보였다.

"언니가 무엇을 어떻게 했는지 나는 몰라요."

"그럼 나를 체포하도록 이베트가 공작을 꾸민 것도 몰라요? 그렇게 된다면 로즈 씨가 당신과 결혼할 것이라고 생각하는 모양이에요!"

"어머나, 부인!" 프루는 소리를 질렀다.

분명히 이 처녀는 아무것도 모르고 있다고 이브는 생각했다.

"체포에 대해선 걱정할 것 없어. 엄포야, 진심은 아냐." 토비도 큰 소리로 말했다.

"그럴까요? 조금 전 나를 감옥에 넣으려고 우리 집에 경관이 여러 명 왔었어요. 나는 가까스로 집에서 빠져 나와 이곳으로 왔어요."

토비는 괜히 옷자락만 만지작거리고 있었다. 이브는 영어로 얘기하고 있었지만, 겁에 질려 있는 프루의 모습으로 보아 대략 무슨 얘기를 하고 있는지 짐작하는 것 같았다.

그녀는 또 하나의 실 꾸러미를 들여다보다가 그것을 테이블 위에 내던졌다.

"그곳에 경관이 왔어요?"

"왔다 하더라도 나는 놀라지 않아요." 이브가 말했다. 프루는 떨리는 손가락으로 반짇고리를 휘저어 이것저것을 꺼내더니, 정도 이상으로 꼼꼼하게 살펴보면서 하나하나 테이블 위에 놓았다. 무명실 꾸러미 몇 개에 바늘쌈지, 가위, 그리고 이상한 곳에서 나온 것이지만 구두주걱이 하나, 줄자, 골무에 얽힌 헤어네트.

"이베트가 머리가 돌았나 하고 생각했었는데, 당신 때문에 그러는 줄은 몰랐어요."

"어머나!"

"그러나 아무 소용도 없어요. 그렇게는 되지 않죠. 로즈는 자신도 말했듯이 당신과 결혼할 의사는 없어요. 나는 정말 생명의 위험 앞에 있구요. 이베트라면 내가 결백하다는 것을 증명할 수 있어요."

"무슨 말인지 나는 모르겠군요. 언니는 나를 바보 취급하기 때문에 아무 말도 해 주지 않아요."

"부탁이에요." 이브는 필사적으로 물고 늘어졌다. "당신 언니는 틀림없이 그날 밤에 있었던 일을 알고 있을 거예요. 1시간 내내 아투드가 내 방에 있었다는 것을 경찰에 증언할 수 있을 거예요. 경찰에선 네드의 말은 믿지 않아도 이베트의 말이라면 믿을 거예요. 만일 당신을 위하는 일념에서 내가 체포되도록 일을 꾸미고 싶다면 틀림없이······."

여기까지 말한 이브는 갑자기 입을 다물고 너무나 놀라서 의자에서 벌떡 일어섰다.

프루는 반짇고리의 내용물을 거의 꺼내놓고 있었다. 지금 그녀가 꺼내서 언짢은 얼굴로 핀이며 실패 사이에 던진 것은 싸구려 액세서리일까, 아니면 진짜일까? 그것은 작고 네모난 다이아몬드와 같은 돌과 파랗게 빛나는 돌을, 고풍스럽게 세공된 줄에 꿴 목걸이였다. 목걸이는 프루가 놓은 곳에서 뱀처럼 똬리를 틀고 반짝반짝 빛나고 있었다.

"이건 웬 거죠?" 이브는 물었다.
프루는 눈이 동그래졌다.
"이거, 시시한 물건이에요."
"시시한 물건?"
"네, 그래요."
"다이아와 터키석이군요." 이브가 한쪽을 잡고 들어올렸다. 전등 밑에서 목걸이가 뒤틀리며 흔들렸다.
"드 랑부예 부인의 목걸이에요! 나의 머리가 놀지 않았다면 이것은 틀림없이 모리스 로즈 경의 수집품 중의 하나예요. 서재의 문으로 들어가면 바로 왼쪽에 있는 진열장에 있었어요."
"다이아와 터키석이라고요? 그건 부인의 착각일 거예요. 거짓말인 줄 아세요? 그럼 요 앞에 있는 베이유 씨한테 가서 직접 물어보세요." 프루는 좀 가시가 돋친 말투로 말했다.
"그래, 그러나 어디서 샀지요, 프루?"
프루가 두 사람의 얼굴을 번갈아 보며 자신만만한 표정으로 말했다. "언니의 말마따나 나는 바보군요. 틀림없이 나의 사고방식이 돼먹지 않았던 거예요. 어머, 내가 이런 실수를 해서 어떡하죠. 언니는 나를 죽이려 할 거예요! 당신은 나를 넘겨짚고 있는 거예요. 이젠 당신의 말은 믿지 않겠어요. 이젠 당신들 두 사람한테서 무슨 말을 들어도 대답하지 않겠어요. 그래, 언니에게 전화해야지."
프루는 몹시 고자세로 지껄여대더니 쏜살같이 방에서 나가 버렸다. 가게 뒤쪽 계단을 올라가는 하이힐의 날카로운 발소리가 들렸다. 이브는 목걸이를 테이블에 올려놓았다.
"토비, 이것은 당신이 준 물건이군요?"
"천만에!"
"정말이에요?"

"물론 정말이지." 이렇게 말한 토비는 휙 고개를 돌려 거울에 비친 이브의 얼굴을 마주 보았다. "그리고 그 목걸이는 아직도 제자리에 있어."

"그래요?"

"문 왼쪽의 진열장에 지금도 고스란히 놓여 있어. 적어도 한 시간 전에 내가 집에서 나올 때까진 있었어. 재니스의 말을 듣고 가보았으니 틀림없어."

"토비, 갈색 장갑을 낀 사람은 누구죠?"

군데군데 녹이 슨 거울에 토비의 얼굴이 이상하게 비쳤다.

"오늘 오후에 서장의 심문을 받았을 때 나는 진실을 전부 얘기하지 않았어요." 이브는 온몸의 신경을 팽팽하게 긴장시켰다. "네드 아투드는 당신의 아버지를 살해한 자를 보았어요. 나도 조금만 빨랐으면 볼 뻔했어요. 누군지는 몰라도 갈색 장갑을 낀 사람이 서재에 들어와 그 코담뱃갑을 때려 부수고 모리스 경을 죽인 거예요. 네드는 죽지 않을지도 몰라요. 그 사람이 죽지 않는다면……."

거울에 비친 토비의 얼굴은 약간 외면을 했다.

"그 사람은 목격한 것을 말할 거예요. 토비, 난 잘 모르긴 하지만 이것만은 말할 수 있어요. 범인은 당신 집의 다정한 가족 중의 한 사람이에요."

"터무니없는 소리!" 토비는 이렇게 말했으나 그렇게 큰 목소리는 아니었다.

"그럴까요? 그렇게 생각하는 것도 자유죠."

"도대체 당신의 그 애인은 뭘 봤다는 거야?"

이브는 그에게 얘기해 주었다.

"당신은 고론 서장에게 그런 말을 한마디도 하지 않았어." 토비는 따졌다. 목이 마른 듯 말을 하는 것도 괴로워 보였다.

"내가 왜 잠자코 있었는지 이유를 아시겠어요?"

"몰라. 황홀한 보옹을 하고 있었다는 것을 숨기기 위해서였다는 것 밖에는……"

"토비, 얻어맞고 싶어요?"

"피차 천해지는군."

"당신이 천하니 어쩌니 할 수 있어요?"

"미안해." 토비는 눈을 감았다. 난로 위에 있은 손을 옮겨쥐고 있었다. "그러나 당신은 몰라. 그런 대수롭잖은 말이라도 엄청난 결과를 낳아. 어머니나 누이동생이 이런 사건과 관계가 있다는 말을 들으면 가만있지는 않을 거야!"

"누가 어머니나 누이동생을 들먹이기나 했어요? 나는 다만 네드도 증언을 할 수 있고, 이베트도 할 수 있을 거라고만 말했을 뿐이에요. 또한 나는 바보같이 당신이 괴로워할까 봐 그것을 말하지 않았던 거예요. 당신은 그토록 신사인 척했으니까요."

토비는 몹시 화를 내었다.

"당신은 그 여자를 발견했으므로, 나의 약점을 기회로 괴롭히겠다는 심보군!"

"나는 당신을 괴롭히겠다는 생각은 조금도 없어요."

"질투하고 있어?" 토비가 진지한 얼굴로 물었다.

"이상한 일이지만 질투는 나지 않는 것 같군요." 이브는 생각을 해 보고는 웃음을 터뜨렸다. "내가 여기에 왔을 때 당신의 얼굴…… 가능하면 보여 드리고 싶어요. 지금처럼 경찰에 쫓기고 있는 데다가 당신이 그것을 막아 줄 아무런 손도 쓰지 않는…… 이런 입장이 아니었다면 꽤 볼 만한 구경거리였을 거예요. 게다가 지금 발견한 프루 양이 갖고 있는 목걸이 또한……"

바깥 가게와 거실을 칸막이한 커튼은 갈색 세닐실로 짠 두꺼운 커

틈이었다. 손 하나가 쑥 나오며 커튼을 한쪽으로 젖혔다. 낡은 운동복을 입은 키가 큰 사나이가 모자를 벗고 거실에 들어오면서, 일그러진 웃음을 얼굴에 깔고 있는 것을 이브는 깨달았다. 입이 비뚤어진 것 같은 묘한 웃음이었다.

"갑자기 뛰어 들어와 실례입니다만, 그 목걸이를 좀 보여 줄 수 없겠습니까?" 이렇게 말한 것은 다모트 킨로스 박사였다.

토비는 휙 돌아보았다.

킨로스 박사는 테이블로 가서 모자를 거기에 놓았다. 하얀 돌과 파란 돌이 박혀 있는 목걸이를 들어, 그는 그것을 전등불 아래로 내밀고는 손가락으로 쓰다듬어 보았다.

주머니에서 감정용 렌즈를 꺼내어 몹시 신중하게 손을 움직여 오른쪽 눈에 끼우고 목걸이를 세밀히 조사했다.

"아, 다행이군." 그는 마음이 놓였다는 듯 한숨을 쉬고 말했다. "가짜입니다."

그는 목걸이를 아래에 놓고 렌즈를 주머니에 넣었다.

이브는 가까스로 말했다.

"경관과 함께 오셨죠! 경관이……."

"함께 왔느냐고 물었습니까? 오지 않았어요." 박사는 싱긋 웃었다. "실은 나는 미술상 베이유 씨를 만나러 라 알프 거리에 온 것입니다. 이것에 대해 전문가의 의견이 듣고 싶어서요."

박사는 안주머니에서 얇은 종이에 싼 것을 꺼냈다. 종이를 풀고 끝쪽을 잡고 들어 보인 물건은 반짝거리는 하얀 돌과 파란 돌의 또 하나의 목걸이였다. 그것이 테이블 위의 것과 똑같다는 것은 얼핏 보아도 알 수 있어서, 이브는 그 두 개를 비교해 보고 있었다.

박사는 자기가 꺼낸 목걸이를 가볍게 건드리면서 말했다.

"이것이 모리스 로즈 경이 수집한 드 랑부예 부인의 목걸이입니다.

범행 후 진열장 밑에 내던져 있었던 것을 당신도 기억하시죠?"

"그래서요?"

"어째서일까 생각했죠. 다이아와 터키석도 진짜인데." 박사는 또 목걸이를 쓰다듬었다. "베이유 씨가 지금 이것을 진짜라고 했습니다. 그런데 목걸이가 또 하나 있다는 것을 말했습니다. 유리 세공의 모조품이죠. 이것으로 어떤 일을 생각할 수 있는지 아시겠죠? 즉……"

박사는 한동안 멍하니 허공을 바라보고 있다가 이윽고 고개를 끄덕이고는 제정신으로 돌아왔다. 박사는 진짜 목걸이를 엷은 종이에 정성스레 싸서 호주머니에 넣었다.

"이곳에 무엇 하러 왔는지 이유를 설명해 주십시오!" 토비가 큰 소리로 말했다.

"내가 뛰어든 이 집은 당신 집입니까?"

"나의 말뜻은 알 것이 아닙니까. 그리고 그렇게 비위가 뒤집히는 공손한 말은 집어치우시오. 마치……."

"뭡니까?"

"조롱당하고 있는 것 같아요."

박사는 이브 쪽으로 돌아섰다. "당신이 들어가시는 것을 보았습니다. 운전 기사에게 물었더니 아직 안에 계신다고 했고 문도 열려 있더군요. 사실, 이제부터 근심할 것이 없다고 당신께 알려 드리려고 생각한 겁니다. 경찰에서 당신을 검거할 생각은 없습니다. 적어도 현재까진 말입니다."

"그러나 집에 왔었어요."

"경찰이란 늘 그런 방법을 쓴답니다. 당신은 언젠가는 알게 될 겁니다. 아니, 아예 지금 가르쳐 드리죠. 경찰에서 가장 관심을 갖고 만나고 싶어하는 대상은, 경관들을 그렇게 크게 환영하던 이베트 라톨입니다. 그 올드미스는 지금 진땀을 빼고 있을 겁니다. 그래도

173

태연하다면 나는 프랑스 인을 다시 보겠어요. 자, 기운을 내세요."

"네, 괜찮습니다."

"저녁 식사는 하셨습니까?"

"아직…… 안 했어요."

"그런 줄 알았어요. 어떻게 해결을 해야겠군요. 벌써 11시가 넘었지만 아직 문을 열고 있는 레스토랑이 있을 거예요. 아참, 고론 서장 말인데요. 로즈 집안의 누군가가 고의적으로 거짓말을 하고 있다는 말을 듣고 약간의 심경 변화가 일어났습니다."

이 얘기는 방 안의 공기를 싸늘하게 하고도 남았다. 토비가 한 걸음 나섰다.

"당신도 음모를 꾸민 한패군!"

"음모는 확실히 있었죠. 분명히 있었어요. 그러나 나의 소행은 아니외다."

"저기 문턱에서 엿듣고……." 토비는 엿듣는다는 말에 더욱 힘을 주어서 말했다. "뭔가 들었겠군요. 갈색 장갑 얘기를 들었겠죠?"

"들었죠."

"그 말을 듣고 놀라지 않았습니까?"

"뭐 놀랐다고는 말할 수 없군요."

토비는 숨을 거칠게 몰아쉬며 쓰디쓴 표정을 하고 두 사람 쪽으로 돌아섰다. 왼팔의 상장(喪章)을 손끝으로 만지작거리고 있었다.

"여보세요, 내가 집안일을 다른 사람들 앞에서 떠들어대는 사람이 아님을 알고 있을 게 아닙니까? 그러나 당신도 도리를 아는 사람이라면 지금 한 얘기를 남에게 들려주기 위해 엿들은 것이라고 생각했는지 알고 싶군요."

이브가 뭐라고 말을 하려 했다.

"기다려!" 토비가 억누르듯 말하고는 계속했다. "하기는 표면만

보면 같은 일인지도 모르지. 그러나 우리 가족 누군가가 아버지를 살해했다는 생각은, 누군가의 음모라고나 할 수 있는 터무니없는 애깁니다. 더구나 그 기발한 착상도 이 여자에게서 나온 겁니다."

그는 이브를 손가락질했다.

"내가 깊이 믿었던, 존경까지 하던 여자에게서……. 나는 아까도 그녀를 다시 봤다고 말했습니다. 성밀입니다. 그 아투드란 놈과 예전 관계로 돌아갔다고 스스로 인정하는 그런 여자입니다. 그것도 부족해서 내가 그런 말을 조금 비치니까 금세 마구 덤비면서, 내가 아내로 삼으려던 사람으로는 어울리지 않는 말을 쓰는 겁니다. 내가 왜 이런 말을 털어놓느냐 하면 그것은 저 프루가 원인입니다. 하기는 나도 어떤 의미에서는 나빴다는 것을 시인합니다. 그러나 남자라면 여자 한 명쯤은 데리고 다니지 않으면 폼이 나지 않습니다. 안 그래요? 그런 일쯤은 본인도 별것 아니라고 생각할 뿐더러 남들이 민감하게 받아들일 것이라고 생각하고 있지 않습니다."

토비는 더욱 언성을 높였다.

"그러나 결혼하기로 약속한 여자가 그렇다면 문제는 달라집니다. 안 그래요? 그 아투드라는 놈과 아무 일이 없었다 해도, 남자를 침실에 들어오게 했다는 것만으로도 의심을 받을 만하지 않을까요? 나는 이래 봬도 남들에게서 존경을 받고 있는 온전한 사회인입니다. 아내가 그런 짓을 한다고 소문이 나면 내 꼴이 뭐가 됩니까? 적어도 약혼을 발표한 뒤에 그런 짓을 했다면 참을 수가 없습니다. 아무리 이 사람을 사랑하고 있더라도 말입니다. 나는 이 사람이 사고방식을 완전히 고쳤다고 생각하고 내 판단을 유보해 왔던 것입니다. 그러나 나에 대해 이런 태도를 취한다면 우리들의 약혼도 이제 끝이 났다고 생각하지 않을 수 없겠죠."

이브가 울고 있어서 꽤나 심각한 얼굴이 되었던 토비도 마음에 걸려서인지 입을 다물어 버렸다. 이브가 울고 있는 것은 격심한 분노와 신경의 반작용 때문인데 토비는 그것을 알지 못했다.

"하지만 나는 역시 이브를 좋아해."

그는 위로하듯 덧붙였다.

한동안 2층의 프루 양이 흐느껴 우는 소리를 들을 수 있을 만큼 조용했다.

킨로스 박사는 숨을 죽이고 있었다. 섣불리 입을 열면 울화통이 터질 것 같았다. 그에게 지금 분별심을 일깨워주는 과거의 고뇌와 굴욕이 다시 한번 지글지글 그의 마음을 불태우면서 피로 얼룩진 살인의 환영이 꼬리를 물고 눈앞을 지나갔다.

그러나 박사는 이브의 팔을 꼭 잡고 있었다.

"여기서 나갑시다. 당신은 이런 자들과 맞설 인품이 아니에요."

15

시원한 9월의 파카르디 해안의 새벽. 크레파스로 그린 것 같은 붉은 선이 수평선에 펼쳐져, 그림 물감 상자를 물에 푼 듯이 바다를 채색했다.

이윽고 태양이 얼굴을 내밀자 도버 해협에서 불어오는 바람에 휩쓸린 파도의 물마루가 아침 햇살을 받아 점점이 반짝였다.

오른쪽은 영국 해협이고 왼쪽은 덤불투성이의 모래 언덕이었다. 해안선을 끼고 곡선을 그리고 있는 아스팔트 도로는 강물처럼 빛나고 있었다.

참을성이 많아 보이는 마부가 마부석에 앉고, 뒤에 두 손님을 실은 무개마차가 덜컹거리며 달렸다. 마차는 삐걱거리고 쇠붙이가 부딪치는 소리, 발굽 소리가 들렸다.

해협에서의 미풍이 이브의 머리카락을 흩날리고, 검은 모피 케이프를 나풀거리게 했다. 눈이 조금 핼쑥했지만 이브는 소리내어 웃고 있었다.

"당신은 나에게 밤새도록 수다를 떨게 하셨군요."

"그래도 좋습니다." 다모트 킨로스 박사가 말했다.

실크해트를 쓴 마부는 뒤를 돌아보지도 않았고 입을 열지도 않았으나, 어깨를 귀 언저리까지 으쓱여 보였다.

"그건 그렇고, 여기는 어딘가요? 라 반드렛에서 5, 6마일은 있어요."

마부의 어깨가 또 한 번 그렇다는 표시를 했다.

"그런 것은 아무래도 좋지만." 박사는 안심을 시키듯이 말했다. "한데 당신의 얘기에 대해서……."

"뭔데요?"

"또 한 번 얘기해 주시오, 빠짐없이."

"또요?"

이번에는 마부의 어깨가 귀보다 높게 올라갔다. 이런 재주는 곡예사나 그런 종류의 사람이 아니고는 할 수 없는 일이다. 그는 찰싹 채찍질을 했다.

"벌써 네 번이나 얘기를 했어요. 그날 밤에 대해서는 하나도 빠뜨리지 않고 전부 얘기했습니다. 목도 쉬었어요. 잠시나마 경치 구경을 하게 내버려 두세요."

그녀는 두 손으로 머리를 뒤로 쓸어 넘겼다. 바람 때문인지 눈물이 글썽해서 박사를 보았다.

"하다못해 아침이나 먹은 뒤에 하면 안 되겠어요?"

박사는 의기양양해 있었다.

그는 빛이 바랜 좌석에 등을 기대고 두 어깨의 응어리를 풀어내듯 어깨를 움직이고 있었다. 수면이 부족한 탓과 생각지도 않았던 방향으로 그의 생각을 돌리게 한 어떤 새로운 사실의 발견에, 박사의 머리는 얼마간 멍해 있었다. 그는 자기의 수염이 자라난 것도, 자기의 몰골이 어디로 보나 볼품없게 되었다는 점도 까맣게 잊고 있었다. 하늘에라도 솟아오를 것 같은 기분이 힘차게 솟구쳐 올라왔다. 마치 전세계의 무게를 달아보고는 슬쩍 내던질 수 있는 것 같은 기분이었다.

"아마도 당신을 구제할 수 있는 것 같소. 중요한 것을 가까스로 알았어요. 닐 씨, 당신은 매우 중요한 얘기를 해 주셨어요." 박사는 말했다.

"어떤 일인데요?"

"범인이 누구인지를 얘기해 준 겁니다."

낡은 마차는 날듯이 달리고 있어 이브는 몸을 내밀고 차양을 접어서 걸어놓은 지주(支柱)에 의지하고 있었다.

"하지만 나는 도저히 모르겠어요."

"나는 압니다. 그러니까 당신의 얘기가 중요합니다. 당신이 사건의 진상을 알고 있다면⋯⋯."

박사는 머뭇거리면서 이브를 곁눈질로 힐끔 돌아보았다.

"어제도 잘못이 있는지는 모르지만 그렇지 않을까 하는 기분도 들었습니다. 그러나 어젯밤에 오믈렛을 먹으면서 시작된 당신의 얘기를 몇 번이나 되풀이해서 듣다보니 분명해졌습니다."

"킨로스 선생님, 범인은 누구예요?"

"당신에겐 관계없는 일이겠죠. 그것이 당신의 얘기에 뭔가 중요한 관계라도 있습니까?" 박사는 자기의 가슴에다 손을 대면서 말했다.

"아, 아뇨, 그런데 누가 그랬죠?"

박사는 이브의 눈을 지그시 들여다보았다.

"곰곰이 생각한 끝에 결정한 일입니다만 당신에겐 말하지 않을 작입니다."

이브는 얘기해 달라고 말하고 싶었다. 화가 나서 몇 마디 하려고 입을 떼려 하나가 박시의 얼굴에서 성실하고도 진심이 담긴 따뜻함을 깨달았다. 타오르는 듯한 힘찬 동정의 기색이었다.

"아무튼 들어봐요. 나는 이른바 명탐정처럼 마지막 장에서 머리가 나쁜 독자를 깜짝 놀라게 하기 위해 이런 말을 하고 있는 것은 아닙니다. 심리학자로 생각할 수 있는 매우 중요한 이유가 있기 때문입니다. 이번 사건의 비밀은 말이죠······."

그는 손을 내밀어 이브의 이마를 짚었다. "여기에 있어요, 당신의 머릿속에."

"하지만 난 아직도 모르겠어요."

"당신은 알고 있어요. 다만 스스로 알고 있다는 것을 깨닫지 못해요. 내가 여기서 설명해 버리면 당신은 다시 한 번 곰곰이 생각하려 하겠죠. 필요한 설명을 덧붙여서 정리하려고 하겠죠. 그것이 곤란합니다. 현재로써는 말입니다. 모든 것이──좋습니까?──모든 것이 고론 서장이나 검사에게 이야기할 때, 당신이 나에게 말한 대로 얘기할 수 있느냐 없느냐에 달렸습니다."

이브는 불안한 듯이 우물쭈물하고 있었다.

"예를 들어 설명합시다." 박사는 말을 하고는 조끼 주머니에 손가락을 넣어 시계를 꺼냈다. 그는 그것을 보이며 물었다. "이를테면 이것은 뭡니까?"

"무슨 뜻이죠?"

"내가 가지고 있는 것이 뭘까요?"

"시계예요, 마술사 선생님."

"어째서 시계임을 알죠? 바람이 세어서 소리가 들리지 않을 텐데요."

"하지만 시계란 것을 알아요."

"맞았어요. 문제는 바로 그것입니다. 그런데 시계를 보니까 지금은 5시 20분이군요." 박사는 가벼운 어조로 그렇게 덧붙였다. "아마 당신은 무척 졸릴 겁니다. 이봐, 마부 친구……."

"네."

"시내로 돌아가는 게 좋겠어."

"이럇!"

참을성있게 기다리고 있던 마부가 신들린 듯 말을 몰았다.

마차를 돌릴 때 마치 뉴스 영화에서 빨리 돌아가는 필름을 보는 것처럼 길에 전기라도 통한 것 같았다.

마차는 덜컹거리며 같은 길을 되돌아갔다. 회청색의 영국 해협에서 하얀 갈매기가 끼룩끼룩 울고 있었다.

이브는 또 말을 건넸다.

"그래서 앞으로 어떻게 하나요?"

"주무세요, 이제부터 앞일은 당신의 충실한 친구인 나를 믿으세요. 오늘은 고론 서장이나 검사를 만나야 할 테니까."

"그렇게 되겠죠."

"검사 바톨 씨는 준열하기로 이름난 사람입니다. 그러나 겁을 내서는 안 됩니다. 아마도 검사의 권한으로 나를 심문에 입회시키지는 않을 것입니다만……."

"박사님은 오시지 않아요?" 이브는 큰소리로 물었다.

"나는 변호사가 아니니까요. 아무튼 변호사를 의뢰하는 것이 좋겠죠. 솔로몬을 당신에게 보내겠어요." 박사는 잠깐 말을 끊고 지그시 마부의 등을 바라보면서 말했다. "내가 있는 것과 없는 것이 그렇게 다릅니까?"

"다르고말고요. 나는 아직도 당신께 감사의 말씀을 드리지 못했어요……."

"아니, 좋습니다. 지금 말했듯 세밀한 데까지 나에게 말한 대로 말해야 합니다. 그 진술이 정식으로 기록만 된다면 나도 활약할 수 있습니다."

"그동안 박사님은 무엇을 하고 계시겠어요?"

박사는 잠시 잠자코 있었다.

"범인이 누군지 증언할 수 있는 사람이 또 한 사람 있습니다. 즉 네드 아투드입니다. 그런데 그는 아직 쓸모가 없습니다. 나도 돈존 호텔에 있으니 그를 돌본 의사를 만나보죠. 아니……." 그는 여기서 또 말을 끊었다. "나는 런던에 가겠어요."

이브는 앉음새를 고쳤다. "런던에?"

"당일치기로 갔다 올 뿐입니다. 여기서 10시 30분 비행기를 타고 크로이든에서 오후 늦게 뜨는 비행기를 타면 저녁 식사 때까지는 돌아올 수 있습니다. 나의 원정 계획이 뜻대로 되면 그때 확실하고 좋은 소식을 가져올 수 있습니다."

"킨로스 선생님, 당신은 왜 나 같은 것을 위해 그런 고생을 사서 하시나요?"

"같은 동포가 형무소에 들어가게 되는 위험에 빠져 있는 것을 빤히 보고만 있을 수 없습니다. 그렇게 할 수 있나요?"

"농담을 다하셔서!"

"농담이라고 생각하십니까? 그렇다면 실례."

박사의 얼굴에는 사과를 하면서도 말과는 정반대의 미소가 떠올랐다. 이브는 물끄러미 박사의 얼굴을 보고 있었다. 박사는 강렬한 아침 햇살을 깨닫고 움찔 놀라며 손을 들어 뺨을 가렸다. 지난날의 공포가 되살아나 가슴이 쑤셨다.

이브는 그것을 깨닫지 못했다. 너무나 고단해서 케이프 밑에서 떨면서, 며칠 전의 밤에 일어났던 일이 으스스하게 마음속에 파고드는 것을 느끼고 있었다.
"내 로맨스 얘기로 당신도 신물이 나셨겠어요?"
"그렇지 않습니다."
"처음 만난 분에게 숨김없이 신상고백을 하고 날이 밝으니까 당신의 얼굴을 보기가 민망스러워요."
"뭐가 그렇습니까? 나는 그 때문에 온 겁니다. 그러나 새삼스럽게 하나만 더 물어보고 싶은 것이 있습니다."
"말씀하세요."
"토비 로즈를 어떻게 하실 생각입니까?"
"그 은근하고 점잖은 방법으로 보기 좋게 쫓겨났으니 당신 같으면 어떻게 하시죠? 나는 완전히 딱지를 맞은 셈이 아니에요? 더구나 당신이 보는 앞에서."
"그럼 당신은 아직도 그 사나이에게 애정을 품고 있습니까? 사랑하고 있느냐고 묻는 게 아니라 사랑하고 있다고 생각하느냐고 물었습니다."

이브는 대답하지 않았다. 말발굽 소리가 도리어 맑고 거센 소리로 울리고 있었다. 이윽고 이브는 웃기 시작했다.
"나는 남자 운이 없는 것 같아요."
이브는 그 이상 말하지 않았고, 박사도 더 깊은 질문을 하지 않았다.

라 반드렛의 전망이 좋은 하얀 도로에 말발굽 소리도 높이 울리며 돌아왔을 때에는 6시가 가까웠다. 거리에는 아직도 일찍 일어난 사람들이 여기저기 말을 타고 돌아다니고 있었다. 마차가 앙주 거리로 굽어지자 이브는 아랫입술을 깨물었고 안색도 창백해졌다. 박사는 집 앞에서 그녀가 마차에서 내리는 것을 도와주었다.

이브는 건너편의 포누르장을 힐끔 바라보았다. 2층 침실의 창문이

한 개 열려 있을 뿐, 사람이 일어난 기미는 전혀 보이지 않았다. 열려 있는 창문은 덧문까지도 모두 열려 있었는데, 동양풍의 옷을 입은 헬레나 부인이 콧등 위에 안경을 쓰고 두 사람의 동태를 창가에서 물끄러미 내려다보고 있었다.

조용하기만 한 큰길에 목소리가 크게 울려서 이브는 목소리를 낮추었다.

"뒤를 보세요, 2층 창문을 보셨어요?"

"네."

"아는 체라도 할까요?"

"아뇨."

이브는 강경한 표정으로 말했다.

"누가 범인인지 왜 말씀해 주시지 않죠?"

"이것만은 말해 두겠습니다. 지금 무서운 음모가 벌어지고 있는데 당신은 그것에 희생이 된 것입니다. 이런 음모를 꾀한 인물은 정말 용서할 수 없는 놈이고, 사실 용서받지도 못할 것입니다. 오늘 밤 또 뵙겠습니다. 그때 뜻대로 되면 그놈을 잡게 될 것입니다."

"정말 고마웠어요."

이브는 박사의 손을 굳게 잡았다. 그리고는 문을 열고 현관으로 가는 오솔길을 달려갔다. 마부는 이제 됐다는 듯이 한숨을 쉬었다. 박사는 마부가 다시 불안을 느낄 만큼 오랫동안 보도에 서서 이브의 집을 바라보다가 비로소 마차에 올랐다.

"돈존 호텔로 가게, 수고했네만 거기가 종점이네."

호텔에서 박사는 마차 삯을 치르고 술값도 두둑하게 주었다. 그리고 마부의 몇 번씩 되풀이하는 고맙다는 인사말에 쫓기듯이 계단을 올라갔다.

돈존 호텔의 로비는 중세기 성의 홀을 본뜬 것이었다. 호텔은 바야

흐로 잠에서 깨어나고 있었다.

박사는 자기 방에 들어가자, 주머니에서 고론 씨로부터 빌려 온 다이아와 터키석의 목걸이를 꺼내어 등기 소포로 서장에게 우송하도록 했다. 그 속에는 오늘 하루 동안만 이곳에 없다는 편지를 동봉했다. 이어 면도를 하고 차가운 샤워를 해서 기분이 개운해지자 옷을 입으면서 아침 식사를 주문했다.

그는 프런트 데스크에 전화를 걸어 아투드 씨의 방이 401호실임을 알아낸 뒤 아침 식사를 끝낸 박사는 그 방을 찾아 나섰는데 운 좋게도 호텔의 주치의가 아침 회진을 끝내고 네드의 방에서 나오는 것과 마주쳤다.

호텔의 주치의 부테 씨는 킨로스 박사의 명함을 보고 기가 죽은 것 같았으나 그는, 성급하게도 침실 앞의 어두컴컴한 복도에 선 채 힘주어 말했다.

"아투드 씨는 아직도 의식을 회복하지 못했습니다. 경찰에서 매일 뻔질나게 교대로 사람이 와서 같은 말을 듣습니다."

"물론 언제까지나 이 상태가 계속되지는 않겠죠. 혹은 당장이라도 의식을 되찾을지도 모르지 않습니까?"

"부상의 성질로 보아 있을 수 있는 일이죠. 엑스선 사진을 보여드릴까요?"

"그거 고맙군요, 치유될 가망은 있습니까?"

"나의 의견으론 있다고 생각합니다."

"뭔가 말을 하던가요? 헛소리 정도겠지만."

"가끔 소리를 내어 웃지만 그것뿐입니다. 어쨌든 나는 환자 옆에는 그리 붙어 있지 않으니 간호사에게 물어보시면 좋을 겁니다."

"환자를 좀 봐도 좋겠습니까?"

"네, 좋습니다."

호텔 뒤꼍의 호사스런 화원이 내려다보이는 방에 한 사나이가 누워 있었는데 그는 귀중한 비밀을 쥐고 있었다.

간호사는 어떤 종단의 수녀로, 커다란 두건만이 희뿌옇게 보이는 커튼에 실루엣처럼 떠올라 있었다.

킨로스 박사는 환자의 얼굴을 자세히 바라보았다. '팔자에 없는 희극배우군' 하고 박사는 씁쓸한 심정이었다. 이브의 첫 애인이고 아무도 그녀의…… 박사는 그런 생각을 멀리했다. 이브가 비록 자신은 의식하지 않아도 아직도 이 사나이를 사랑하고 있는 것이라면 박사는 어떻게 해 볼 도리가 없는 것이다.

박사는 네드의 맥을 짚어 보았다. 박사의 시계가 조용한 방에 재깍재깍 울렸다.

부테 의사가 엑스선 사진을 보여 주면서 환자가 지금까지 살아 있는 것은 기적이라고 자랑스러운 듯이 말했다.

"뭔가 말을 하느냐고요?" 간호사가 킨로스 박사의 질문을 되묻고는 이어 대답했다. "네, 가끔 뭐라고 해요."

"뭐라고?"

"그러나 영어예요. 전 영어는 몰라요. 그리고 잘 웃기도 하고 사람의 이름을 부르기도 해요."

문으로 향하던 킨로스 박사는 갑자기 다시 휙 돌아섰다.

"어떤 이름을?"

"쉿!" 부테 의사가 주의를 주었다.

"뭐라고 하는지 잘 모르겠어요. 하는 말마다 다 비슷하게 들려서 흉내를 내지 못해 유감이에요." 간호사의 눈이 불안해 보였다. "필요하면 이번에 들었을 때 받아 써 볼까요?"

아니야. 여기에는 아무것도 없어. 박사의 일은 이미 여기에서 끝난 거다.

그는 호텔 안의 몇 군데 바를 돌아다니며 웨이터 한 사람이 재니스 로즈 양에 대해 열심히 말하는 것을 들었다. 모리스 경에 대해서는, 피살되던 날 오후 시끄러운 뒤꼍의 바 쪽을 들여다보아 바텐더나 웨이터 들을 깜짝 놀라게 했다는 것을 알았다.

"아주 무서운 눈초리였어요." 바텐더는 큰소리로 말했다. "나중에 줄이 동물원의 원숭이 우리 옆을 걷고 있는 것을 보았다는데, 누군가와 얘기를 하고 있더랍니다. 줄 쪽에선 상대가 덤불에 가려서 보이지 않았다 합니다."

그런 뒤 킨로스 박사는 라 반드렛 공항을 10시 30분에 떠나는 임페리얼 항공 회사의 비행기 좌석을 예약했다. 그래서 그전에 약간의 여유를 이용하여 솔로몬 코헨 법률사무소의 솔로몬 변호사에게 전화를 했다.

그리고나서 그 뒤의 하루 동안은 나중에 생각해 보니 악몽과 같았다.

박사는 이번 여행의 중요 목적에 대비하여 비행기 안에서 잠을 자고 원기를 되찾았다. 크로이든에서 버스를 타고 가는 긴 여행에는 진절머리가 났고, 피서 뒤의 런던은 매연과 가솔린 냄새로 숨이 막힐 지경이었다. 킨로스 박사는 택시를 타고 어떤 곳으로 갔고, 30분쯤 후에 그는 승리의 함성을 지르고 싶을 정도였다.

일부러 확인하기 위해서 돌아본 어떤 일을 증명할 수 있었던 것이다. 저녁놀이 짙은 하늘 아래 라 반드렛으로 가는 비행기에 탑승했을 때, 그는 피로 같은 것은 까맣게 잊고 있었다.

엔진이 굉음을 내고 타이어가 활주로를 달리기 시작하자, 비행장의 잔디가 바람에 휩쓸려 땅에 뉘어졌다.

이브는 염려 없다. 통풍이 나쁜 객실의 환기 장치가 웅웅거렸다. 킨로스 박사는 무릎 위에 서류 가방을 놓고 시트에 등을 기대고 영국의 빨강과 잿빛 지붕이 조금씩 움직이는 지도인 양 차츰 멀어져가는 것을 내려다보고 있었다.

이브는 구제된다. 박사는 계획을 세웠다. 어두워지기 조금 전에 비행기가 비행장에 닿았을 때도, 박사는 아직도 계획을 짜고 있었다. 시내 쪽에 불빛이 군데군데 깜박거리고 있었다. 빈틈없이 가로수가 심어져 있는 큰길을 자동차로 달리면서도 소나무 향기가 나는 맑은 황혼의 대기를 호흡하는 박사의 마음은, 현재의 골머리 아픈 정세를 타고 넘어서 미래의 희망에 날고 있었다.

돈존 호텔에서의 오케스트라의 연주가 시작되고 있었다. 로비가 너무 밝고 시끄러운 것이 신경을 건드렸다. 프런트 데스크 앞을 지나려니까 지배인이 그에게 손짓을 했다.

"킨로스 선생님! 온종일 사람들이 만나뵈러 왔답니다. 잠깐 기다리세요. 지금도 기다리고 있는 분이 두 분이나 될 겁니다."

"누구요?"

"솔로몬 씨라는 분과……." 지배인은 메모 책을 보고 대답했다. "로즈라는 아가씨입니다."

"어디 있나?"

"로비 어딘가에 있을 겁니다." 지배인은 벨을 눌러 보이를 불렀다. "안내를 하게 하죠."

보이의 안내를 받아 고딕식 로비에 몇 개나 되는 움푹 들어간 으슥한 곳에서, 박사는 재니스 로즈와 에일 솔로몬 변호사를 발견했다. 그곳은 모조석의 벽이었으며, 역시 모조의 중세기 무기가 걸려 있었다. 한가운데 작은 테이블이 있고, 주위에는 푹신한 의자가 둘러싸고 있었다.

재니스와 솔로몬 변호사는 제각기 다른 근심거리를 안고 있듯 멀찍이 떨어져 앉아 있었다. 그러나 박사가 다가가자 두 사람은 동시에 일어섰다. 두 사람 얼굴에 떠오른 책망하는 듯한 표정을 보고 박사는 움찔 놀랐다.

솔로몬 변호사는 풍채가 좋은 뚱뚱하고 커다란 사나이로, 올리브색의 얼굴에 굵은 음성을 갖고 있었다. 그는 킨로스 박사를 이상한 얼굴로 보았다.

"역시 돌아왔군요." 그는 음산한 목소리로 말했다.

"물론이지, 돌아온다고 말하지 않았는가. 닐 부인은 어디 있지?"

변호사는 자기의 손톱을 이모저모 들여다보고 있다가 이윽고 얼굴을 들었다.

"시청에 있습니다."

"시청? 아직도? 심문이 꽤 오래 걸리는군 그래."

솔로몬 변호사의 얼굴이 문득 우울해졌다.

"독방에 들어가 있어요. 게다가 좀처럼 내보낼 것 같지 않습니다. 닐 부인은 살인죄로 구속되었습니다."

16

"피차 그런 사이도 아니고 하니 자세하게 내용을 말해 주지 않겠어요? 나를 우롱할 속셈입니까?" 당당한 체구의 솔로몬 변호사가 심각하게 말했다.

"아니면 그 사람을 노리갯감으로 만들고 있나요?" 재니스도 입을 떼었다.

킨로스 박사는 두 사람을 보았다.

"나는 당신들이 무슨 얘기를 하고 있는지 모르겠소."

솔로몬 변호사는 그를 손가락으로 가리키며 법정에서 심문을 하듯이 손가락을 흔들었다.

"당신은 닐 부인에게 자기에게 얘기한 대로 경찰에게도 자세히 얘기하라고 지시했습니까, 하지 않았습니까?"

"했어요, 물론 그렇게 말했어요."

"오라!" 솔로몬 변호사는 잘 알겠다는 듯이 소리를 질렀다. 두 손가락을 조끼의 주머니에 걸치더니 그는 떡 버티고 섰다. "당신은 미치지 않았소? 정말 미친 게 아니오?"

"이봐요, 이봐요……."

"어제 오후까지만 해도 경찰에서는 닐 부인을 심문하면서도 그녀의 무죄를 믿고 있었어요. 정말이오! 당신이 그들의 그때까지의 자신을 흔들어 버렸으니까."

"그런데?"

"그런데 그녀의 증언이 끝났을 때에는 경찰의 방침이 이미 확고해졌어요. 고론 서장은 검사와 얼굴을 마주 보고 있었소. 닐 부인은 그녀의 얘기를 듣고 있는 사람으로 하여금 그녀가 유죄라고 믿을 수밖에 없는 치명적인 대실수를 저지르고 말았던 거요. 그것으로 모든 게 끝이오. 나도 어떻게 해 볼 도리가 없다 그겁니다."

작은 테이블의 재니스 양 앞에는 반쯤 비어 있는 마티니와 그 전에 마신 세 개의 접시가 겹쳐져 있었다. 재니스는 의자에 앉더니 마티니를 마저 마셨다. 얼굴이 발그레했다. 헬레나 부인이 보았더라면 야단이 났으리라. 그러나 박사는 젊은 여인의 그러한 태도에는 무관심이었다.

그는 솔로몬 변호사를 마주 노려보았다.

"잠깐만! 그 이른바 '실수'는 그 나폴레옹 황제의 코담뱃갑과 관계가 있나?"

"그렇소."

"그렇다면 코담뱃갑에 대한 이브의 설명에 의해?"

"바로 그렇소."

킨로스 박사는 가방을 테이블에 놓았다.

"허, 이것 봐라!" 박사는 두 사람이 어리둥절해할 만큼 비웃는, 불쾌한 듯한 어조로 말했다. "그럼, 그 친구들이 그녀를 무고하다고 믿어야만 옳을 증거가, 그녀를 유죄로 만드는 증거가 되었단 말이오?"

변호사는 거대한 어깨를 움츠렸다.

"무슨 뜻인지 나는 모르겠소."

"고론이란 사나이는 영리한 사람인 줄 알았는데 말야. 대체 어느 부분을 어떻게 착각하고 있을까?" 박사는 생각을 하면서 말했다. "그게 아니면 그녀가 실수를 했는지도 모르지."

"그녀는 확실히 침착을 잃고 있었어." 변호사도 그 점을 시인했다. "얘기를 하는 것도, 이치가 있는 진실로 보이는 것조차 조금도 감명을 주지 못했어."

"그렇다면 그녀는 고론 씨에게 나에게 오늘 아침에 얘기한 대로 말하지 않았군."

솔로몬 변호사는 또 어깨를 움츠렸다.

"그녀가 당신에게 무슨 말을 어떻게 했는지 나는 아무것도 모르니까 뭐라고 말할 수 없어요."

"내가 한마디 하겠어요." 재니스가 조용히 입을 열었다.

그녀는 칵테일 글라스의 다리를 빙글빙글 돌리고 있었다. 몇 번이나 머뭇거리다가 비로소 박사에게 영어로 말을 했다.

"어떻게 된 일인지 모르지만, 나는 하루 종일 이 아피우스 클라우디우스 대왕(기원전 3세기경 로마의 정치가. 유명한 아피아 가도(街道)를 건설했다)과 같은 아저씨를 따라다니고 있었어요." 그녀는 솔로몬 변호사를 턱으로 가리켰다. "그런데 이분은 기침이나 하고 점잔만 빼고 있을 뿐이에요. 나는 그만 신경질이 나고 말았어요. 어머니, 오빠, 벤 아저씨는 모두 지금 시청에 있어요."

"서린, 여러분이 다?"

"네, 이브와 면회를 하려 했지만 잘 되지 않아요." 재니스는 여기서 머뭇거렸다. "토비의 말을 듣고 알았지만, 어젯밤에는 큰 소동이 일어났다죠? 토비는 좀 돌았던 것 같아요. 가끔 그런 실수를 하죠. 이브에게 무슨 말을 어떻게 했는지 오늘은 몹시 후회하고 있는 거예요. 그것이 마음에 걸리는지 저렇게 풀이 죽어 보이기는 처음이에요."

힐끔 박사의 얼굴을 보니 위험 신호와 같은 씁쓰레한 얼굴을 하고 있어서, 재니스는 전보다도 위태로운 손놀림으로 칵테일 글라스의 다리를 돌리고 있었다.

"요 이틀 동안 모든 것이 엉망이에요." 그녀는 말을 이었다. "그러나 당신은 어떻게 생각하고 계신지 모르지만 우리들은 이브 편이에요. 그녀가 구속되었다는 말을 듣고 우리도 당신만큼이나 깜짝 놀랐어요."

"그 말씀을 들으니 기쁘군요."

"그런 식으로 말씀하시지 마세요. 당신이 사형집행인처럼 보여요."

"고맙소, 가능하면 그렇게 되고 싶군요."

재니스는 재빨리 얼굴을 쳐들었다. "누구죠?"

"요전에 고론 씨와 얘기했을 때에는……." 그는 재니스의 질문을 무시하고 말했다. "그는 두 가지 길이 있으니까 그것에 전력을 다하겠다고 말하더군요. 하나는 이베트 라톨을 몰아세워서 도움이 되는 말을 들을 수 있다는 것, 또 하나는 살인이 있던 밤에 대해서 누군가가 거짓말을 하고 있다는 것이었소. 그러나 이브를 구속하기 전에 그 두 가지 길을 왜 미련 없이 버리고 말았는지, 나의 둔한 머리로는 이해하기가 어려워."

"고론 씨에게 그것을 물어보시지 그러세요? 마침 이리로 오는군요." 변호사는 로비 쪽을 턱으로 가리켰다.

이마에 걱정스러운 듯한 기색을 띠면서도 아리스티드 고론 씨는 여느 때와 같이 온화하고 산뜻한 태도로, 단장 끝으로 요란스럽게 바닥을 짚어가면서 위풍당당히 다가왔다.

"여, 안녕하시오?" 그는 박사에게 좀 겸연쩍은 태도로 말을 걸었다. "런던에 갔다 왔다죠?"

"그래요, 돌아와 보니까 굉장한 결과가 기다리고 있군요."

"유감스럽긴 하지만 역시 인과응보지." 고론 씨는 한숨을 쉬었다. "자네는 알겠지? 헌데 왜 그렇게 서둘러서 런던에 가야만 했나?"

"로즈 경을 살해한 진범인의 동기를 확인하러 갔었네."

"뭐라고!" 고론 씨는 불현듯 큰소리를 질렀다.

박사는 솔로몬 변호사 쪽으로 몸을 돌렸다.

"잠깐 서장과 얘기를 해야겠소. 재니스 양은 실례지만 은밀한 얘기가 있어서, 미안합니다."

재니스는 한껏 침착을 보였다.

"없어지라는 말인가요?"

"천만에요, 솔로몬 씨는 곧 용건이 끝나니까 당신을 시청에 계시는 가족들에게 안내할 겁니다."

그는 재니스가 화를 내고 있는지 화가 난 척하고 있는지 모르지만, 그 자리에서 떠나기를 기다렸다가 변호사에게 말했다.

"이브 닐에게 말을 전해 주서야겠습니다."

"아무튼 해 보죠." 솔로몬 변호사는 어깨를 움츠렸다.

"좋습니다. 내가 고론 씨와 얘기를 끝내면 한 시간이나 두 시간 내에 석방될 것이라고 전해 주시오. 아마도 그대신 모리스 로즈 경을 살해한 진범인을 체포할 수 있을 것입니다."

두 사람 모두 잠자코 있었다.

이윽고 고론 씨가 마라카 단장을 휘두르면서 소리쳤다.
"이건 기술(奇術)이군. 언어의 요술이야. 나는 그런 건 몰라!"
그러나 변호사는 고개를 숙이더니 부리나케 로비 쪽으로 달려갔다. 두 사람은 그가 재니스 양에게 말하는 것을 바라보았다. 변호사가 그녀를 거들어 주려고 팔을 내밀었다가 거절당했다. 그래도 두 사람은 함께 로비로 나가 혼잡 속에 모습을 감추었다.
킨로스 박사는 소파에 앉아 서류 가방을 열었다.
"서장, 앉지 않겠소?"
서장은 흥분해서 말했다.
"아냐, 앉지 않겠어."
"이것은, 이것은! 맞긴 하지만 여보게, 내가 약속할 수 있는 것은……."
"흥!"
"어쨌든 그러지 말고 뭐 좀 마셔요."
"그럼……." 서장은 좀 누그러졌는지 푹신한 의자에 걸터앉아 큰 소리로 말했다. "조금만 하겠어. 작은 글라스로 한 잔만 마시겠어. 그렇게 말을 하니 그 뭔가…… 아니 위스키 소다라도 마실까."
박사는 위스키 소다를 두 잔 주문하고 지나치도록 곰살궂게 말했다.
"놀랐어. 그만큼 소란을 피우고 닐 부인을 체포한 사람이 왜 시청에 붙어 앉아서 심문의 소나기를 퍼붓지 않지?"
"이 호텔에 볼일이 있어." 고론 씨는 이렇게 대답하고 테이블을 손가락으로 똑똑 두드렸다.
"볼일이 있다고?"
"방금 비로소 부테 의사로부터 전화가 걸려왔어." 서장은 목을 움직이면서 말했다. "아투드가 의식을 회복했으니 간단한 질문이라면 좋을 거라는 거네."

킨로스 박사의 얼굴에 만족해하는 표정이 떠오르는 것을 보고 서장은 울화가 치밀었다.

"그럼, 당신에게 이 말만은 해 두지." 박사는 말했다. "아투드는 이제부터 내가 하는 말대로 말할 거네. 그것이 이번 수수께끼의 고리를 잇는 최후의 고리야. 그가 내가 말한 대로의 말을 하면 보채지 않아도 내가 내놓는 증거를 들어 주겠나?"

"증거? 무슨 증거야?"

"잠깐 기다리게." 박사는 상대의 말을 가로막았다. "그 전에 자네는 어째서 1백 80도로 달라져서 그녀를 구속했지?"

고론 서장은 말하기 시작했다.

서장은 그의 위스키 소다를 조금씩 마시면서 자세하게 설명했다. 고론 서장도 아직까지 이 결과에 완전히 만족하는 것 같지는 않아 보였으나 박사에게는 고론 씨의 의혹이며, 바툴 검사의 무서울 정도로 확신하는 이유에도 미심쩍은 데가 있다는 것을 느끼지 않을 수 없었다.

"그럼 그녀는 역시 말하지 않았군." 박사는 중얼거렸다. "오늘 아침은 수면 부족으로 정신이 몽롱했었으니까 입 밖에 냈지만, 조사를 받을 때는 그걸 얘기하는 것을 잊어버린 거야. 자기의 무죄를 증명하고 다른 진범인을 표시하는 유일하고도 중대한 사실을 말하지 않았던 거야."

"그게 뭔데?"

"잠자코 듣게나!" 박사는 이렇게 말하고 테이블 위의 가방을 열었다.

박사가 얘기를 시작했을 때에는 로비의 화려한 장식이 붙은 시계바늘은 9시 5분 전을 가리키고 있었다. 9시 5분이 지나자 고론 서장은 우물쭈물하며 어깨를 움츠리고 있었다. 9시 15분에는 서장은 입을 다물어 버리고 눈썹을 찌푸리며 항복했다는 듯이 두 손을 펼친 채 어깨를 움츠리고 있었다.

"지겨운 사건이야." 서장은 신음을 했다. "이 사건은 신물이 나네. 잘 해결이 되었다고 생각되는 순간에 쐐기가 박혀 헛수고가 되었으니 말야."

"그러나 이것으로 어려운 문제인 것처럼 여겨지던 것이 전부 설명이 됐지?"

"이번엔 섣불리 대답하지 않겠네. 신중히 대겠네. 그러나 응, 역시…… 설명은 되는군."

"그렇게 하면 사건은 해결이 되지. 자네는 다만 사건 현장을 목격한 사나이에게 그 질문 하나만 하면 돼. 네드 아투드에게 '그것은 이렇고 저런 것이었나?' 하고 묻기만 하면 돼. 그가 예스라고 대답하면 그때부터 형무소 준비를 시작해도 돼."

고론 씨는 위스키 소다를 마시면서 일어섰다.

"그럼, 슬슬 가볼까!" 서장이 재촉했다.

박사가 401호를 방문한 것은 그날로 두 번째였다. 왠지 선(善)의 힘이 이브 닐의 운명을 도마 위에 놓고 서로 상대의 허점을 노리고 있는 것 같았다.

침실에는 침침한 전등이 켜져 있었다. 네드 아투드는 몹시 창백한 얼굴에 흐릿한 눈을 하고 있었으나 눈을 뜨고 있는 것만은 확실했다. 그는 힘없이 일어나 야근 간호사에게 뭐라고 말했다. 영국 병원에 와 있는 듯한 건장하고 명랑한 서부 아가씨인 간호사는 그를 돌려 뉘려고 하는 것 같았다.

"실례합니다……." 박사는 입을 열었다.

"여보세요." 네드가 몇 번이나 기침을 해야만 하는 목소리로 간호사 팔뚝 너머를 넘겨다보며 말했다. "선생님입니까? 그렇다면 이 괴물을 내쫓아 주시오. 몰래 와서 주사를 놓으려고 합니다."

"누워 계세요, 안정을 하지 않으면 안 됩니다." 간호사가 투덜거렸다.
"어찌된 일인지 곡절도 얘기하지 않고 어떻게 안정만 하라는 거야. 안정은 이제 진절머리가 나. 내가 제일 싫어하는 거야. 왜 이렇게 됐는지 설명만 해 준다면 나도 얌전하게 약이고 뭐고 먹겠어."
간호사가 두 사람을 수상쩍은 듯이 보았기 때문에 박사는 "간호사, 괜찮습니다" 하고 말했다.
"누구신가요? 어떤 용건으로?"
"나는 킨로스 박사고 이분은 고론 서장님이오. 모리스 로즈 경 살해사건의 수사를 하고 있소."
네드의 얼굴에 희미한 렌즈의 초점이 모아지는 듯한 빛이 비쳤다. 흐렸던 정신이 차츰 맑아지는 듯했다. 그는 약하디약한 숨결로 상반신을 일으키고 두 손을 뒤로 짚어서 몸을 지탱하고 있었다.
그는 지금 처음 본다는 듯이 자기의 파자마에 눈길을 떨구었다. 이윽고 눈을 깜짝거리며 방 안을 둘러보았다.
"여기에 엘리베이터를 타고 올라와서……" 그는 정확하고 신중하게 말했다. "나는 갑자기……."
그는 몸에 손을 댔다. "얼마나 이렇게 있었지?"
"9일이오."
"9일?"
"그렇소. 그런데 아투드 씨, 당신은 정말 호텔 옆에서 자동차에 부딪쳤소?"
"자동차에? 뭐요, 자동차라. 웃기는 소리군."
"자신이 그렇게 말하지 않았소?"
"그런 말 하지 않았어요. 말한 기억이 없어." 그는 머릿속이 완전히 맑아졌다.

"이브!" 네드는 이 한마디에 온갖 감정을 담고 있었다.

"흥, 아투드 씨. 침착하게 들어 주시오. 닐 부인은 지금 난처한 입장에 놓여서 당신의 도움을 기다리고 있습니다."

"이 사람을 죽일 생각인가요?" 간호사가 따졌다.

"잠자코 있어!" 네드는 거리낌 없이 고함을 쳤다. "난처하다고? 그건 또 무슨 뜻입니까?" 그는 박사에게 물었다.

서장이 대답했다. 고론 서장은 팔짱을 끼고 마음속의 복잡한 감정을 눈치채이지 않으려고 지금까지 잠자코 있었던 것이다.

"부인은 감방에 갇혀 있습니다. 모리스 로즈 경을 살해한 혐의로 기소되어 있습니다." 서장은 영어로 말했다.

꽤 오랫동안 침묵이 이어졌다. 시원한 밤바람이 커튼과 창문의 차양을 흔들었다.

네드는 지금 침대 위에서 상체를 일으키고 두 사람을 물끄러미 바라보았다. 하얀 파자마의 상의가 어깨 언저리에서 구겨져 있었다. 9일 동안이나 먹지 못해서 야위고 창백했다. 이러한 부상에 흔히 그렇듯이 정수리의 머리칼을 둥글게 밀어내고 거기에 엷은 가제가 붙여져 있었다. 몹시 지친 눈과 꼭 다물어지지 않는 입과, 살결이 희고 단정하면서도 여윈 얼굴이 대조를 이루고 있었다.

그는 갑자기 큰소리로 웃었다.

"농담이겠죠?"

"아니오, 그녀는 지금 악조건에 처해 있답니다." 박사가 말했다. "게다가 로즈 집안의 사람들이 조금도 도와주려 하지 않아서 말이오."

"그건 그렇겠지." 네드는 이불을 젖히고 침대에서 내려서려 했다.

"이봐요!" 네드가 비실비실 일어서면서 한 손을 침대 옆의 테이블에 짚은 채 말했다. 지난날 원기 있을 때의 웃음을 보여 주었다.

그는 뭔가 우스워서 참을 수 없는 일이라도 있는 것 같았다. 그러나 남에게 얘기해 줄 만큼 간단한 일은 아니다.

"역시 환자인가!" 그는 머릿속이 어질어질 하는 걸 느끼며 말했다. "좋아! 그럼 조심해서 갑시다! 옷을 입혀 주시오. 왜 그러느냐고? 물론 시청에 가기 위해서지. 들어 주지 않으면 창문에서 뛰어내리겠어. 이브라면 내 말귀를 다 알아들을 테니 말야……."

"아투드 씨, 당신을 잡아두도록 전화로 사람을 부르겠어요." 간호사가 말했다.

"당신의 다정한 손이 전화에 닿기 전에 나는 창문에서 뛰어내릴 테야. 지금 내가 찾고 있는 것은 모자뿐이야. 필요하다면 그 모자 속에 뛰어들어 볼까?"

네드는 킨로스 박사와 고론 서장에게 호소했다.

"내가 정신을 잃은 뒤 시내에서 어떤 일이 일어났는지 아무것도 모릅니다. 이브를 만나러 가는 도중에 얘기해 주지 않겠습니까? 이 사건에는 이중 삼중의 복잡한 속임수가 있습니다. 아시겠죠?"

"알겠습니다." 박사가 대답했다. "닐 부인은 갈색 장갑을 낀 인물에 대해서 얘기해 주었어요."

"그러나 그것이 누군지는 말하지 않았을 것입니다. 왜 그랬을까요? 모르기 때문이죠."

"당신을 알고 있습니까?" 고론 씨가 물었다.

"물론입니다."

네드가 이렇게 대답하자 고론 씨는 실크해트를 벗었다. 마치 주먹으로 모자를 쥐고 찢어 버릴 것만 같은 엄청난 기세였다. 네드는 아직도 테이블 옆에 서서 비틀거리며 빙글빙글 웃고 있었다. 그 이마에는 옆으로 주름이 잡혀져 있었다.

"이브는 우리들이 큰길 너머로 건너다볼 때 누군가가 노인과 함께 있었다고 말했을 테죠? 그리고 나중에 다시 보았을 때에는 노인은 이미 타살된 뒤였다고 했겠죠? 그러나 문제는 그것입니다. 천만의 말씀이지. 실은……."

17

"여러분, 보잘것없는 방이지만 들어오십시오." 검사 바톨 씨가 말했다.

"실례합니다." 재니스가 중얼거렸다.

"여기서 이브와 면회를 시켜 줍니까?" 헬레나 부인이 가쁜 숨을 몰아쉬며 말했다. "그건 그렇고 그 사람은 우리를 어떻게 생각하고 있을까요?"

"별로 좋게 생각하지는 않겠지." 벤 아저씨가 보기 드물게 스스로 입을 열었다.

토비는 잠자코 있었다. 두 손을 호주머니에 깊숙이 찔러 넣고 우울한 듯이 고개를 흔들며 동의하고 있었다.

라 반드렛의 시청은 폭이 좁은 높다랗고 노란 석조 건물로, 시계탑도 있고 중앙 시장에서 멀지 않은 번화한 공원에 면해 있었다.

바톨 씨의 사무실은 그 가장 위층의 커다란 방으로 창문이 북쪽에 두 개, 서쪽을 향하여 하나 나 있었다. 서류장이 몇 개——검사도 역시 법률가인 듯——먼지가 앉은 법률 서적이 약간 있었고, 지금은 누구인지 잊었지만 레지옹 도뇌르 훈장에다 위엄을 갖추어서 찍은 어느 높은 분의 사진이 액자에 넣어져 장식되어 있었다.

바톨 씨의 책상은 서쪽 창문을 등지고 있었다. 그 책상에서 약간 떨어진 곳에 검사와 마주 보도록 낡은 목재 팔걸이의자가 놓여 있었고, 의자 위 천장에 전등이 매달려 있었다.

방문자들은 그때 이 방에는 무언가가 있다는 것을 깨달았다. 어른스럽지 못한 일이지만 확실히 무섭다고 여겨지는 것이었다.
 커튼이 없는 서쪽 창에서 눈부신 하얀 빛살이 비치고 있어 아무것도 보이지 않았다. 이 빛에 모두는 움찔했다. 하얀 비로 살결을 쓱 쓸어버리기라도 하듯이 빛살은 방의 한곳을 휙 비추는가 싶더니 곧 거품이 스러지듯 사라졌다. 등대의 빛이었다. 검사와 마주 보는 증인석에 앉으면, 운명처럼 냉혹무정한 하얀 빛 속에 정확히 20초마다 제 얼굴을 보여주어야만 했다.
 "아아, 귀찮은 등대입니다!" 검사는 그것을 밀어내듯 손을 흔들어 중얼거렸다. 그는 빛이 비치지 않는 쪽의 의자를 가리키며 권했다.
 "앉으세요, 편히 앉으세요."
 바톨 검사는 책상 앞의 의자에 모두를 마주 볼 수 있게 앉았다.
 검사는 약간 여윈 편에 속하는, 나이깨나 든 사나이로, 눈이 날카롭고 구레나룻 비슷한 것을 기르고 있었다. 그가 두 손을 비비자 바삭거리는 소리가 났다.
 "닐 부인을 만날 수 없습니까?" 토비가 물었다.
 "그렇군요……. 아직은 안 되겠군요," 검사는 대답했다.
 "왜죠?"
 "그 전에 나에게 설명해 주셔야 할 것이 있기 때문입니다."
 희고 눈부신 빛이 또 창문께에 빛나면서 바톨 검사의 뒤로 비쳐들었다. 천장에는 실내등이 달려 있었지만 밝은 빛에 검사의 모습은 실루엣처럼 보였고, 반백의 머리 주변을 빛나게 하며 손을 비비고 있는 모습이 보였다. 이 검사의 방은 매우 검소한 것이었다. 고요한 시계 소리가 들렸고 사이드 테이블 위에 거만스럽게 주소록이 놓여 있을 뿐이었다.
 그러나 방문자들은 검사에게서 발산되는 분노의 심정을 느낄 수 있었다.
 "지금 막 동료인 고론 서장으로부터 긴 전화가 걸려왔습니다. 돈존 호텔에 있는데 새로운 사실이 나타났다고 말하더군요. 킨로스 박사와 함께 곧 이리 오겠죠."
 이렇게 말한 바톨 검사는 손바닥으로 책상을 두드렸다.
 "우리들이 경솔했다고는 생각되지 않습니다. 지금도 닐 부인을 서둘러 구속했다고는 생각하지는 않습니다……."
 "네?" 토비가 큰소리를 냈다.
 "그러나 이 새로운 사실에는 놀랐소이다. 나도 무척 당황했죠. 조금 전에 킨로스 박사도 말했습니다만, 닐 부인에 대해 당연히 생각하지 않으면 안 될 것을 하마터면 잊어버릴 뻔했습니다. 이번에 알아낸 새로운 사실이 그것인데, 나도 거기까지 되돌아가서 생각을 다시 해야만 했소이다."
 "토비, 어젯밤에 무슨 일이 있었니?" 헬레나 부인이 살며시 물었다.
 부인은 그렇게 말하고 되돌아보면서 방의 반대쪽에 있는 검사에게로 손을 내밀었다. 로즈 집안 사람들은 모두들 올가미에 걸린 것 같은 느낌을 가지고 있었지만, 헬레나 부인만큼은 침착한 것 같았다.
 "검사님." 부인은 한숨을 돌리며 말했다. "말씀드릴 것이 있습니다. 간밤에 아들애가 늦게야 돌아왔는데 서슬이 시퍼래서……."
 "그런 것은 아버지의 죽음과는 아무 관계가 없어요." 토비가 어머니의 말을 가로막았다.
 "잠이 오지 않아서 나는 애한테 가서 코코아라도 마시겠느냐고 물었더니, 애는 대답도 하지 않고 침실로 뛰어올라가고 말았어요."
 헬레나 부인의 얼굴이 어두워졌다. "이브와 크게 싸우기라도 한 것 같습니다. 이브의 얼굴은 두 번 다시 보기도 싫다는 겁니다."

바톨 검사는 손을 비비고 있었다. 하얀 빛이 또 등 뒤에서 빛났다.
"그래요? 그럼 부인, 아드님이 어디를 갔었는지 말하던가요?"
헬레나는 이상하다는 표정을 지었다. "아뇨, 무슨 곡절이라도 있나요?"
"라 알프 거리 17번지죠? 부인에게는 그렇게 말하지 않던가요?"
헬레나는 고개를 저었다.
재니스와 벤 아저씨는 토비를 바라보고 있었다. 누군가 옆에서 보았다면 재니스의 얼굴에 일그러진 미소가 퍼뜩 떠올랐다가, 그것이 시치미를 뗀 얼굴에 숨어 버린 것을 깨달았을 것이다. 어쨌든 빈속에 칵테일을 넉 잔이나 마실 수 있는 대단한 아가씨인 것이다.
벤 아저씨는 파이프 속을 나이프로 바스락바스락 깎아내고 있었다. 나이프를 깎는 작은 소리가 토비의 신경을 몹시 건드리는 것 같았다. 그러나 아무것도 느끼지 않는 듯한 헬레나 부인은 여전히 호소하듯 말했다.
"이브와 싸웠다는 그 이유라고 해 봤자 시시껄렁한 것 때문이었겠죠. 그걸 생각하며 전혀 잠을 이루지 못했습니다. 그리고는 기어코 날이 밝고, 이브가 그 박사인지 뭔지 하는 인상이 나쁜 사람과 함께 돌아오는 것을 보았어요. 그러더니 이브가 구속되었지 뭡니까. 이런 것은 혹시 관련이 없습니까? 도대체 어떻게 돌아가는 일인지 설명해 주시지 않겠습니까?"
"나도 같은 생각이오." 벤 아저씨가 말했다.
바톨 검사는 턱에다 온 힘을 주었다.
"그럼 아드님은 부인께 아무런 얘기도 하지 않았군요?"
"그래요."
"그럼 닐 부인이 범인은 댁의 가족 중의 한 사람 같다고 말한 것도?"

"우리 식구라고요?"

"댁의 가족 중의 누군가가 갈색 장갑을 끼고 모리스 경의 시재에 침입하여 노인을 살해했다는 것입니다."

긴 침묵이 흘렀다.

토비는 의자에서 몸을 내밀고 두 손으로 몸을 얼싸안고 있었다. 마치 이런 말을 듣고 가만히 있을 수 없다는 듯이 세차게 고개를 흔들면서.

"갈색 장갑 얘기가 언젠가는 갑자기 나올 줄 알았소." 벤 아저씨가 생각지도 않은 말을 온화하게 말했다. "이브가 뭘 봤다고 합니까?"

"만일 그녀가 보았다고 한다면 어떡하겠습니까?"

벤 아저씨는 싸늘한 웃음을 띠었다. "만일 이브가 확실히 보았다면 당신도 그렇게 멀리 돌려서 말하지는 않았겠죠. 지체없이 체포해 버렸을 겁니다. 그러니 그녀는 보지 않았다고 생각하는 수밖에 없소. 식구 중의 하나가 살인범이란 말입니까? 허, 그것 참……."

"말은 그렇게 하지만, 우리들도 그런 생각을 하지 않았다고 단언할 수는 없어요." 재니스가 참견을 했다.

헬레나 부인은 멍하니 딸을 바라보았다.

"재니스야! 적어도 나는 꿈에도 그런 생각은 하지 않았다. 너 제정신이냐? 우리들이 다 정신이 돌아 버린 게 아닌지 모르겠다."

"이봐요." 벤 아저씨는 말을 하려다 말고 빈 파이프를 빨았다.

집안의 실제적인 문제에 있어서 그의 의견은 쓸모가 없었다. 모든 가족이 항상 경의를 표시한다. 그 참을성 있는 관대함으로 모두들 자기를 바라보기를 그는 기다리고 있었다. 눈썹을 잔뜩 찌푸리고 있는 그의 태도에는 약간 고집스러운 데가 있었다.

"짐짓 병신 노릇을 해도 소용없어. 물론 우리들 모두 일단은 생각하고 있는 일이지만 정말 지겨운 이야기야!" 그의 말투가 바뀐 것에 모두들은 놀라서 곧 자세를 바로잡았다. "이렇게 점잖은 척하는 것은 집어치우자! 숨김없이 탁 터놓고 얘기하자……. 뭔가 알게 될지도 몰라."

"어머, 오라버니!" 헬레나 부인이 소리쳤다.

"그 집은 창문도 출입문도 모두 잠겨 있었어. 도둑놈의 소행은 아니지. 탐정이 아니더라도 그 정도는 알 수 있어. 이브 닐이 범행을 저질렀는지 아니면 식구 중의 누가 그랬는지 둘 중의 하나야."

"그럼 오라버니는 내가 육친보다도 타인만을 생각한다는 말이에요?"

헬레나는 오빠를 몰아세웠다.

"그럼 왜 본심을 감추고 시치미를 떼고 있느냐 그 말이야. 왜 이브가 했다고 생각한다고 자진해서 말하려 하지 않는 거야?" 벤 아저씨가 끈질기게 말했다.

헬레나 부인은 당황했다.

"그건…… 나는 그 아이를 좋아하기 때문이죠. 그리고 그 아이는 돈도 있으니 토비에게도 이익이에요. 그러므로 이브가 모리스에게 그런 짓을 했는지도 모른다는 생각을 하지 않는다면…… 그러나 나는 그 생각에서 도망칠 수가 없었어요. 잊을 수 있다고 입으로는 말할 수 있어도 어쩔 수 없군요."

"그럼, 이브가 유죄라고 생각하나?"

"모르겠어요!" 헬레나 부인은 큰소리로 외쳤다.

"아마 곧 시원스런 설명을 듣게 되겠죠." 바톨 검사의 차디차고 엄격한 목소리가 금세 모두들을 침묵시키고 말았다. "어서 들어오시오."

서쪽 창문의 정면으로 복도의 문이 있었다. 회전하는 등대의 탐조등과 같은 빛이, 먼지 묻은 창문의 얼룩무늬를 파란 널빤지에 던지고 있었다. 누군가가 그 문을 노크한 것이다. 바톨 검사의 음성에 따라 다모트 킨로스 박사가 들어왔다.

막 들어오는데 빛이 쓸고 지나갔으므로 박사는 손으로 눈을 가렸다. 다들 분노를 억누르는 듯한 박사의 새침한 얼굴을 보았다. 무시무시한 얼굴이었다. 그러나 자기가 뭇사람의 시선의 대상이 되고 있다는 것을 알자, 그 표정은 곧 여느 때의 한가롭고 온화한 얼굴로 돌아왔다.

박사는 일동에 대해 고개를 숙이고 나서 검사에게로 가 형식적으로 프랑스식 악수를 했다.

바톨 검사에겐 서장과 같은 은근한 데가 없었다.

"어젯밤 그 재미있는 목걸이를 가지고 라 알프 거리로 가시기 전에 뵙고 처음이군요." 검사는 냉랭하게 말했다.

"그 이후 여러 가지 일이 일어났소이다." 박사가 말했다.

"그렇군요. 그 새로운 사실이란 것은…… 아무튼 뭔가 의미가 있겠죠? 어쨌든 당신을 위해서 모두 오시게 했으니까……." 그는 모두에게 손을 흔들어 보였다. "시작하십시오. 여러분으로서는 불쾌한 얘기겠지만 언젠가는 밝혀질 테니까요."

"서장이 지금 닐 부인을 이 방에 데리고 옵니다만 괜찮습니까?" 박사는 다른 사람들을 곁눈질해 보면서 말을 이었다.

"물론입니다."

"그리고 목걸이에 대해서인데, 서장의 말에 의하면 두 개 다 당신이 갖고 계시다고?"

검사는 고개를 끄덕였다. 그는 책상 서랍을 열고 그 두 개의 목걸이를 꺼내어 흡묵지 위에 놓았다. 하얀 빛살이 반사되어 목걸이는 흡묵지 위에서 반짝거리는 두 줄기의 빛으로 아름답게 빛났다. 다이아와 터키석의 목걸이는 얼핏 보아서는 어떤 것이 진짜이고 어떤 것이 모조품인지 구별이 되지 않았다. 모조품 쪽에는 작은 쪽지가 달려 있었다.

"당신이 고론 씨에게 보낸 편지에 따라 부하를 라 알프 거리로 보내어 출처를 조사했습니다." 검사는 불쾌한 듯이 말했다. "아시겠어요?"

검사는 그 쪽지를 만져보았다. 박사는 고개를 끄덕였다.

"나도 사실은 방금 이 의미를 알 것만 같았는데, 사실은 우리들도 오늘 닐 부인이나 코담뱃갑 문제에 몰두해서 다른 사람에 대해서나, 이 한 쌍이 된 목걸이에 대한 것까지는 미처 생각이 미치지 못했군요." 검사는 단정하듯 말했다.

킨로스 박사는 고개를 휙 돌려 방의 반대쪽에서 잠자코 있는 일행에게로 걸어갔다.

그들은 박사를 원망하고 있는 것 같았다. 박사 쪽에서도 그걸 강하게 느끼고 있는 성싶었다. 그러나 어떤 의미에서는 그것은 그가 바라는 바였다.

바톨 검사는 거미처럼 눈에 띄지 않는 곳에 물러나 있었다. 탐조등과 같은 등대의 빛이 하얀 파도처럼 벽을 비치고 지나갔다. 박사는 의자 하나를 당겨서 리놀륨 바닥에 소리를 내면서 뭇사람에게로 향하여 놓았다.

"여러분이 생각하고 있듯이 확실히 나도 이 사건에 관여를 하고 있습니다." 박사는 영어로 말했다.

"어째서입니까?" 벤 아저씨가 물었다.

"누군가가 하지 않으면 안 되기 때문입니다. 그렇지 않으면 이 사건은 해결이 되지 않습니다. 그 갈색 장갑에 대해서는 벌써 들으셨겠죠? 좋습니다. 그럼 조금만 더 그 얘기를 합시다."

"누가 끼고 있었는가에 대해서도?" 재니스가 말했다.

"네." 박사가 대답했다. 주머니에 두 손을 찔러 넣고 몸을 의자의 등받이에 기댔다.

"모리스 로즈 경이 돌아가시던 날의 오후에서 저녁 때, 밤까지의 일을 다시 생각해내시기 바랍니다."

박사는 말을 계속했다.

"그 사이의 일은 적어도 대부분 들으셨겠지만 이 사안은 굉장히 중요한 일입니다. 그날 오후 모리스 로즈 경은 여느 때와 같이 산책을 나가셨소. 좋아하시는 코스는 소문에 의하면 돈존 호텔의 뒤로 해서 동물원으로 가는 길이었소. 그러나 그날에는 또 다른 사실이 알려지게 되었습니다. 그날따라 로즈 경이 뒷길의 바에 들렀기 때문에 바텐더나 보이 들이 깜짝 놀랐다는 사실이 있습니다."

헬레나 부인은 분명히 어리둥절한 눈빛으로 오빠를 바라보았다. 벤 아저씨는 조심스레 날카로운 눈초리로 박사를 지켜보고 있었다. 박사의 말에 대답한 것은 재니스였다.

"정말입니까?" 재니스는 둥근 턱을 쳐들고 말했다. "그런 얘기는 금시초문이에요."

"듣지는 못하셨겠지만 어쨌든 그렇습니다. 오늘 아침에 바 사람들에게 물어보았죠. 경은 그 뒤 동물원의, 하필이면 원숭이 우리 옆에 있는 것을 또 누가 보았습니다. 누구와 얘기를 하고 있는 것 같았으나 상대는 덤불 그늘에 가려져서 목격자의 눈에는 들어오지 않았소. 이 별것도 아닌 것 같은 만남을 잊지 말아 주시오. 의미심장한 말입니다. 이를테면 이것이 살인 전주곡 같은 것이었습니다."

눈이 동그래져서 박사의 얼굴을 지켜보던 헬레나 부인의 뺨이 불그레해졌다. 부인이 말했다.

"모리스를 죽인 범인을 알고 있단 말입니까?"

"그렇습니다."

"어디서 그런 생각이 떠올랐죠?" 재니스가 물었다.
"사실은, 아가씨 당신 얘기에서입니다."
박사는 그렇게 말하고 잠시 생각에 잠겼다.
"당신이 말한 어머니의 얘기도 역시 도움이 되었습니다. 인간의 머리란 별것도 아닌 것이 실마리가 되어 커다란 것을 알게 되는 겁니다."
박사는 이렇게 덧붙이고 이마를 문지르며 변명하듯 말을 이었다.
"그러나 아무튼 내 얘기를 들어보시오. 로즈 경은 저녁 식사 전에 댁으로 돌아갔소. 경은 동물원에서의 수상쩍은 회견을 하기 전부터, 바텐더의 말을 빌린다면 무시무시한 눈초리를 하고 있었죠. 그러나 댁에 돌아왔을 때는 몇 번이나 얘기했듯이 얼굴이 창백하고 몸을 떨 만큼 기분이 언짢아 있었소. 연극 구경도 가지 않겠다고 하고 서재에 들어가 버렸소. 밤 8시에 다른 분들은 극장에 갔습니다. 그렇죠?"
벤 아저씨가 턱을 쓰다듬으면서 말했다.
"맞아요, 그랬었지. 그런데 왜 그런 얘기를 되풀이하지?"
"매우 중요하기 때문입니다. 당신들은 11시에 이브 닐과 함께 극장에서 돌아왔소. 한편 미술상 베이유 씨가 8시 30분에 새로운 골동품을 입수했다고 전화를 걸어왔고, 코담뱃갑을 가져와서 놓고 갔습니다. 그러나 당신들은 집에 돌아오기까지는 코담뱃갑에 대해선 아무 말도 듣지 않았소. 여기까지는 틀림없죠?"
"네." 벤 아저씨가 시인했다.
"아마도 이브 닐은 그때에는 코담뱃갑에 대해선 듣지 못했을 겁니다. 증언에 의하면 어제도 고론 서장이 다짐을 받듯 확인을 했는데 그녀는 댁까지 함께 따라가지는 않았습니다."
박사는 여기서 토비 쪽에 시선을 돌렸다. "토비 씨가 그녀를 집까지 바래디주고 작별 인사를 하고 왔으니까."

"네, 그것이 어쨌단 말입니까?" 토비가 거칠게 외쳤다. "도대체 이게 다 뭡니까? 무슨 소용이 있습니까?"

"거기까지의 사실은 틀림없죠?"

"네, 그러나……."

도미는 감정을 눌렀다. 그러는 동안에 눈부신 흰빛이 실내에 비쳐들어와 모두 신경을 곤두세웠다.

이때 또 문을 노크하는 소리가 들렸다. 바톨 검사가 일어섰고, 박사도 따라 일어섰다.

세 사람이 방에 들어왔다. 맨 먼저 들어온 사람은 고론 서장이었고 잿빛 머리에 슬퍼 보이는 얼굴을 가진 제복의 여자가 그의 뒤를 따랐다. 맨 나중에 들어온 사람은 이브 닐로, 제복을 입은 여자의 손이 그녀의 손목을 잡고 있었다. 도망치려는 기미가 보이면 덤벼들려는 기세였다.

이브는 도망칠 기미라고는 전혀 보이지 않았으나 차가운 빛에 비쳐진 낡은 나무 의자를 보자 섬뜩 놀라며 뒷걸음질쳤다. 여교도관이 얼른 손목을 잡은 손에 힘을 줄 정도였다.

"이젠 저 의자에 앉기 싫어요." 그녀는 부드럽게 말했으나 그 말투를 들은 킨로스 박사는 자기까지도 불끈 화가 솟는 것을 느꼈다. "어떤 대우를 받더라도 좋지만 이젠 저 의자에 앉는 것은 질색이에요."

"그럴 필요는 없어요." 바톨 검사가 말했다. "그리고 박사, 당신도 더 침착해지도록 해 주시오!"

"괜찮습니다." 고론 서장이 이브의 등을 두드리면서 달랬다. "당신을 들볶을 생각은 없습니다. 사람 좋은 내가 보증합니다. 그리고 박사, 자네도 내게 골탕을 먹이려고만 하지 않았다면 나도 조금은 자신을 가질 수 있었을 텐데 말야."

박사는 눈을 감았다가 떴다.

"아무래도 화를 냈던 내가 나빴던 것 같아." 박사는 씁쓰레하게 말했다. "하루나 반나절로는 큰 골탕을 먹이지 못할 거네."

이브는 박사를 보고 웃어 주었다.

"별일은 없었어요, 그렇죠? 고론 서장은 당신께서 약속을 지키는 분이라고 말해 주었고, 그리고 나는…… 곧 석방될 것으로 알고 있었으니까요."

"부인, 그런 것을 너무 믿어서는 안 됩니다." 검사가 눈썹을 찌푸리고 자신이 없는지 말을 더듬거렸다.

"나를 어떻게 믿든 자유입니다." 박사가 말했다.

빛을 두려워하는 기분이 사라지자 이브는 마치 이 사건은 자기와 전혀 관계가 없다는 듯이 침착해져 있었다. 고론 서장이 내밀어 주는 팔걸이의자에 걸터앉으면서 그녀는 헬레나 부인, 재니스, 벤 아저씨에게 인사치레로 웃는 낯을 보여 아는 체를 했고, 토비에게도 미소를 보였다. 이윽고 그녀는 킨로스 박사를 향하여 호소했다.

"당신께서 와 주실 것을 믿고 있었어요. 책상치는 소리와 '살인자! 고백해!' 하는 고함 소리를 듣고 있을 때에도……." 이브는 자신도 모르는 사이에 소리 내어 웃기 시작했다. "나에게 이렇게 하라고 지시를 했을 때는 당신에게 뭔가 생각이 있어서라고 짐작하고 있었어요. 당신을 조금도 의심하지 않았어요. 하지만 어찌나 무서운지!"

"알겠어요. 바로 그것이 가장 곤란한 점이랍니다." 박사가 말했다.

"곤란한 점?"

"그것 때문에 당신은 이렇게 난처한 입장에 놓인 겁니다. 당신은 아무나 신용합니다. 상대는 그것을 알고 있습니다. 그리고 그것을 이용합니다. 보시다시피 나는 믿어도 좋지만 누구나 다 그렇다고 말할 수는 없습니다." 박사는 휙 돌아보았다. "이제부터 나는 좀 심술궂은 질문을 하겠습니다. 당신들로서는 그리 기분 좋은 얘기는 아닐 테지만 계속해도 좋겠죠?"

18

누군가가 리놀륨 바닥에 의자당기는 소리를 내었다.

"네, 계속하세요." 비톨 검사가 불쑥 말했다.

"나는 지금까지 살인사건이 있던 날 밤 얘기를 대충 들려주었습니다. 중요한 일이므로 특히 강조해 둡니다. 필요하다면 몇 번이나 되풀이해서 얘기하죠. 지금까지 얘기한 것은 당신들 일행이 11시에 극장에서 돌아왔다는 것이었죠." 박사는 토비에게 시선을 돌렸다. "당신은 이브를 그녀의 집까지 바래다주고 가족들과 함께 어울렸습니다. 그리고 어떻게 하셨습니까?"

재니스 로즈가 의문스러운 얼굴로 대답했다.

"아버지가 아래층에 내려와서 우리들에게 코담뱃갑을 보여 주셨어요."

"그렇습니다. 어제 고론 씨로부터, 범행 다음날에 그 파편을 경찰에서 모아가지고 1주일 동안 노력한 끝에 원형과 똑같이 조립했다는 말을 들었습니다."

토비는 희망의 빛을 찾았다는 듯이 앉음새를 고치고 되물었다.

"조립을 했습니까?"

"이젠 가치가 없습니다." 서장이 옆에서 못을 박았다.

킨로스 박사의 몸짓에 따라 검사는 또 책상 서랍을 열었다. 바톨 검사는 망가질까 염려되는 듯 손바닥으로 조심스럽게 작은 물체를 꺼내어 박사에게 주었다.

모리스 로즈 경이 보았더라면 매우 한탄을 했으리라. 하얀 빛이 황제의 코담뱃갑을 한 차례 쓸자 장밋빛 마노의 가라앉은 색깔이 보였고, 작은 다이아의 글씨와 바늘이 빛을 발하고 금도금의 용두가 반짝였다. 그러나 그것은 어딘지 지저분하고 멋대가리 없다고 해도 좋을 만큼 전체가 흐릿하고 형체가 일그러져 있는 것 같았다.

박사가 그것을 일동 앞에 내밀고 뒤집어 보였다.

"이건 아교를 붙인 겁니다." 박사가 설명했다. "이런 꼼꼼한 일을 하다 보면 누군지는 모르지만 눈이 나빠졌을 겁니다. 그리고 이젠 뚜껑이 열리지 않습니다. 그러나 여러분은 이것이 망가지기 전에 보셨겠죠?"

"네." 토비가 무릎을 두드리면서 대답했다. "우리들이 보았을 때는 아직 부서지지 않았었죠. 그런데 그게 무슨 상관이죠?"

박사는 코담뱃갑을 검사에게 건네주었다.

"모리스 로즈 경은 11시가 조금 지나서 서재로 들어갔습니다. 새로 입수한 골동품에 가족들이 별 관심이 없는 것에 기분이 나빴어요. 다른 사람들은 침실로 들어갔다죠? 그런데 토비 씨, 당신은 잠이 오지 않았어요. 밤 1시에 일어나 아래층 객실에 가서 이브 닐에게 전화를 걸었습니다."

토비는 고개를 끄덕이면서 이브를 곁눈질로 몰래 보았다. 뜻을 알 수 없는 눈빛이었다. 그녀에게 말을 걸고 싶다는 세찬 바람이 담겨 있는 것도 같았으나 망설이고 있었다. 이브가 거들떠보지도 않자 그는 콧수염만 만지작거렸다.

박사는 그의 눈길을 따라가 보았다.

"전화로 잠시 얘기를 했다죠? 무슨 얘기를 했습니까?"

"네?"

"무슨 얘기를 했느냐고 했습니다."

토비는 시선을 되돌렸다. "그런 시시한 일을 어떻게 기억합니까?

잠깐만……. 그렇군, 생각났어요." 그는 손으로 입을 문질렀다. "그 날 밤에 본 연극 얘기를 했습니다."

이브는 조금 웃는 낯을 보이고는 입을 열었다.

"매춘부에 얽힌 연극이었어요. 내게 깜짝 놀라지 않았느냐고 토비가 걱정을 했어요. 그 연극의 주제가 그때는 이분을 몹시 괴롭혔던 것 같았어요."

"이브, 이브." 토비는 울화통을 억누르려고 애를 쓰면서 거칠게 대꾸했다. "약혼했을 때 나는 그렇게 훌륭한 사람이 아니라고 말했을 거요. 분명히 그렇게 말했어. 그런데 어젯밤에 내가 깊이 생각하지 않고 한 말을 꼬집어 나오겠다는 거야?"

이브는 대답하지 않았다.

"전화 얘기로 돌아갑시다." 박사가 말했다. "당신은 그날 밤에 본 연극 얘기를 했습니다. 그 밖에는?"

"참 한심스럽군! 대체 그런 것이 무슨 관계가 있습니까?"

"크게 관계가 있습니다."

"음…… 피크닉이나 뭐 그런 얘기를 했죠. 다음날에 피크닉을 갈 계획이었죠. 물론 실제로는 가지 못했지만. 그렇군, 아버지는 또 골동품 하나를 입수하셨다는 얘기도 했죠."

"그러나 그 골동품이 무엇인지는 얘기하지 않았겠죠?"

"네."

킨로스 박사는 토비를 지켜보았다. "그 다음은 고론 씨로부터 들은 말을 인용하죠. 전화를 끊고 당신은 2층에 자러 갔습니다. 시간은 1시 조금 지나 있었습니다. 2층으로 올라갔고 아버지가 아직도 일어나 있는 것을 깨달았소. 서재의 문틈으로 한 줄기 불빛이 새어나오고 있었기 때문이오. 그러나 당신은 서재에 들어가지 않았소. 틀림없죠?"

"틀림없습니다."

"모리스 경은 언제나 그 시각까지 주무시지 않는 것은 아니겠죠?"
헬레나 부인이 기침을 하며 토비를 대신해서 대답했다.
"우리 집에선 늦게 잔다고 해도 다른 가정과는 달라 늦게까지 있지는 않아요. 모리스도 대개 12시 전에 침대에 들어갔어요."
킨로스 박사는 고개를 끄덕였다.
"그리고 부인, 1시 15분에 부인도 일어나 있었죠? 주인의 서재에 가서 어지간히 하시고 그만 주무시라는 말을 하고, 겸하여 코담뱃갑을 산 것에 대해 잔소리하려고 생각하신 거죠? 노크를 하지 않고 서재의 문을 열었을 때 샹들리에의 불빛은 꺼져 있었어요. 탁상 램프만 켜져 있었죠. 주인께서 이쪽으로 등을 돌리고 앉아 있는 것이 보였으나 근시여서 옆에 다가가 피를 발견할 때까지는 아무것도 몰랐고요."
헬레나 부인의 눈에서 눈물이 넘쳐흘렀다.
"그 얘기를 또 해야만 합니까?"
그녀는 원망스러운 듯이 물었다.
"또 한 가지 필요한 것이 있습니다." 박사는 부인에게 말했다. "비극에는 눈을 감을 수가 있지만 사실을 못 본 체할 수는 없습니다. 경관을 부르고 토비 씨와 재니스는 큰길을 건너 닐 부인을 부르러 갔습니다. 두 사람은 제지를 받아 경감이 올 때까지 기다리라는 지시를 받았습니다. 그동안 무슨 일이 일어났을까요? 여기서 잠시 그 이베트 라톨이란 여걸에 대해 생각해 봅시다. 이베트는 경관이 오고 야단법석이 벌어지고 나서 잠에서 깨어났다고 말했습니다. 이베트는 자기의 침실에서 나왔습니다. 여기가 증거의 수수께끼가 되는 점입니다. 단두대의 칼날 같은 대목입니다. 이베트는 살인을 범하고 돌아온 닐 부인을 보았다는 것입니다. 부인이 열쇠로 현관문을 열고 피투성이의 실내복을 입고, 살며시 2층으로 올라가 욕실에서 몰래 피를 씻는 것을 보았다고 했습니다. 시간은 1시 39분경입니다."

검사는 움찔하면서 손을 들었다.

"잠깐 기다리시오." 그는 책상을 돌아 걸어오면서 날카롭게 말했다. "새로운 증거가 나왔는지 어쨌는지 모르지만, 나는 대체 무슨 말들을 하고 있는 건지 모르겠소."

"몰라요?"

"모르셨군요. 본인의 진술에 의하면 닐 부인의 행동과 어김없이 일치해요."

"그렇습니다, 1시 30분에 말이죠." 박사가 다짐을 하듯 말했다.

"흥! 1시 30분이든 몇 시든 박사, 이해할 수 있도록 설명해 주실까요?"

"기꺼이." 박사는 책상 옆에 서 있었다. 코담뱃갑을 집어 들었다가 박사는 다시 그것을 놓았다. 이윽고 그는 이상하다는 얼굴로 토비를 보면서 그 앞으로 가서 버티고 섰다.

"토비 씨, 당신의 증언에서 고쳐야 할 부분은 없습니까?"

토비는 눈을 깜짝이면서 박사를 보았다. "내가? 아뇨."

"없어요? 그토록 사랑하고 있다고 큰소리치던 상대인 여성을 구제하기 위해서인데, 자기가 지껄인 엉터리 말을 취소하지 않는 거요?"

한쪽 구석에서 고론 서장이 킥 웃었다. 검사는 나무라듯 서장을 노려보고 나서 조용하지만 무서운 걸음걸이로 급히 책상을 돌아, 토비의 바로 옆으로 가서 얼굴을 들여다보았다.

"어떻소?" 바톨 검사는 재촉을 했다.

토비는 의자를 뒤로 밀치며 벌떡 일어났다. 그 기세에 리놀륨 바닥에 의자가 나자빠졌다.

"거짓말이라고요?"

"당신은 닐 부인에게 전화를 하고 2층에 올라가 아버지 서재 앞을 지날 때, 문틈에서 빛이 새어나오는 것을 보았다고 증언을 했습니다." 박사는 말했다.

고론 서장이 입을 열었다.

"어제 킨로스 박사가 서재를 조사하러 2층에 올라갔는데, 박사는 그 문을 보고 놀라는 것 같았소. 그때 나는 왜 그런지 까닭을 몰랐는데, 하긴 그런 세밀한 부분은 누구나 미처 깨닫지 못하는 것이 예사죠. 그러나 지금은 알고 있습니다. 그 문은 생각해 보면 아시겠죠, 두터운 양탄자 때문에 문을 열고 닫을 때마다 양탄자의 보풀이 일어나고 있었습니다."

서장은 여기서 말을 끊었다. 손을 앞뒤로 움직이는 그의 동작으로 모두들 문의 움직임을 떠올렸다.

"문틈으로 불빛이 새어나온다는 것은 있을 수도 없는 일입니다." 고론 씨는 말을 끊었다가 다시 계속했다. "그러나 토비 씨의 거짓말은 이것뿐이 아닙니다."

"그렇소." 검사는 맞장구를 쳤다. "두 개의 목걸이 얘기나 할까?"

킨로스 박사는 검사들처럼 넘겨짚거나 함정을 파는 일은 별로 흥미가 없는 것 같았다. 사람을 궁지에 몰아넣고 즐길 마음은 없었다. 그러나 이브의 얼굴에 떠오른 표정을 보자 박사는 고개를 끄덕여 보였다.

"그럼 갈색 장갑을 낀 사람은 이 사람이었죠······?" 이브는 비명에 가까운 목소리로 말했다.

"그렇습니다. 당신의 약혼자 토비 로즈였던 것입니다." 킨로스 박사는 말했다.

19

"뭐 새로운 얘기는 아닙니다만," 킨로스 박사는 말을 이었다. "이 사람에게는 그 편리한 하녀 이베트의 여동생인 프루 라톨이라는 귀여운 여자 친구가 있었죠. 프루 양은 값진 선물을 달라고 들볶으며, 주지 않으면 여기저기에다 폭로를 하여 소란을 피우겠다고 협박했죠. 게다가 그의 급료는 별로 많지 않아요. 그래서 아버지의 수집품 중에서 다이아와 터키석의 목걸이를 훔치려고 생각한 겁니다."

"믿을 수 없어요."

헬레나 부인이 흐느껴 우는 것 같은 목소리로 가까스로 말했다.

박사는 심각한 얼굴이었다.

"하긴 훔친다는 말은 어폐가 있죠. 크게 나쁜 마음이 있어서가 아니었을 겁니다. 지금 말을 하게 된다면 본인도 그렇게 말하겠지요. 아버지가 눈치채지 못하도록 목걸이를 감쪽같이 가짜와 바꿔치기 해서, 프루 양의 비위를 맞추기 위해 자기가 다시 돈을 주고 사들일 때까지 차용하자는 속셈이었어요."

박사는 검사의 책상으로 돌아가 두 개의 목걸이를 집어 들었다.

"그는 이 가짜 목걸이를······."

"라 그로아르 거리의 포리에 씨에게 주문하여 만들었습니다." 서장이 대신 설명했다. "포리에 씨는 이 목걸이를 만들게 한 사람은 이 사람이라고 언제든지 증언해 줄 것입니다."

토비는 아무 말도 않고 누구에게도 띄지 않도록 소리 없이 일어나 방 저쪽으로 갔다.

바톨 검사는 그가 문으로 가는 줄 알고 당황하여 소리쳤다. 그러나 토비는 전혀 그럴 생각이 없었다. 그로서는 여러 사람에게 얼굴을 들 수가 없고, 자기 얼굴을 보이고 싶지 않아 구석진 곳에 가 있고 싶었던 것이다. 그는 서류 캐비닛이 있는 곳으로 가자 거기서 등을 돌리고 멈추어 섰다.

"이 가짜 목걸이는 어젯밤에 프루 양의 반짇고리에서 나왔습니다."
킨로스 박사는 목걸이 하나를 들어보이며 말했다.

"헛수고는 아닌 것 같아서 나는 런던에 가기 전에 고론 서장에게, 이것을 프루 양에게서 압수하고 출처를 조사해 보도록 편지를 냈던 것입니다. 물론 이것은 토비 로즈가 그녀에게 주었던 것입니다."

"사실, 그런 말을 들어도 나는 그리 놀라지 않아요." 뜻밖에도 이브가 말했다.

"그래요?" 고론 서장이 물었다.

"어젯밤 이걸 준 사람은 당신이죠 하고 토비에게 물어보았어요. 이 사람은 부인을 했지만 그 여자에게 이상한 눈짓을 하는 것을 보았어요. 자기 말에 맞추어서 같은 말을 하라고 그 눈은 분명히 말하고 있었습니다."

이브는 갑자기 눈을 문질렀다. 얼굴이 상기되어 불그레해졌다.

"프루란 아가씨는 똑똑한 여자였어요. 어디서 입수했느냐는 질문을 받으면 자기를 끌어들이지 말라는 토비의 눈짓을 받고 입을 다물어 버린 겁니다. 하지만 무엇 때문에 가짜 목걸이 따위를 여자에게 주었을까요?"

"그것은 그녀에게 진짜를 줄 필요가 없었기 때문이죠." 박사가 대답했다.

"필요가 없다고요?"

"네, 모리스 경이 죽은 이상 이 영리한 청년은 유산에서 언제든지 프루에게 돈을 줄 수 있다고 생각한 거죠."

헬레나 부인은 비명 같은 것을 질렀다.

검사와 고론 씨는 이것이 마음에 들었던지 그녀에게로 미소를 보냈다. 그들 외에 기뻐하는 사람은 없었다.

벤 아저씨는 누이동생의 의자 뒤로 가서 용기를 주듯 두 손을 헬레나 부인의 어깨에 얹었다. 킨로스 박사는 문자 그대로 채찍이라도 휘두르고 있는 것 같았다. 그의 언어나 태도가 여기저기에 찰싹찰싹 바람을 가르는 채찍 소리로 들리는 것 같았다.

"그의 아버지도 역시 가난뱅이였음을 깨닫지 못했습니다." 박사는 말을 계속했다.

"그로서는 상당한 충격이겠군요." 고론 서장이 말했다.

"그 점은 의심할 여지가 없어요. 살인이 일어나기 조금 전에 프루 자신도 인정을 하고 있지만, 그녀는 야단법석이었지요. 이브 닐과의 약혼이 발표된 뒤부터 그녀는 줄곧 말썽을 일으키며 토비를 괴롭혀 왔어요. 하기야 그녀는 자기가 직접 그런 짓을 하지 않더라도 언니 이베트가 말했듯, 흐크슨 은행의 창백한 사나이가 이 신사에게 위협을 한다고 안심하고 있을 수 있었죠. 아무튼 고론 서장의 설명에 의하면 그는 목걸이를 주면 그녀가 만족할 줄 알았어요. 진짜를 말합니다. 적어도 19만 프랑은 되는 물건이니까요. 그래서 그는 진짜 목걸이를 받아들었는데 바꿔치기하는 것을 망설였던 것입니다."

"어째서인가요?" 이브가 조용히 물었다.

박사는 그녀를 보고 씩 웃었다.

"역시 그에게도 양심이란 게 있었던 겁니다."

토비는 아직도 말을 하지 않았고 뒤돌아보지도 않았다.

"그런데 기어코 결심을 했습니다. 그날 밤 그 연극을 본 탓인지 아니면 뭔가 묻지 않으면 모를 이유가 있었을지도 모릅니다. 그 이유가 바로 그를 마지막 궁지로 몰아넣은 것입니다. 밤 1시에 그는 약혼자에게 전화를 했어요. 그녀와 통화를 하던 중, 내 상상이 틀림없다면 그는 자기 장래의 행복은 목걸이를 훔쳐서 프루 라톨과의 관계를 청산하는 데 있다고 생각하게 되었습니다. 그는 심각하게 생각했습니다. 신의 섭리라고 생각했었는지도 몰라요. 그는 그것이 최선의 방법이라고 믿고 있었어요. 이건 뭐 빈정거림이 아닙니다."

박사는 검사의 책상 옆에 선 채 잠시 말을 끊었다.

"어려운 일은 아니겠죠. 아버지가 그토록 늦은 시각까지 자지 않고 있을 턱이 없다는 걸 그도 알고 있었겠죠. 서재는 캄캄했고 아무도 없었어요. 그는 몰래 침입하여 문 바로 왼쪽에 있는 골동품 진열장을 열고 진짜 목걸이를 가짜 목걸이와 바꾸고 환성을 올린 다음 돌아오기만 하면 됩니다. 그래서 1시가 좀 지나 그는 결행할 것을 굳혔습니다. 미스터리소설에 나오는 대로 가족이 다 사용하고 있는 그런 갈색 작업용 장갑을 끼었어요. 가짜 목걸이는 이미 호주머니에 들어 있었지요. 발소리를 죽이고 2층에 올라갑니다. 문틈으로 불빛이 새어나올 리 없으므로, 그는 당연히 방 안은 캄캄하고 아무도 없다고 생각했습니다. 그런데 방 안은 어둡지도 않고 모리스 경도 있었습니다. 모리스 로즈 경은, 거듭 말하지만 옳지 않은 일은 싫어하는 분이었습니다."

"헬레나, 걱정하지 마라." 벤 아저씨가 중얼거렸다.

헬레나 부인은 오빠의 손을 뿌리쳤다. "내 아들이 아버지를 죽인 살인자란 말인가요?"

이때 토비가 비로소 입을 열었다.

한쪽 구석에 물러나 있는 토비의 등에, 탐조등과 같은 등대의 불빛이 획 지나가며 뒤통수의 작은 대머리를 비추었다. 토비는 새로운 사태를 비로소 깨달은 듯 몹시 당황하고 있었다. 그는 살며시 주위를 둘러보았다. 뭇사람이 그 터무니없는 말에 귀를 기울이고 있는 것을 깨닫고 놀라며 모두에게로 돌아왔다.

"살인?" 그는 믿을 수 없다는 듯이 되물었다.

"그런 내용이군요." 고론 서장이 말했다.

"그건 낭치도 읽는." 토비는 투덜대듯 공허한 음성으로 말했다. 그는 사람들을 내쫓기라도 하듯 손을 휘둘렀다. "내가 아버지를 죽이다니, 그렇게 생각들 하십니까?"

"왠가?" 박사가 물었다.

"왜냐구? 세상에 어떤 놈이 아버지를 죽이겠소!" 토비는 이 문제에 고민할 거를도 없이 다른 고민거리를 발견하고 있었다. "나는 그 '갈색 장갑'이니 뭐니 하는 웃기는 얘기를 오늘 밤에 처음 들었어요. 이브는 어제 프루 집에서 나를 몰아세울 때까지 그런 말은 나한테 한마디도 하지 않았어요. 그런 사정이니까요. 어젯밤에도 말했듯이, 그리고 오늘도 말하지만 갈색 장갑은 아버지의 죽음에도, 누구의 죽음에도 관계가 없습니다. 당치도 않은 얘기야! 그래도 모르겠어요? 내가 그 방에 들어갔을 때 아버지는 이미 죽어 있었어요."

"꼬리를 잡았다!" 킨로스 박사가 이렇게 말하며 손바닥으로 테이블을 쾅 쳤다.

그 소리는 뭇사람을 깜짝 놀라게 했다. 토비는 움찔했다.

"꼬리를 잡았다니 무슨 뜻입니까?"

"아무것도 아니오. 그럼 그 갈색 장갑을 낀 것은 당신이었군요?"

"그건……, 그렇습니다."

"그래서 훔치려고 들어갔다가 아버지가 앉은 채 죽어 있는 것을 발견했다 이거군요?"

토비는 또 한 걸음 물러났다.

"그건…… 훔칠 생각은 없었소. 당신 멋대로 그런 표현을 썼지만 나는 훔치지 않았소. 그러나 그렇게라도 하지 않으면 마음먹은 것을 입수할 수는 없지 않소!"

"토비 당신은 허영심이 많군요. 정말 허영 덩어리예요!" 이브가 한심스럽다는 듯이 말했다.

"아무튼 흑백은 나중에 가리기로 하고 여기서는 사실만을 얘기해 주실까요?" 킨로스 박사가 책상 가장자리에 걸터앉아 말했다.

토비는 몸을 부르르 떨었다. 허세를 부리려 해도 이젠 더 부릴 수가 없었다. 그는 손등으로 이마를 문질렀다.

"얘기할 것은 아무것도 없어요. 그러나 어차피 어머니나 누이동생 앞에서 멋지게 창피를 당했으니 가슴속의 것을 다 털어놔도 좋겠죠. 좋습니다, 확실히 침입했습니다. 말씀대로 나는 이브에게 전화를 건 뒤 즉시 2층에 갔어요. 집 안은 조용하기만 했고 가짜 목걸이는 실내복 호주머니에 들어 있었어요. 문을 여니 탁상 램프가 켜져 있는 것이 보였습니다. 아버지는 내 쪽으로 등을 돌리고 있었습니다. 내가 본 것은 그것뿐이었습니다. 아시다시피 근시라서요. 어머니와 같죠. 짐작 하셨겠죠? 나의 눈초리를 보면……."

여기서 그는 손으로 눈을 가리는 듯한 독특한 몸짓으로 눈을 깜짝였다.

"아무튼 그런 것은 아무래도 좋습니다. 나는 안경을 써야만 합니다. 은행에서는 늘 쓰고 있어요. 그래서 아버지가 살해되었다는 것을 깨닫지 못했죠. 처음엔 나도 문을 닫고 그대로 도망쳐 버릴까 했어요. 그러나 생각했습니다. 어때! 어디에 있는지도 알고 계획은 짜여져 있잖은가. 그러니 바꿔 버리자. 기어코 지금 일을 해내지 않으면 나는 미쳐 버릴 거라는 마음이 들었습니다. 이렇게 생각을 했죠, 왜 결행하지 않겠느냐고요. 아버지는 귀가 어두운 데다가 코담뱃갑에 열중해 있었어요. 목적하는 골동품 진열장은 서재 문 바로 옆에 있어요. 손을 들이밀고 목걸이를 바꿔두기만 하면 됩니다. 아무도 알지 못해요. 그 일만 끝나면 라 알프 거리의 지겨운 여자에 대한 문제를 잊고 푹 잠들 수 있다……. 그래서 나는 손을 뻗쳤던 겁니다. 진열장 문에는 자물쇠나 고리도 걸려 있지 않았어요. 소리도 없이 열렸습니다. 나는 목설이를 집어 들었죠. 그런데 그때."
토비는 입을 다물었다.
하얀 탐조등과 같은 빛이 방 안을 빙글빙글 비치며 돌았는데 누구노 신경을 쓰지 않았다. 토비의 얘기가 흥미로웠기 때문이었다.
"그 오르골을 유리 선반에서 떨어뜨렸어요."
그는 이렇게 말한 후 적당한 말을 찾고 있는 듯한 태도를 보였다.
"나무와 주석으로 된 크고 무거운 오르골은 작은 바퀴가 달려 있죠. 유리선반 위에 목걸이와 나란히 놓여 있었어요. 손이 그것과 부딪치자 그놈은 잠자던 사람도 깨어날 정도의 큰소리를 내며 떨어졌습니다. 아버지는 가는귀가 먹었으나 그 소리도 듣지 못할 정도의 귀머거리는 아니었습니다. 그러나 그뿐만이 아니었습니다. 오르골은 바닥에 떨어지자 금세 마치 살아 있는 것처럼 돌며 존 브라운의 '유해'를 노래하기 시작한 겁니다. 한밤중이어서 그것은 오르골이 스무 개나 한꺼번에 울고 있는 것처럼 들렸습니다. 나는 목걸이를 든 채 그곳에 우뚝 서고 말았습니다. 뒤돌아보니 아버지는 그대로 꼼짝도 하지 않았습니다."
토비는 마른 침을 삼키며 말을 맺었다.
"그래서 나는 다가가서 아버지를 봤어요. 어떤 상황인가는 여러분이 다 알고 있는 대로입니다. 그래도 혹시나 하고 천장의 전등을 켜보았는데 틀림없습니다. 나는 그때까지 목걸이를 쥔 채였습니다. 장갑에는 피가 묻지 않았지만 아마도 그때 목걸이에 피가 묻었을 겁니다. 아버지는 머리에 엄청난 타박을 받았을 뿐, 잠자는 듯한 온화한 얼굴로 죽어 있었습니다. 그런데도 오르골은 계속 노래하고 있는 것입니다. 그걸 멈추어야 하므로 나는 재빨리 달려가서 그것을 선반 안에 가져다 놓았어요. 그때 이렇게 된 이상 목걸이를 바꿔놓을 필요가 없다는 것도 깨달았습니다. 이런 사건이 일어났으니 당연히 경찰의 조사를 받겠지요. 나는 도둑놈의 짓일 거라고 생각했는데, 만일 내가 19만 프랑이 나가는 목걸이를 프루에게 주고 경찰에 그 사실이 알려지면 더구나 진열장의 것이 가짜 목걸이임이 밝혀지면…… 나는 정신이 없었습니다. 안 그렇겠습니까? 주위를 둘러보니 난로 용구대에 부젓가락이 꽂혀 있었던 것입니다. 곁에 가서 자세히 살펴보니 피와 머리카락이 붙어 있었습니다. 그것을 제자리에 놓고 나니 나는 더 이상 아무 짓도 못할 것 같았습니다. 내가 할 수 있는 일은 그 방에서 나오는 것뿐이었습니다. 목걸이를 선반에 올려놓으려 하는데 그 위에 비로드가 비스듬히 놓여 있었지요? 목걸이는 이내 미끄러져서 선반 아래로 떨어져 버렸어요. 나는 그것을 그대로 내버려 두었습니다. 그러나 나가기 전에 전등을 끌 여유는 있었습니다. 어쨌든 그것만이 아버지에 대한 예의였습니다."

토비의 음성은 여운을 남기며 사라져 버렸다.

검사의 방에는 불길한 그림자가 충만해 있는 것 같았다.

다모트 킨로스 박사는 바톨 검사의 책상 가에 걸터앉아서 토비를 지켜보고 있었다. 그 얼굴에는 비웃음 같은 표정이 떠올라 있었다.

"당신은 그 사실을 아직 아무에게도 말하지 않았죠?"

"예."

"왜 잠자코 있었습니까?"

"오해받을지 모른다고 생각했기 때문이죠. 내가 왜 그런 짓을 했는지 남들이 이해해 줄 것 같지 않았어요."

"알겠어요. 이브 닐이 설명할 때 당신들은 그녀의 동기란 것을 이해했던가요? 같은 일이오. 이제 와서 공평하게 생각을 하여 당신의 동기를 우리들더러 이해하라고 말할 수 있겠소?"

"그만두시오." 토비는 기가 죽었다. "그 빌어먹을 길 건너쪽 창문으로 누군가 들여다보고 있는 줄은 생각도 못했단 말이오!"

그는 이브를 힐끔 보았다.

"처음엔 이브도 아무것도 본 것이 없다고 확실히 말을 했었습니다. 아무튼 나는 이브가 보지 않았다고 주장하겠어요. 어젯밤까지 그녀는 갈색 장갑 얘기를 한마디도 하지 않았으니까!"

"그러나 당신도 그 얘기를 우리들에게 하지 않았소. 당신의 약혼자가 죄가 없다는 것을 입증하는 매우 중요한 내용인데도."

토비는 멍청해 있었다.

"당신의 말뜻을 모르겠소!"

"몰라요? 잘 들으시오. 당신은 1시에 그녀에게 전화를 하고 그후 바로 2층에 올라가 아버지의 죽음을 발견했죠?"

"네."

"따라서 만일 그녀가 죽였다면 1시 전에 죽인 셈이 됩니다. 그렇죠? 당신의 전화를 받기 위해서는 1시에는 살인을 끝내고 집에 돌아가 있어야 합니다, 그렇죠?"

"네."

"즉, 그녀는 일을 마치고 1시에는 집에 돌아가 있었다. 그런데 어떻게 또 집에서 나온단 말이오? 더구나 1시 30분에는 시뻘건 피가 묻어서 돌아왔다고 하니 그건 어떻게 해석해야 하오?"

토비는 입을 쩍 벌렸다가 다시 다물었다.

"그런 일이 있을 수 없다는 것은 알 수 있겠죠?" 박사는 얼핏 보기에 부드러워 보였지만 뼈 있는 말을 했다. "두 번씩이나 갔다면 지나칩니다. 나중의 상태는 이베트가 자세하게 말했소. 잔뜩 겁에 질린 그녀가 1시 30분에 살인을 끝내고 머리를 산발한 채 돌아와서 현관의 열쇠를 열고 들어왔어요. 그리고 몸에 묻은 피를 급히 씻어냈다는 거요. ……천만의 말씀이지. 있을 수 없는 일입니다. 모리스 로즈 경을 죽이고 30분 후에 그녀는 또 나가 살인을 했다는 말인가? 만일 희생자를 죽이고 집에 돌아왔다면 두 번째 나갈 때는 복장을 갖추어야 하지 않겠소?"

킨로스 박사는 팔짱을 끼고 책상 가장자리에 한가로이 앉아 있었다.

"바톨 씨, 당신도 그렇게 생각하죠?" 그는 물었다.

헬레나 부인은 오빠의 누르는 손을 뿌리치며 말했다.

"나는 그런 미묘한 점은 모르지만, 아들은 어떻습니까? 토비에 대해서만이 몹시 마음이 쓰이는군요."

"그러나 나는 달라요." 뜻밖에도 재니스가 입을 열었다.

"만일 오빠가 라 알프 거리의 그 여자와 그런 관계가 있어서 지금 말한 것 같은 짓을 했다면, 우리들은 정말 이브한테 나쁜 짓을 한 셈이에요."

"닥쳐라! 토비가 그런 짓을……."

"하지만 어머니, 스스로도 인정하고 있어요!"

"그렇다면 어쩔 수 없는 이유가 있어서 그랬겠지. 이브에 대해서는 이런 사건에 관계가 없다는 것을 알게 되어서 다행이다만, 내가 가장 걱정하고 있는 것은 그것이 아니다. 킨로스 선생님, 토비는 진실을 말하고 있는 건가요?"

"네, 그렇습니다."

"그 애가 모리스를 죽이지는 않았겠죠?"

"그런 것 같습니다."

"그럼 누가?" 벤 아저씨는 이렇게 말하고 눈을 두리번거렸다.

"그렇습니다, 누가 했을까요?" 박사도 그렇게 말했다. "드디어 문제점에 접근했군요."

이러는 동안 끝내 입을 열지 않은 것은 이브뿐이었다. 하얀 빛이 비쳐서 뭇사람의 일그러진 그림자를, 실루엣 연극의 움직이는 행렬처럼 벽에 투영하고 있었다.

이브는 꼼짝도 하지 않고 앉아 구두 끝을 내려다보고 있었다. 다만, 사실을 되풀이하여 설명하고 있는 도중에 딱 한 번 무언가를 회상하듯 깊은 생각에 잠겨 있었다. 눈 밑에 어렴풋이 그림자가 떠오르고, 아랫입술을 깨문 이빨 자국이 하얗게 보였다.

그녀는 고개를 끄덕이더니 얼굴을 들고 킨로스 박사의 눈을 바라보았다.

"당신께서 잊지 말라고 하신 것은 지금도 기억하고 있습니다만." 이브는 기침을 하면서 말했다.

"아, 설명을 해 드려야 할 것을 그랬나? 그리고 사과도."

"아니에요, 아니에요. 오늘 내가 취조를 받고 어째서 이런 결과가 되었는지 이제야 알겠어요."

"이야기 도중에 끼어들어서 미안합니다만, 나는 모르겠어요." 재니스는 뾰로통해서 말했다. "어떻게 된 일인가요?"

"대답은 말입니다······." 킨로스 박사가 대답했다. "살인범의 이름입니다."

"아아······." 고론 서장이 중얼거렸다.

이브는 킨로스 박사의 손 옆에 있는 책상 위에서 다채롭게 반짝이는 황제의 코담뱃갑을 지그시 지켜보고 있었다.

"나에게 있어 이 9일 동안은 악몽과 같았습니다. 갈색 장갑의 악몽이에요. 다른 것은 아무것도 생각할 수가 없었어요. 그런데 차츰 토비가 틀림없다는 생각이 들고······."

"그건 미안하군요." 당사자인 신사는 그렇게 중얼거렸다.

"나는 빈정대는 게 아니에요. 정말 그랬어요. 누구든 한 가지 문제에 그토록 열중해 있으면 다른 것들은 다 잊어버리게 돼요. 더구나 거짓말인 줄 알면서 증언을 하려니까요. 그러다 보면 어떤 일이 사실처럼 생각되기도 하고, 그렇지 않게 생각되기도 하는 거예요. 머리의 기능이 제대로 돌지 않을 만큼 지쳐 있을 때는 사실 있었던 일도 좀처럼 기억이 나지 않는 거예요."
헬레나 부인의 음성이 한결 높아졌다.
"그것은 심리학이나 프로이트적인 것인지 모르지만 어쨌든 부탁이니 좀 알아듣기 쉽게 설명해 주지 않겠어요?"
"코담뱃갑에 대해서예요." 이브가 대답했다.
"그것이 어쨌다는 거지?"
"범인에게 맞아서 박살이 났어요. 이것은 나중에 경찰에서 파편을 모아 조립한 것이겠죠. 그러므로 나는 이것을 보는 것은 처음이에요."
"하지만……." 재니스가 어리둥절한 듯이 입을 떼었다.
다모트 킨로스 박사가 그것을 가리키면서 말했다.
"이 코담뱃갑을 보십시오. 그리 크지 않습니다. 모리스 경이 기록해 놓은 것에 의하면 직경은 2인치 4분의 1입니다. 손에 들고 보면 이건 무엇을 닮았죠? 시계와 똑같습니다. 사실 모리스 경이 집안 식구들에게 보였을 때 모두들 시계인 줄 알았어요. 그렇죠?"
"네, 그러나……." 벤 아저씨가 말했다.
"아무리 봐도 코담뱃갑으로는 보이지 않지요?"
"네."
"살인사건 전에는 이브 닐의 눈에는 한 번도 띄지 않았고 얘기도 듣지 못했죠?"
"그렇습니다."

"그럼 50피트나 떨어진 곳에서 그녀는 어떻게 코담뱃갑인 줄 알았겠습니까?"

이브는 눈을 감았다.

검시와 서장은 얼굴을 마주 보았다.

"모든 대답은 여기에 있습니다. 즉, 이것이 암시의 힘입니다." 킨로스 박사는 힘주어 말했다.

"암시의 힘이라고요?" 헬레나 부인이 높은 음성으로 물었다.

"이 살인의 범인은 매우 교묘했습니다. 엄청나게 교묘하게 계획된 것으로 이브 닐은 제2의 피해자로서 모리스 로즈 경 살해범의 확고한 알리바이를 만들도록 이용되었던 것입니다. 더구나 범인은 아슬아슬한 데까지 교묘하게 해치웠습니다. 누가 범인인지 알고 싶지 않습니까?"

킨로스 박사는 미끄러지듯 책상에서 내려섰다. 복도 쪽으로 난 문으로 가니 하얀 탐조등과 같은 빛이 빙 돌아서 방 안을 비추었는데 문이 벌컥 열렸다.

"분명히 이 사나이는 자아편집광입니다. 이곳에 오지 말라고 모두 말렸으나 여기에 와서 자기 자신을 위해 증언을 하겠다고 고집을 부렸습니다. 자, 들어오시오."

푸르스름한 빛을 환하게 받으며 문 바로 밖에 서 있는 네드 아투드의, 눈을 부릅뜬 창백한 얼굴이 보였다.

20

그로부터 꼭 1주일 후의 어느 갠 날의 늦은 오후, 재니스 로즈 양이 자기의 의견을 말하고 있었다.

"그럼 여자에게 좋지 않은 소문이 날까 봐 입을 다물고 있었다는, 양심에 부끄러움이 없다는 범죄의 목격자가 실은 범죄의 범인이었군요?"
"네드 아투드는 그럴 속셈이었죠."
킨로스 박사도 시인했다.
"그는 1840년에 런던에서 일어난 윌리엄 러셀 후작의 사건을 그대로 역이용했던 겁니다. 그가 노린 것은 전에도 말했듯이 모리스 경 살해에 대한 알리바이를 만드는 것이었소. 이브가 그의 알리바이이고 사건의 목격자도 될 수 있었습니다. 더구나 어쩔 수 없이 끌려나온 증인이므로 더욱 타당성이 있게 됩니다."
이브는 몸을 떨었다. 박사는 말을 계속했다.
"지금 얘기한 것은 그의 최초의 계획이었습니다. 토비 로즈가 갈색 장갑을 끼고 그 한가운데에 뛰어들 줄은 상상도 못 했고…… 덕분에 그에게는 만만한 봉이 생긴 셈입니다. 아투드는 그가 들어오는 것을 보고 환호성을 질렀겠고, 일이 너무 잘 되어간다고 생각했을 것입니다. 그러나 그는 자기가 계단에서 굴러 떨어져 뇌진탕을 일으키리라고는 생각지도 못했습니다. 결국 그 일로 하여 그의 계획은 뒤틀리고 말았던 거죠. 이를테면 운명은 선악에 공평했던 셈입니다."
"설명해 주세요. 전부 설명해 주세요." 이브가 불쑥 말했다.
모두들 약간 긴장했다. 이브, 킨로스 박사, 재니스, 벤 아저씨 등은 이브의 집 뒷마당에서 차를 마신 뒤의 한때를, 높은 담장과 호두나무 그늘에서 보내고 있었다. 테이블은 잎이 조금씩 노래지고 있는 나무 그늘에 놓여 있었다.

가을이군, 나도 내일은 런던으로 돌아가야 한다고 다모트 킨로스 박사는 생각했다.

박사는 이야기를 하기 시작했다.

"그렇군요. 나도 그 얘기를 하려던 참이었어요. 바톨 검사와 서장,

세 사람이 지난 1주일 내내 세 사람의 의견을 맞추어 보았던 겁니다."

이브의 진지한 얼굴을 보자 박사는 이제부터 자기가 이야기할 내용이 몹시 꺼림칙했다.

"당신은 입이 너무 무거웠소." 벤 아저씨가 갑자기 입을 열었다. "지금까지도 모르겠는데요, 그 사나이는 어떤 동기로 모리스를 죽였소?"

"나도 그래요, 동기는 뭔가요?" 이브도 말했다. "그 사람은 모리스 경을 알지도 못했는데, 그렇죠?"

"알고는 있었지만 자신은 깨닫지 못했던 것입니다." 박사가 대답했다.

"깨닫지 못하다뇨, 무슨 뜻인가요?"

박사는 버드나무로 짠 의자에 앉아 다리를 꼬았다. 그는 메릴랜드 담배에 불을 붙였다. 그의 표정이 한곳으로 집중되어 마치 성난 것 같은 얼굴이 되었다. 여느 때보다도 주름살이 늘어난 것처럼 보였다. 그러나 이브에게 웃는 얼굴로 향했을 때 박사는 그 표정을 감추고 있었다.

"우리들이 발견한 여러 가지를 되새겨 주기 바랍니다. 아투드와 결혼하여 이곳에 살던 무렵 당신은 로즈 집안과는 교제도 없었죠?" 이브가 어색해하는 것을 보면서 박사는 말했다.

"네."

"그러나 노인은 몇 번 보기는 했었죠?"

"네, 봤어요."

"그리고 당신이 아투드와 함께 있을 때 노인은 왠지 난처한 듯한 얼굴로 물끄러미 바라보곤 했죠? 그렇습니다, 네드 아투드를 전에 어디서 보았는지 생각해내려고 했던 것입니다."

이브는 움찔하며 앉음새를 고쳤다. 퍼뜩 떠오른 예감, 영감과 같은 추리가 그녀의 마음을 빠르게 스치고 지나갔다. 그러나 킨로스 박사는 단순한 추측이 아니었다.

"그리고 토비 로즈와 약혼한 뒤에도 노인은 한 번 아투드에 대한 것을 간접적으로 물은 적이 있었죠? 그러나 경은 기침만 하고 말을 얼버무리며 묘한 표정으로 더는 캐묻지 않았죠? 그래요, 당신은 아투드와 결혼은 했지만 그에 대해서는 아무것도 모르고 있었습니다. 지금도 그렇지만, 그의 이전의 경력이나 출생 신분에 대해서 무엇을 들었습니까?"

이브는 입술을 적셨다.

"아무것도 몰라요! 이상한 얘기지만…… 그 살인사건이 있던 밤, 나는 그 사람에게 그렇게 말해 주었어요."

박사는 이윽고 뭔가 느꼈는지 놀라서 입을 벌리고 있는 재니스에게 시선을 돌렸다.

"당신은 아버지가 사람의 얼굴을 잘 기억하지 못한다고 말해 주었지요. 그러나 이따금씩 어쩌다가 전에 보았던 사람을 문득 생각해 내기도 한다고 말했어요. 형무소에 근무하시면서 많은 얼굴을 보아 왔으니까요. 아투드를 전에 본 적이 있다는 것을 확실하게 생각해낸 것이 언제인지 우리들은 알 길이 없습니다만, 경이 생각해낸 것은 그 아투드가 중혼죄로 에드워즈에 5년간 징역살이를 하고 있는 동안 모범수가 되었고, 기회를 보아 탈옥했다는 사실입니다."

"중혼?" 이브가 외쳤다.

그러나 그녀는 별로 이의를 제기하지 않았다. 네드가 황혼녘의 잔디를 밟으며 걸어오는 모습이, 그 웃는 얼굴까지도 생생하게 머리에 떠올랐다.

"희대의 색마, 패트릭 마혼과 같은 놈입니다. 여인에게는 매우 매력 있는 존재죠. 영국에서 도망쳐 유럽 대륙을 떠돌며, 여기저기서 온갖 못된 짓을 하여 돈을 우려내기도 하고 빌려 쓰기도 하며……."

박사는 여기까지 말하다가 곧 중단해 버렸다.

"어쨌든 대강 짐작은 하실 겁니다. 당신은 아투드와 이혼을 했지만 정확하게 말한다면 그렇지 않습니다. 당신은 법적으로는 미혼입니다. 그리고 얘기는 다르지만 그의 이름도 이투드가 아닙니다. 언젠가는 그의 기록을 보게 되겠죠. 아투드는 그 이혼이라는 것이 끝나자 미국에 갔는데, 당신을 되찾겠다고 말을 하였고 사실 그럴 마음이었습니다. 그러나 그 사이에 당신은 토비 로즈와 약혼을 하고 말았소. 모리스 경은 당신의 약혼을 기뻐하고 있었습니다. 누구든 당신의 결혼을 가로막는다면 경은 단연코 용서하지 않을 생각이었습니다. 재니스나 벤 씨는 아시겠지만 아마도 주된 이유는……."

잠시 침묵이 계속되었다.

벤 아저씨가 파이프를 씹으면서 신음하듯 말했다.

"그렇소. 그러나 난 언제나 이브의 편이었소."

재니스가 갑자기 이브를 보며 말했다.

"나는 당신에게 너무 심했어요. 하지만 오빠가 그렇게 비열한 남자인 줄은 몰랐어요. 어쨌든 나는 당신이 살인을 할 사람이라곤 꿈에도 생각하지 못했어요."

"이브에게 전과가 있잖으냐고 말했을 때에도?" 박사가 웃으며 말했다.

재니스는 박사를 향하여 혀를 날름거렸다.

"그러나 아가씨가 단서를 주었어요. 사실 피니스테르니 마콘클린이니 하는 사나이의 얘기가 이번 사건에 암시를 주었던 겁니다. 생각해 보시오! 역사는 되풀이돼요. 하기는 그것을 그릇된 방향으로 생각해 버렸다 하더라도 도리는 없지만요. 그런데 네드 아투드가 라 반드렛에 돌아와 돈존 호텔에서 묵었다는 것은 다 알고 있었죠? 모리스 경은 오후의 산책을 나갔어요. 어디로 갔느냐, 돈존 호텔 뒤꼍의 바입니다. 그리고 바에는 문제의 사나이가 있었어요. 네드는 아내를 되찾고 말겠다고 큰소리치고 있었다 합니다. 재니스 씨, 아가씨도 아투드가 아버지와 만나 얘기를 했는지 모른다고 말했을 정도입니다. 사실 그대로였어요. 아버지가 '할 말이 있으니까 밖으로 나가지 않겠소' 하고 말하자 아투드는 영문을 모른 채 밖으로 나갔죠. 거기서 그는 노인이 자신의 경력을 환하게 알고 있다는 것을 알았습니다. 그가 얼마나 원한을 품었는가를 상상할 수 있겠죠? 두 사람은 동물원에 들어갔습니다. 모리스 경은 심각하게 몸을 떨면서 전에 피니스테르에게 말한 대로의 내용을 말했습니다. 기억하시겠죠?"

재니스가 고개를 끄덕이고 흉내를 내어 말했다.

"24시간의 여유를 주겠으니 그동안에 어디로든 도망을 가게. 시간이 되면 자네가 도망을 갔든 안 갔든 자네의 현재 생활에 대해 어디에 있으며, 뭐라는 이름으로 행세를 하고 있는지를 런던 경시청에다 모두 보고하러 갈 거야."

여기서 박사는 자세를 고쳐 앉았다.

"이것은 아투드로서는 하늘에서 쏟아져 내려온 파국과 같은 것이었소. 되찾을 수 있다고 생각했던 아내를 되찾지 못하게 되었을 뿐만 아니라 다시 형무소에 처넣어진다니, 이제 불안하게 되었소. 맹수 우리 앞을 지나 동물원 안을 쏘다니고 있는 그의 모습을 상상하면, 그의 마음속에서 움직이고 있는 감정도 상상할 수 있을 거요. 청천벽력처럼 거대한 무서운 힘에 의해 다시 형무소로 끌려간다…….
다른 방법은…….

그는 모리스 로즈 경이 자기의 과거를 알고 있으리라고는 꿈에도 생각지 못했으나 포누르장 집안의 습관은 잘 알고 있었소. 그는 몇 년 동안이나 그 앞집에 살고 있었으니까. 가족들이 다 잠들고 조용해진 뒤 모리스 경이 언제나 홀로 서재에 남아 있다는 것도 그는 몇 번이나 보아서 알고 있었고, 이브와 마찬가지로 서재의 내부에 대해서도 몇 번이나 보아서 알고 있었습니다. 서재의 평수도, 따뜻한 계절에는 커튼을 내리지 않는다는 것도 알고 있었고, 경이 어디에 앉으며 문이 어디 있고, 난로 용구대가 어디에 있는가도 알고 있었던 것입니다. 그는 무엇보다도 이브의 집 현관문 열쇠를 갖고 있었던 것입니다. 기억하고 있겠죠? 그 열쇠는 포누르장의 현관에도 맞는다는 것을."

벤은 파이프로 이마를 긁으면서 생각에 잠겨 있었다. "증거란 것은 이상한 데서도 다 나오는군요."

"그래요, 있을 수 있는 일입니다." 킨로스 박사는 조금 망설였다. "이제부터 할 얘기는 들어서 기분이 좋은 얘기가 아닙니다. 그래도 듣고 싶으십니까?"

"말씀해 주세요!" 이브가 큰소리로 말했다.

"방법이란, 모리스 경의 입을 영원히 막아 버리는 것밖에는 없었습니다. 모리스 경은 추악한 소문을 피하기 위해 그가 시내에서 떠날 때까지는, 누구에게도 얘기하지 않을 거라고 아투드는 생각했는데 확실히 그랬습니다. 그러나 그렇긴 하더라도 만의 하나에 대비하여 자기 자신의 확실한 알리바이를 만들지 않으면 안 되었죠. 동물원을 쏘다니면서 영리하고 교활한 그는 10분 동안에 그 알리바이를 만들 계획을 세웠던 것입니다. 당신들도 차츰 아시게 되었죠? 그는 여러분의 습관을 알고 있었습니다. 당신들 일행이 극장에서 돌아왔을 때, 그는 앙주 거리를 방황하고 있었던 것입니다. 이브가 자기의 집에 돌아가고 다른 여러분들도 집에 돌아갑니다. 그는 참을성 있게 모두들 침실로 들어가기를 기다렸죠. 전등이 다 꺼지고 밝은 곳은 커튼이 가려져 있지 않은 서재의 창문뿐이었습니다. 그는 커튼이 젖혀져 있는 것에는 신경도 쓰지 않았죠. 그것도 그의 계획의 일부에 들어 있었기 때문입니다."

재니스는 입술까지 창백해졌는데 여기서 질문을 하지 않을 수 없었다.

"길 건너편에서 볼지도 모른다는 위험은?"

"길 건너의 어느 집 말입니까?" 박사가 되물었다.

"그렇군요." 이브가 말했다. "우리 집 커튼은 늘 닫혀져 있고 양쪽 이웃은 철이 지나서 쓸쓸한 빈집이었어요."

"그렇습니다." 박사는 맞장구를 쳤다. "고론 서장도 그렇게 말했습니다. 자, 교묘한 이투드 씨의 계획 얘기로 돌아갑시다. 그는 이미 모든 준비가 갖추어져 있었습니다. 가지고 있는 열쇠를 써서 모리스 경의 집 현관을 열고……."

"몇 시죠?"

"1시 20분쯤 전이죠."

박사의 담배는 저 혼자 타들어가 노란 꽁초가 돼 버렸다. 박사는 그것을 땅바닥에 버리고 뒤꿈치로 밟았다.

"나의 상상으로는 난로 용구대에 부젓가락이 없는 경우에 대비하여 그는 소리가 나지 않는 흉기를 갖고 갔겠죠. 그러나 근심할 필요는 없었습니다. 부젓가락은 어김없이 있었습니다. 그 다음은 이브의 얘기를 들어보니, 그는 모리스 경이 귀가 어둡다는 것도 알고 있었던 것 같습니다. 문을 열고 부젓가락을 들고 등 뒤로 몰래 접근합니다. 경은 책상 앞에 앉아서 새로 입수한 골동품에 정신이 없었습니다. 눈앞의 메모 용지에는 커다란 장식 문자로 시계형 코담뱃갑이라고 씌어져 있습니다. 범인은 흉기를 내리쳤습니다. 한 번 때리자 다음부터는 미친 사람처럼 되어 버렸습니다."
네드 아투드를 잘 알고 있는 이브는 그 광경을 상상할 수 있었다.
"아무튼 일격으로 값져 보이는 골동품을 때려 부순 겁니다. 아투드는 틀림없이 자기가 부순 것이 무엇인가 하고 생각했던 것입니다. 코담뱃갑이란 커다란 글씨가 보였던 것입니다. 적어도 더러워져 있기는 하지만 메모 용지에는 확실하게 씌어져 있는 첫머리의 그 글씨만 눈에 띄었겠죠. 나중에 본 우리들도 그랬습니다만, 그 글씨는 그의 인상에 깊게 남았던 것입니다. 그리고 이것도 가장 중요한 점입니다만……."
박사는 이브에게 시선을 돌렸다.
"그날 밤 아투드는 어떤 옷을 입고 있었습니까?"
"그것은…… 검은색의 올이 굵고 보풀이 돋은 양복이었습니다. 어떤 천인지는 모르지만."
"그렇습니다." 박사는 말했다. "바로 저겁니다. 코담뱃갑이 부서지자 작은 파편이 흩날아 그의 옷에 붙은 것입니다. 그는 깨닫지 못했지만 당신의 침실에서 당신을 껴안고 덤비려 할 때 당신의 하얀 실내복에 옮겨 묻은 것입니다. 당신은 그것을 깨닫지 못했어요. 그러므로 그런 것이 붙어 있을 이유가 없다고 주장하며, 누군가가 당신의 실내복에 붙인 것이라고 생각한 것입니다. 그러나 사실은 보다 간단한 이유에서였습니다. 그것에 대해서는 이것이 전부입니다."
박사는 재니스나 벤 아저씨의 얼굴을 보면서 말을 이었다.
"그 불길한 마노의 파편도 이렇게 듣고 보니 결코 불길하지도 이상하지도 않죠? 그러나 내가 너무 앞질러 얘기를 했는지도 모르겠군요. 이 얘기는 나중에 우리들이 생각을 하고 구성한 연후에 알아낸 사실이고, 처음에 사건이 드러났을 때의 얘기는 아닙니다. 고론에게서 처음 얘기를 들었을 때는 범인이 로즈 집안의 가족 중 한 사람일 것 같다는 의혹이 더 짙었습니다. 그렇다고 해서 당신들도 나를 원망해서는 안 됩니다. 당신들 자신도 그렇게 생각했으니까요. 나는 그 첫날의 오후, 포누르장에서 이브가 고론 서장에게 얘기한 극히 개략적인 설명을 듣고 어떤 상황의 대목에서 망설였습니다. 그러나 그날 밤 식당에서 오믈렛을 먹으면서 자세한 얘기를 듣고 나의 머리는 눈을 떴고, 막연하지만 어떤 생각이 떠올랐습니다. 그릇된 방향만 보고 있었다는 것을 깨달은 것입니다. 이 점은 이제 당신도 알고 있죠?"

이브는 말했다. "네, 지나치도록 자세히 알고 있어요."

"여기에 있는 여러분도 분명히 알기 위해 또 한 번 고찰해 보십시오. 아투드는 댁에 1시 15분경에 와서 그 소중한 열쇠로 현관을 열고 제멋대로 들어갔습니다……."

"눈이 흐릿했어요." 이브가 외치는 듯한 목소리로 말했다. "술을 마셨는가 생각했는데 그게 아니고 어떤 정신적인 긴장 때문에 울음을 터뜨릴 것만 같은 상태였습니다. 네드의 그런 상태는 일찍이 본 일이 없었어요. 그 사람은 술을 마시지 않았던 것입니다."

"그는 사람을 죽이고 오는 길이었던 것입니다." 박사가 말했다. "평소 자신만만했던 네드도 계획적인 살인은 역시 힘에 겨웠던 모양이죠. 포누르장에서 빠져 나온 그는 몰래 큰길로 가서 1, 2분 정도 그곳을 어정거리다가, 처음으로 이 거리에 온 것 같은 얼굴로 포누르장 맞은편의 집으로 들어온 것입니다. 이로써 알리바이 조작 순서는 끝났습니다. 그러나 그런 것은 덮어놓고 지금까지의 사실만을 생각해 봅시다. 그는 느닷없이 당신에게 시비를 걸어 로즈 집안의 얘기며 길 건너쪽에 아직도 자지 않고 있는 노인 얘기를 꺼내어 지껄이기 시작함으로써 당신의 신경을 바짝 곤두세워 놓고, 기어코 커튼을 열고 창문으로 내다봤습니다. 당신은 전등을 껐습니다. 그리고 당신들이 주고받은 얘기를 그대로 다시 한 번 말해 보시오."

이브는 눈을 감았다.

"나는 '모리스 경은 아직도 안 자요? 일어나 있어요?' 하고 물었습니다. 네드는 '응, 일어나 있어. 그러나 이쪽에는 신경을 쓰지 않고 있어. 확대경을 갖고 코담뱃갑 같은 것을 들여다보고 있어. 앗!' 하고 말했습니다. 내가 '왜 그러죠?' 하고 물었습니다. 네드는 '누군지 모르지만 또 한 사람 있어' 하고 말했습니다. '토비겠죠, 네드, 창가에서 떨어져요!' 라고 강력히 말했어요."

숨을 깊이 마시면서 바람도 없는 밤의 후덥지근하고 어두운 침실을 역력히 상기하고 이브는 눈을 떴다.

"그것뿐이에요." 이브는 끝을 맺었다.

"그러나 당신은 그러는 동안에 창문에서 내다봤습니까?" 박사가 물었다.

"아뇨."

"보지 않았죠. 그럼 당신은 그의 말대로라고 믿어 버린 겁니다." 박사는 다른 사람에게로 얼굴을 돌렸다. "여기서 놀랄 만한 점은 아투드가 보았다고 말한 점입니다. 만일 그가 보았다 하더라도 50피트나 떨어진 곳에서 시계처럼 생긴 무엇인가를 보았을 겁니다. 그런데 그는 거침없이 코담뱃갑이라고 말했으니까요. 그것은 분명히 이 사나이의 잘못이었습니다. 그가 그런 것을 알고 있을 까닭이 없습니다. 즉, 그가 어떻게 그것을 알고 있느냐 하는 것은, 사악한 행동의 설명을 하지 않고는 그가 그것을 알고 있었다고는 말하기 어려운 것입니다. 그리고 그가 그 다음에 한 짓을 보십시오!

그는 곧 이브도 창문에서 보았다고 이브 스스로가 생각하도록 만들기 시작했습니다. 즉 무서운 사람의 그림자가 덤벼든다는 장면인데,

그때까지 모리스 경은 확대경을 들고 살아서 앉아 있었다는 것을 암시하려 했습니다. 그가 그 말을 몇 번이나 되풀이해서 한 것은 이브의 얘기를 들으면 동의할 것입니다. '지금 우리들이 본 것을 기억하고 있겠지' 하고 몇 번이나 되풀이했으니까요. 더욱이 이쪽은 암시에 걸리기 쉬운 분이고 말입니다.

　나와 동업인 심리학자가 이브를 보고 전에 그런 말을 했다는데 나도 그렇게 생각합니다. 신경이 극도로 곤두섰기 때문에 무슨 말을 해도 믿어 버리는 자세로 되어 있었죠. 그리하여 그 인상을 심어놓은 뒤에 커튼을 열고 모리스 경의 시체를 보여 준 것입니다.

　나는 여기서 깨달았습니다. 이토록 복잡한 술수를 쓴 것은 이브에게 보지도 않은 것을 보았다고 믿게 만들기 위한 공작이었던 것입니다. 즉 아투드가 함께 있었을 때는 모리스 경은 아직 살아 있었다고 믿게 만들기 위해서였던 것입니다. 아투드가 범인이고 그가 세운 계획이지만, 이것은 십중팔구 성공했다고 해도 좋을 정도입니다. 그녀에게 암시를 주고 깊이 믿게 만들었습니다. 그녀는 모리스 경이 서재에서 살아 있는 모습을 보았다고 마음속으로 깊이 간직한 것입니다. 그녀는 그때까지는 몇 번이나 같은 상태의 경의 모습을 보아왔는데 그것과 같다고 생각해 버린 것입니다.

　그녀는 고론 서장과 만났을 때 내가 보는 앞에서 그렇게 말을 했습니다. 만일 그 코담뱃갑이 보통의 담뱃갑이고 얼핏 보고도 그것임을 알 수 있는 것이었다면, 이 머리가 좋은 아투드 씨는 멋지게 성공했을는지도 모릅니다."

　박사는 의자 팔걸이에 팔꿈치를 얹고서 뺨을 괴고 있었다.

　"킨로스 선생님, 머리가 무척 좋으시군요." 재니스가 가만히 말했다.

　"머리가 좋다고요? 확실히 그 사나이는 머리가 좋았어요. 그놈은 범죄사에 밝았을 것입니다. 누구도 의심될 수 없는 그 윌리엄 러셀 후작의 사건을 기억해내고 교묘하게 역이용했으니까……."

"어머, 난 그것을 간파한 분의 머리가 좋다고 말했어요."

킨로스 박사가 웃었다. 그는 그리 자랑스런 얼굴을 하지 않았고, 그의 웃음소리는 목구멍에 거북한 것이라도 막힌 듯한 일그러진 것이었다.

"그런가요? 누구나 다 알 만한 일이죠. 아무튼 세상에는 이런 비열한 사나이가 노리기 쉬운 이브 닐처럼 선량한 사람도 있으니까요. 그런데 우리들을 혼란시키기 위하여 끼어든 것이 무엇인지 알겠습니까? 토비 로즈가 갈색 장갑을 끼고 어정어정 그의 계획 속에 걸려든 것입니다. 이것은 그에게 있어서는 하늘이 내린 선물이었죠. 이브가 말해 준 아투드의 태도가 정확한 것이라면, 아투드는 그때 놀라기도 했겠지만 심중으로 몹시 좋아했겠죠. 이것은 그의 일신의 안전을 위해서는 마지막 마무리 작업과 같았습니다.

이것으로 당신들도 이 결과가 어떻게 되는지 아시겠죠? 그로서도 가능하면 그런 것을 공표할 생각은 조금도 없었습니다. 그는 몸을 숨기고 있어야만 했습니다. 표면상으로 그와 모리스 경과는 아무런 관계도 없으니까 잠자코만 있으면 안전합니다. 그러나 만일의 경우에 대해 알리바이도 준비해 놓았습니다. 자진해서 증언하고 나설 여자가 아닌만큼 오히려 신빙성이 있는 증인으로부터 알리바이를 끄집어낼 준비가 되어 있습니다. 그 증인은 그의 뜻대로 될 것이고, 믿기 어려운 알리바이인만큼 오히려 신빙성이 있습니다. 그래서 그는 그날 밤 호텔에서 쓰러졌을 때 자동차가 들이받았다는 얘기를 꾸며댔습니다. 필요가 없는 한 그는 이 사건에 관해서는 일체 입 밖에 내지 않으려 한 것이죠.

그리고 그는 자기의 부상이 그토록 중상이라고는 생각지 못했던 겁니다. 그러나 그의 전 계획이 바뀌어 버린 것도 그 부상 때문이 었습니다. 첫째, 우연한 일로 계단에서 떨어져 뇌진탕을 일으켰다. 둘째, 집념이 강한 이베트 라톨이 제멋대로 줄거리를 꾸며서 연극에 끼어든 것입니다. 물론 아투드는 이브에게 혐의를 씌우려는 생각은 조금도 없었습니다. 그도 여기까지는 미처 생각지 못했던 것이죠. 뇌진탕으로 의식을 잃고 누워 있는 동안에도 어떻게 되었을까 몹시 걱정을 했죠."

"그럼 문을 닫고 이브를 못 들어오게 한 것은 정말 이베트였나요?" 재니스가 물었다.

"네, 그렇습니다. 이베트에 대해서는 추측하는 방법밖에 없습니다. 그 여자는 억세기로 이름난 노르만디의 농사꾼 여자답게 도무지 입을 열려고 하지 않거든요. 검사가 무진 애를 썼지만 한마디도 알아내지 못했습니다. 하지만 이브를 밖에 두고 문을 닫았을 때 그녀는 살인사건에 대해서 아무것도 몰랐던 모양이더군요. 아투드가 와 있다는 것을 알고 스캔들을 만들려 한 거죠. 그렇게 되면 댁의 얌전한 오빠와의 약혼이 파기될 테니까.

그런데 다시 한 번 말하지만 이베트란 여자는 억척스런 여자로서 노르만디의 농사꾼 출신입니다. 이브 닐이 살인혐의를 받았다는 말을 듣고 놀랐지만, 그녀는 곧 본성을 나타내어 이브를 몰아넣기 위해 열심히 앞장을 섰던 겁니다. 거기엔 그럴 만한 이유가 있었습니다. 이브의 약혼을 깨뜨리려면 이것이 가장 유효하니까요. 그 여자에겐 바른 일과 사악한 일을 가릴 수 있는 관념은 없고, 여동생인 프루를 토비와 결혼시키고 싶다는 일념뿐이었어요. 이렇게 복잡한 사정이 얽혀 있는 판국에, 나는 그날 밤 라 알프 거리의 꽃가게에 가서 목걸이가 두 개 있는 것을 발견하였고, 진짜 범인을 암시하고 있는 이브의 얘기를 자세히 들을 수가 있었습니다. 한 번 그것을 파악해 버리면 그 다음은 뒤돌아보고 생각했던 것을 맞추어 보기란 어렵지 않았습니다. 다른 증거의 이것저것을 줄거리로 세워 연결시키는 것도 문제가 아니었습니다.

　문제는 아투드가 모리스 경을 죽인 동기가 무엇이냐는 것입니다. 그러나 그것도, 헬레나 부인이나 재니스 씨로부터 들은 얘기로, 모리스 경이 형무소 관계의 일에 관계가 있는 것을 알았습니다. 그 피니스테르란 사나이의 얘기로 짐작을 했습니다. 그러나 그러한 나의 생각은 입증되었을까요? 문제없었습니다. 아투드가 경찰에 쫓기고 있거나 혹은 다른 이름으로라도 어떤 범죄를 저질렀다면 그의 지문은 런던 경시청 기록부에 기록이 남아 있을 것이기에."

벤 아저씨가 휙 휘파람을 불고 벌떡 몸을 일으켰다. "알았어! 런던으로 비행기를 타고 가신 것은……."

"그것을 알아내기 전에는 아무 일도 할 수 없었으니까요. 아투드의 지문은 호텔의 그의 방에 가서 맥을 짚어보면서 그의 손가락을 나의 은시계 뒤쪽에 가져다 슬쩍 채취할 수 있었습니다. 그런 경우 시계가 쓸모가 있죠. 더구나 그 지문과 똑같은 지문이 기록부에 간단히 발견되었지 뭡니까? 그러나 이쪽에서는……."

"모처럼의 계획이 또 뒤틀려 버려서." 이브가 웃으면서 말했다.

"그래요, 당신이 구속된 겁니다." 박사는 얼굴이 흐려져서 말했다. "그러나 지금 생각해 보아도 무리는 아니라고 생각됩니다."

박사는 다른 사람 쪽으로 얼굴을 돌렸다.

"이분이 자세한 것을 나에게 얘기해 주었습니다. 이분은 몹시 지쳐 있어서 자신도 깨닫지 못하고 마음속에서 나오는 진실을 얘기해 주었죠. 잠재의식이란 그런 묘한 현상을 일으키는 것입니다. 그녀의 얘기로, 실제로는 창문을 들여다보지 않았고 경이 살아 있는 모습을 보지 못했음을 짐작하기란 어렵지 않았습니다. 그녀는 그 코담뱃갑을 본 일도 없었습니다. 코담뱃갑에 대해선 그녀의 입을 빌려서 아투드가 지껄인 것뿐이었습니다. 나로서는 그녀의 기억을 일깨우거나 반대로 암시를 줄 수는 없었습니다. 그녀가 얘기한 그것으로 충분했습니다.

아투드의 범행이라는 것은 너무도 분명합니다. 나는 그녀에게 나에게 얘기한 대로 고론 서장에게 얘기하라고 일렀습니다. 그 진술이 기록된다면 내가 아투드의 동기를 증거로 들고 나와 그녀의 얘기를 입증할 수가 있는 것입니다. 그렇게 하면 만사가 뜻대로 돌아가 사건은 해결된다고 생각했습니다. 그런데 나는 아투드가 그녀의 마음에 준 암시와 고론 서장이나 검사가 프랑스 인 특유의 끈기를 지니고 있다는 점에 생각이 미치지 못했던 것입니다. 이브는 서장 등에게 진술할 때 아투드의 암시에 걸린 그대로의 얘기를 해 버리고 나에게 한 얘기대로 말하지 않았으므로······."

이브는 항의했다.

"그러나······ 거기서는 내 얼굴에 불빛을 집중시키고 용수철 인형처럼 내 주위를 빙빙 뛰어다니는 거예요. 나는 녹초가 돼서! 게다가 나에게 힘을 주실 당신은 안 계시고······."

이브로부터 킨로스 박사에게로 시선을 옮긴 재니스의 얼굴에 문득 야릇한 표정이 떠올랐다. 두 사람 모두 날카롭고 성난 듯한 표정을 띠우고 있었다.

"그 결과 그들도 역시 깨달았습니다만." 박사는 서둘러서 말했다. "다만 아투드가 깊은 생각 없이 뱉은 말의 실수를 이브의 실수라고 생각한 것입니다. 그렇죠? 모리스 경이 새로 입수한 훌륭한 골동품에 대해서는 그때까지 이브에게 얘기해 준 사람이 한 사람도 없었으니까요. 그것이 어떻게 생긴 무엇인지 그녀는 전혀 모르고 있었어요. 조금도 듣지 못한 것이죠. 글쎄, 그 시계 같은 물건이 코담뱃갑이란 것을 그녀가 어떻게 알고 있는 걸까? 그런 뒤부터는 변명을 하면 할수록 모든 것이 수상하게 여겨집니다. 그래서 유치장으로 밀어 넣고 말았던 것입니다. 바로 그런 판국에 얼빠진 얼굴로 내가 돌아온 셈이죠."

"알겠군." 벤 아저씨가 말했다. "처음에는 불운이었고 이번에는 행운이군. 시계추 같아. 아무드기 의식을 되찾았습니까?"

"그렇습니다." 박사가 시무룩한 음성으로 말했다.

불쾌한 기억을 생각해내고 있는지 박사의 눈썹과 눈썹 사이에 주름이 잡혔다.

"아투드는 갈색 장갑을 낀 사람은 토비였다고 증언하고 사건을 마무리 지으려고 몹시 열심이었죠. 사랑하는 아내를 되찾고 라이벌을 형무소에 밀어 넣겠다 그것이었습니다. 그 정도의 중환자가 침대에서 일어나 옷을 입고 시청으로 바톨 검사를 만나러 가겠다고 나섰으니까요. 그것을 그 사나이는 해냈습니다. 꼭 가겠다고 고집을 세워서요."

"당신은 그것을 말리지 않았습니까?"

"네, 말리지 않았죠."

잠시 입을 다물고 있더니 박사가 말을 이었다.

"그 사나이는 바톨 검사의 방문 앞에서 죽었습니다. 그곳에서 등대의 탐조등과 같은 빛살을 받고 빛이 스쳐 지나가기 전에 복도에 쓰러져 죽은 겁니다. 만사가 탄로 난 것을 알고 그것만으로 죽어 버린 것입니다."

오후의 태양은 이미 서쪽으로 기울고, 작은 새들이 지저귀던 마당에도 서늘한 바람이 일기 시작했다.

"그런데도 토비는 잘난 척하고……." 재니스는 말을 꺼내려다 박사가 웃기 시작하자 시무룩해져 입을 다물었다.

"아가씨, 당신은 오빠에 대해서 잘 모르시는군요."
"그런 비열한 농간을 부리다니 기가 막혀."
"그 사람은 비열이니 뭐니 하고 평가할 사람이 아닙니다. 이렇게 말하면 실례지만 발육이 늦어진 사람의 가장 흔한 예죠."
"그건 무슨 뜻인가요?"
"지적으로나 감정적으로도 당신의 오빠는 아직도 15세의 어린애예요. 그것뿐입니다. 자기 부친의 물건을 훔치는 것도 범죄인 것을 그 사람은 제대로 이해하지 못하고 있어요. 성도덕에 관한 사고방식만 하더라도 낡은 사고방식의 표면만을 무비판적으로 알고 있을 뿐입니다. 세상에는 토비와 같은 사람은 얼마든지 있죠. 겉으로는 건실하고 착실하고 지조가 있는 모범 청년 같아도, 일단 위기에 부딪치면 사려분별도 용기도 없는 어린애같이 돼 버리고 마는 겁니다. 골프를 하거나 함께 술을 마실 때는 괜찮은 상대이지만 훌륭한 남편이 될 수 있는지는……. 아무튼 이런 얘기는 이 정도로 해 둡시다."
"전부터 생각하고 있었소만……." 벤 아저씨가 말을 꺼내다가 입을 다물어 버렸다.
"뭡니까?"
"전부터 마음에 걸렸었는데…… 모리스가 그 산책에서 돌아왔을 때——몹시 흥분하여 몸을 떨기까지 했는데——토비에게 뭔가 말을 했었소. 그건 아투드에 관한 얘기가 아니었을까?"
"아니에요." 재니스가 대답했다. "나도 그렇게 생각했었어요. 그래서 토비에 관계가 있는 무엇인가를 아버지가 아시게 되었구나 하고 생각했었죠. 그리고 여러 가지 얘기를 들은 뒤였습니다만, 나는 토비에게 물어봤어요. 아버지는 '오늘 어떤 사람을 만났는데 그 얘기는 나중에 하자'고 말했을 뿐이었대요. 물론 아투드에 관한 것이겠지만 토비는 몹시 당황했죠. 프루 라톨이 기어코 말썽을 부리는구나 하고 생각한 거죠. 그래서 오빠는 빨리 해결하기 위해 그날 밤 복설이를 훔치겠다고 결심한 겁니다."

재니스는 불안한 듯이 고개를 움직이고는 급히 말을 이었다.

"지금쯤 저쪽에서 어머니가 토비를 위로하고 있을 거예요." 그녀는 길 건너쪽의 집을 턱으로 가리켰다. "토비도 충격이 크겠죠. 그러나 어머니란 다 그런 것 아니겠어요?"

"아아." 벤 아저씨가 의미심장한 소리를 질렀다.

재니스는 의자에서 일어서더니 놀라울 만큼 열성적으로 외치듯 말했다.

"이브, 나도 토비와 마찬가지였어요. 미안해요, 정말 미안해요……."

그리고 다른 말도 하려 했으나 결국 아무 말도 하지 못하고 마당을 가로질러 집 뒤꼍 쪽의 오솔길을 지나 모습을 감추어 버렸다.

벤 아저씨는 좀더 천천히 일어났다.

"가지 마세요, 여기 계세요……." 이브가 만류했다.

벤 아저씨는 막무가내였다.

"나는 잘된 일이라 생각해요. 이브에겐 이렇게 되는 편이 좋았던 거야. 이브를 위해서나 토비를 위해서나, 그렇고 말고."

이렇게 말한 벤 아저씨는 몹시 어색한 얼굴로 휙 등을 돌렸다. 그는 다시 뒤돌아보며 말했다.

"금주에 이브에게 주려고 모형 배를 만들었지. 틀림없이 좋아할 것 같아서 말야. 페인트칠이 끝나면 보내 주지, 안녕."

벤 아저씨는 이렇게 말하고 휘적휘적 걸어갔다.

그가 떠나 버리자 이브 닐과 다모트 킨로스 박사는 한참 동안 입을 다물고 앉아 있었다. 서로 마주 보지도 않았다.

먼저 입을 연 것은 이브였다.
"어제 하신 말씀은 정말인가요?"
"뭐 말입니까?"
"내일 런던으로 돌아가셔야 한다는 것."
"네, 어차피 돌아가야 합니다. 그것보다도 당신은 어떻게 하시겠습니까?"
"모르겠어요. 다만 박사님에게는 뭐라고……."
박사가 그의 말을 가로막았다.
"이젠 인사치레는 그만둡시다."
"어머, 그렇게 짓궂은 말씀 하실 것은 없지 않아요?"
"짓궂은 말을 하는 것이 아닙니다. 나는 다만 당신이 기뻐해 주기만 하면 됩니다."
"왜죠? 당신은 왜 이렇게 나를 위해 애를 써 주셨나요?"
박사는 메릴랜드 담배를 집어 들고 그녀에게도 권했으나 그녀는 고개를 흔들며 거절했다.
박사는 한 개를 뽑아서 불을 붙였다.
"시시한 이유죠. 당신도 잘 알고 있을 겁니다. 언젠가 당신의 심경이 안정되면 그때 얘기하죠. 그건 그렇고 앞으로 어떻게 하시겠습니까? 역시 묻고 싶군요."
이브는 어깨를 움츠렸다.
"모르겠어요. 짐을 꾸려서 니스나 칸느라도 다녀올까 하는……."
"좋지 않군요."
"왜요?"
"좋지 않아요. 당신은 고론 서장이 한 말과 같아."
"네? 뭐라고 말했는데요?"
"당신은 위험 인물이라서 이번엔 어떤 일을 저지를지 모른다고 하디군요. 리비에라에 가면 그곳에서 사기를 치려는 녀석들이 몰려들어 당신이 그 사나이를 사랑하는 것처럼 만들죠. 그리고…… 아, 그래. 당신은 영국으로 돌아가는 게 좋겠소. 영국이라고 위험이 없는 것은 아니지만 적어도 내가 지켜보고 있으니까요."
이브는 그 말뜻을 생각해 보았다.
"실은 나도 영국에 갈 생각을 하고 있었어요." 그녀는 시선을 들었다. "당신은 내가 아투드와의 문제로 의욕을 잃었다고 생각하시나요?"
박사는 입술에서 담배를 떼고 잠시 그녀를 물끄러미 쳐다보더니 이윽고 주먹으로 의자를 쾅 쳤다.
"심리학의 문제인데 분명하게 말해 버릴까요?"
"말씀해 주세요."
"정확하게 말하면 내가 그 사나이를 죽였다고는 말할 수 없다고 생각합니다. '너 죽이지 말지어다. 그러나 억지로 살해할 필요는 없도다.' 결국은 들쑤셔서 그 사나이를 죽게 한 것이나 같습니다. 그렇게 하지 않았다면 그 사나이는 건강을 되찾고 단두대가 적절히 결말을 지었겠죠. 그러나 나는 별로 그런 생각은 하지 않았소."
박사는 우울한 표정으로 말을 이었다.
"토비 로즈는 당신에게 아무 쓸모없는 사내였습니다. 적적하고 따분해서 누군가 의지할 수 있는 상대가 아쉬웠을 뿐입니다. 그러나 다시는 그런 잘못이 있어서는 안 되고 그런 일이 없도록 내가 살펴 드리지요. 그러나 그런 살인사건이 없었다면 상황은 달라졌겠죠. 아무튼 아투드는 당신에게 있어서는 토비와는 다른 존재였을 테니까요."
"그럴까요?"
"그 사나이는 그 사나이 나름대로 진심으로 당신을 사랑하고 있었습니다. 그 사나이가 심중을 얘기한 것이 반드시 연극이었다고는 생각되지 않는군요. 그렇긴 하지만 역시 알리바이로 이용하지 않을 수 없었겠죠."

"네, 그건 알고 있어요."

"그러나 알리바이로 당신을 이용해도 당신에 대한 마음이 변한 것은 아니에요. 다만 내가 염려되는 것은 이 사건으로 당신의 마음이 변했느냐, 변하지 않았느냐입니다. 아투드 같은 사나이는 여러 가지 의미에서 위험한 사나이입니다."

이브는 입을 다문 채 앉아 있었다. 밖은 어두워지고 있었고 그녀의 눈은 물기를 머금고 빛나고 있었다.

"당신께서 네드와 나와의 관계를 어떻게 생각하시든 상관치 않겠어요. 그렇군요, 그렇게 생각해 주시는 편이 좋아요. 하지만 로즈 집 안의 사람들과 같은 생각을 하지 말았으면 해요. 좀더 가까이 다가와 앉지 않으시겠어요?"

라 반드렛의 경찰서장 아리스티드 고론 씨는 위풍당당한 걸음걸이로 앙주 거리에 들어섰다. 그는 자기 세상을 만난 것처럼 세도가 당당해 보였다.

킨로스 박사는 닐 부인 집의 뒷마당에서 차를 마시고 있겠지. 고론 서장은 로즈 사건의 만족할 만한 결말을 두 사람에게 고백해야만 했다.

고론 서장은 앙주 거리를 미소진 얼굴로 둘러보았다. 이 로즈 사건으로 라 반드렛 경찰은 위신을 되찾았다. 신문 기자나 카메라맨들이 멀리 파리에서 몰려왔다. 킨로스 박사는 이 사건에 이름 밝히기를 꺼렸다. 특히 사진이 나오는 것을 싫어했다. 서장은 납득할 수 없었으나 누구의 공로인가를 밝혀야만 하기 때문에……. 결국 세상 사람을 실망시킬 수도 없는 일이어서 밝히고 싶었으나, 킨로스 박사는 절대로 반대했다.

서장은 최초에 박사를 의심하고 있던 자신의 생각을 고쳤다. 그 사나이는 생각하는 기계야. 본인이 서장에게 말했듯이 쓸모없는 수수께끼를 푸는 것을 삶의 보람으로 여기는 사나이다. 인간의 두뇌를 시계처럼 분해해 보이지만 본인도 시계 같은 사나이다.

고론 씨는 밀라발장의 문을 열었다. 집의 위쪽 옆으로 해서 뒷마당으로 가는 오솔길이 보였다. 그는 그 오솔길을 걸어갔다.

토비 로즈와 같은 위선자가 아닌 깨끗한 영국인이 있다는 것을 알고 고론 서장은 구제받은 듯한 심정이었고, 지금은 그 영국인에 대해서 전보다 더 잘 이해하게 되었다. 확실히 영국인도······.

고론 서장은 단장으로 풀을 헤치고 뒷마당으로 들어갔다. 황혼 빛이 차츰 흐려져가고 호두나무의 잎새는 까딱도 하지 않았다. 이제 어떻게 말을 할까 생각하면서 서장이 문득 눈길을 드니 두 사람이 보였다.

고론 서장은 우뚝 걸음을 멈추었다. 눈이 휘둥그레졌다. 당장 눈망울이 튀어나올 것만 같았다.

그는 잠시 거기서 지켜보고 있었다. 서장은 인정 많고 예절바른 인물로서 남이 즐기는 것을 기뻐하는 인물이었다. 그는 휙 몸을 돌려 방금 왔던 길을 되돌아갔다. 그는 매사에 바르게 하는 것을 좋아하는, 마음이 깨끗한 사나이였다. 그는 앙주 거리로 돌아가면서 낙심한 듯이 고개를 흔들고 있었다. 그는 왔을 때보다도 빠른 걸음으로 앙주 거리로 돌아갔다. 아무도 듣지 못하게 나직한 목소리로 중얼중얼 혼잣말을 했다. 쏘아 올린 꽃불 같은 여자라고 하는 목소리가 어두워지는 하늘에 감돌다가 스러졌다.

THE THIRD BULLET
제3의 총탄

제3의 총탄

경찰국장보의 책상 모서리에 '모틀레이크 판사 피살'이라는 표제의 일부가 보이도록 접힌 신문이 놓여 있었다. 그 위에 페이지 경위가 쓴 공식 보고서 한 장이 얹혀 있었다. 그리고 보고서 위에는 안전 장치를 한 권총 두 자루가 놓여 있었다. 한 자루는 아이버-존슨 38구경 리볼버, 또 한 자루는 브라우닝 32구경 자동 권총이었다.

오전 11시인데도 임뱅크먼트 거리 너머로 으슬으슬 비가 뿌리고 있어 책상 위에 켜져 있는 전등불이 창백하게 보였다. 런던 경찰국장보 마키스 대령은 의자에 편안하게 기대 앉아서 냉소적인 표정으로 담배를 피우고 있었다. 마키스 대령은 키가 크고 깡마른 사나이였는데 두툼하고 주름잡힌 눈꺼풀이 차거운 인상을 주었다. 대머리는 아니었지만 그의 흰머리카락은 빽빽하게 자란 회색빛 코밑 수염에 동조라도 하듯이 조금씩 벗겨지고 있었다. 그의 앙상한 얼굴은 영락 없는 군인의, 그것도 퇴역 군인의 얼굴이었다. 그가 퇴역한 이유는 그가 일어설 때마다 확연히 드러났다. 그는 절름발이였던 것이다. 그는 재미있게 생긴 반짝이는 조그만 눈을 가지고 있었다.

"그래서?" 그가 말했다.

존 페이지 경위는 짧고, 평소에는 별로 야심이 없는 사람이었지만 지금 그는 바깥 날씨처럼 침울했다.

"국장님께서 국장보님께 경고한다고 말씀하셨습니다." 페이지가 대답했다. "전 두 가지 목적을 가지고 왔습니다. 첫 번째는 사표를 내는 것이고……."

마키스 대령이 코방귀를 뀌었다.

"……그리고 두 번째는……." 페이지가 그를 빤히 쳐다보며 말했다. "그 사표를 되돌려 주십사 하는 것입니다."

"아, 그거 괜찮군. 그런 속임수를 쓰자는 이유는 뭔가?"

경찰국장보가 말했다.

"바로 이 모틀레이크 사건 때문입니다. 도대체 이해할 수가 없어요. 제 보고서를 보면 아시겠지만……."

국장보가 말했다. "아직 안 읽어 보았네. 되도록 읽어보지 않을 작정일세. 페이지 경위, 난 이제 지겨워. 몹시 지겨워. 지겨워 죽겠단 말이야. 더구나 이 모틀레이크 사건은 별로 놀랄 만한 내용이 없는 것 같아. 물론 불행한 사건이지만." 그가 다소 황급하게 덧붙였다. "그래, 그래. 하지만 내 생각이 잘못이라면 나무라게나. 최근에 은퇴했던 모틀레이크 씨는 왕실재판소(고등법원 형사/재판소에 해당)의 판사로서 중앙형사법원에서 근무했지. 그 사람은 이른바 '피비린내 나는 사건들'을 담당하는 판사'였지. 살인이나 모살 등의 중범죄를 다루는 제1호 법정에서 재판을 맡았던 인물이었어. 얼마 전에는 화이트라는 사람에게 강도폭행죄를 적용하여 태형 15대와 중노동 18개월 형을 언도했었는데 말이야, 화이트가 그 판사에게 협박을 했지. 그건 뭐 새삼스러운 일은 아니야. 전과자들은 늘상 그런 법이니까. 한 가지 다른 점이 있다면 화이트는 감옥에서 나오자 실제로 이 협박을 실행에 옮겼단 말이야.

그자가 결국 판사를 죽였다 이거야." 마키스 대령이 낯을 찡그리며 말했다. "그런데? 그 점에 무슨 의문이라도 있다는 건가?"

페이지가 머리를 흔들었다. "아닙니다. 그럴 리가 있나요? 그 점은 저도 증언할 수 있습니다. 모틀레이크 판사는 어제 오후 5시 반에 가슴에 관통상을 입었지요. 보든 경사와 저는 그 피살 과정을 목격한 것이나 다름없습니다. 모틀레이크 판사는 자기 집 마당에 있는 정자처럼 생긴 별채에서 화이트와 단둘이 있었습니다. 다른 사람은 그를 쏘기는커녕 그에게 접근한다는 것도 절대 불가능한 상황이었습니다. 그러니 화이트가 죽이지 않았다면 이 사건은 그야말로 기괴한 사건이 되는 셈이지요. 그런데 바로 그 점이 문젭니다. 만일 화이트가 실제로 살인범이라면, 글쎄요, 그래도 역시 기괴하기는 마찬가지만."

마키스 대령의 얼굴이 새로운 만족감으로 빛났다. "계속해 보게."

"우선 사건 배경을 설명드리자면……." 페이지가 신문을 펼쳤다. 1면에 법복을 입은 죽은 판사의 사진이 커다랗게 실려 있었다. 치렁치렁한 가발 때문에 인물이 왜소해 보였다. "혹시 이분을 평소에 알고 계셨나요?"

"아닐세. 법조계에서 활동하고 있다는 소문만 들었지."

"이분은 72세에 퇴직했어요. 판사로서는 일찍 퇴직한 거죠. 이분은 전처럼 머리가 명석했던 것은 분명해요. 하지만 중요한 점은 이분이 평소에는 판사석에서 관대했다는 사실입니다. 매우 관대했단 말입니다. 실제로 이분은 아주 악질적인 사건에서도 구조편(九條鞭: 아홉 가닥의 채찍) 형벌에 반대했던 것으로 알려져 있습니다."

"하지만 그 판사는 이 화이트란 자에게 15대의 채찍 형을 언도하지 않았나?"

"그렇습니다. 그래서 더욱 이해할 수 없는 거죠."

페이지가 잠시 망설였다.

"자, 이젠 이 가브리엘 화이트란 자를 생각해 보겠습니다. 그는 전과자가 아니라 이번이 초범이라는 사실에 유의하십시오. 그는 젊고 영화배우같은 미남자인 데다가 좋은 교육을 받은 사람이기 때문에 '가브리엘 화이트'라는 이름이 본명이 아니라는 생각이 들 정도입니다.

정말로 화이트가 한 것이라면 그 강도폭행사건은 아주 괘씸한 짓이었지요. 피해자는 할머니였죠. 포플러에서 담배가게를 운영했는데 돈많은 구두쇠로 소문난 할머니였습니다. 그런데 어느 안개 낀 날 저녁에 누군가가 담배를 산다는 핑계로 그 할머니의 가게에 들어와서, 할머니의 의식을 잃게 하고 얼굴을 아주 심하게 후려갈기고 나서 돈궤에서 지폐 2파운드와 은화 몇 푼만을 꺼내 가지고 도망갔습니다. 가브리엘 화이트는 현장에서 도망가다가 붙잡혔습니다. 그의 주머니에서는 도둑맞은 지폐 중 한 장이 발견되었고 또 그가 담배를 피우지 않는 것으로 입증되기는 했지만, 뜯지 않은 담배도 한 갑 나왔습니다. 그의 변명은 자기가 길을 걸어가는데 안개 속에서 누군가가 부딪히면서 자기 주머니에 한 손을 집어 넣었다가 도망가기에 소매치기당한 줄 알았다는 거였죠. 자기도 모르게 그 사나이를 쫓아서 뛰어가다가 주머니를 만져보니 무언가가 들어 있더라는 것이었습니다. 그 직후에 경관에게 붙잡혔다는 겁니다."

여기서 페이지가 또 망설였다.

"아시는 바와 같이 공소장에는 몇 가지 허점이 있었어요. 우선 그 할머니는 그를 제대로 알아보지도 못했습니다. 전 그 사람이 유능한 변호사를 구했더라면, 그리고 그 판사만 아니었더라면 당연히 무죄 방면되었으리라고 생각합니다. 하지만 법정에서 지명해 준 훌륭한 변호사들을 마다하고 그 얼간이는 스스로 변론을 하겠다고 고집했지요. 또 법정에서 취한 그의 태도도 호감을 사지 못했습니다.

그래서 판사도 그에게 화가 났던 겁니다. 모틀레이크 판사는 배심원들이 유죄 평결을 내리도록 사실상 유도했어요. 화이트는 무슨 할 말이 없느냐는 질문에 그저 '당신은 바보다. 내가 곧 당신을 만나게 될 것이다'라고 말했을 뿐입니다.

아마 그 정도 말이면 협박으로 간주될 수 있었겠지요. 그렇지만 그 사람은 모틀레이크 판사가 침착한 태도로 태형 15대를 언도하자 거의 기절할 뻔했습니다."

경찰국장보가 말했다, "이보게, 페이지, 난 이 점이 마음에 안 들어. 상소할 이유는 없었던가?"

"화이트는 상소하지 않았습니다. 사람들은 그가 태형을 잘 참아내지 못했다고들 합니다만 그래도 그는 아무 말도 하지 않았습니다. 하지만 문제는 화이트에 관한 여러 가지 평가가 상반되고 있다는 점입니다. 사람들은 그 사람을 전적으로 두둔하거나 아니면 전적으로 헐뜯고 있어요. 그는 윔우드스크럽스 형무소에서 복역했지요. 그런데 그 형무소의 소장과 전속의사는 모두 그가 좋은 사람이라며 백방으로 그를 지원할 생각을 하고 있었습니다. 하지만 형무소 담당 목사와 그를 체포한 보든 경사는 그를 순전히 깡패라고 보고 있었어요. 어쨌거나 그는 모범수였습니다. 그래서 그는 관행대로 형기의 6분의 1을 감형받아 6주 전인 9월 24일에 출옥했습니다."

"여전히 협박을 하면서 말이지?"

페이지는 이 점에 대해서는 확고했다. "아닙니다. 물론 그는 가출옥중이었으므로 저희는 그를 계속 감시했지요. 그렇지만 어제 오후까지는 아무 일 없는 것 같았습니다. 저희는 오후 4시 정각에 한 전당포 주인에게서 가브리엘 화이트가 권총을 사갔다는 전화 연락을 받았습니다. 바로 이 총입니다."

페이지는 테이블 위에 있는 아이버-존슨 38구경 권총을 마키스 대령 쪽으로 밀어 주었다. 마키스 대령은 그 곁에 놓인 소형 자동 권총을 호기심 어린 눈으로 한 번 곁눈질해 보고 나서 그 권총을 집었다. 탄창에 든 탄환들 중에서 한 발이 발사되어 있었다.

페이지가 말을 이었다. "그래서…… 저희는 만약에 대비하여 그를 잡아들이라는 지시를 내보냈습니다. 그런데 그 지시가 나가자마자 곧 어떤 전화 연락이 왔습니다. 한 여자가 건 전화였는데 아주 히스테릭한 목소리였지요. 가브리엘 화이트가 모틀레이크를 죽이려드니 무슨 대책을 세워 달라는 얘기였어요. 그 여자는 모틀레이크 판사의 딸인 아이다 모틀레이크 양이었습니다."

국장보가 심술궂고 비꼬는 듯한 말투로 말했다. "흠……, 결론으로 비약하고 싶진 않네. 하지만 자네는 지금 아이다 모틀레이크 양은 젊고 매력적인 여자다, 가브리엘 화이트라는 이름을 가진 우리의 아도니스(그리스 여신 아프로디테의 사랑을 받은 미남 청년)는 그 여자와 잘 아는 사이다, 그리고 모틀레이크 판사도 그 태형을 언도할 당시 이 사실을 알고 있었다, 이렇게 말하려는 거겠지?"

"그렇습니다. 그러나 그 점에 관해서는 잠시 후에 말씀드리겠습니다. 그 연락을 받자 총경께서는 제가 당장 햄프스테드로 가보는 게 좋겠다고 하셨습니다. 그곳은 모틀레이크 집안이 사는 곳이지요. 그동안 보든 경사가 화이트를 담당했었기 때문에 저는 경사를 데리고 갔습니다. 우리는 경찰차에 올라타 전속력으로 달려갔습니다.

여기서 그 저택의 지세가 중요하다는 것을 말씀드려야겠군요. 그 집주위에는 꽤 넓은 땅이 있습니다. 햄프스테드 황야 주변에는 관목 숲이 자라고 있어 주택과 별장들이 부지 쪽으로 몰려 있고, 또 판사의 소유지 주위에는 높이가 4.5미터나 되는 돌담이 둘러쳐져 있습니다.

출입구는 둘뿐입니다. 정문 차도에 있는 것과 장사꾼들이 드나드는 문이죠. 정문은 로빈슨이라는 나이든 하인이 관리하는데, 이 사람은 정문 바로 안쪽에 있는 관리인 주택에 살고 있지요. 그가 저희에게 문을 열어 주었습니다. 우리가 도착했을 때는 5시 30분이 다 되어 달이 어두워지고 있었고 게다가 11월의 날씨답게 비바람이 불고 있었습니다.

관리인이 저희에게 판사가 있는 곳을 알려 주었습니다. 판사는 집에서 180미터쯤 떨어진 숲 속 정자처럼 잘 꾸민 별채에 있었지요. 그곳은 작은 집이어서 방이 둘뿐인데 그 사이에 복도가 있습니다. 판사는 그중 한 방을 서재로 쓰고 있었는데, 로빈슨은 그가 분명히 서재에 있을 거라고 하더군요. 판사는 차를 마시러 오게 되어 있는 어떤 친구를 기다리던 모양이었는데, 3시 반경에 정문에 있는 로빈슨에게 전화를 걸어 자기가 본채를 나서서 별채로 가겠다고 알렸답니다. 그래서 그 친구가 나타나면 로빈슨은 그 손님에게 곧장 별채로 가라고 알려주기로 되어 있었습니다.

보든 경사와 저는 산책길을 통해 왼쪽으로 올라갔습니다. 그러자 앞쪽에 그 별채가 보였습니다. 주위에 숲이 있었지만 별채 가까이에는 나무가 없어서 저희는 그곳을 똑똑히 볼 수 있었습니다. 집 한가운데에 문이 있고 그 위에 채광창이 나 있었는데, 문 양쪽에 창문이 두 개씩 있었습니다. 오른쪽 창문 두 개는 어두웠고, 왼쪽 방의 두 창문에서는 묵직한 커튼 틈으로 빛이 새어나오고 있었습니다. 그리고 현관에도 불이 켜져 있어서 현관문 위의 유리창을 통해 그 불빛을 볼 수 있었습니다. 그런데 바로 그때 어떤 키 큰 남자가 오른쪽 숲에서 빠져나와 곧장 현관문을 향해 뛰어가는 것이 보였습니다.

더구나 그때는 저희 등뒤에서 비바람이 불어온 데다가 천둥번개가 요란했습니다. 그 사나이가 현관문 손잡이를 잡기 직전에도 번

개가 쳤어요. 정말 굉장한 번개였습니다. 2~3초 동안 그 장소가 온통 사진관 스튜디오처럼 환했으니까요. 그때 보든 경사가 고함을 쳤지요. 그 사나이가 고함소리를 듣고 주위를 둘러보았습니다.

그건 분명히 가브리엘 화이트였어요. 번갯불빛에 분명히 보였으니까요. 그는 저희를 보자 주머니에서 리볼버 권총을 꺼냈어요. 하지만 저희에게 덤벼들지는 않고 별채 현관문을 열었는데 이때 그의 모습이 완전히 보였습니다. 저희가 서 있던 곳에서 그 조그만 현관 안이 똑바로 보였는데, 화이트는 왼쪽에 있는 서재의 문쪽으로 다가가고 있었습니다.

저희는 뛰기 시작했지요. 보든 경사는 저보다 훨씬 앞서 뛰어가면서 또 한차례 고래고래 고함을 쳤습니다.

그 소리에 판사가 창문께에 나타났습니다. 왼쪽 방에 있던 모틀레이크 씨가 현관 쪽에 가까운 창문의 커튼을 제치고 밖을 내다보았습니다.

제가 이 점을 강조하는 것은 그때까지는 속임수나 함정 같은 것이 없었기 때문입니다. 그 사람은 분명히 모틀레이크 씨였습니다. 저는 그를 법정에서 여러 번 보아서 잘 알지만 그때까지만 해도 그는 멀쩡하게 살아있었어요. 그는 창문을 조금 들어 올리고 밖을 내다보았습니다. 그의 환한 대머리가 보였습니다. 그가 '거 누구냐?' 하고 소리쳤지요. 그때 그가 무슨 일 때문인지 창문께에서 몸을 돌렸습니다. 그는 방 안으로 되돌아갔습니다.

그때 가브리엘 화이트가 서재로 통하는 복도의 문을 열고 서재로 달려 들어가서 문을 안으로 걸어 잠갔기 때문이었습니다. 보든 경사가 화이트를 쫓아갔지만 그가 당도한 것은 화이트가 문을 잠그고 몇 초 지난 뒤였습니다. 저는 반쯤 열린 창문으로 들어가는 편이 빠르겠다고 생각하고 있었는데, 그때 첫 번째 총성이 들렸습니다.

그렇습니다. 그건 첫 번째 총성이었습니다. 그 소리를 들은 것은 제가 창문에서 스무 발짝쯤 되는 곳까지 달려갔을 때였습니다. 그리고 열 발짝쯤 더 달려갔을 때 두 번째 총소리가 들렸습니다. 검은색 커튼이 조금 열려 있었기 때문에 창문에 가까이 다가가서야 방 안을 들여다볼 수 있었습니다.

방 안을 보니 왼쪽에 모틀레이크 씨가 평평한 책상 위에 얼굴을 묻고 엎드려 있었지요. 가브리엘 화이트는 방 한가운데에 서서 아이버-존슨 리볼버를 앞으로 내밀고 있었는데 멍청한 표정이었어요. 그에게는 사납거나 반항적인 또는 어떤 감상적인 표정도 찾아볼 수 없었지요. 그저 일종의 바보 같은 표정을 짓고 있었을 뿐이었어요. 그래서 말씀입니다. 제가 할 수 있는 일이라고는 창문으로 기어 들어가는 것밖에는 없었죠. 별다른 위험은 없었습니다. 화이트는 제게 관심을 두지도 않았고 심지어 그가 저를 보았는지조차 의문이었으니까요. 제가 제일 먼저 한 일은 화이트에게 달려들어 손에서 권총을 빼앗는 일이었습니다. 그 다음에 저는 복도로 통하는 문의 자물쇠를 열었지요. 모든 경사는 그때까지도 문을 두드리고 있다가 제가 열어주니까 방 안으로 들어설 수 있었습니다.

그 다음에 저는 모틀레이크 판사의 시신 쪽으로 가보았습니다.

그는 커다란 책상 위에 얼굴을 묻고 엎드려 있었어요. 책상 위로는 천장에 중국의 용처럼 생긴, 놋쇠로 만든 커다란 전등이 매달려 있었고 그 안에는 밝은 전구가 들어 있었습니다. 그 전등이 책상 위에 빛을 쏟아붓고 있었는데 그것이 방 안의 유일한 조명이었습니다. 판사의 왼쪽에는 작동하지 않는 구술용 녹음기가 고무 덮개가 벗겨진 채 놓여 있었습니다. 판사는 완전히 죽어 있었지요. 그는 아주 가까운 거리에서 쏜 총탄이 심장을 관통하여 거의 즉사한 상태였습니다. 총성이 두 번 있었지요. 그중 한 발은 그를 죽였고,

그리고 또 한 발은 구술용 녹음기에 달린 통화관의 유리 주둥이 부분을 박살내고 ㄱ 뒤쪽의 벽에 박혀 있었습니다. 이 탄환은 나중에 제가 파냈습니다.

제가 그린 도면을 보시면 방의 구조를 잘 아실 수 있을 겁니다. 커다란 정방형 방인데 가구는 주로 책장과 가죽 의자들이지요. 벽난로는 없었지만 북쪽 벽에는 전기 난로가 켜진 채 박혀 있었습니다. 서쪽 벽에는 창문이 두 개 있었는데, 이 창문들은 모두 안으로 걸어 잠그고 그 위에 나무로 만든 묵직한 덧문이 역시 안쪽에서 잠겨 있었습니다. 남쪽 벽에도 창문이 두 개 있는데, 그중 하나는 잠긴 채 덧문까지 닫혀 있었고 다른 하나는 제가 그 방으로 들어간 바로 그 창문이었지요. 방에서 나갈 수 있는 출구는 단 하나, 복도로 통하는 문밖에 없었습니다. 그러나 이 문은 화이트가 뛰어들어가 걸어 잠근 직후부터 모든 경사가 계속 감시하고 있던 문입니다.

물론 이 모든 것은 상투적인 상황입니다. 우리는 결론을 알고 있었어요. 그 방에서는 아무도 나갈 수 없었으니까요. 우리는 늘 하던 대로 방 안을 샅샅이 살펴보았지만 숨어 있는 사람은 아무도 없었습니다. 가브리엘 화이트가 총 두 방을 쏘아 한 발은 그 노인을 죽였고, 다른 한 발은 빗나가서 벽에 박혔던 거지요. 모든 것이 다 순조롭게 풀려갔습니다. 제가 언뜻 생각이 나서 늘 하던 대로 그 아이버-존슨 권총을 열고 탄창을 들여다보기까지는 말입니다."

"그래서?" 마키스 대령이 물었다.

"글쎄요." 페이지 경위가 무뚝뚝하게 내뱉었다. "화이트의 권총에서 발사된 탄환은 한 방뿐이었습니다."

페이지는 자기 상사가 이 이야기에 흥미를 느끼고 있음을 직감했다. 마키스 대령은 허리를 펴고 꼿꼿이 앉아 있었고 얼굴에서는 그 비꼬는 듯한 표정이 사라지고 있었다.

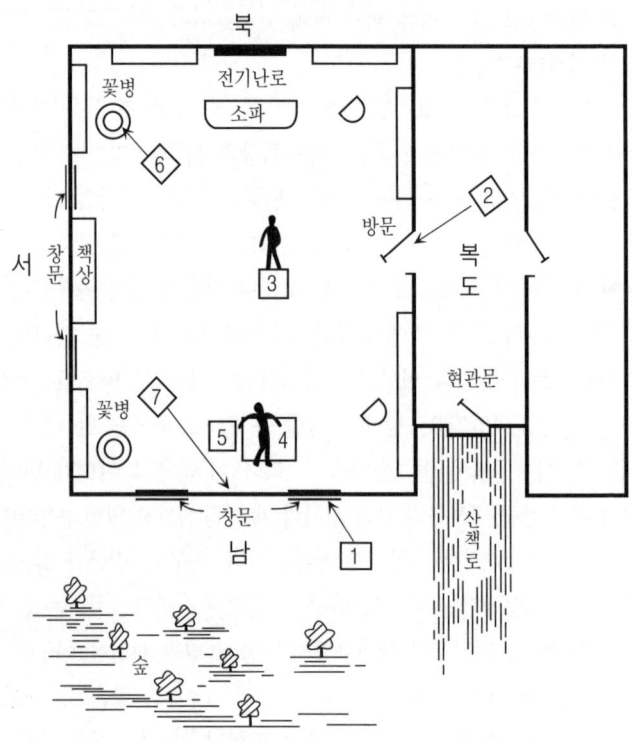

1. 페이지 경위가 들어간 창문
2. 바깥에서 보든 경사가 서 있던 방문
3. 경찰이 들어갔을 때 화이트가 서 있던 위치
4. 책상 위에 엎드린 시체의 위치
5. 구술용 녹음기
6. 브라우닝 32구경 자동 권총이 발견된 꽃병
7. 아이버-존슨 38구경 리볼버의 탄환이 박힌 벽

"훌륭해." 그가 이렇게 말하며 다시 담뱃불을 붙여 물었다. "경위, 난 격식을 차리지 않는 자네의 보고 스타일이 마음에 든단 말이야."

페이지는 이 말을 어떻게 받아들여야 할지 확신이 서지 않았지만 어쨌든 한 번 씽긋 웃고 나서 말을 이었다.

"솔직히 말씀드리자면 저희는 도무지 감이 잡히지 않았습니다. 총은 지금 보시는 그대로였습니다. 실탄은 한 발밖에 발사되지 않았단 말입니다. 물론 이론적으로는 그가 방 안에 걸어 들어가서 한 발을 쏜 다음에 탄창을 조심스럽게 열어 탄피를 꺼내서 다른 총알로 바꾸어 끼운 뒤에 그것을 발사하면 탄창의 상태가 지금처럼 될 수도 있겠지요."

"말도 안 돼." 마키스 대령이 내뱉었다.

"그렇습니다. 처음부터 탄창이 가득 차 있었는데 왜 그런 정신나간 짓을 하겠습니까? 더구나 그는 그렇게 하지도 못했습니다. 그가 그런 행동을 했다면 우선 탄환의 탄피가 나왔어야 하는데 그의 몸이나 그 방의 어디에도 그런 탄피는 없었으니까요. 우린 그 점을 확인했습니다."

"피의자는 뭐라고 하던가?"

페이지가 주머니에서 수첩을 꺼내서 뒤적거렸다.

"그의 증언 내용을 그대로 읽어드리겠습니다. 다만 그는 건강이 매우 나쁜 상태여서 진술 내용에 모순된 점이 많았습니다. 저는 우선 그에게 그의 진술 내용을 기록하여 증거로 사용할지도 모른다는 점을 알려 주었습니다. 진술 내용은 다음과 같습니다."

문 : 어쨌든 당신이 그를 쏜 것 아니오?
답 : 모르겠습니다.
문 : 모르겠다니, 그게 무슨 소리요? 당신이 그를 쏜 것은 사실이

지 않소?

답 : 쐈지요. 하지만 일이 온통 이상하게 돌아갔단 말입니다. 모르겠습니다.

문 : 그럼 당신은 그에게 총을 두 번 쐈지?

답 : 아뇨, 그렇지 않아요. 정말이지 전 두 번 쏘지는 않았어요. 전 그에게 단 한 번 쏘았을 뿐입니다. 제가 쏜 총알이 그에게 맞았는지도 알 수 없습니다. 어쨌든 그는 쓰러지지는 않았으니까요.

문 : 당신은 지금 총격이 한 번밖에 없었다고 말하려는 거요?

답 : 아니, 아닙니다. 총성은 분명히 두 번 있었어요. 저도 들었습니다.

문 : 당신이 쏜 것은 그중 어느 것이지?

답 : 첫 번째 것입니다. 저는 방 안에 들어서자마자 그 늙은이에게 총을 쐈습니다. 그는 그때 막 창문에서 몸을 돌려 저에게 두 손을 내밀고 있었는데 그때 제가 그에게 총을 쐈습니다.

문 : 그럼 그때 방 안에 누군가 다른 사람이 있다가 두 번째 총격을 가했단 말인가?

답 : 모르겠습니다.

문 : 그럼 당신은 방 안에 다른 사람이 있는 걸 봤소?

답 : 못 봤습니다. 불빛이라고는 책상 바로 위에서 비치는 것밖에 없었기 때문에 보이지가 않았습니다.

문 : 방 안에서 누군가가 당신 바로 코앞에서 총을 쏘았더라도 당신은 그 사람이나 총, 아니면 그 밖의 아무것도 보지 못했을 거라는 거요?

답 : 모르겠습니다. 그저 방금 말씀드린 대로입니다. 제가 그 늙은이에게 총을 쏘았을 때 그는 쓰러지지 않았습니다. 그 늙은이

는 제게서 도망가려고 다른 창문 쪽으로 뛰어가기 시작하면서 제게 고함을 질렀습니다. 그때 두 번째 총성이 들렸습니다. 그는 걸음을 멈추고 두 손으로 가슴을 감싸더니 다시 앞으로 두어 발짝 내딛다가 얼굴을 책상 위에 묻고 쓰러졌습니다,
문 : 그 총성은 어느 방향에서 들렸소?
답 : 모르겠습니다.

"제가 이 신문을 막 마치고 났을 때 보든 경사가 새로운 사실을 발견했습니다. 보든은 그동안 서쪽 벽 근처를 서성거리고 있었는데 그쪽에는 양쪽 구석에 엄청나게 큰 노란색 자기 꽃병이 한 개씩 놓여 있었습니다(도면 참조). 보든은 그중 서북쪽 모퉁이에 있는 꽃병을 들여다보았습니다. 그리고 거기서 탄피 한 개를 집어올렸습니다.

물론 보든도 처음에는 그게 우리가 찾던 아이버-존슨 리볼버에서 나온 탄피라고 생각했지요. 그러나 저는 그 탄피를 보는 순간 금방 그 탄피가 우리가 찾던 것이 아님을 알아챘습니다. 그것은 32구경 자동 권총의 탄피였습니다. 그래서 그 꽃병을 뒤졌더니 그 안에서 이 총이 나왔던 겁니다."
페이지는 여기서 다시 한 번 쓴웃음을 지으며 책상 위로 그 브라우닝 32구경 자동 권총을 밀어주었다.
"이 권총은 꽃병 바닥에 있었습니다. 누군가가 떨어뜨려 넣은 것이죠. 그 꽃병은 키가 아주 커서 팔이 바닥에 닿지 않았습니다. 하지만 판사가 별채로 가져온 우산이 있었는데 그 우산이 복도 벽에 기대어 놓여 있더군요. 그래서 우리는 그 우산 손잡이로 그 총을 낚아 올렸지요.

총신의 냄새로 보아 그 브라우닝 32구경 권총은 사격한 지 5분

도 채 지나지 않은 것이었습니다. 클립을 보니 총알이 한 개 없어졌더군요. 그 총탄에서 떨어져 나온 탄피는 꽃병 옆에 떨어져 있었습니다. 손으로 만져보니 아직 약간 미지근했습니다. 다시 말씀드리자면 그것은 금방 발사된 총탄의 탄피였습니다."

페이지가 책상 모서리를 손가락으로 톡톡 두드렸다.

그가 말을 이었다. "따라서 두 번째 총탄은 이 브라우닝 자동 권총에서 발사되었다는 것이 절대로 확실합니다. 그리고 그 총탄은 누군가가 방 안에서 발사한 것이라는 것, 그리고 총격 뒤에 누군가가 그 총을 꽃병 안에 떨어뜨렸다는 것도 틀림없습니다."

"그를 죽인 총탄은 어느 것인가?"

"그것이 핵심 문제입니다만, 저희는 아직 모르겠습니다."

상대방이 언성을 높였다. "모르겠다고? 그건 아주 쉬운 문제일텐데. 총알은 38구경 리볼버의 것과 32구경 자동 권총의 것, 두 개가 있지. 그중 하나는 판사의 몸 속에 들어가 있고 다른 하나는 벽에 박혀 있단 말이야. 자넨 벽에서 탄환을 한 개 파냈다고 했지? 그건 어느 것이었나?"

페이지가 주머니에서 꼬리표를 단 봉투를 꺼낸 다음에 거기서 조그만 납 탄환 한 개를 쏟아놓았다. 납작해지고 일부가 깎여나간 상태였다.

"이것이 벽에 박혀 있던 것입니다." 그가 말했다. "벽돌로 쌓은 벽이었기 때문에 탄환이 약간 떨어져 나갔지요. 그래서 무게는 정확하게 확인할 수가 없고, 아주 확실한 것은 아니지만, 저는 이것이 화이트의 아이버-존슨 리볼버에서 나온 38구경 탄환임이 거의 틀림없다고 보고 있습니다. 단지 블레인 박사의 검시 결과가 나올 때까지 기록을 보류하고 있을 뿐입니다. 블레인 박사는 오늘 아침에 검시하기로 되어 있습니다."

마키스 대령이 빙그레 웃다가 다시 아주 엄숙한 표정을 지었다.

그가 말했다. "자넨 주도면밀하구먼, 경위. 그렇지만 자넨 지금 우리가 어디까지 와 있다고 생각하나? 만일 그 탄환이 38구경인 것으로 밝혀진다면 그건 가브리엘 화이트가 발사해서 빗나간 것이겠지. 거기까진 좋아. 하지만 그 다음엔 어떤 일이 일어났을까? 자네 설명대로라면 그 불과 몇 초 뒤에 누군가가 브라우닝 자동 권총으로 모틀데이그 씨를 살해했다, 이거지? 그건 그렇고 브라우닝 자동 권총에 지문은 남아 있었는가?"

"없었습니다. 하지만 그 당시 화이트는 장갑을 끼고 있었습니다."

마키스 대령이 눈썹을 치켜올렸다. "알겠네. 자넨 결국 두 번 다 쏘았을지도 모른다고 생각하고 있는 것이겠지?"

"그럴 가능성을 생각하는 것이지요. 그 사람은 애당초 총을 두 자루 가지고 별채로 가서 판사를 죽인 두 번째 총탄을 누군가 다른 사람이 쏜 것으로 우리가 믿도록 하기 위해 고의적으로 일을 모두 꾸며 놓았을지도 모르지요. 그렇지만……."

"그런데도 '그렇지만'이라니 거 대단하구먼." 마키스 대령이 투덜거렸다. "나도 같은 생각이네. 만일 그가 정말로 그처럼 정교한 속임수를 쓸 생각이었다면 그 방이 상자처럼 봉해져 있지 않은지 조심해서 확인했어야 했겠지. 경찰의 바로 눈앞에서 총을 쏴댄 그의 행동은 어쩐지 순교자가 되려는 고의적인 시도처럼 보인단 말이야. 그건 그럴듯한 일이지. 세상에는 괴짜가 많으니까. 하지만 그런 상황에서 총을 두 개 사용한다는 건 정신이상이라고 봐야겠지. 가브리엘 화이트가 괴짜든 아니든, 자네도 그가 그 정도로 심하게 미쳤다고 생각하고 있지는 않겠지?"

페이지는 난처했다. "동감입니다. 또 그가 '연기'를 했다고 하는 사람들도 있지만, 제가 창문으로 들여다 보았을 때 화이트의 얼굴 표정이 아주 성실했다고 단언할 수 있습니다. 살아 있는 배우 중에 그런 연기를 할 수 있는 사람은 없을 겁니다. 그 사나이는 놀라서, 자기가 본 상황에 정신이 반쯤 나가서 몸을 비틀거리고 있었습니다. 하지만 문제는 이겁니다. 저희가 달리 또 어떻게 생각할 수 있겠습니까? 말씀하신 대로, 그 방은 상자처럼 봉해져 있었지요. 그러니까 화이트가 두 발을 다 쏜 겁니다. 다른 사람은 쏠 수 없었으니까요."

"다른 가능성은 생각해 보지 않았나?"

"생각해 봤습니다." 페이지가 말했다.

"아, 내 그럴 줄 알았네. 그래서?" 마키스 대령이 말했다.

"화이트가 어떤 사람을 감싸주고 있을 가능성이 있습니다. 예를 들어, 어떤 사람이 브라우닝 자동 권총을 가지고 그 방에 함께 있었다고 가정해 볼 수 있지요. 화이트는 총을 쏘지만 총알이 빗나갑니다. 그러자 미지의 X가 총을 쏴서 목적을 달성합니다. 그리고 나서 X는 경찰이 문간에 와 있어서 서쪽 벽에 난 창문 중의 하나로 뛰어나가고, 화이트가 그 창문과 덧문을 걸어 잠그는 거지요."

그가 눈을 들어보니 상대방이 고개를 끄덕이고 있었다.

마키스 대령이 말했다. "그래, 맞아. 한데 말야, 화이트가 판사를 죽이지 않았다고 한 번 가정해 보자구. 다른 사람들의 신상에 관한 정보를 좀 알아보는 게 어떨까? 화이트 말고 또 그를 죽이고 싶어할 사람이 있을까? 그의 집안 사람이나 친구들은 어떤가?"

"집안 사람이라야 몇 명 안 됩니다. 판사는 홀아비였지요. 늦장가를 갔는데 부인이 5년 전에 세상을 떴어요. 딸이 두 명 있지요. 큰딸은 캐럴린(28살)이고 작은 딸은 아이다(25살)입니다. 하인들을 빼고 나면 그 밖의 집안 사람이라고는 페니라는 노인 한 사람뿐입니다. 그 사람은 여러 해 동안 판사의 법률서기로 일했는데, 모틀레이크 판사가 은퇴한 후 《법조계 50년》인가 하는 책의 집필 문제로 불려 왔답니다."

"친구들은 어떤가?" 마키스 대령이 물었다.

"가까운 친구는 단 한 명뿐입니다. 아까 제가 말씀드렸지요. 어제 오후 그 판사의 친구 한 사람이 차를 마시러 오기로 되어 있었고, 또 판사는 그가 도착하면 곧장 별채로 오도록 하라고 일러 두었다고 제가 말씀드린 걸 기억하시겠어요? 가까운 친구란 바로 그 사람인데 모틀레이크 씨보다 나이가 훨씬 젊습니다. 그런데 흥미 있는 점은 이 사람이 형사 사건 변호사들 중에서 가장 유명한 앤드루 트래버스 경이라는 사실입니다."

경찰국장보가 눈을 부릅떴다.

"거 흥미 있구먼. 트래버스라, 그래. 난 그를 개인적으로는 모르지만 그가 어떤 사람인지는 잘 알지. 그래 트래버스가 어제 오후 다과에 초청받았단 말이로군. 그 사람이 실제로 거기 왔었는가?"

"안 왔습니다. 늦어서 나중에 전화한 것으로 알고 있습니다."

마키스 대령이 곰곰이 따져보았다. "집안 식구들은 어떤가? 자네가 그 사람들을 모두 다 만나보지는 않았을 테지. 하지만 그중 한 사람이 두드러져 보이는군. 자넨 그 집 작은딸 아이다가 자네에게 가브리엘 화이트가 자기 아버지를 죽이려 한다고 말했다고 했지? 또 그 여자가 화이트를 개인적으로 알고 있는 것 같다고도 했지?"

"그렇습니다. 제가 아이다 모틀레이크 양을 만나봤습니다. 그 여자는 그 집 식구들 중에서 제가 유일하게 만나본 사람입니다. 캐릴린 모틀레이크 양과 서기인 페니는 어제 오후에 모두 외출중이었거든요. 그 여자에 대한 제 솔직한 의견을 말씀드릴까요? 정말 굉장한 여자입니다."

"자네 말 뜻은 위엄있는 여자란 말인가, 아니면 단지 멋진 여자란 말인가?"

"위엄 있는 여자냐구요? 전혀 그렇지 않아요." 페이지가 대답했다. 그는 자기가 큰 감명을 받은 것은 사실이라고 했다. 그는 별채보다 크고 장식이 요란한 본채에 갔을 때 아이다 모틀레이크가 창백한 얼굴로 층계를 내려와 그를 맞이했다면서 이렇게 덧붙여 말했다. "그 여자는 별채에서 일어난 일과는 전혀 상관없는 것이 확실합니다. 그 여자에게는 도무지 현실적이라거나 현대적인 데가 없으니까요. 그저 아름다울 뿐입니다."

"알겠네. 어쨌든 그 여자를 신문하기는 했겠지? 그 여자가 화이트와 어떤 관계인가를 물어보았겠지?"

"실은 그 여자를 꼼꼼하게 신문하진 않았습니다. 짐작이 가시겠지만 그 여자는 충격을 받은 상태였고 게다가 자초지종을 오늘 이야기해 주겠다고 약속했기 때문이죠. 아이다는 화이트를 알고 있다는 것은 시인했지만, 그저 약간 알 뿐이라며 그를 별로 좋아하지 않는다고 하더군요. 아마도 화이트가 은근하게 대했던 것 같습니다. 아이다는 첼시의 어떤 스튜디오에서 열린 파티에서 그를 만났다고 하는데……."

마키스 대령의 얼굴이 늑대처럼 이를 드러낼 때면, 마치 구운 돼지의 살갗처럼 얼굴에 잔주름이 생기는 것 같았는데 지금이 바로 그랬다. 그는 여전히 똑바로 앉아서 차가운 눈으로 페이지를 뜯어보았다.

"경위, 지금까지 자네의 보고는 우수했으니 내 논평은 삼가겠네. 난 젊은 그 아가씨가 나쁘다고 말한 적이 없네. 내가 알고 싶은 것은 단지 자네가 왜 그 여자가 이 사건과 관계없다고 그처럼 확신하고 있느냐 하는 것일세. 자네도 화이트가 누군가를 감싸주고 있을 가능성이 있다고 시인했지? 자네 스스로 그때 방 안에 누군가 다른 사람이 있다가 총격이 있은 후 창문으로 빠져나가고 그 뒤에 화이트가 창문을 걸어 잠갔을지도 모른다고 시인하지 않았나?"

"제가요?" 페이지는 이 늙은이를 한방 먹이게 된 것을 즐거워하는 듯했다. "대령님, 전 그런 말씀을 드린 기억이 없는데요. 그럴 가능성을 생각해 볼 수도 있다는 것뿐이지요. 나중에 저는 그럴 가능성이 없다는 것을 알게 되었습니다."

"무슨 얘기야?"

"총격 사건을 전후해서 저는 남쪽 창문 두 개를 지켜보고 있었지요. 아무도 그 두 창문으로는 나온 사람이 없었습니다. 보든 경사는 방문을 지켜보고 있었지요. 남아 있는 유일한 탈출구는 서쪽 창문들뿐입니다. 하지만 관리인 로빈슨에게 들은 바로는 그 서쪽 창문들은 지난 1년 동안 아무도 손을 대지 않았답니다. 이 두 창문들은 창틀이 헐거워져서 외풍이 들었던 모양입니다. 판사는 주로 저녁 때에만 별채를 사용했는데 외풍을 싫어했다더군요. 그래서 항상 창문을 걸어 잠그고 덧문도 빗장을 걸어 두었다고 합니다. 실제로 보든과 제가 검사해 보니 창문 자물쇠는 아주 심하게 녹슬어서 둘이 힘을 합쳐야 간신히 움직일 수 있을 정도였습니다. 창문 바깥쪽의 덧문들도 빗장이 녹슬어 전혀 움직일 수 없었습니다. 그러니 그럴 가능성은 전혀 없는 것이지요."

마키스 대령의 말이 부드러워졌다.

"그럼 우린 다시 원점으로 되돌아간 거지?"

"그런 것 같습니다. 실제로 그 방은 완전히 봉해져 있었어요. 사각형의 네 변 중에서 한 변은 맨벽이고, 또 한 변은 녹슨 빗장 때문에 출입이 불가능하고, 나머지 두 변은 우리가 감시하고 있었으니까요. 우린 가브리엘 화이트가 두 발 다 쐈다고 믿을 수밖에 없어요. 아니면 미쳐 버리거나."

경찰국장보의 책상 위에 놓인 전화기가 요란스럽게 울렸다. 마키스 대령이 좀 귀찮은 듯이 전화를 받았지만 표정이 곧 달라졌다. 그가 전화기의 송화구를 한 손으로 가리고 물었다.
 "지금 화이트는 어디 있나? 물론 그를 붙들어 놓고 있겠지?"
 "물론입니다. 지금 아래층에 있습니다. 그 사람을 한 번 만나보시겠습니까?"
 "두 사람 모두 들여 보내게." 마키스가 전화기에 대고 이렇게 말한 다음 만족한 표정으로 수화기를 놓았다. 그리고 페이지에게 말했다. "손님이 찾아왔네. 아니, 일어서지 말게. 아이다 모틀레이크 양과 앤드루 트래버스 경이 지금 오고 있으니까."

 페이지는 자기가 아이다 모틀레이크에 관해 묘사하면서 너무 과장했을지도 모르겠다고 걱정했지만 막상 그 여자가 나타나니 마음이 놓였다. 이제 두 번째 만나보는 그녀는 드레스덴 도자기처럼 차고 섬세한 처녀였다. 키는 큰 편이었지만 전혀 커 보이지 않았다. 피부는 매우 하얗고, 선명한 노랑머리 위에 꼭 맞는 검은 모자와 짧은 베일을 썼으며, 눈은 파랬다. 그리고 페이지의 판단력을 흐리게 할 만한 미소를 지니고 있었다. 그녀는 밍크코트를 입고 있었는데 페이지가 보기에 값이 1천 5백 기니는 족히 될 것 같았다.
 이 때문에 그는 기가 죽었다. 그는 그제서야 판사가 죽고 나니 아이다 모틀레이크 양이 큰 부자가 되었으리라는 데 생각이 미쳤다.
 "마키스 대령님이신가요?" 아이다가 얼굴에 홍조를 띠며 말했다. "전 또⋯⋯."
 아이다의 뒤쪽에서 난 헛기침 소리가 그녀의 말을 가로막았다. 그곳에는 키가 우뚝한 남자가 서 있었다. 페이지는 이때 가발과 법복을 벗은 앤드루 트래버스의 모습을 처음 보았지만, 법정에서 보던 그 특유의 젠체하는 버릇은 사생활에서도 마찬가지였다. 그런 버릇이 아주 체질화된 것이 분명했다. 앤드루 트래버스 경은 육중한 머리에 육중

한 가슴, 핏기 없는 뺨과 신비에 싸인 듯한 눈을 가지고 있었다. 뻣뻣한 검은 머리는 숱이 많아서 길게 자랄 수 있었겠지만 귀 바로 위에서 짧게 잘려 있었다. 그는 위압적인 몸집이었지만 그래도 상냥한 데가 있었다. 그는 짙은 색 외투를 입고 있었는데 회색 넥타이가 드러나 보였다. 그리고 의례적으로 실크해트와 장갑을 손에 들고 있었다. 그의 낭랑한 목소리가 방 안을 울렸다.

"마키스 대령, 이처럼 충격적인 사건을 겪은 모틀레이크 양의 심정을 충분히 이해하실 줄 믿습니다. 난 불쌍한 모틀레이크의 개인적인 친구의 자격으로 이 자리에 동석하고자 하오만……."

마키스가 의자를 가리키자 페이지는 얼른 일어나 벽을 등지고 차렷자세로 섰다. 아이다가 그를 알아보고 미소를 건넸다. 앤드루 트래버스 경이 의자에 앉아 아주 거만한 태도로 말했다.

"솔직히 말하자면, 마키스 대령, 우리가 여기 온 것은 정보를 얻기 위한 것입니다만……."

"오, 아니에요." 아이다가 말했다. 그녀의 얼굴이 다시 붉어지며 눈이 빛났다. "그게 아니에요. 그저 가브리엘 화이트가 아버지를 살해했다고는 믿을 수 없다고 말씀드리고 싶어서 온 거예요."

트래버스는 다소 당혹스러워하는 것 같아 보였고 마키스 대령은 아주 느긋해졌다. 그가 트래버스에게 직접 말했다.

"자초지종을 잘 알고 계시겠지요?" 그가 물었다.

"유감이오만 여기서 읽은 내용뿐입니다." 트래버스는 이렇게 말하면서 손을 내밀어 신문을 가리켰다. "내가 좀 미묘한 입장에 있음을 이해해 주실 줄 믿습니다. 나는 단순한 사무 변호사가 아니라 법정 변호사요. 하지만 지금은 단지 모틀레이크 양의 친구로서 여기 와 있을 뿐이오. 솔직히 말해 이 남자가 유죄라는 데 어떤 의문점이라도 있소?"

경찰국장보가 말했다. "의문점이 있다면 그건 좀 터무니없는 의문점이라고밖에 할 수 없겠지요. 그러니 모틀레이크 양께서 몇 가지 질문에 대답해 주실 수 있을까요?"

"물론 대답하겠어요." 처녀가 냉큼 대답했다. "그것이 제가 여기 온 목적인 걸요. 앤드루는 제게 질문에 응하지 말라고 했지만 말이에요. 전 가브리엘 화이트가 그런 짓을 할 사람이 아니라고 말씀드리고 싶어요."

"좀 무례한 질문입니다만, 그 사람에게 관심이 있으신가요?"

그녀가 얼굴이 더욱 빨개지면서 진지하게 말했다. "아니, 아니에요! 정말이지, 전 대령님께서 지금 말씀하신 그런 관심은 없어요. 그런 것이라면 전 오히려 그 사람을 싫어해요. 그 사람이 저를 매우 친절히 대해주기는 했지만 말이에요."

"하지만 아가씨는 그 사람이 아주 잔인한 강도폭행죄를 짓고 태형과 금고형을 선고받았던 사람이라는 건 알고 계시지요?"

"네, 알고 있어요." 그 여자가 침착하게 대답했다. "그 일은 모두 알고 있어요. 그 사람이 저에게 말해 주었으니까요. 물론 그는 결백해요. 아시겠지만 그건 가브리엘답지 않아요. 그는 그런 짓을 하기에는 너무 이상주의자예요. 그런 짓은 그 사람의 모든 신념에 정면으로 배치되는 것이니까요. 그는 전쟁을 증오하고 온갖 폭력을 증오했어요. 그는 전쟁과 폭력과 사형제도에 반대하는 단체에 가입하고 있어요. '유토피언스'라는 정치단체가 있는데, 그는 이 단체의 주요 회원으로 있어요. 그는 그것이 미래의 정치학이라고 하더군요. 기억하시나요? 그가 재판받을 때 검사는 그 가난한 할머니가 강도를 당하던 그날 밤 존경할 만한 시민께서는 포플러 거리 같은 빈민가에서 무엇을 하고 있었느냐고 물었었지요? 그때 그 사람은 답변을 거부했어요. 그래서 혐의가 더 굳어졌던 거예요." 아이다는 숨도 쉬지 않고 일사천리로 말을 이었다. "사실은 그 사람은 그때 '유토피언스'의 모임에 가던 중이었어요. 하지만 그 단체의 회원은 대개 아주 가난한 사람들이고 외국인들도 많아요. 가브리엘은 그때 자기가 대답을 했더라면 배심원들은 그 회원들을 무정부주의자들로 간주해 버리고 말았을 거라고 말했어요. 그렇게 되면 그가 더욱 불리한 처지에 몰리게 된다는 것이었어요."

"흠……." 마키스 대령이 잠시 뜸을 들였다가 말했다. "모틀레이크 양은 그 사람을 안 지 얼마나 되셨소?"

"거의 3년쯤 될 거예요. 제가 그를 알게 된 것은 그가 형무소에 가기 1년쯤 전이었으니까요."

"그 사람의 직업을 아는가요?"

"그 사람은 미술가예요."

"아가씨의 말과 맞지 않는 일이 한 가지 있소." 마키스 대령이 자기 손을 들여다보며 계속 추궁했다. "모틀레이크 양, 아가씨는 화이트가 아버지를 살해할 사람이 아니라고 단정하는군요. 하지만 내가 알기로는 아가씨는 어제 오후 4시 반에 이곳에 전화를 걸어 아버지를 보호할 사람들을 보내 달라고 부탁하면서 화이트가 아버지를 죽이겠다고 협박했다고 말했지요? 내 말이 맞습니까?"

"그렇게 말한 건 사실이에요." 그녀는 조금도 흔들림이 없이 놀랄 만큼 담담하게 말했다. "하지만 전 물론 그 사람이 실제로 살인하리라고 생각해 본 적은 없어요. 전 그때 겁에 질려 허둥대고 있었어요. 제가 어제 오후 가브리엘을 만난 건 3시 반에서 4시 사이일 거예요. 저는 노스엔드로드를 조금 내려가다가 가브리엘을 보았어요. 그는 고개를 숙이고 걷고 있더군요. 제가 차를 세웠죠. 처음에 그는 저에게 말을 하지 않으려 했어요. 그러나 그때 마침 차가 '라이언즈 식당' 바로 앞에 서 있었어요. 그는 퉁명스런 말투로 '아, 들어가서 차나 한잔

합시다' 하고 말하더군요. 우린 차를 마셨어요. 그는 처음에는 말이 별로 없더니 마침내 제 아버지에 대해 분노를 터뜨렸어요. 그는 제 아버지를 죽이겠다고 말했어요."

"그런데도 섬뜩한 느낌을 받지 않았단 말인가요?"

"가브리엘은 늘 그런 식으로 말하니까요. 하지만 전 그런 공공의 장소에서 소동을 벌이고 싶지 않았어요. 그래서 마침내 '좋아요, 좀더 점잖게 행동하실 수 없다면, 전 그만 가보는 게 좋겠군요' 하고 말했지요. 저는 테이블 위에 팔꿈치를 괴고 앉아 있는 그를 남겨두고 나왔어요. 그런데 그 무렵부터 비가 내리고 번개가 치기 시작해서 저는 폭풍우를 만날 게 겁이 났어요. 그래서 도서관에서 책을 빌리자마자 곧장 차를 몰고 집으로 돌아왔어요."

"그래서요?" 그녀가 망설이자 마키스 대령이 말을 재촉했다.

"그래서 저는 문지기인 로빈슨에게 아무도 집에 들이지 말라고, 심지어 장사꾼들의 출입문으로도 어느 누구라도 절대로 들이지 말라고 일렀어요. 집 주위에는 깨진 유리가 박힌 높은 담이 쳐져 있었기 때문에 저는 지금도 가브리엘이 어떻게 들어왔는지 알 수 없네요. 전 집 안으로 들어갔습니다. 그때 저는 집안에 아무도 없고 바깥에는 폭풍이 불고 있었기 때문에 더욱 겁에 질려 있었던 것 같아요. 그래서 마침내 전화기를 집어들고 나서……." 여기서 그녀는 의자에 기대고 앉아서 숨을 거칠게 쉬었다. "전 머리가 뒤죽박죽이었던 거예요. 그게 전부예요."

"부친께선 화이트를 알고 계셨죠, 모틀레이크 양?" 마키스가 물었다. 그녀는 난처해했다. "예, 알고 계셨던 게 분명해요. 적어도 제가 가브리엘을 만난다는 사실도 알고 계셨어요."

"그래서 부친께서 좋다고 하시던가요?"

"아니에요. 왜 그러셨는지는 모르겠지만."

"그래서 아가씨는 부친께서 태형을 언도하신 데는 어떤 개인적인 동기가 있었다고 생각하는군요?" 이때 트래버스가 입을 열려고 하자 마키스가 얼른 말을 이었다. "모틀레이크 양, 이 질문에는 대답을 하지 않아도 됩니다. 앤드루 경께서 대답하지 말라고 말씀하시려 하는군요. 하지만 피고 측은 가능한 한 모든 도움을 필요로 하리라는 생각이 드는군요. 아가씨는 화이트에게 유리한 여러 가지 말을 하셨지만 그 사람은 자기가 총을 한 방 쐈다고 시인하고 있어요. 그 점을 알고 계시는지요?"

그녀의 파란 눈이 커지고 얼굴에서 핏기가 가시면서 그녀는 잠깐 동안 맥이 풀린 나른한 표정이 되었다. 그녀가 페이지를 흘끗 보았다.

"아니에요, 몰랐어요. 하지만 그건 끔찍한 일이에요! 그 사람이 정말로 그런 짓을 했다고 시인한다면⋯⋯."

"아니, 그 사람은 아가씨 부친을 실제로 살해한 그 총알을 자기가 쐈다고는 시인하지 않고 있어요. 그게 문제예요." 마키스 대령이 매우 빠른 속도로 사건의 개요를 설명해 주었다. "그러니 우리는 화이트를 기소하거나 아니면 경위의 말대로 미쳐 버릴 수밖에 없을 것 같아요. 그밖에 누구 부친을 살해하고 싶어할 만한 사람이 생각납니까?"

"그럴 만한 사람이 달리 또 있을 리가 없어요. 오히려 아버지가 공직생활을 할 때는 모든 분이 아버지를 좋아했어요. 저의 아버지가 너그러운 분이라는 소문은 들으셨을 거예요. 아버지에게 재판받은 사람들 중에 원한을 품은 사람은 없었어요."

"그럼 사생활에서는요?"

이 질문이 그녀를 놀라게 한 것이 분명했다. "사생활이라니요? 원 세상에! 절대로 없어요! 물론 때로는⋯⋯." 그녀가 망설였다. "⋯

"…제가 이런 말을 해도 상관없겠지요? 때로는 까다로우셨어요. 아버지는 훌륭한 인도주의 원칙을 지켰고 또 항상 좋은 세상을 만들기 위해 애썼지만, 저는 때로는 아버지가 법정이나 연회석상에서 좀 덜 점잖으시고 집안에서는 좀더 인도적이셨으면 하고 바랐어요. 제 말을 오해하지는 마세요! 아버지는 훌륭한 분이었고, 제 기억에 평생 동안 우리에게 심한 말을 한 적이 한 번도 없었어요. 하지만 아버지는 훈계하기를 좋아했어요. 줄곧 그 잔잔하고 느긋한 목소리로 말이에요. 하지만 그건, 아마도 우리를 위해서였겠죠."

페이지는 이때 처음으로, 너그럽고 관대한 모틀레이크 씨가 함께 살기는 매우 어려운 사람이었겠다는 생각이 들었다. 마키스 대령이 트래버스를 바라보며 물었다. "앤드루 경도 동의하시겠지요?"

트래버스는 그동안 다른 생각을 하고 있던 것이 분명했다. 그는 책상에서 소형 브라우닝 자동 권총을 집어들고 손으로 매만지고 있었다.

"동의하느냐고요? 모틀레이크에게 적이 있었다는 데 말인가요? 아, 동의하고말고요."

"덧붙일 말씀이 있습니까?"

"덧붙일 말이 많지요." 트래버스가 또렷하게 말했다. 그는 그동안 목구멍이 몹시 근질거렸던 모양이었다. "그러니까 두 번째 총격을 가한 것은 이 총이란 말이지요? 그렇다면 사정이 달라지는군요. 난 화이트가 유죄인지 아닌지는 모르겠습니다. 하지만 나는 화이트의 변호를 맡을 수는 없겠습니다……. 이 브라우닝 자동 권총은 내 것이니까요."

아이다 모틀레이크가 놀라서 소리를 질렀다. 트래버스는 매우 세련된 동작으로 앞가슴 주머니에 손을 넣어 지갑을 꺼내더니 그의 총기 소지 면허증을 보여 주었다. 그가 말했다. "일련번호를 비교해 보면 일치할 겁니다."

 마키스가 말했다. "흠…… 그럼 살인죄를 시인하시는 겁니까?"

 트래버스가 좀더 환하고 인간적인 미소를 지었다. "난 맹세코 그를 죽이지 않았소. 난 그 양반을 몹시도 좋아했던 사람이란 말이오. 하지만 이거 내가 지금 묘한 입장에 처하고 보니 기분이 썩 좋지는 않군요. 난 이 방에 들어서자 금방 이 조그만 총을 알아봤지만 설마 내 총이리라고는 생각하지 못했어요. 내가 이 총을 마지막으로 본 것은 법학협회에 있는 내 사무실에서였습니다. 정확히 말하자면, 이놈은 내 서재에 있는 책상의 맨 밑 왼쪽 서랍에 있었단 말입니다."

 "화이트가 그곳에서 이 총을 훔칠 수 있었을까요?"

 트래버스가 고개를 가로저었다.

 "그렇지 않을 겁니다. 그럴 가능성이 극히 희박하다고 봐야지요. 난 화이트를 모릅니다. 내 기억으로는 그를 만나본 적이 없어요. 그리고 그 사람은 내 사무실에 와본 적이 없어요."

 "이 총을 마지막으로 본 것이 언제입니까?"

 "미안하지만 그 질문에는 대답하기 어렵겠는데요." 트래버스가 말했다. 그는 이제는 느긋해져서 마치 사치스러운 토론이나 하는 듯한 태도였다. 그러나 페이지는 그가 경계하고 있음을 직감했다. "그 권총은 말하자면 가구의 일부처럼 되어 있던 것이라서 권총을 사용해 보지 않았으니 서랍에서 꺼내본 지가 1년이 넘었다고 말씀드릴 수도 있겠군요. 1년 전에 없어졌을지도 모르고, 없어진 지 2~3일밖에 안 되었을 지도 모르겠습니다."

 "누가 훔쳤을까요?"

 트래버스의 얼굴에 먹구름이 드리워졌다. "그 질문에 내가 대답하기 힘들겠군요. 내 방에 자유롭게 출입할 수 있는 사람 중에 누군가가 훔쳤겠죠."

"예를 들자면, 모틀레이크 씨의 집안 사람요?"

"아, 예. 그럴 가능성이 있어요." 트래버스가 대답했다.

"좋습니다." 마키스 대령이 말했다. "앤드루 경, 어제 오후에 뭘 하셨는지 좀 말씀해 주시겠습니까?"

법정 변호사가 곰곰이 생각해 가며 대답했다. "난 오후 3시 반경까지는 법정에 있었소. 그 뒤에 길을 건너 법학협회까지 걸어갔지요. 가만 있자, 내가 파운틴 재판소를 지날 때 그 벽에 있는 해시계를 보니 4시 20분 전이었던 생각이 나는군요. 나는 모틀레이크와 차를 마시러 늦어도 4시 30분까지 햄프스테드에 가기로 약속되어 있었지요. 그런데 불행하게도 내 서기 말이 고든 베이츠가 병이 들어서 레이크 사건 소송서류를 나에게 넘겨야겠다고 하더라는 거예요. 레이크 사건은 오늘 심리하기로 되어 있는데 아주 복잡한 사건이지요. 나는 오늘 있을 심리에 대비하려면 어제 오후 한나절과 어쩌면 밤중까지도 서류에 매달려야겠다는 생각이 들더군요. 그래서 차를 마시러 햄프스테드로 갈 수 없게 되었어요. 나는 사무실에 머물러 서류를 검토했습니다. 그런데 6시 20분 전에 전화로 양해를 구해 놓지 않았다는 것이 문득 생각나더군요. 하지만 그때는 벌써 불쌍한 모틀레이크가 사망했을 때였지요. 난 그가 총격을 당한 것이 5시 반경이라고 생각하니까요."

"그러니까 앤드루 경은 그동안 줄곧 사무실에 계셨다는 말씀이지요? 그 사실을 입증해 줄 분이 있습니까?"

"아마 있을 겁니다." 상대방이 진지한 태도로 대답했다. "내 서기가 입증할 겁니다. 그 사람은 6시가 다 되도록 옆방에 있었으니까요. 나는 사무실의 안쪽에 있었는데 그곳이 내 숙소지요. 내가 사무실 밖으로 나가려면 서기가 있는 그 방을 지나야 합니다. 그 사람이 알리바이를 제시할 수 있을 겁니다."

마키스 대령이 몹시 딱딱한 자세로 지팡이를 짚고 일어서서 고개를 끄덕였다.

그가 말했다. "좋습니다. 한 가지 부탁드릴 게 있습니다. 제가 시간을 빼앗아도 될지 모르겠습니다만 저쪽 방에 가서 10분쯤 기다려 주시겠습니까? 제가 할 일이 좀 있는데, 일을 마치고 나서 두 분과 다시 얘기하고 싶습니다."

그는 책상 위의 버저를 눌렀다. 그는 트래버스가 항의할 시간도 주지 않고 이처럼 솜씨있게 그들을 방에서 내몰았다.

"대단하군! 훌륭해!" 마키스 대령은 이렇게 말하면서 악마처럼 기뻐하며 두 손을 비볐다. 페이지는 자기 상관이 절름발이만 아니었더라면 기뻐서 춤을 추었을 것이라고 생각했다. 마키스가 손가락으로 자기 부하를 가리키며 말했다. "자네 충격받았구먼. 자넨 내가 위엄 없이 구는 것을 보고 마음속 깊이 충격받았어. 자네도 내 나이가 되어보게. 그때 가면 육순이 넘은 사람의 가장 큰 기쁨은 정말로 자기가 하고 싶은 대로 행동할 수 있을 때 온다는 것임을 알게 될 걸세. 경위, 이번 사건은 냄새가 나네. 가능성이 있어. 자네도 물론 그걸 알고 있겠지?"

페이지가 대답했다. "가능성에 관해 말씀드린다면, 앤드루 트래버스 경의 총이 도난당했다는 데서 뭔가 냄새가 나는 것 같습니다. 화이트가 총을 훔칠 수 없었다면……."

"아, 화이트, 그래. 손님들을 밖으로 내보낸 것도 바로 그 때문일세. 화이트하고 둘이서만 잠시 이야기를 해봐야겠어."

그는 전화기를 들고 화이트를 올려보내라고 지시했다.

페이지가 보기에 그 젊은이의 외모는 전날 밤에 비해 몸이 비에 젖지 않고 머리를 빗었다는 것 말고는 별로 달라진 것이 없었다. 순경 두 명이 그를 데리고 들어왔는데 그는 키가 크고 약간 마른 몸집에 아직도 그 초라한 외투를 걸치고 있었다. 얼굴은 강렬한 인상이었는데, 코가 섬세했으나 턱이 억세어 보였다. 그리고 가냘픈 눈썹 밑에 선량해 보이는 회색 눈을 가지고 있었다. 얼굴은 여위고 동작은 멍청해 보였다. 어떻게 보면 호전적인 것도 같기도 하고 절망에 빠져 있는 것 같기도 했다.

"별채에서 무슨 일이 있었는지, 왜 사실대로 얘기하지 않는 거요?" 마키스가 질문을 시작했다.

"내가 듣고 싶은 얘기가 바로 그겁니다. 그렇지만 난…… 그 사람을…… 죽이지…… 않았습니다."

"자, 그게 바로 우리가 지금 밝히려는 문제지." 마키스가 위로하듯이 말했다. "내가 듣기론 당신은 미술가라던데?"

"화가입니다." 화이트가 여전히 퉁명스럽게 대답했다. "내가 화가인지 아닌지는 나중에 밝혀질 테지요." 그의 눈에 광기가 서렸.

"맹세코, 난 속물들이 자신들이 이해하지도 못하는 용어를 남용하지 않았으면 해요! 내가 바라는 것은……."

"바로 그 문제요. 내가 알기론 당신은 어떤 철저한 정치적 견해를 가지고 있다더군. 당신의 신념은 뭐요?"

"그래, 내 신념이 뭔지 알고 싶으시오?" 그가 대들듯이 말했다.

"난 새로운 세상을 믿어요. 계몽된 세상, 우리가 생각하는 혼란상태에서 해방된 세상을 믿는단 말이오. 나는 빛과 진보의 세상, 인간이 품위 있게 숨쉴 수 있는 세상, 폭력이나 전쟁이 없는 세상, 웰스의 멋진 표현대로 '황량하고 검소하고 경탄할 만한' 세상을 바라고 있단 말이오."

"그래, 그런 세상을 어떻게 실현한단 말이오?"

화이트가 말했다. "첫째, 자본가들을 몽땅 잡아다가 목을 매달아야죠. 물론 우리에게 반대하는 사람은 쏴죽이는 거예요. 하지만 자본가

들은 교수형에 처할 겁니다. 그자들이 이런 혼란을 조성했고 또 우리를 자기들의 도구로 만들었으니까요. 네, 다시 말하지만 우리는 도구, 도구, 도구예요."

페이지는 이자가 실성했구나 하고 생각했다. 그러나 가브리엘 화이트의 태도는 너무나 진지했기 때문에 설득력이 있었다. 화이트는 말을 멈추고 숨을 거칠게 내쉬었다.

"그래서 당신은 판사가 죽어 마땅하다고 생각했겠구먼?"

"그는 돼지 같은 자예요." 화이트가 차분하게 대답했다.

"그분을 개인적으로 알고 있었소?"

"모릅니다." 화이트가 잠시 망설이다가 대답했다.

"하지만 아이다 모틀레이크 양은 알지 않소?"

"그 여자는 약간 압니다." 그는 여전히 종잡을 수가 없었다. "그게 무슨 문제가 됩니까? 그 여자를 여기 끌어들일 필요는 없어요. 그 여자는 아무것도 모르니까."

"그야 그렇지. 자, 어제 오후에 있었던 일을 정확하게 말해 보시지. 우선 그 집 정원에는 어떻게 들어갔지요?"

화이트는 완고한 표정이었다. "아시겠지만 난 어제 오후에 아이다를 만났어요. 우리는 햄프스테드의 라이언즈에서 만났지요. 물론 난 그때만 해도 그 여자를 만날 생각이 없었어요. 하지만 내가 기회만 있으면 그 늙은이를 죽일 거라고 그 여자에게 경고해 줘야겠다는 생각이 들더군요." 그가 광대뼈 밑에 어렴풋한 홍조를 띠었다. 무릎 위에 놓인 그의 섬세한 두 손이 초조해 보였다. "사실은 아이다의 승용차 뒤에 숨어 있었습니다. 그 여자는 그 사실을 모르고 있었어요. 아이다는 찻집에서 나와서 길 바로 아래쪽에 있는 도서관으로 가고 있었지요. 난 그걸 알고 있었기 때문에 뒤따라갔죠. 그 여자가 도서관에 들어가 있는 동안 나는 살그머니 자동차 뒷좌석으로 들어가서 깔개 밑에 누워 있었어요. 날이 아주 어둡고 비가 세차게 내렸기 때문에 그 여자가 나를 알아차리지 못하리라 생각했던 거죠. 그때 발각되었더라면 나는 그 집에 들어가지 못했을 겁니다. 그 집 문지기의 감시가 심했기 때문이죠.

차는 정문을 통해서 저택으로 올라갔습니다. 그 여자가 차를 차고에 놓고 간 뒤 나는 거기서 살짝 빠져나왔습니다. 문제는 그 늙은 돼지가 어디 있는지 알 수가 없다는 것이었어요. 그자가 별채에 있다는 것을 내가 어떻게 알겠습니까? 난 그자를 본채에 가서 찾아야겠다고 생각했어요.

본채에 들어가려고 하다가 거의 한 시간이나 낭비했습니다. 그 집엔 사방에 하인들이 있는 것 같았어요. 마침내 나는 옆에 난 창문을 통해 집안에 들어갔습니다. 그때 나는 그 집 집사와 마주칠 뻔했습니다. 그는 막 현관 앞쪽의 거실로 들어가고 있었는데, 그 방에 아이다 모틀레이크가 앉아 있더군요. 집사는 시간이 많이 늦었다면서 아이다에게 차를 마시겠냐고 물었지요. 아이다는 차를 가져오라고 하면서, 자기 아버지는 별채에 계시니까 차를 마시러 오지 않을 거라고 말했습니다. 그렇게 해서 내가 그자의 소재를 알게 된 겁니다. 나는 다시 옆에 있는 창문으로 뛰어나왔습니다."

"그때가 몇 시였소?"

"그런 걸 내가 어떻게 압니까? 난 그런 덴 관심도 없었어요. 하지만 좀 기다려 보세요." 그가 곰곰이 생각해 보았다. "그런 것은 경찰이 쉽게 알아낼 수 있을 거예요. 나는 있는 힘을 다해 별채로 뛰어내려갔습니다. 그때 경찰관들과——난 그들이 경찰이라고 생각했어요——마주쳤는데 그 무렵에 나는 무슨 일이 있어도 그 늙은 악마를 죽일 결심이었습니다."

그가 거칠게 숨을 내뿜었다. 마키스 대령이 물었다. "그럼 그때가

5시 반쯤 될까? 좋아, 계속해요. 모두 말해 봐요!"

화이트가 눈을 감고 천천히 말했다. "난 서재의 문으로 달려갔습니다. 모틀레이크는 창가에 서서 바깥에 있는 경찰관들에게 뭐라고 소리치고 있더군요. 내가 들어서는 소리를 듣고 모틀레이크가 창문에서 몸을 돌려……."

"그때 그가 무슨 말이라도 합디까?"

"예, 했습니다. '이게 무슨 짓이야?'라든가 '여기서 뭘 하는 거야?'라든가 하는 말이었습니다. 정확한 말은 기억나지 않습니다. 그리고 내가 들고 있는 총을 보더니 한손을 들어 자기 앞을 가렸습니다. 그때 내가 총을 쏘았어요. 바로 이 총입니다." 화이트가 아이버-존슨 38구경 권총을 만지면서 말했다.

"흠, 그렇군. 그를 쏴서 맞혔소?"

"맞히지 못한 게 거의 틀림없습니다." 그가 주먹으로 책상 모서리를 치며 단언했다. "이것 보세요. 그 책상 위에는 매우 밝은 등불이 켜져 있었어요. 그 등불은 놋그릇 같은 데 들어 있어 빛이 한쪽으로 집중되었기 때문에 방 안의 대부분은 몹시 어두웠습니다. 하지만 책상과 창문 사이의 공간은 밝았어요. 그래서 방아쇠를 당기는 순간 나는 그의 뒤쪽 벽에 검은색 탄환 자국이 생기는 것을 볼 수 있었습니다. 그런데 그는 여전히 몸을 움직이며 뛰어가고 있었어요. 게다가……."

"그런데?"

화이트가 갑자기 늙은이 같은 표정을 지으며 말했다. "짐작하시겠지만 사람을 죽인다는 것은 쉬운 일이 아닙니다. 방아쇠에 손을 대기까지는 괜찮지요. 방아쇠에 손을 대고 나면 속에서 뭔가가 쏟아져 나오는 느낌입니다. 도저히 해낼 수 없을 것 같은 생각이 든단 말입니다. 쓰러져 있는 사람을 때리는 기분이에요. 그리고 아주 묘한 것은 바로 그 순간에는 그 늙은이가 불쌍한 느낌이 들 지경이더군요. 그리고 그 사람도 몹시 겁먹은 표정으로 마치 박쥐가 퍼덕거리듯이 내 총부리에서 도망가려고 애쓰더군요."

"잠깐," 마키스가 말을 가로막았다. "당신은 총을 쏴 본 적이 있소?"

화이트가 당혹스러운 표정을 지었다. "없습니다. 어릴 적에 공기총을 쏴 본 것 말고는 사람을 죽이는 그런 물건에 손을 대본 적이 없는 것 같습니다. 그래도 난 내가 빗맞히리라고는 생각하지 않았어요. 그런데 맞히지 못했던 거예요. 내 말을 더 듣고 싶습니까? 그 사람은 뒤쪽 벽을 따라 나에게서 도망가기 시작했어요. 그는 그때까지는 어엿이 살아 있었습니다. 한 가지 이해해 주셔야 할 것은 이 모든 것이 미처 어찌할 겨를도 없이 일어난 일이라 내 기억이 약간 뒤죽박죽이라는 거예요. 아무튼 그 사람은 내 오른편 뒤쪽 벽을 약간 비스듬히 마주 보고 있었는데……."

"그렇다면 그 노란색 꽃병이 놓인 구석 쪽을 보고 있었겠군? 나중에 자동 권총이 발견된 그 꽃병을?"

"맞습니다. 그때 또다른 총소리가 났지요. 그 총소리는 내 뒤쪽 오른편에서 나는 것 같았어요. 내 느낌으로는 제대로 설명이 된지는 모르겠지만 일종의 바람 같은 것이었어요.

그 뒤에 그가 두 손을 가슴에 올리더군요. 그리고 몸을 돌려 오던 길로 몇 발짝 되돌아가다가 다시 약간 몸을 돌리면서 머리를 앞으로 하면서 책상 위에 쓰러졌습니다. 그가 막 쓰러지자 경찰관이……." 화이트가 페이지를 고갯짓으로 가리켰다. "……창문으로 들어왔습니다. 이상이 내가 기억하는 것 전부입니다."

"총격을 전후해서 그 방에서 누구 다른 사람을 본 적이 있소?"

"없습니다."

경찰국장보의 음침한 시선이 천천히 페이지에게로 옮겨갔다.

"경위, 자네에게 한 가지 물어보겠네. 그 방에는 다른 아무도 없었는데 방 안 어딘가에 어떤 기계장치가 숨겨져 있어서 권총을 쏘고 감추도록 한다는 것이 가능한 일일까?"

페이지는 즉석에서 대답했다. 그와 보든이 그 방을 철저하게 수색해 보았기 때문이었다.

"그건 절대로 불가능합니다. 우린 그 별채를 분해하다시피 했으니까요." 그가 약간 미소 지으며 말했다. "그리고 비밀통로라든가 뚜껑문 같은 것도 상상하지 마십시오. 뒷구멍 같은 것도 없었습니다……. 더구나 실제로 그 방 안에서 사용된 총은 그 노란색 꽃병 안에 있었단 말입니다."

마키스 대령이 뚱하니 고개를 끄덕였다. 그리고 말했다.

"그래, 두 번째 총탄은 누군가가 방 안에서 발사한 것이라는 것을 인정할 수밖에 없겠군. 이봐요, 화이트, 당신이 판사에게 총을 쏠 때 거리는 얼마나 떨어져 있었소?"

"4미터 남짓 될 것 같습니다."

"흠, 그래, 좋아요. 우린 누군가가 그 총을 꽃병 안에 떨어뜨렸다고 추측하고 있지. 그런데 경위 자네는 그 꽃병이 사람이 팔을 넣어서는 총을 놓을 수 없을 정도로 깊이가 깊다고 말했지. 그러니까 총을 떨어뜨릴 때 소리가 났을 텐데." 마키스 대령이 화이트에게 물었다. "무슨 소리가 들렸소?"

화이트는 난처해했다. "모르겠습니다. 난 정말 몰라요, 기억이 나지 않아서……."

마키스가 갑자기 거칠게 말했다. "당신은 지금 우리에게 절대 불가능한 얘기를 하고 있다는 걸 알고 있나? 다시말해 지금 문이 잠기고 사방팔방으로 감시받는 방에서 누군가가 탈출했다고 말하고 있는 거야? 어떻게…… 좋아, 좋아요. 어떻게 된 거야?"

그때 비서가 방 안에 들어와 마키스 대령의 말이 중단되었다. 비서가 그에게 작은 소리로 말하자 마키스 대령이 고개를 끄덕이더니 다시 상냥해졌다.

"검시가 끝났다는군. 아주 흥미로운 검시 결과가 나왔기 때문에 의사가 나를 직접 만나고 싶다는 거야. 아주 뜻밖의 결과라는군. 의사를 들여 보내." 그가 페이지에게 말했다.

한순간 침묵이 흘렀다. 화이트는 조용히 의자에 앉았지만 양쪽 팔꿈치를 의자 등받이에 고정시키고 선이 굵은 잘생긴 얼굴에 막연한 기대감을 나타내고 있었다. 페이지는 이제 마귀들이 방 안에 들어와 죄수를 둘러싸고 있다는 느낌이 들었다. 판사의 몸에서 나온 탄환이 38구경으로 밝혀지면 그는 끝장이었다. 걱정거리가 많고 부산스러운 경찰 전속의사 갤러틴 박사가 손에 서류가방을 들고 방 안에 들어왔다.

"안녕하시오, 박사." 마키스 대령이 말했다. "기다리고 있었소. 검시 결과가 안 나와서 더 진척시키지 못하고 있었소. 결론이 뭡니까?" 그가 권총 두 자루를 책상 위로 밀었다. "여론은 양분되어 있소. 한쪽에서는 모틀레이크 씨가 4미터 남짓한 거리에서 쏜 아이버-존슨 38구경 리볼버의 총탄을 맞고 사망했다고 주장하고 있고, 다른 한쪽에서는 이 이론을 부정하면서 그가 7미터가 넘는 거리에서 쏜 브라우닝 32구경 자동 권총의 탄환에 맞아 사망했다고 주장하고 있소. 어느 쪽이 옳소?"

"양쪽 다 틀렸습니다."

마키스 대령이 천천히 똑바로 앉았다. "양쪽 다 아니라니 도대체 무슨 말을 하는 거요?"

"양쪽 다 아니라고 했습니다. 양쪽 생각이 다 틀렸기 때문입니다.

사실 그분은 어크만 공기총에 맞아 사망한 겁니다. 3미터가 조금 넘는 거리에서 쏜 22구경 탄환이었습니다."

마키스는 눈 한 번 깜빡이지 않았지만, 페이지는 이 노인네가 평생 동안 이처럼 뜻밖의 말을 들은 적이 별로 없었을 것이라고 느꼈다. 그는 여전히 몸을 똑바로 세우며 의자에 앉은 채 의사를 차가운 눈으로 바라보았다.
"갤러틴 박사, 당신은 지금 제정신이겠지?"
"완전히 제정신입니다." 의사가 말했다.
"그리고 당신은 지금 진정으로 그 방 안에서 제3의 총격이 있었다고 말하고 있는 것이지?"
"전 이번 사건에 관해서는 아무것도 모릅니다. 제가 아는 것이라고는 단지 그가 아주 가까운 거리에서 총알을 맞았다는 것입니다." 갤러틴은 조그만 마분지 상자를 열고 납작한 납덩어리를 꺼냈다. "바로 이 어크만 공기 권총의 총탄에 맞았다는 것입니다. 우리가 흔히 보는 군용 어크만 권총은 이 총보다 훨씬 무겁지요. 그러나 이 총은 보통 소화기보다는 위력도 강하고 소음도 거의 없는 아주 위험한 물건입니다."
마키스 대령이 화이트에게 물었다.
"당신은 이 총에 대해 할 말이 없소?"
화이트는 몹시 긴장한 탓으로 자기가 빛의 사자이며 사회개혁 운동가라는 사실도 망각한 듯했다. 그가 뚱하게 토라진 학생처럼 대답했다.
"이것 보십시오, 공정하게 합시다! 전 이 총에 관해 아무것도 모릅니다."
"당신은 그 방에서 또다른 총격을 듣거나 목격했소?"

"아니요, 그런 일 없었습니다."

"페이지 경위, 자네는 그 방에 들어간 즉시 방을 수색했다고 했지? 그때 공기총 같은 것을 보았나?"

"못 봤습니다." 페이지가 단호하게 말했다. "그런 것이 있었더라면 우리가 반드시 찾아냈을 겁니다."

"그리고 자넨 피의자도 수색했겠다? 피의가가 그런 권총을 소지했거나 아니면 처분할 기회가 있었는가?"

"그는 공기 권총을 소지하지도 않았고 처분할 기회도 없었습니다." 페이지가 대답했다. "게다가 한 사람이 권총을 세 자루 소지했다는 건 좀 심한 가정입니다. 이런 경우에는 차라리 기관총을 사용했다고 보는 편이 더 낫겠지요."

그는 대령의 눈이 험악해지는 것을 느꼈다. 그래서 의사에게 물었다. "한 가지 물어도 될까요? 그 공기 권총 탄환을 브라우닝 32구경이나 아이버-존슨 38구경 권총으로 발사한다는 것은 가능한가요? 우리가 제3의 총이 사용되었다고 믿도록 만들기 위해서 일종의 속임수를 쓰는 것이 가능한가요?"

갤러틴 박사가 씽긋 웃었다. "당신은 탄도학에 관해 잘 모르는 것 같군요. 그건 불가능할 뿐 아니라 미친 짓이에요. 당신네 화기 전문가에게 물어 봐요. 이 조그만 탄환은 어크만 공기 권총으로 발사된 게 틀림없어요."

화이트가 창백한 얼굴로 한 사람 한 사람 유심히 살폈다. 그리고 처음으로 약간의 인간적인 면모를 드러내며 물었다.

"그렇다면 나는 현장 살인 혐의를 벗게 되는 겁니까?"

마키스 대령이 말했다. "그렇소, 힘내요, 기운을 차리라구. 당신을 잠시 아래층에 내려보내겠소. 이것으로 사정이 크게 달라졌소."

그가 책상 위의 버저를 눌렀다. 화이트는 호송되어 나가면서 수다스럽게 지껄였으나 알아들을 수 있는 말은 전혀 없었다. 마키스 대령은 그가 나가는 모습을 침울하게 지켜보다가 주먹으로 책상을 쳤다.

페이지와 의사가 그를 쳐다보았다.

그가 말했다. "이건 미친 짓이야. 우리 한 번 점검해 봅시다. 총격이 세 번 있었다는 점은 의심할 여지가 없소. 그건 아이버-존슨과 브라우닝, 그리고 행방이 묘연한 어크만으로 발사된 거지. 문제는 탄환세 발 중에서 두 개만 발견되었다는 걸세. 그건 그렇고, 경위, 자네가 벽에서 파냈다는 그 탄환을 좀 보여 주게." 페이지가 탄환을 건네주자 마키스 대령은 손에 들고 그 무게를 달아보았다. "자네는 이것이 아이버-존슨 38구경에서 발사된 것이라고 했지? 정말 그렇겠구먼. 제3자의 의견을 들어 보세. 박사, 당신 생각은 어떻소?"

갤러틴이 그 탄환을 집어들고 살펴보았다.

그도 동의했다. "이건 38구경이 맞습니다. 틀림없어요. 저도 이런 탄환을 많이 다루어 보았으니까요. 약간 깎여나갔을 뿐입니다."

"그럼 됐소. 이 총알은 화이트가 서재에 들어가자마자 쐈다고 시인한 바로 그 총알이군. 여기까지는 됐어. 하지만 그 다음에는 어떻게 된 걸까? 그후 2~3초 동안에 무슨 마술이나 속임수 같은 것이 일어났다는 거야? 어쨌든, 박사, 당신은 어크만 공기 권총은 소음이 거의 없다고 했는데, 소음이 어느 정도요?"

갤러틴은 신중했다. "그건 제 업무 소관이 아닙니다. 하지만 이해를 시켜 드릴 수는 있습니다. 이 총의 소음은 전등 스위치를 누를 때 나는 소리보다 별로 크지 않습니다."

페이지가 끼어들었다. "그렇다면, 화이트의 바로 코앞에서 어크만을 쏘아도, 특히 그때 바깥에서는 폭풍이 심하게 불고 있었으니까 화이트가 그 소리를 듣지 못했겠군요?"

마키스가 고개를 끄덕였다. "그럼 순서대로 정리해 봅시다. 화이트가 리볼버를 발사한 뒤 판사가 도망가기 시작한다 이거야. 그때 누군가 다른 사람이 화이트의 뒤쪽 오른편 그 노란색 꽃병 옆의 방 구석에 서 있다가 브라우닝 자동 권총을 쏜다. 창문에서 열 발짝 떨어져 있던 페이지 경위가 이 총소리를 듣는다. 하지만 브라우닝 자동 권총에서 발사된 탄환은 사라져 버린다. 이 총알이 판사를 죽이지 않았다면 그게 어디로 갔단 말인가? 어디 가서 박힌 거야? 지금 어디 있다는 거야?

 마지막으로, 누군가가 어크만 공기 권총을 쏘는데 이 총격으로 모틀레이크가 정말로 사망한단 말이지. 하지만 이번엔 총이 사라진단 말이야. 쳇!" 마키스 대령이 과장된 몸짓을 하며 말했다. "모틀레이크가 책상 위에 엎드러져 죽자마자 페이지 경위가 창가에 도착해서 곧 그 방이 물샐틈없이 봉해져 있음을 확인한다는 거지. 한 가지 문제는 살인자가 사라져 버렸다는 거야."

 마키스는 다른 사람들이 각자 현장 상황을 마음속으로 그려볼 수 있도록 잠시 뜸을 들였다가 말을 이었다.

 "난 믿어지지 않지만 문제는 여기 있어요. 의견들을 말해 봐요."

 페이지가 침울한 표정으로 물었다. "질문이 있습니다. 그럼 화이트가 살인범일 수 없다는 데 의견이 일치되었다고 봐도 됩니까?"

 "그래, 그렇게 말할 수 있겠지."

 페이지가 수첩을 꺼내서 결론을 적어 나갔다.

 '세 가지 문제가 제기된 것으로 생각됨. 문제들은 서로 관련되어 있음. (1)브라우닝 자동 권총을 쏜 사람과 어크만 공기 권총을 쏜 사람은 동일 인물인가? 아니면 방 안에는 화이트 외에 두 사람이 더 있었는가? (2)사람을 죽인 총탄이 발사된 것은 브라우닝 자동 권총이 발사되기 직전인가 아니면 그 직후인가? (3)어느 경우이든 현장 살인범은 어디에 있었는가?'

그가 수첩에서 눈을 떼자 마키스가 고개를 끄덕였다.

"그래, 이제 알겠네. 세 번째 문제가 그중 가장 힘든 문제야." 경찰국장보가 말했다. "여기 있는 박사 말에 따르면 모틀레이크는 약 3미터 거리에서 쏜 총탄으로 심장 관통상을 입었고, 화이트는 모틀레이크에서 4미터쯤 떨어진 곳에 있었단 말이야. 그렇다면 화이트가 살인범을 보지 못했다는 게 말이 되는가 말이야. 그러니까 이 사건에는 무언가 몹시 수상쩍은 데가 있단 말일세."

페이지가 나섰다. "그렇다면 역시 화이트가 누군가를 감싸주고 있을지도 모른다는 말씀인가요?"

"하지만 바로 그 점이 문제란 말이야. 설사 화이트가 누구를 비호하고 있다 하더라도 그렇게 비호받은 사람이 어떻게 방을 빠져 나갔겠는가? 그 방에는 분명히 한 사람이 더 있었고 두 사람이 더 있었을 지도 모르지. 가령 한 사람, 두 사람 또는 여섯 사람이 판사에게 총을 쐈다고 하세. 약 8~10초 동안에 이 사람들이 다 어디로 사라졌겠는가 말이야." 그가 머리를 좌우로 흔들었다, "이봐요, 의사 양반, 우리에게 도움이 될 만한 의학적 증거가 없겠소?"

갤러틴이 말했다. "어떻게 사라졌는지 설명할 증거는 없습니다. 그리고 한 가지 뭐 크게 중요한 증거도 아닙니다만 피살자는 거의 즉사했습니다. 그는 그후 한두 발짝 앞으로 나가거나 다른 어떤 동작을 했겠지만 많이 움직이지는 못했을 겁니다."

대령이 말했다. "그렇다면…… 내가 증거를 찾아야겠군. 페이지, 차를 불러 오게. 함께 햄프스테드로 가 보자구. 거, 호기심이 돋는군."

그는 절름거리며 모자와 외투를 집었다. 암청색 외투를 걸치고 연한 회색 모자를 쓴 마키스 대령은 아주 우아한 모습이었다. 페이지는 우선 몇 가지 지시를 내려야 했다. 경찰 한 명을 보내 트래버스의 알리바이를 확인해 보고 또 총기 담당 부서의 서류를 샅샅이 뒤져 어크만 공기 권총을 소지했을 만한 사람의 기록을 찾아보라는 것이었다. 이어 마키스 대령이 절름거리며 밖으로 나갔다. 이때 페이지가 아이다 모틀레이크와 앤드루 트래버스 경이 그때까지 기다리고 있다고 말하자 마키스 대령은 투덜거렸다.

그가 되는 대로 말했다. "여기서 기다리라고 해. 사건이 급전했기 때문에 이제 그 사람들은 일을 혼란시킬 뿐이야. 경위, 우리끼리 말이지만 나는 현장을 조사할 때 트래버스가 옆에 있기를 원치 않아. 트래버스는 좀 지나치게 똑똑하단 말이야." 경찰차가 비바람이 부는 거리를 달려 햄프스테드로 가는 동안 마키스는 별로 말이 없었다. 페이지가 말을 걸었다.

"우린 이제 아주 좁은 구역에 들어선 것 같은데요."
"좁은 구역이라니?"
"이런 얘깁니다. 트래버스는 판사를 살해할 이유는 없는 것 같고 게다가 확실한 알리바이가 있지요. 그 다음, 아이다 모틀레이크도 알리바이를 가지고 있는데…… 고의성이 없는 알리바이랄까……."
"아, 자네도 그걸 알아차렸군." 마키스 대령이 그를 쳐다보며 말했다.

"화이트가 만들어준 고의성이 없는 알리바이란 말입니다. 조금 전에 화이트가 한 말을 기억하시겠지요? 그는 판사가 별채에 있는 걸 모르고 창문을 통해 본채로 들어갔어요. 또 그는 그 집 집사가 아이다에게 차를 마시겠느냐고 물었을 때 비로소 그 사실을 알게 되었단 말이에요. 그는 이 사실을 알게 되자 곧장 창문으로 나와서 별채로 달려갔습니다. 그가 도중에 보든과 저를 만난 것은 5시 30분이 되어서였습니다. 그러니까 그때까지 아이다는 본채에 있었던 것으로 되는데 이 점은 아마도 집사에게서 확인받을 수 있을 겁니다. 그건 아주 확실한 알리바이가 되겠지요."

"정말 그렇군. 그 밖에는?"

페이지가 사려깊게 대답했다. "만일…… 그 집에 외부인이 들어갈 수 없었다고 한다면…… 글쎄요, 판사를 살해한 사람은 그 집 하인들 중 한 사람이거나 캐럴린 모틀레이크 양이거나, 아니면 서기인 페니가 틀림없다는 생각이 듭니다."

마키스 대령이 잔동하는 건지 아닌지 알 수 없는 무슨 말을 내뱉더니 결과는 곧 알게 될 것이라고 말했다. 자동차는 한쪽으로 모틀레이크 저택의 높은 담이 뻗어 있는 널찍한 교외의 도로로 접어들었다. 그곳은 전차 선로와 버스 노선이 교차하는 번화한 거리였다. 길 한쪽에는 많은 상점들이 있어 길 건너편의 돌로 쌓은 쓸쓸한 담과 대조를 이루고 있었고, 담 안쪽에는 보슬비가 내리는 하늘을 배경으로 느릅나무들이 듬성듬성 자라고 있었다. 그들이 쇠창살을 단 대문 앞에 멈추자 로빈슨 노인이 경찰차를 알아보고 얼른 문을 열어주었다.

"별일 없었지요?" 페이지가 물었다.

문지기 로빈슨이 자동차 뒷자석으로 머리를 들이밀었다.

"없습니다요. 단지 지금 경사 한 분이 와서 어제 오후 제가 모르는 사이에 누군가가 집에 잠입할 수 있었겠는지 확인해 본다고 필사적으로 애쓰고 있지요."

"그래, 잠입한 사람이 있었을 것 같소?" 마키스 대령이 물었다.

로빈슨 노인이 놀란 눈으로 그를 뜯어보며 말했다. "글쎄요, 전 어제 아이다 아가씨에게 사람을 들이지 말라는 지시를 받았기 때문에 사람을 절대로 들이지 않았습니다. 그게 제 임무입니다. 저 담을 좀 보십쇼. 누구든지 담을 넘으려면 사다리를 놓아야 하는데, 사다리를 걸치면 햄프스테드 주민의 절반이 볼 수 있게 되어 있습니다." 그가 막 가래침을 뱉을 사람처럼 헛기침을 하더니 더욱 자신있게 말했다.

"보시다시피 문은 둘뿐인데, 그중 한 대문은 제가 바로 옆에 앉아서 지켰지요."

"다른 문은 어떻게 지켰나요, 상인들이 드나드는 문 말이오?"

"잠갔었지요." 로빈슨이 얼른 대답했다. "어제 4시 20분경에 아이다 아가씨가 드라이브를 마치고 돌아와서 문을 잠그라고 하셨기에 제가 잠갔던 것이지요. 열쇠는 제가 가진 것 말고 하나 더 있는데 그건 아이다 아가씨가 갖고 있었죠."

"영감님은 어제 오후 캐럴린 모틀레이크 양과 페니 씨가 이곳에 없었다고 말했다지요?"

"그렇게 말한 기억은 없습니다만 그건 사실입니다."

"그 두 사람이 나간 것은 몇 시였지요?"

"캐럴린 아가씨는 4시 15분 전쯤이죠. 맞아요. 그때 아가씨가 자동차를 가져오라고 했으니까요. 그런데 아이다 아가씨가 그보다 15분쯤 전에 벌써 차를 타고 나갔습니다. 그래서 캐럴린 아가씨는 몹시 화를 내셨답니다. 캐럴린 아가씨는 칵테일 파티에 그 차를 타고 가려던 것이었죠. 앨프리드 에릭 페니에 관해서는 언제 나갔는지 제게 묻지 마세요. 아마 4시 10분쯤 돼서 나갔던 것 같습니다."

마키스 대령이 상냥해졌다. "일을 분명히 하기 위해 시간표를 정리해 보는 게 좋겠군. 판사님이 본채에서 나와서 별채로 가신다. 그때가 몇 시쯤이죠?"

"3시 30분이죠." 로빈슨이 자신있게 말했다. "확실합니다."

"좋아요. 비슷한 시간에 아이다 모틀레이크는 차를 타고 나간다, 맞지요? 캐럴린 모틀레이크는 칵테일 파티에 가기 위해 4시 15분 전에 집을 나선다. 4시 10분에는 페니도 나간다. 4시 20분경에 비가 내리기 시작했는데 이때 아이다 모틀레이크가 차를 타고 돌아온다. 이 사람들은 모두가 편리하게도 서로 엇갈려 만나지 못한 것 같단 말이야. 하지만 그것이 시간표라니 믿기로 하지."
"사실 그렇습니다요." 로빈슨도 시인했다.
"자, 들어가 보세." 마키스 대령이 말했다.

자동차는 칙칙한 느릅나무들 사이로 자갈이 깔려 있는 차도로 속력을 내서 올라갔다. 페이지가 별채로 가는 샛길을 가리켰지만 별채는 거리가 다소 떨어져 있는 데다 정원수들에 가려 마키스가 볼 수는 없었다. 본채는 건축가의 마음에 들지 않을 것 같았다. 그것은 회반죽을 칠한 고딕풍의 3층 건물이었다. 빛바랜 뾰족탑들이 빗속에 옹기종기 모여 있는 모습이었다. 기다란 창문들은 대부분 덧문이 닫혀 있었으나 굴뚝에서는 저마다 연기가 흘러나오고 있었다. 그 저택은 전형적인 빅토리아 시대 상류층의 건물이었으나 그러면서도 어딘지 과묵하고 아주 사악한 그 무엇이 감돌고 있었다.

반백의 하인이 그들을 맞이했다. 페이지는 전날 그를 본 적이 있었지만 그때는 진술을 받지 않았었다. 이제 그의 이름을 물어보니 데이비스라고 했다.

"괜찮으시다면 캐럴린 아가씨를 부르겠습니다. 사실은 아가씨가 곧 나오실 겁니다. 아가씨는······."

그때 새 목소리가 들렸다.

"괜찮으시다면 제가 직접 상대하고 싶어요."

이 건물의 홀에는 뒤쪽에 빨간색 유리창의 음영이 드리워져 있었다. 오른쪽의 아치형 문에 처진 구슬 커튼 사이로 한 여자가 나타났다. 캐럴린 모틀레이크는 다른 가족들과는 놀랄 만큼 대조적인 모습이었다. 아이다가 키가 크고 부드러운 데 반해 캐럴린은 몸이 땅딸막하고 단단해 보였다. 아이다는 피부가 흰 데 반해 캐럴린은 가무잡잡했다. 그 여자의 얼굴은 네모나고 인상이 좋았지만 아주 억세어 보였는데, 검은 눈은 반짝거리고 입술에는 검붉은 루주 칠을 했다. 그 여자는 모자를 비스듬히 쓰고 털깃을 댄 평범한 짙은 색 코트 차림으로 경쾌하게 걸어나왔다. 그러나 페이지는 이상하게도 그 여자의 눈꺼풀이 붓고 충혈되어 있음을 알아차릴 수 있었다. 그녀가 묵직한 핸드백을 팔에 걸친 채 그들을 쌀쌀맞게 살펴보았다.
"누구신지?" 그녀가 말했다.
마키스 대령이 자기 소개를 했는데, 그녀는 그의 정중한 태도를 의심하는 것 같았다.
그녀가 말했다. "경찰국장보님께서 몸소 왕림하시다니 영광입니다. 아마도 지금 이것을 드리는 게 좋겠군요."
캐럴린이 핸드백을 열고 총신이 길어 거추장스러워 보이는 니켈 도금한 권총 한 자루를 꺼냈다.
"이건 어크만 공기 권총이에요." 그 여자가 말했다.
"그렇군요, 모틀레이크 양. 어디서 입수했지요?"
"제 침실 옷장 서랍의 바닥에 있었어요." 캐럴린 모틀레이크는 이렇게 대답하고 나서 얼굴을 들어 그를 빤히 쳐다보았다.
"이쪽으로 오시는 게 좋겠군요." 잠시 뒤 그 여자가 말했다. 오만한 태도에도 불구하고 그 여자는 긴장 때문에 동요하고 있는 것이 분명했다. 그러나 그녀는 여전히 냉정한 태도로 앞장서서 구슬 커튼을 지나 매우 어수선한 응접실로 그들을 안내했다.
"도대체 무슨 일인지 모르겠어요." 그녀가 말을 이었다. "아버지가 이 총으로 살해되신 것도 아닌데, 누가 왜 이런 짓을 했는지 알 수가 없네요……. 하지만 저는 이걸 발견했을 때 제게 노리는 것이 무엇인지 알 수 있을 것 같았어요. 제가 겁을 먹은 나머지 어떤 혐의를 받지 않으려고 총을 감춰 버리는 바보 같은 짓을 하리라고 계산했던 거예요. 하지만 전 그런 짓은 절대 하지 않을 거예요. 전 그런 바보가 아니니까요." 그 여자가 미소를 지으면서 담뱃갑을 집었다. "총을 갖고 가시든지 여기 놔두시든지 마음대로 하세요."

마키스 대령이 말했다. "그러니까 아가씨는 누군가가 고의적으로 이 총을 아가씨 방에 숨겼다고 생각하는 거지요? 그 총에서 총알 한 발이 발사되었다는 것도 알고 계셨겠군요."

"무슨 말씀인지 잘 알면서도 못 알아들은 척하지는 않겠어요. 그래요. 그 점도 생각해 보았어요. 하지만 그건 절대로 그렇지 않아요. 권총은 32구경과 38구경 두 가지가 있었을 뿐인데 이 총은 그 어느 것도 아니니까요."

"그렇다면…… 그 문제는 잠시 접어두고……, 이 총의 주인이 누군지는 모르시겠군요. 이 총을 전에 본 적이 없지요?"

"물론 본 적은 있어요. 수십 번 봤어요. 아버지 것이니까요."

페이지는 이처럼 멸시하듯 말하는 이 희한한 증인을 놀라는 눈으로 노려보았다. 그러나 경찰국장보는 그저 잘 알겠다는 듯이 빙그레 웃으며 고개만 끄덕일 뿐이었다.

"아, 그렇군요. 부친께선 총을 어디에 보관하셨지요?"

"별채에 있는 책상 서랍에요."

"그럼 아가씨가 그 총을 마지막으로 본 건 언제였는지 기억나요?"

"어제 오후에 봤어요. 여느 때처럼 책상 서랍 안에 있었어요."

"페이지 경위가 서둘러 수첩을 찾는 것을 보면 아가씨도 지금 수사가 급진전하고 있음을 짐작하겠지요." 마키스가 점잖게 말했다. "모틀레이크 양, 얘기를 여기서 일단 한 번 정리해 보는 게 어떻겠소? 무엇보다도 우선 부친의 사망에 위로의 말씀을 드리고자 합니다만……."

"고맙습니다." 그 여자가 말했다.

"모틀레이크 양, 집안 사람들이 부친을 좋아하지 않은 것 같은데 그 이유를 설명해 주시겠소? 아가씨나 아가씨의 동생이나 모두 그분의 별세를 별로 슬퍼하지 않는 것 같으니 말이오."

"제가 슬퍼했건 슬퍼하지 않았건 초면인 분과 그런 얘기를 논할 생각은 없습니다." 캐럴린은 냉담하게 말했다. "하지만 모르셨어요? 그분은 저희의 친아버지가 아니에요. 저희가 아주 어렸을 때 그분이 저희 어머니와 결혼한 거에요. 저희의 친아버지는 돌아가셨고요. 별로 중요한 일은 아니지만 사실은 똑바로 알고 계셨어야죠."

페이지와 마키스로서는 처음 듣는 얘기였기 때문에 두 사람은 서로 얼굴을 바라보았다. 그러나 경찰국장보는 자기 질문에 대한 이 정당한 반격을 묵살했다.

"모틀레이크 양, 아가씨에게 올가미를 씌우거나 사실을 숨길 생각은 없소. 부친께서는 사실은 이 공기 권총으로 살해되셨어요." 그는 그들이 지금까지 밝혀낸 사실을 매우 간결하고 요령있게 설명했다. 그리고 이렇게 덧붙였다. "그래서 아가씨의 도움이 필요하게 된 겁니다."

캐럴린은 시무룩하고 좀 고통스러운 얼굴로 그를 응시하고 있었다. 그러나 아주 침착하게 입을 열었다. "그래서 누군가가 저에게 혐의를 뒤집어 씌우려 하고 있군요?"

"그렇게 볼 수 있지요. 또 외부인이 이런 범행을 한다는 것이 가능은 하겠지만 그 가능성이 매우 희박하다는 데는 아가씨도 동의할 겁니다. 이 집안의 누군가가 범인일 것 같아요. 이 집에서 아가씨에게 원한을 품고 있는 사람이 있나요?"

"없어요, 있을 리가 없어요!"

"그럼 솔직히 말해봐요. 평소에 아가씨와 부친의 사이는 어땠지요?"

"아마 여느 가정 사람들만큼은 좋았겠지요."

처음으로 그녀가 난처한 표정을 지었다.
"아가씨와 아가씨의 동생은 부친의 유산 상속인이겠지요?"
그녀가 억지로 미소를 지어 보였다.
"상투적인 유언 문제군요. 네, 맞아요. 제가 아는 한 저희 상속인이에요. 그분은 유언 내용을 비밀로 하지 않았어요. 하인들에게도 조금씩 유산이 있고 페니에게도 큰 몫이 돌아가기로 되어 있지요. 하지만 동생과 저는 공동상속하기로 되어 있어요. 어쨌든 전에는 유언 내용이 그랬어요. 아버지는 어머니가 돌아가신 뒤에 유언장을 작성했는데, 물론 그 뒤에 내용을 변경하셨을지도 모르지만 전 그렇게 생각하지 않아요."
마키스 대령이 고개를 끄덕이고 나서 공기 권총을 집어들었다.
"이 권총을, 모틀레이크 양…… 부친께서 항상 곁에 두고 계셨다고 했지요?"
"어머나, 아니에요! 전 그런 말 한 적 없어요. 그랬더라면 이걸 별채에 보관했을 리가 없지요. 아버지는 이걸 일종의 골동품으로 보관하셨던 거예요. 전쟁중에 첩보부에 근무하던 어떤 친구분이 선물로 주셨어요. 이런 공기총은 희귀한 물건일 거예요."
"그래요. 내 말은 그분이 어떤 공격에 대비해서 총을 곁에 두셨던 게 아닌가 하는 거예요."
"아니에요. 절대로 그렇지 않았어요."
"가브리엘 화이트가 했다는 협박은 어떻게 생각하세요?"
"아, 가브리엘……." 이렇게 말하는 그녀의 몸짓은 여러 가지를 함축하는 듯했다. 그러나 그녀는 곧 신중해졌다. "저는 어제 밤 동생을 만나고 오늘 아침 신문을 읽기까지는 가브리엘이 협박했다는 사실을 모르고 있었어요. 그렇다고 해서 그 사람이 협박할 만한 이유가 없었으리라는건 아니에요. 아버지는 가브리엘을, 아니면 적어도 그에 관해 알고 계셨으니까요. 어떻게 알게 된 건지는 모르지만요. 아버지는 그런 말씀을 잘 안하셨어요. 하지만 아버지는 가브리엘을 싫어한다는 것을 애써 숨기지는 않으셨어요."

"아가씨는 화이트를 좋아했나요?"

"네, 아뇨. 잘 모르겠어요." 그러나 잠시 말을 멈추면서 얼굴에 도장 찍은 것처럼 선명한 냉소의 표정을 지었다. "대령님은 저를 놀려대시는군요. 전 이 10분 동안에 지난 10개월 동안보다 더 많은 질문을 받았어요. 사실을 말하자면 전 가브리엘을 좀 좋아하는 편이고, 그 사람의 생각이 아주 옳다고 생각해요. 하지만 전 별볼일 없는 사람은 싫어한단 말이에요."

"알겠소. 그럼 이제 페이지 경위의 기록을 돕기 위해 묻겠는데 어제 오후는 어떻게 보냈지요?"

"아, 알리바이군요." 캐럴린이 이를 약간 드러내며 중얼거렸다.

"그럼 기억을 더듬어 보지요. 오후 이른 시간은 하녀로 오겠다는 수많은 사람들을 면접하면서 보냈어요. 저희 집 하녀가 결혼하기 위해 내달에 그만두어요. 그래서 다른 하녀를 채용해야 했거든요."

페이지 경위가 끼어들었다.

"모틀레이크 양, 지금 그 얘기는 처음 듣는데요." 그가 말했다.

"그럼 어제 오후 이 집안에는 외부인이 여러 명 있었다는 얘기군요?"

캐럴린이 그를 노려보다가 결국은 얌전하게 대답하기로 작정했다.

"경위님, 안심하고 수첩을 좀 내려놓으세요. 그 사람들은 아버지가 총격을 받으시기 적어도 2시간 전에 모두 이 집 밖으로 나갔어요. 그건 정문의 로빈슨 노인이 입증할 수 있을 거예요. 그가 그 사람들을 들여 보내고 인원을 파악하고 또 내보냈으니까요.

그들 중에서 마지막 사람이 나간 시간은 3시 반과 4시 15분 전

사이예요. 그건 제가 알아요. 저 자신이 외출하려고 시간을 살피고 있었기 때문이에요. 그런데 알고 보니 아이다가 벌써 차를 타고 나갔더군요. 어쨌든 저는 택시를 잡을 수 있었어요. 하지만 먼저 별채로 내려가 보았더니……."

"별채엔 왜 갔었지요, 모틀레이크 양?"

그녀가 약간 낯을 붉혔다. "용돈이 좀 필요했거든요. 게다가 도리상 새 하녀를 결정했다고 아버지에게 알려드리고 싶었어요."

"계속하세요."

"제가 별채에 도착한 것은 아버지가 그곳에 가신 지 5분 정도밖에 안 되었을 때였어요. 아버지는 3시 반쯤에 내려가셨으니까요. 용돈은 얻었어요. 그런데 그때 우연히 아버지의 책상 서랍에 이 공기권총이 있는 걸 알게 되었어요. 아버지는 수표책을 꺼내려고 서랍을 여셨거든요. 은행 마감 시간이 너무 촉박했지만, 수표를 현금으로 바꿀 수 있는 곳을 알고 있었죠. 아버지가 서랍을 여실 때 보니 그 권총이 있더군요."

"서랍은 잠겨 있었나요?"

그녀가 잠시 생각해보고 대답했다. "잠겨 있었어요. 이제 생각나네요. 아버지는 주머니에서 열쇠 꾸러미를 꺼내서 서랍을 여셨어요."

"그리고 나서 다시 잠갔는가요?"

"잘 모르겠어요. 수표를 받은 다음에는 눈여겨보지 않아서…… 하지만 잠그셨으리라 생각해요. 그 안에는 소중한 원고가 들어 있었으니까요."

"알겠소. 그때 부친의 언동에서 특히 기억나는 게 있소?"

"별로 생각나는 게 없어요. 좀 퉁명스러우셨는데, 그건 별채에 내려가서 그 구술기를 앞에 놓고 집필하실 때 누가 와서 방해하면 싫어하셨기 때문이죠. 아버지는 제가 채용하려는 하녀의 이름을 적어두셨고, 다음 달에 그 하녀가 오기 전에 신용증명서를 한 번 보고 싶다고 하셨어요……. 그리고 아, 네…… 앤드루 트래버스 경이 그곳에 차를 마시러 오기로 되어 있다고 하셨어요. 두 분이서 별채에서 차를 들기로 되어 있었다더군요. 별채의 다른 방, 서재와 복도를 사이에 두고 있는 방에는 전기 주전자 같은 것들이 모두 갖춰져 있었어요. 저는 복도 건너편 방의 전기 난로를 켜두지 않으면 앤드루 경이 왔을 때 너무 춥겠다고 말씀드렸지요."

"그래서 부친께서 난로 스위치를 켰나요?"

그녀가 당황해했다. "네, 아뇨. 사실은 제가 켜 드렸어요."

"경위, 자네와 보든 경사가 별채를 수색할 때 복도 건너편의 그 방도 들여다보았겠지? 그 방 전기 난로에 불이 켜져 있었나?"

페이지는 그때 캐럴린 모틀레이크의 얼굴이 분노로 붉어지는 것을 보았다.

"네, 불이 피워져 있었습니다."

"고맙군요." 캐럴린 모틀레이크가 내뱉듯이 말했다.

"아가씨는 내 마지막 질문의 뜻을 잘못 이해한 것 같군요." 대령이 그녀에게 차분하게 말했다. "자, 이야기를 계속해 주실까요?"

"전 별채에서 나와서 집을 나섰어요. 그때가 4시 15분 전쯤이었어요."

"그래, 그 다음에는요?"

캐럴린은 두 손을 조심스럽게 포개어 무릎 위에 올려놓았다. 그리고 한숨을 크게 쉬고 나서 고개를 들어 그의 눈을 들여다보았다.

"미안합니다. 여기서 제 이야기를 끝내겠어요. 제가 할 말은 이게 전부예요."

"이해할 수가 없군. 집을 나선 다음에 무슨 일을 했는지 우리에게 말하지 않겠다는 거요?" 마키스 대령이 준엄하게 말했다.

"네."

"하지만 그건 말도 안 돼요. 바보처럼 굴시 말이오! 이 집 문지기 노인이 아가씨가 칵테일 파티에 가던 중이라고 알려 주었단 말이오."

"그 노인이 무슨 권리로 그런 얘기를 해요?" 캐럴린이 화를 냈다. "난 안 갔어요. 파티에 갈 생각이었지만 집을 나서기 1시간쯤 전에 전화를 받고 마음을 바꿨단 말이에요. 이센 니 말하지 않겠어요."

"도대체 왜 말하기 싫지요?"

"첫째, 댁이 제 말을 믿지 않을 것이기 때문이에요. 둘째, 오후에 제가 어디에 있었는지 입증할 방법이 없기 때문이에요. 그러니 알리바이가 잘 성립되지 않죠. 셋째, 그 일을 다른 사람에게 말하고 싶지 않아요. 고관나리의 방문을 받는다는 건 기분이 좋지 않아요. 전 얘기할 수 없다고 말씀드렸어요. 정말이에요."

"모틀레이크 양, 그렇게 되면 아가씨가 살인 혐의를 받게 된다는 건 알고 있겠지요?"

"네."

페이지는 그녀가 뭔가 말을 덧붙이려 한다는 느낌을 받았다. 그러나 다음 순간 그녀는 항의할 마음이건 해명할 마음이건 모두 씻은 듯이 사라진 듯했다. 그녀는 다시 마음의 문을 걸어 잠근 오만한 모습이 되었다. 그때 누군가가 방 안에 들어서는 듯 망설이는 듯한 발걸음 소리와 방문의 구슬 커튼이 스치는 소리가 희미하게 들렸다.

새로 들어온 사람은 허리가 구부정하고 거동이 소심하고 상냥한 자그마한 남자였다. 그들은 이 사람이 바로 서기인 앨프리드 페니임을 직감했다. 페니는 발이 엄청나게 크고 손은 온통 관절마디투성이였다. 머리에 회색 머리카락 몇 가닥을 옆으로 빗어 넘긴 것이 생선 뼈 같기도 하고, 어떻게 보면 긴 구레나룻처럼 보이기도 했다. 그러나 눈은 성실해 보였다. 그가 한손을 눈에 갖다 대고 그들을 보더니 눈을 깜빡거렸다.
"아, 죄송합니다."
그는 이렇게 말하고 얼른 몸을 돌려 나가려고 했다.
캐럴린 모틀레이크가 일어섰다. "앨프리드, 이분은 경찰국장보 마키스 대령님이시고 이분은 페이지 경위님이에요. 이분들과 얘기 좀 하고 계세요. 그동안에 저는 좀 실례해도 괜찮겠죠?"
페니가 입을 좀 벌리고 그들에게 눈을 깜박이는 동안 캐럴린은 성큼성큼 밖으로 걸어나갔다. 그러자 그가 특유의 표정을 지으며 말했다.
"정말 죄송합니다. 주제넘게 들어와서는 안 되는 건데…… 홀에서 집사인 데이비스가 이곳 동정을 열심히 살피길래……. 경찰이시지요? 아, 물론 그렇겠군요."
"앉으세요, 페니 씨." 마키스 대령이 말했다.
"이건 정말 끔찍한 사건입니다, 끔찍해요." 페니가 이렇게 말하면서 의자 모서리에 조심조심 걸터앉았다. "내가 얼마나 충격받았는지 모르실 겁니다. 난 그분과 30년 동안 함께 일했단 말입니다. 정확하게 말하면 29년 반이지요." 그의 목소리가 한층 더 부드러워졌다. "내가 그분을 죽인 그 미치광이 젊은이에 대해 경찰이 어떤 조치를 취하셨는가 묻는다고 저를 복수심에 불타는 사람이라고 생각하시지는 않겠지요?"
"가브리엘 화이트 말인가요?"
"그렇게 부르셔도 좋겠습니다만."
"그래요?" 마키스가 흥미가 당긴다는 듯이 물으면서 눈썹을 치켜올렸다. "페니 씨, '가브리엘 화이트'는 그 사람의 본명이 아니라는 말이 있어요. 판사님께서도 그것을 알았지요?"

자그마한 그 남자가 고개를 끄덕였다. "부끄럼없이 말씀드립니다만 그분도 알고 계셨습니다." 그가 턱을 내밀어 대답했다. "그분이 그를 유죄 판결한 것은 도덕적인 심판이었어요. 찰스 모틀레이크는 늘 도덕적 심판을 목표로 삼았으니까요. 찰스 모틀레이크는 젊은이의 부친을 잘 알았고, 그 젊은이와도 어릴 적부터 알고 지냈지요. '가브리엘 화이트'는 실은 크레이 백작의 아들인 에드워드 화이트퍼드 경입니다."

페니는 잠시 말을 멈추고 난롯불을 곁눈질해 보았다. 그리고 이마의 주름살을 찌푸리며 말을 이었다. "다행히도 크레이 백작은 자기 아들이 어디 있는지, 얼마나 영락했는지 모르고 있습니다. 그리고 찰스 모틀레이크 씨도 이 사실을 알려줄 정도로 몰인정한 사람은 아니었고……. 어쨌건 가브리엘 화이트라고 하는 그자는 온갖 기득권을 누리면서 인생을 시작했지요. 옥스퍼드에서는 뛰어난 학생이었습니다. 그는 학생회의 주요 일원으로서 장래가 촉망되었고, 또 인기있는 운동선수였습니다. 그는 아마 지금도 멀리뛰기 대학 기록 보유자일 겁니다. 또 검술과 권총 사격의 명수이기도 했지요. 그러나 기득권을 누리며 인생을 시작한 사람들이 대개 그렇듯이……."

"잠깐," 마키스가 그때 페니가 깜짝 놀랄 만큼 날카롭고 공식적인 목소리로 페니의 이야기를 가로막았다. "한 가지 분명히 해두고 싶습니다. 지금 그가 권총 사격의 명수라고 했지요? 오늘 아침 내 사무실에서 그 사람은 자기가 평생 총을 한 번도 만져본 적이 없다고 말했는데요."

"그건 거짓말을 한 것이겠지요." 페니가 아무런 악감도 없는 듯 말했다. "거짓말이 몸에 밴 사람이니까요."

마키스가 의자에 있던 공기 권총을 집어들었다.

"이런 것 본 적 있습니까?"

"네, 자주 봤어요." 페니가 주춤하며 대답했다. "이 총은 찰스 모틀레이크 씨의 것인데요. 혹시 이것이……."

"이 총을 마지막으로 본 것이 언젭니까?"

"2~3일 전일 겁니다. 하지만 정확한 날짜를 딱 집어 말하긴 어렵겠네요. 그분은 이것을 별채의 책상 서랍에 보관했었지요."

"어제 오후에 별채에 갔었습니까?"

"네, 난 어제 오후 별채에 아주 잠깐 동안 가 있었어요. 아마 5분쯤 될 겁니다. 난 어제 오후에 그분이 집필중인 책의 인용문들을 확인하기 위해 길드홀 도서관에 가던 중이었어요. 내가 집을 나선 것은 그때 막 비가 내리기 시작했으니까 4시 조금 지나서였는데, 정문으로 내려가다가 문득 별채로 가서 뭐 추가로 알아볼 자료가 없는지 물어보는 게 좋겠다는 생각이 들더군요. 별채에 가보니 그분은 혼자서 구술기를 향해 이야기하고 계셨지요." 여기서 서기는 잠시 말을 멈추었는데 눈언저리에 눈물 같은 것이 맺혀 있었다. "그분은 내가 도서관에 가서 더 알아볼 게 없다고 하시더군요. 그래서 나는 4시 10분경에 집을 나섰지요. 그것이 내가 생전에 마지막으로 본 그분의 모습이었습니다. 하지만……."

"뭡니까?"

"내가 그때 위험을 느꼈어야 했단 말입니다." 페니가 신문자를 유심히 바라다보면서 말했다. "그때 별채 주위에 누군가가 서성거리고 있었어요. 그분과 함께 이야기하는 동안 나는 창문으로 다가서는 발걸음 소리를 분명히 들었습니다."

"어느 창문이지요?"

"서쪽 창문입니다. 자물쇠와 덧문이 너무 녹슬어서 열리지 않는 창문이지요."

"계속하세요."

"그 직후에 나는 누군가가 서쪽 창문 중 하나를 열려는 듯이 창문을 살그머니 잡아당기는 소리를 들은 것 같았어요. 하지만 그 무렵에는 빗소리가 좀 시끄러웠기 때문에 장담할 수는 없습니다."
"판사님도 그 소리를 들었는가요?"
"네, 아마 그분은 잘못 들었었겠거니 하고 생각했을 겁니다. 하지만 그후 불과 2~3초 뒤에 다른 쪽 창문의 덧문에 뭔가가 부딪히는 소리가 들렸어요. 조약돌이나 조그만 돌멩이 같은 것이 던져진 것이 아닌가 생각됩니다. 그 창문은 남측 벽면에 난 창문들 중 하나였는데……. 내가 설명들은 바로는 그뒤 1시간 반쯤 지나서 페이지 경위가 그 창문으로 기어들어 갔다고 하더군요. 찰스 모틀레이크 씨는 그 소리를 듣더니 커튼을 젖히고 창문을 열고 덧문 고리를 풀고 나서 밖을 내다보았지요. 그러나 아무것도 보이지 않았습니다."
"그 다음엔 어떻게 하던가요?"
"그분은 다시 창문을 걸어 잠갔는데 다만 덧문은 걸어 잠그지 않았어요. 덧문은 벽쪽으로 젖혀놓았지요. 그분은 그때 약간 짜증을 내셨던 것 같아요. 내가 쓸데없는 상상을 하고 있다고 나무라시더군요. 창문에서 3미터쯤 떨어진 곳에 나무가 한 그루 있는데, 그분은 폭풍에 꺾인 나뭇가지 같은 것이 날아와서 덧문에 부딪혔을 거라고 주장했습니다. 그때 바람이 세게 분 것은 사실이지만, 나는 그분이 한 말을 믿을 수가 없더군요."
"그 당시 책상 서랍에 이 공기 권총이 들어 있었는가요?"
"모르겠습니다. 아마 들어 있었겠지요. 그분은 서랍을 열 틈이 없었으니까요." 그는 마키스가 빤히 쳐다보는 앞에서도 시선을 떨구지 않았다. 이윽고 그가 말을 이었다. "그뒤 내가 무엇을 했는지 알고 싶으시겠군요. 나는 이 집을 나서서 지하철을 타고 맨션하우스 역에 내려서 길드홀 도서관까지 걸어갔습니다. 그곳에 도착하여 우연히 시계를 보니 4시 35분이었습니다. 나는 5시 정각에 도서관을 나섰습니다. 집으로 돌아오는 길이 좀 지체되어 5시 40분이 되어서야 도착했는데 와보니 찰스 모틀레이크 씨가 돌아가셨더군요. 내가 할 수 있는 말은 이것이 전부입니다만…… 그런데 이 공기 권총에 왜 관심을 두고 계신지 물어봐도 되겠습니까?"

마키스 대령이 지금까지의 수사내용을 들려주었다. 이야기를 듣는 동안 페니는 놀라는 기색 없이 그저 멍청한 표정이었다. 그는 난쟁이처럼 난롯가에 가만히 앉아서 숨도 쉬지 않는 것 같았다. 마키스는 이렇게 결론지었다.

"그러니까 우리는 화이트의 결백을 받아들일 수밖에 없습니다. 당신은 공기 권총이 서랍에 들어 있었으니까 화이트가 이를 사용했을 것이라고 주장하지만, 그래도 그가 그 세 발을 모두 쏠 시간은 없었다고 봐야 할 겁니다. 그는 현장에서 즉시 경찰에 체포되었는데 그때 그 공기 권총은 완전히 사라졌단 말입니다. 그가 공기 권총을 숨겼다고 볼 수가 없어요. 마지막으로, 그는 즉시 경찰서로 연행되어서 이 총을 본채로 운반할 수도 없었을 겁니다. 그런데도 이 총은 오늘 아침 여기서 발견되었단 말입니다."

페니가 "허, 참!" 하고 작은 소리로 탄식했다. 그가 더듬더듬 말했다. "하지만 듣던 중 가장 터무니없는 얘기군요. 그 말씀이 정말이라고는 상상할 수 없어요. 정말인가요? 그렇지만 이치에 맞지 않아요! 그 방 안에 살인 용의자가 세 명 있었다고 생각하시는 겁니까?"

여기서 페니는 마키스가 자기를 가지고 놀고 있다는 인상을 받았다. 그가 재미삼아 진상을 왜곡하거나 자기 솜씨를 과시하고 있으며, 사실은 그 방 안에서 어떤 일이 있었는지 잘 알고 있다고 생각했다.

그러나 마키스는 여전히 유들유들했다.

"이론을 따지자는 겁니까, 페니 씨? 꼭 세 명일 필요는 없고, 두 명인 것은 확실해요. 당신은, 예를 들어, 같은 사람이 브라우닝 자동 권총을 쏘고 또 어크만 공기 권총을 쏜다는 생각을 해보셨소?"

"내가 무슨 생각을 해봤는지는 나도 모르겠군요." 페니가 덤덤하게 대꾸했다. 그가 두 팔을 들어올렸다가 묘한 손짓을 하며 축 늘어뜨렸다.

"내가 아는 것은 내 불쌍한 친구분이 어떻게 피살되었건 간에 에드워드 화이트퍼드 경이…… 아니 가브리엘 화이트가 그분을 죽였다는 거예요. 당신은 그 젊은이를 모릅니다. 난 알아요. 바로 그런 짓을 할 사람이에요. 그 사람은 악마라도 속일 수 있는 자예요! 그자는 항상 교묘한 방법으로 일을 꼬이게 만들어요."

"그래도 그 사람이 기적을 일으킬 수 있다고 주장하는 건 아니겠지요?"

"언뜻 보면 기적 같지요, 네." 페니가 아주 진지하게 대답했다. "다시 말씀드리지만, 당신은 그자가 얼마나 영리한지 몰라요. 당신도 그자에게 속고 창피를 당해 봐야 알 겁니다. 예를 들어, 그자가 어떻게 이 집 정원에 들어왔지요?"

"그건 그 사람이 벌써 해명했습니다. 아이다 모틀레이크 양이 도서관에서 책을 빌리는 동안 차 안에 들어가 뒷좌석 깔개 밑에 쪼그리고 있었던 겁니다. 아이다 양이 차를 몰고 차고에 들어간 뒤 그는 그녀가 나갈 때까지 기다렸다가 차에서 나온 것이지요. 그날은 날씨가 몹시 어두워서 발각되지 않았다는 거예요."

문간에서 누군가 기침하는 소리가 들렸다. 얼굴이 나른해 보이는 반백의 집사 데이비스였다.

"제가 한 말씀 드려도 될까요?" 그가 물었다.

"엉?" 마키스 대령이 짜증내듯 대답했다. "좋아요, 뭡니까?"

"저, 이왕 이렇게 되었으니 말씀하시는 내용을 엿들었다고 솔직히 시인하겠습니다. 화이트라는 사람에 관한 이야기입니다만, 그 사람이 어떻게 아이다 아가씨의 차 안에 숨어들었느냐 하는 거죠. 그 사람이 어떻게 집 안에 들어왔건 그런 방법으로 들어오지 않았다는 것은 확실합니다. 그 사람은 자동차 뒷좌석에 숨어 있지 않았으니까요. 그건 제가 입증할 수 있습니다!"

데이비스가 두 손을 맞잡고 방 안에 들어섰을 때 페니는 언짢아하면서 뭐라고 중얼거렸으나 데이비스가 무슨 말을 하려는지 알아차리면서 곧 흥미를 보였다. 데이비스는 분명히 유능해 보였다.

"그렇습니다. 저는 엿들었습니다. 저는 훌륭한 집사가 못 되었던 모양입니다. 집사라면 하녀도 채용할 수 있어야 하겠지만 저는 그런 일도 허용받지 못했습니다. 사실은 저는 법정의 정리(廷吏)로 있다가 쪼달리던 중(리즈에서 술 때문이지요) 판사님이 제게 이 일자리를 주었지요. 집사라는 직책에 관해 제가 아는 것이라곤 판사님에게서 배운 것과 책에서 읽은 것뿐이지만 저는 이 일을 잘 해냈다고 생각합니다. 이제 판사님이 돌아가셨으니 결혼해서 자리를 잡으려 합니다. 그렇다고 해서 그분이 돌아가셨으니 이제 그분을 누가 죽였건 상관하지 않는다거나 그동안 그분이 해주신 일이 고맙지 않다고야 할 수 없지요. 그래서 제가 엿들었습니다."

페니는 입에서 침이 튈 정도로 화가 나 있었다. 그는 벽에 걸렸던 그림이 갑자기 튀어나오듯 그에게 얼굴을 내밀었다.

"자네가 전엔 이런 식으로 행동한 적이 없는데, 자넨 이런 식으로 말한 적이 없는데……."

"없었지요. 하지만 이렇게 말씀드릴 기회가 없었던 겁니다. 판사님이 절 쫓아냈을 테니까요." 그는 마키스를 물끄러미 바라보면서 말했다. "하지만 이젠 저도 좀 제대로 행동할 수 있다고 생각합니다."

마키스 대령은 흥미가 있었다. "정리가 집사로 변신했다고? 판사님과 오랫동안 함께 지냈겠군?"

"11년입니다."

"판사님의 유언에 따른 혜택은?"

"네, 500파운드입니다. 그분이 저에게 유언장을 보여 주시더군요. 그리고 저는 저금도 조금 있습니다."

"좋소. 이제 화이트, 아니 에드워드 화이트퍼드에 관한 이야기를 좀 들어 봅시다. 그 사람이 모틀레이크 양의 차에 숨어타고 들어오지 않았다는 것을 당신이 어떻게 알게 되었는지 얘기를 들어 봅시다."

데이비스가 집사의 자세를 흐트러뜨림 없이 고개를 끄덕였다. "말씀드리자면, 아가씨는 어제 오후에 차를 타고 외출했지요. 비가 내리기 시작했는데, 아가씨는 우산을 갖고 가지 않았습니다. 그런데 차고는 본채에서 20미터쯤 떨어져 있습니다. 4시 30분이 다 되었을 때, 아마 4시 20분이나 5분쯤에 아가씨가 차를 몰고 귀가했습니다. 저는 부엌에 있었는데 창문을 내다보니 차가 들어오더군요. 그래서 제가 우산을 가지고 차고로 가서 아가씨가 비에 젖지 않도록 우산을 받쳐들고 본채로 모시고 왔습니다."

"계속해요."

"그런데 제가 차고에 도착한 것은 아가씨가 차에서 내리기 전이었습니다. 아이다 아가씨가 내리자마자 저는 뒷좌석 문을 열고 혹시 짐을 가지고 오지 않았는지 살펴보았지요. 뒷좌석에는 아무도 없었습니다. 제가 들여다보기 전에 나간 사람은 있을 리가 없습니다. 빠져나갈 데가 없으니까요."

페이지가 물었다. "혹시 그 사람은 차가 정문을 통과할 때라든가 아니면 모틀레이크 양이 차고에 도달하기 전에 차에서 빠져나간 것은 아닐까요?"

"그건 제가 말씀드릴 수 없습니다. 로빈슨이나 아이다 아가씨에게 물어보시지요. 하지만 만일 그 사람이 자동차가 차고에 들어가기 전에 빠져나가지 않았다고 스스로 말했다면……."

마키스 대령은 아무 말없이 잠시 동안 허공을 응시하고 있었다. 이윽고 그가 입을 열었다. "더 할 말은?"

데이비스가 즉각 대답했다. "네, 있습니다. 좀 해명할 게 있습니다. 저는 훌륭한 집사는 못 되지만 그래도 다른 하인들에 대해 책임을 느끼고 있습니다. 무슨 말씀인지 아시겠지요? 이 집에는 저를 포함해서 하인이 셋뿐입니다. 물론 문지기 로빈슨은 본채에 들르는 일이 거의 없으니까 제외하고 말씀입니다. 전에는 판사님이 운전기사를 고용했기 때문에 하인이 넷이었지만, 그분은 연금을 두둑히 주어 그 운전기사를 내보냈습니다. 그래서 지금은 요리사와 하녀, 그리고 저뿐이지요. 판사님은 5시 20분과 5시 40분 사이에 살해되셨다고 생각해도 되겠지요?"

"그렇소." 마키스 대령이 이렇게 말하고 나서 페이지를 흘끗 보았다. "경위, 총이 발사된 시간을 모두 분, 초까지 정확히 기록했나?"

페이지가 고개를 끄덕였다. "저는 별채에 들어가 화이트의 손에서 권총을 빼앗고 나서 곧 시계를 보았습니다. 거의 정확하게 5시 30분이었습니다."

"고맙습니다." 데이비스가 기분이 좋은지 미소까지 지으며 말했다. "그때 우리 세 사람…… 요리사, 하녀 그리고 저는 마침 모두 부엌에 함께 있었습니다. 사실 우리는 6시 15분 전까지 함께 있었습니다. 제가 그 시간을 기억하는 것은 그때가 저녁 우편물이 도착하는 시간이어서 제가 편지 온 것이 있는가 보려고 현관에 가 보았기 때문입니다. 그러니까 우리는 집단으로 알리바이를 제시할 수 있을 것 같습니다."

마키스가 생각에 잠겨 지팡이를 자기 다리에 기대놓으면서 말했다. "그건 그렇고, 이젠 화이트의 진술 내용 중 다른 부분도 점검해서 맞는지 확인해 보는 게 좋겠군. 그 사람은 자기가 판사를 죽이기 위해 이 집에 침입했다고 시인하고 있는데……."

"아!" 페니가 가만히 탄식했다.

"……그리고 판사가 본채에 있다고 생각했기 때문에 한참동안 배회하다가 옆 창문을 통해 들어갔다고 시인하고 있단 말이야. 그 사람 말로는 자기가 5시 반이 다 되어 이곳에 숨어들어 와서 당신이 아이다 모틀레이크 양에게 차를 마시겠느냐고 묻는 것을 들었다던데, 그건 사실이오?"

"그래서 창문이 열려 있었군……." 데이비스가 이렇게 중얼거리며 자세를 바로 했다. "네, 바로 그대롭니다. 그때가 5시 20분이었지요. 저는 아가씨께 그 말씀을 여쭤 보고 나서 부엌으로 갔고, 그래서 하인들이 모두 그곳에 있다는 걸 알게 되었던 겁니다. 아가씨는 그때 이 화이트라는 사람에 관해 경찰에 전화를 걸었다고도 말씀했는데, 이 때문에 요리사는 아주 허둥대고 있었죠."

"당신 뭔가를 숨기고 있는 것 같은데," 마키스가 조용히 말했다. "말하는 게 좋아요. 말해 봐요."

데이비스가 처음으로 불안해하는 모습이었다. "네, 말씀드려야겠지요. 캐럴린 아가씨에 관한 것인데요. 어제 캐럴린 아가씨가 어디 갔었는지 알려드릴 수 있을 것 같습니다.

"들으셨겠지만, 하녀는 결혼하기 위해 내달에 그만둘 예정으로 있습니다. 어제 캐럴린 아가씨는 응모자들을 여러 명 면접했지요. 그런데 그 하녀에게는 사촌이 한 명 있는데(아주 멋진 처녀입니다) 하녀는 자기 사촌이 그 일자리를 얻게 되기를 바랐습니다. 그러나 캐럴린 아가씨는 그런 일에 감정이 개입되면 안 된다고 말했지요. 한편 밀리 레일리(그 하녀의 이름이죠)는 자기 사촌이 다른 지망자들에게 밀려나리라는 걱정은 하지 않았지만 그래도 직업소개소에서 신원보증서 길이가 1미터나 되는 후보자를 발굴해내면 안 되겠다고 생각했던 겁니다. 그런데 직업소개소에서는 몇 차례 전화가 걸려오고 있었거든요. 그래서 요점을 말씀드리자면……." 여기서 데이비스는 약간 우물쭈물했지만 그래도 정리처럼 목청을 돋우어 말했다. "밀리는 직업소개소에서 오는 전화를 확인하기 위해 모든 전화 내용을 도청하게 되었던 겁니다. 전화선은 2층에도 연결되어 있었습니다."

마키스 대령이 앞으로 다가앉았다.

"좋아요." 그가 말했다. "내 진작부터 그런 얘기를 기대하고 있었다니까. 잘못을 저질렀다고 사과할 필요는 없어요. 모틀레이크 양은 당초 칵테일 파티에 가려다가 어떤 전화연락을 받고 마음을 바꿨다고 말했는데, 밀리는 그 전화 내용도 도청했소?"

"했습니다." 데이비스는 불안감이 심해져서 소매를 만지작거렸다. 그리고 아주 사납게 말했다. "도청하고 말고요. 어떤 남자의 목소리가 이렇게 말했답니다. '아가씨와 랠프 스트랫필드에게 관련된 극히 중요한 일을 알고 싶으면 웨스트센트럴 1구(W.C.1) 헤이스팅스 거리 66번지에 있는 문방구상을 찾아가서 캐럴린 베어라는 이름으로 아가씨에게 온 편지를 달라고 하시오. 내 말을 듣지 않으면 사태가 악화될지도 모릅니다.'"

마키스 대령은 똑바로 앉았고 페이지는 아예 휘파람을 불었다. 랠프 스트랫필드라면 런던 경찰국에도 잘 알려진 인물이었다. 그러나 경찰은 아직 확증을 잡지 못했기 때문에 스트랫필드는 여봐란 듯이 웨스트엔드 구역을 활보하고 있었다. 랠프 스트랫필드는 여자들을 괴롭히는 소문난 제비족이었다. 그는 여러 차례 공갈죄 수사선상을 오르내리다가 한 번은 법정에 서기도 했었다. 그는 유능한 변호사를 만나, 그러고 보니 그 변호사는 앤드루 트래버스 경이었다, 무죄로 석방되었었다. 페이지는 캐럴린 모틀레이크가 자기에게 불리한 결과가 미칠 것을 각오하고 끝내 입을 열지 않은 이유를 알 것 같았다.

그때 구슬 커튼이 확 열리면서 캐럴린 모틀레이크가 종종걸음으로 방 안에 들어왔다. 그 여자는 화가 나서 얼굴이 창백해져 있었고 눈은 핏기가 사라져 마치 밀가루 반죽에 박힌 건포도알 같았다. 그녀는 몸을 바르르 떨면서 목소리를 억제하려고 애쓰는 모습이었다.

"데이비스, 나가봐요." 그녀가 꽤 침착하게 말했다. "나중에 얘기할게요. 하지만 지금 당장 짐을 싸는 게 좋겠어요. 해고 예고가 없었으니까 한 달 분 봉급을 받게 될 거예요."

"나가지 마시오, 데이비스." 마키스 대령이 말했다.

그가 지팡이에 의지하여 한 발로 몸을 일으켰다. 난로 불빛에 그의 큰 몸이 그녀 위로 우뚝 솟아 보였다.

"모틀레이크 양, 경찰에 우선권이 있을 것 같군요. 증인이 경찰에 무슨 말을 하려는데 아가씨가 나서서 그런 식으로 명령할 순 없어요. 물론 이 사람을 해고하는 것은 아가씨의 자유지만 정말 해고한다면 유감이오. 이 사람은 단지 아가씨를 보호하려고 한 것뿐이니 말이오."

"당신이······!" 그녀가 소리를 질렀다. 듣기에 거북한 말이었다. 더구나 아늑한 빅토리아풍으로 장식된 방 안에서는 도무지 어울리지 않는 말투였다.

"랠프 스트랫필드는 좋지 않은 친구지요, 모틀레이크 양."

그녀가 갑자기 얌전해지며 말했다. "내 생각에는······ 내가 누구를 찾아가건 누구를 만나건 도대체 당신네들이 무슨 상관이냐는 거예요.

안 그래요?"

"지금으로서는 상관있지. 이것 봐요. 이왕 말이 나왔으니 이제 실토하지 못할 이유가 없지 않소? 우리가 알고 싶은 건 단지 아가씨가 어제 오후에 어디 갔었느냐 하는 것뿐입니다. 아가씨가 정말로 그곳에 갔었다고 실토하면 뭐 크게 해되는 일이 있나요?"

그녀는 이제 많이 누그러져 있었다. "확실한 것은 난 모른다는 거예요. 말해 봐야 별로 좋을 것도 없겠지요. 랠프 스트랫필드에 관해 설교하실 필요는 없어요. 랠프는 그 전화와 아무 상관도 없으니까요. 그건 가짜 전화였어요. 다시 말하면 나는 범죄 소설에나 나올 케케묵은 수법으로 농락당했던 거라구요. 헤이스팅스 거리 66번지란 주소는 없어요. 그 거리에 문구상이 하나 있기는 하지만 주소가 달라요. 내가 한참 지나서야 진상을 깨달았으니 그 계략은 성공한 셈이지요. 그래서 나는 어제 어디에 갔었는지 입증할 방법도 없고, 그러니 그런 말은 하나마나가 아니겠어요? 도대체 어떤 자가……."

캐럴린이 말을 멈추었다. 페이지는 잠시 동안 이 완고하고 사나운 아가씨가 와락 눈물을 쏟으려는 것이나 아닌가 하고 조마조마했다. 그녀는 달음박질하다시피해서 방을 나가 버렸다. 페니도 알아들을 수 없는 말을 중얼거리며 따라나갔다. 데이비스가 이마를 훔치는 시늉을 했다.

"돈을 좀 저축해 놓기를 잘했군요." 그가 말했다.

"모틀레이크 씨의 두 따님이 선택한 남자는 모두 아버지가 고를 만한 사람이 아닌 것 같군." 마키스가 곰곰이 생각하며 말했다. "그건 그렇고 당신은 전에 가브리엘 화이트를 만나본 적이 있소?"

"없습니다. 그 사람은 그동안 여기 온 적이 없으니까요. 제가 그 사람을 본 것은 어제 오후 경찰관 두 명과 함께 있을 때 본 것이 처음입니다. 페니 씨는 그가 귀족이라고 하던가요?"

마키스가 입을 꽉 다물고 즐거운 듯이 웃었다. "안 되네, 여보게. 안 돼. 당신은 나에게 질문하는 게 아니지. 질문하는 사람은 나라구. 그래, 당신은 눈을 크게 뜨고 지켜봤겠지. 당신 생각에는 누가 판사님을 죽였을 것 같소?"

"제가 생각한 것은 별가치가 없을 것 같습니다. 하지만 제가 경찰이라면 앤드루 트래버스 경을 눈여겨보겠습니다."

"그래요? 당신은 그가 살인범이라고 생각하는군."

"아, 아닙니다. 꼭 그렇다기보다는……."

데이비스는 좀 허둥대는 것으로 보아 이 일에 말려들고 싶은 생각이 없는 것이 분명했다. "제 말씀은 그저 눈여겨 보시라는 것뿐입니다. 얘기를 들어보니 이치에 전혀 맞지 않는 일이 한 가지 있다는 생각이 들더군요. 그게 뭐냐 하면, 총알 한 개와 앤드루 경의 총입니다. 그것 때문에 경찰의 수사가 뒤틀리고 있는 것 같아요. 그건 바로 브라우닝 자동 권총의 탄환인데, 이 탄환은 경찰에서 뭐라고 설명하더라도 이치에 맞지 않는단 말입니다. 말하자면 그건 일종의 사마귀라고나 할까요. 그런데 제게는 아주 간단한 문제에 대해 모두가 열을 올리고 있는 것 같더군요."

"듣던 중 반가운 얘기로구먼. 그게 뭐요?"

"저, 경찰은 브라우닝 자동 권총에서 나온 탄환의 행방을 궁금히 여기고 있더군요. 하지만 상식 있는 사람이라면 그 탄환이 어디로 갔는지 알 수 있죠."

"그래?"

"그 탄환은 창밖으로 나간 겁니다." 데이비스가 얼른 대답했다. "경찰은 그 총알을 방 안에서는 찾지 못했는데, 그 총알이 녹아 없어졌을 리는 없지요. 판사님은 창문을 열고 난 뒤 뒤돌아서서 화이트를 보았지요. 그러자 화이트가 그분에게 총을 쏘고 이어 방 안에서 누군가가 총을 쏘아댔습니다. 그러나 창문은 약간 높은 데 위치해 있고, 여기 계신 경위님이 창문으로 달려갔지요."

마키스 대령은 진정으로 기뻐하는 모습이었다. 그는 손바닥을 비비고, 지팡이 끝으로 방바닥을 쿡쿡 찌르고 하다가 마침내 페이지의 의견을 물었다.

"경위, 자넨 이 얘기를 어떻게 생각하나? 가능할까?"

페이지는 돌이켜 생각해보니 등골이 오싹했다. 그가 말했다. "정말 그런 일이 있었더라면, 제가 지금 살아있다는 게 이상한 노릇이군요. 더구나 이미 말씀드린 것처럼, 저는 총소리가 났을 때 창문에서 열 발짝도 떨어지지 않은 곳에 있었습니다. 물론 총알이 비스듬히 날아갈 수도 있었겠지요. 꽃병이 놓인 방 구석에서 쏘았다면 실제로 비스듬히 지나갔을지도 모르겠습니다. 하지만 총알이 그처럼 가까이서 지나갔다면 제가 총소리나 그 비슷한 소리도 듣지 못했다는 것이 아무래도 이상합니다. 저는 아무 소리도 못 들었습니다."

그때 집안 깊숙한 곳 어디선가 현관 초인종 소리가 울리기 시작했다. 그 소리를 듣더니 데이비스의 커다란 몸집이 마치 마술에 걸리거나 석고를 뒤집어쓴 것처럼 다시 딱딱한 자세로 굳어졌다. 그는 무슨 말을 하려다 말고 손님을 맞이하기 위해 엄숙하게 밖으로 나갔다. 이어 보든 경사가 방 안으로 뛰어들어오며 말했다.

"로빈슨 노인이 여기 계시다고 하더군요. 별채로 좀 가 보셨으면 합니다. 사건 전체를 뒤집을 만한 것을 찾아냈습니다."

"그래?"

"우선 발자국이 몇 개 나왔습니다. 아주 선명한 발자국입니다. 하지만 그건 중요한 사실이 아니고, 브라우닝 자동 권총에서 나온 것으로 생각되는 32구경 탄환 한 개를 발견했습니다."

"어디서 찾아냈나, 경사?" 마키스 대령이 물었다.

"나무에 박혀 있었습니다. 경위님이 기어올라간 창문에서 약간 떨어진 곳에 있는 나무입니다." 잠깐 숨을 돌린 뒤(그동안 뒤에서는 데이비스가 빙그레 웃고 있었다) 그가 말을 이었다. "그러나 발자국들 중 몇 개는 도무지 이해할 수가 없습니다. 살인범이 서쪽 창문들 중 하나를 통해 들어왔다가 나간 것처럼 보이니까 말입니다. 그 창문은 잠겨 있는 데다가 녹이 슬어 지금도 열리지 않는 문인데 말입니다."

그들은 별채로 내려갔는데, 자갈이 깔린 샛길로 갔더니 길이 별채의 뒤쪽으로 이어져 있었다. 비는 그쳤지만 하늘은 여전히 우중충했다.

그들은 별채의 측면을 돌다가 로빈슨과 마주쳤다. 그는 모자를 쓰고 커다란 비옷을 입은 채 시무룩하니 땅을 내려다보고 있었다. 북쪽에 가까운 서쪽 창문, 브라우닝 자동 권총이 발견된 꽃병이 놓여 있는 위치 바로 밑에는 여름에 빗물을 막기 위해 나무 상자 몇 개가 한 줄로 세워져 있었다. 보든 경사가 조심조심 그 나무상자들을 들어 올렸다. 벽을 따라 난 창문 바로 밑에는 여름에 꽃밭으로 사용하던, 벽돌로 테를 두른 땅이 이어져 있었다. 그것은 창문께에서 3미터가량 나와 있는 꽤 큰 꽃밭이었다. 고르지 않은 흙 위에 발자국 다섯 개가 찍혀 있었는데, 빗물에 씻겨져 발자국의 윤곽만 알아볼 수 있을 정도였다. 그러나 발자국은 모두 별채에서 나온 것이었으며 또한 모두 같은 신발의 자국이었다.

보든이 손전등을 켜서 폭 3미터의 꽃밭을 가로질러 우툴두툴한 선을 비추자 마키스 대령이 그것을 살펴보았다.

"경사, 어제 오후에도 이 자국들이 있었나?"

경사가 우물쭈물하며 책임자였던 페이지 경위를 쳐다보았다. "잘 모르겠습니다." 페이지가 대답했다. "어제도 있었으리라고 생각되기는 하지만, 창문이 안으로 잠겨 있었기 때문에 우린 별채 바깥에는 나가보지 않았습니다. 이것 참 또 한 가지 실수를 했군요. 어쨌든 페니의 말과 한가지 부합되는 것이 있는 것 같은데요. 그 사람은 자기가 어제 4시가 조금 지나 판사와 이야기하고 있을 때 밖에서 누군가가 서성거리면서 서쪽 창문 중 하나의 덧문을 흔드는 소리를 들은 것 같다고 말했단 말입니다." 페이지가 문득 말을 멈추고 발자국들을 살펴보았다. "잠깐만! 그럴 리가 없겠는데요. 왜냐하면……."

마키스가 꾸밈없는 은근한 태도로 말했다. "그래. 이 발자국들은 모두 창문에서 바깥쪽으로 나 있네. 마치 누군가가 창문으로 나와서 걸어간 것처럼 말이야. 그런데 이 배회자가 창문으로 다가간 발자국은 없단 말일세." 그가 화난 사람처럼 주위를 둘러보았다. "한번 따져 보자구. 경위, 자넨 아무도 이 창문에 손을 댄 적이 없다고 장담할 수 있나?"

"장담합니다." 페이지가 말했다. 보든도 이 말에 동의했다.

"로빈슨 당신도 같은 생각이오?"

"그렇습니다." 노인이 말했다. 그러고 나서는 그가 곰곰이 생각하며 말했다. "사실은 불과 2~3일 전에 이 창문들 때문에 문제가 있었죠. 아이다 아가씨께서 판사님이 새 창틀을 끼웠으면 좋겠다고 하셨습니다. 덧문을 늘 닫아놓아야 하는 것은 창틀이 모두 낡았기 때문이라는 말씀이었죠. 그러니까 창틀을 갈아끼우면 방이 밝아져 판사님이 늘 어두컴컴한 곳에서 지내지 않아도 된다는 말씀이었습죠. 제가 이 일을 할 예정이었습니다만 판사님은 그럴 생각이 없으셨습니다."

페이지는 어둠 속에서 경찰국장보의 얼굴이 약간 일그러지는 것을 볼 수 있었다. 눈을 깜빡거리는 것 같기도 하고 얼굴을 찌푸리거나, 아니면 빛을 바라보는 것 같은 표정이었다. 그는 몸을 돌려 지팡이로 땅을 쿡쿡 찔러 보다가 얼마 뒤에 뒤돌아섰는데, 이때는 마음이 차분해진 것 같이 보였다.

그가 지시했다. "이 발자국에 다시 불을 비춰 보게. 이 발자국들을 어떻게 생각하나, 경위?"

페이지가 대답했다. "아주 큰 신발이군요. 적어도 10호는 되겠는데요. 문제는 발자국이 빗물에 씻겨나가 그 원래의 깊이를 알 수 없기 때문에 발자국을 낸 사람의 체중을 짐작해 볼 방법이 없다는 점입니다."

"용의선상에 오른 사람 중에 10호짜리 신발을 신는 사람이 있는가?"

"화이트는 아닙니다. 그건 확실합니다. 그 사람은 키는 크지만 신발의 치수는 7호나 8호를 넘지 않습니다."

"좋아, 그건 그렇고······. 경사, 그 밖에 또 무슨 증거물이 있는가?"

"별채 앞쪽으로 가면 나무에 탄환이 박혀 있습니다. 그리고 나무 주변에 발자국들이 더 나 있습니다. 그런데 이번에는 여자의 발자국입니다."

마키스 대령은 페이지가 예상했던 것만큼 놀라는 것 같지는 않았다. "아, 내 그럴 줄 알았지." 이렇게 말하는 그는 오히려 기분이 좋아진 것 같았다.

별채의 정면은 서재 쪽 두 창문의 덧문이 벽 쪽으로 제껴져 있는 것 말고는 달라진 것이 없었다. 페이지는 전날의 현장 상황을 머리 속에 그려 보려고 노력했다. 그러나 그는 보든이 안내해 준 나무를 보고 놀라지 않을 수 없었다. 그 나무는 창문에서 일직선으로 4미터쯤 떨어진 곳에 있는 몸통이 굵직한 느릅나무였다. 페이지는 그 나무를 생생하게 기억하고 있었다. 그는 전날 창문을 향해 달려갈 때 이 나무를 스칠 듯이 가까이 지나쳤었다. 그리고 그때의 한걸음 한걸음을 되새겨보니 자기가 나무를 지나쳐 간 때는 두 번째 총탄이 발사된 시각과 비슷한 때였음을 알 수 있었다.

보든 경사가 나무 줄기에 손전등을 비쳤다. "자, 잘 보십시오, 조금 위쪽입니다. 손을 뻗치면 만질 수 있습니다. 그러니까 높이로 보면 바로 창문을 통해 총알이 날아온 거죠. 그것이 총탄이 박힌 구멍입니다. 32구경 브라우닝 탄환이 분명합니다."

마키스 대령이 짓무르고 눅눅한 조그만 구멍을 살펴보고 나서 창문을 되돌아보았다. "파내게." 그가 말했다.

보든이 주머니칼로 또 하나의 납 탄환을 파냈는데 나무가 물러서 심하게 납작해지지는 않은 상태였다. 그들은 각자 탄환을 손에 올려놓고 그 무게를 달아 보았다. 페이지는 이제 더이상 의심할 것이 없었다. "검사를 해봐야겠지만 32구경 브라우닝 자동 권총 탄환이 확실하다고 봐야겠군요, 하지만······." 그가 다소 격한 말투로 덧붙였다. "어떻게 이럴 수가?"

"자네, 의심하는 건가? 음, 그렇겠지." 마키스 대령이 싱글거렸다. "하지만 다 끝난 건 아니니까 기다려 보게. 보든, 자네는 다른 발자국들을 보여 주고 나서 경찰국에 전화를 걸어 사진사를 불러오게. 탄환 구멍을 사진 찍고 측정해 봐야겠어. 자넨 좀 이상한 느낌이 안 드는가? 탄환이 거의 일직선으로 들어갔으니 말이야."

"사진사는 지금 오고 있습니다." 보든이 말했다. "그리고 발자국들은 여기 있습니다." 보든은 일행을 약간 뒤로 물러나게 한 뒤 손전등으로 한 곳을 비추었다. 별채를 마주볼 때 나무의 오른편 뒤쪽으로 약간 떨어진 위치였다. 나무 밑에는 부드러운 풀이 듬성듬성 자라고 있었는데, 그곳의 흙에 끝이 뾰족하고 볼이 좁은 여자의 하이힐 자국 하나가 또렷하게 나 있었다. 그것은 오른발의 자국이었는데, 그곳에서 15센티미터쯤 떨어진 곳에는 왼쪽 신발의 발 끝 자국이 뭉개져 있었다. 마치 누군가가 나무 뒤에 숨어서 주위를 살펴본 듯한 상황이었다. 그러나 페이지는 이 발자국을 보는 순간 의심이 커져 아예 불신이 굳어져 버렸다.

"흥분을 가라앉히는 게 좋겠습니다. 이건 가짜입니다."

그가 차분하게 말했다.

보든 경사가 뭐라고 항의하는 말을 했지만 마키스는 그를 밝은 눈빛으로 유심히 바라보았다.

"자네가 지금 한 말은 정확히 무슨 뜻인가, 경위?"

"어제 오후 이후로 누군가가 증거를 조작하고 있다는 말씀입니다. 저는 이 나무 뒤에 아무도 서 있지 않았다고 장담할 수 있습니다. 저는 이 나무를 5~6센티미터 간격을 두고 지나쳤기 때문에 그때 누가 있었다면 제가 보지 못했을 리가 없습니다." 그가 그 두 개의 발자국 옆에 무릎을 꿇고 유심히 살펴보면서 말했다. "더구나 이 자국들을 좀 보십시오. 발자국이 너무 깊습니다. 이런 정도의 발자국을 낼 수 있는 여자라면 체중이 70~80킬로그램쯤 되는 여장부이거나 아니면……."

마키스가 손바닥을 탁탁 치면서 주위를 둘러보고 있다가 고개를 끄덕였다. "그래, 그 말은 별로 틀리지 않는 것 같군. 이 발자국의 주인공은 남자이거나 아니면 어떤 여자가 또렷한 발자국을 확실히 남기기 위해 오른발을 힘껏 내디딘 것이란 말이지……. 이건 분명히 조작된 증거군. 그리고 별채 저편에 있는 그 10호짜리 발자국들도 마찬가지로 조작된 것이라고 생각하고 싶네. 하지만 한가지 설명되지 않는 점이 있어. 나무에 박힌 32구경 탄환은 어떻게 된 걸까? 그것도 조작된 증거일까? 만일 그렇다면 왜 조작한 걸까?"

"데이비스의 추측이 옳을지도 모른다는 점은 저도 인정합니다." 페이지가 말했다. "데이비스는 별채 바깥에서 탄환을 찾을 수 있을 것이라고 했었는데 지금 그 탄환이 나온 겁니다. 하지만 아주 수상쩍 기는 마찬가지입니다. 저는 두 번째 총격이 있을 때 이 나무 옆을 지나갔습니다. 그런데 저는 총격의 진동이나 탄환이 나무에 맞는 소리를 전혀 듣지 못했으니 어떻게 된 겁니까? 혹시 제가 모르고 지나쳤을 수도 있지요, 그럴 가능성도 있습니다. 하지만 한가지 전혀 납득할 수 없는 것은······."

"탄환의 방향 말인가?"

"네, 탄환의 방향입니다. 말씀하신 대로 탄환은 창문 쪽에서 일직선 방향으로 박혀 있습니다. 그런데 브라우닝 자동 권총은 방의 구석 쪽에서 발사되었단 말입니다. 별채를 마주보고 설 때 그 구석은 왼쪽에 있습니다. 그러니까 탄환이 이 위치에 박히려면 공중에서 부메랑처럼 아니면 다른 어떤 형태로든 포물선을 그렸어야 합니다. 그건 말도 안 됩니다."

"그렇군. 자, 별채로 가세." 마키스 대령이 말했다.

그들은 울적한 침묵 속에서 별채로 터벅터벅 걸어 들어갔다. 페이지가 조그만 중앙 복도에서 전등불을 켜고 왼쪽에 있는 서재문을 열었다. 달라진 것은 없었다. 커다란 방에 들어서자 답답하고 숨이 막혔다. 페이지가 또 하나의 전등 스위치를 켜자 판사의 책상 위쪽에 매달린 등불에서 환하게 불빛이 쏟아져 내렸다. 과연 책상 바로 옆에 서니 보이는 것이 별로 없었다. 전등갓이 스포트라이트와 같은 효과를 내기 때문이었다. 방 안에는 책장들의 흐릿한 그림자가 가득차 있었고 커다란 노란색 꽃병이 희미하게 번득이고 있었다.

마키스 대령은 우선 서쪽 창가로 가서 창문들이 모두 견고하게 닫혀 있음을 확인했다. "과연 범인이 우편엽서처럼 얇아지지 않고서는 창문으로 빠져나가지 못했겠군." 그가 투덜거리듯 말했다. "게다가 이 방은 정말 어둡군. 한 가지 작은 실험을 해보자구. 내가 신경 써서 이것을 가지고 왔지." 그가 심술궂은 장난기를 풍기며 외투 주머니에서 앤드루 트래버스 경의 브라우닝 자동 권총을 꺼냈다.

그는 한손으로는 권총을 교묘하게 다루면서 한 눈으로는 거리를 측정했다. 그러더니 방 안을 천천히 걸어다니면서 창문을 하나하나 살펴보았다. 그가 책상 앞에서 걸음을 멈추자 다른 두 명도 그를 따라 그곳으로 갔다.

책상 서랍은 잠겨 있지 않았다. 그가 서랍을 열자 타자 친 깨끗한 종이들이 모습을 드러냈다. 맨 위에는 메모철과 화이트홀 은행의 수표책이 놓여 있었다. 메모지에는 깨알 같은 깔끔한 글씨로 다음과 같이 적혀 있었다.

사라 새뮤얼스
    퍼트니 헤어로드 36d
조회처 : 에마 매겔턴 부인, W. 8. 켄싱턴
셰필드 테라스 18 '플라워딘'(페니 대필).
OX

마키스 대령이 말했다. "새 하녀의 신원 조회처야. 별것 아닌 것 같군. 마지막 희망을 걸고 우리 사건을 한 번 재구성해 보세."

그가 노란색 꽃병이 있는 방 구석으로 절뚝거리며 걸어가서 다시 앤드루 트래버스 경의 브라우닝 자동 권총을 빙빙 돌려보았다.

"난 여기 서서 판사가 서 있던 방향으로 총을 한 방 쏘겠네. 그 다음에는 권총을 꽃병 속에 떨어뜨리겠네. 경위, 자네는 화이트의 역할을 맡게. 방 한가운데쯤 화이트가 있던 자리에 서 있는 거야. 자네는 총소리가 나거든 몸을 획 돌려서 내가 보이는지 말해 주게."

페이지가 자기 있을 위치에 섰다. 그는 총격이 금방 있을 것으로 생각했지만 총소리가 나지 않았다. 마키스 대령은 페이지가 방심하도록 만들기 위해 한동안 적당히 시간을 끌고 있었다.

총소리는 몹시 커서 방 전체가 마치 바닷가의 오두막집처럼 흔들렸다. 페이지는 자기도 모르게 깜짝 놀라며 몸을 휙 돌렸다. 그는 그동안 전등의 환한 불빛을 보고 있었기 때문에 방 구석을 응시했으나 눈이 부셔서 잘 보이지 않았다. 보이는 것은 전혀 없었지만, 그러나 누군가가 사기로 만든 우산 받침대에 우산을 놓는 것 같은 희미한 소리가 들렸다.

"자, 내가 보이는가?" 어둠 속에서 목소리가 천천히 울렸다.

페이지의 눈은 점차 어둠에 익숙해지고 있었다. "안 보입니다. 지금은 꽃병 앞쪽으로 그림자 같은 것이 보일 뿐입니다."

마키스 대령이 방아쇠에 손가락을 넣어 권총을 빙글빙글 돌리면서 걸어나왔다. 그리고 팔을 내밀어 권총을 겨누었다.

"경위, 자넨 이제 탄환이 창밖으로 나가지 않았음을 알았겠지?"

보든 경사는 몹시 당황해하며 벌써 새로 난 총탄자국을 살펴보고 있었다. 남쪽 두 창문 사이의 노란색 벽지를 바른 벽에는 탄환자국이 두 개가 생겼다. 과연 마키스 대령이 쏜 총탄은 왼쪽 창문에 가까이 접근하기는 했지만 그래도 바깥으로 나가지 못하고 30센티미터쯤 안쪽에 박혀 있었다.

보든이 고집을 부렸다. "그렇군요, 하지만…… 그 총알이 나가지 않았다면, 한 가지 묻겠습니다만 또 하나의 탄환은 어디로 갔단 말입니까? 이제 탄환이라면 넌덜머리가 납니다."

그날 오후 5시 반에 페이지 경위는 웨스트민스터 지하철역에서 나와서 템스 강가를 거쳐 경찰국으로 터벅터벅 힘없이 걸어갔다. 그동안 수사에 진전이 있었던 것은 부인할 수 없는 사실이어서 그의 수첩에는 유죄와 무죄의 증거가 모두 적혀 있었다. 그러나 그는 점심도 굶었고 맥주도 마시지 못했던 것이다.

경찰국 청사에서 엎어지면 닿을 만한 거리에 선술집이 하나 있었다. 구석에 처박혀 있어서 잘 알려지지 않았고 또 실제로 눈에 띄지 않게 위장한 술집이기도 했다. 그러나 이 집은 경찰이 애용하는 술집이었다. 페이지는 템스 강의 안개를 쫓아내는 싸늘한 습기 속을 헤치며 걸어가다가 마침 이 선술집의 눈이 일터 있는 것은 보았다.

그는 일반석으로 들어가지 않고 난롯불이 환하게 타고 있는 특실로 갔다. 그런데 뜻밖에도 특실에는 손님이 있었다. 어떤 사람이 난로 쪽으로 긴 다리를 뻗고 앉아 있었는데 의자 등받이 위로 듬성듬성한 백발과 커다란 맥주컵을 든 검버섯이 얼룩진 손이 보였고, 담배 연기가 구름처럼 일고 있었다. 이윽고 그 사람이 목을 길게 빼고 뒤를 돌아보았다. 씽긋 웃는 얼굴은 마키스 대령이었다.

그것은 전에 없던 일이다. 경찰국장보는 자기 부하들이 드나드는 술집에는 다니지 않았기 때문이다. 그러나 마키스 대령은 무엇보다도 파격적인 일을 즐기는 사람이었다.

"아! 경위, 어서 들어오게. 그래, 늙은이가 앉아 있다고 너무 노려보지는 말게나. 난 자네를 기다리고 있었던 셈이니까. 자, 이야기를 시작하기 전에 맥주를 쭉 들이키게."

페이지가 맥주에 달려드는 동안 그는 담배를 피우며 생각에 잠겼다. "자, 이제 시작해 보지. 어떻게 됐나?"

"일이 잘됐는지는 모르겠습니다만 여러 가지 사태의 진전이 있었습니다. 그러나 사건은 김샜습니다."

"김이 새다니 도대체 무슨 뜻이야?" 마키스가 엄숙한 표정으로 말했다. "그런 이상한 소리는 작작하고 내 질문에 대답이나 하게. 시경찰국 경위란 사람이 그런 소리를 한다는 것은……."

"죄송합니다. 우리가 생각했던 두 가지 예상이 빗나갔다는 말씀을 드리려던 참이었습니다. 가장 혐의가 짙고 알리바이도 없었던 사람은 이제 혐의를 완전히 벗어 버렸습니다. 또 우리가 별다른 혐의가 없다고 보았던 사람이 지금은, 말하자면 혐의가 있게 되었습니다."

마키스 대령이 눈을 크게 떴다.

"음, 놀랄 일은 아니군. 혐의를 벗은 사람은 누군가?"

페이지가 힘없이 대답했다. "캐럴린 모틀레이크입니다. 그 여자 자신은 모르고 있을지 모르지만, 그녀에게는 확실한 알리바이가 있더군요……. 그녀는 실제로 헤이스팅스 거리에 갔었습니다. 제가 오늘 오후에 그녀의 뒷조사를 하기 위해 직접 그곳에 갔었습니다. 전 사진 한 장을 들고 갔었지요. 그곳 66번지에는 문방구점이 없고, 32번지에는 신문 판매점이 있었습니다. 그녀는 마지막으로 그 집을 찾아갔더군요. 그 상점 여주인 말이 집을 찾으며 길거리를 서성거리는 여자 한 명을 보았다는 것이었습니다. 그 이상한 여자가 마침내 신문 판매점 안으로 달려 들어오더니 캐럴린 베어 앞으로 온 편지를 달라고 했다더군요. 제가 사진을 꺼내 보여 주었지요. 의심할 여지가 없었습니다. 그 여주인이 캐럴린 모틀레이크를 알아보았으니까요……. 물론 편지는 없었습니다. 그건 꾸며낸 구실이었습니다. 하지만 그녀가 그 상점에 들른 것은 어제 오후 5시 20분이었더군요. 그 상점은 불룸즈베리에 있으니까 날아가거나 날개 달린 신발을 신지 않는 한 그녀가 5시 30분까지 햄프스테드에 도달한다는 것은 불가능한 일이었습니다. 그러니까 그 여자는 혐의를 벗은 겁니다."

마키스 대령은 잠시 동안 불길을 응시하고 있다가 고개를 끄덕였다. "어쨌든 의혹은 풀렸군. 그 다음은 뭔가? 한 사람은 혐의가 풀렸고, 다시 혐의를 받게 된 사람은 누구지?"

"앤드루 트래버스 경입니다."

"이거 놀랐는 걸!" 마키스 대령이 말했다.

이 말이 그에게는 뜻밖이었음이 분명했다. 그는 의자에서 일어나 화난 듯이 지팡이로 바닥을 쿵쿵 두드리면서 절름거리는 다리로 방 안을 왔다갔다했다.

페이지가 빙그레 웃으며 말했다. "알겠습니다. 제가 아이다 모틀레이크 양을 지목하리라고 생각하셨군요."

"빈틈없는 젊은이로군." 마키스가 미덥게 말하며 그를 바라보았다. "자넨 바보가 아니군."

페이지가 차근차근 말했다. "바보일 리가 있나요? 제가 유독 그녀를 감싸고 있다고 생각하실 줄 알고 있습니다. 국장보님께선 시간상 드러나는 차이를 증거로 제시하실 테지요. 화이트는 그녀가 5시 30분이 다 되어 본채 안에서 집사와 이야기하고 있더라고 말하고 있습니다. 그 직후에 화이트는 별채로 달려갔습니다. 그러니까 알리바이가 성립되지요. 하지만 데이비스는 그녀가 5시 20분에 자기와 이야기했다고 말합니다. 그리고 데이비스는 그뒤 그녀가 있던 방에서 나왔습니다. 그러니까 알리바이가 성립되지 않습니다."

"맞아. 나도 그 생각을 하고 있었네." 마키스가 시인했다. "웨이터! 맥주 더 가져와!"

"국장보님께서도 이번 범죄에는 여자의 솜씨가 엿보인다고 말씀하시고 싶었을 겁니다. 그래서 실제로 캐럴린 모틀레이크에게 혐의를 두려고 애썼던 것도 사실입니다. 하지만 아이다에 대한 당초의 제 생각은 지금도 유효합니다. 그리고 한 가지 더 말씀드린다면……." 페이지가 아주 진지한 얼굴로 테이블을 두드리며 말을 이었다. "이번 사건의 배후에는 남자가 있습니다."

"그건 나도 동감일세. 하지만 트래버스에 관한 이야기를 계속해 보게. 그가 혐의를 받게 된 이유는 뭔가?"

"혐의라고까지 말하긴 어려울지도 모르겠습니다. 앤드루 경은 어제 오후 내내 자기 사무실에 있었다고 진술했지요. 또 서기의 방을 지나지 않고서는 자기 사무실에서 나갈 방법이 없다고도 말했습니다……. 그런데 말입니다. 그건 새빨간 거짓말입니다. 출입구가 또 하나 있단 말입니다. 그 건물 뒤쪽에는 화재시 쓸 수 있는 비상계단이 있는데 그 계단은 트래버스 경의 사무실 창문 옆을 지나갑니다. 앤드루 경은 그 계단을 통해 내려갔을 수도 있습니다. 물론 그가 꼭 그렇게 했다는 건 아닙니다만."

"흠." 마키스 대령은 다시 자리에 앉아서 벽난로의 선반 장식을 멍하니 바라보았다. "그곳에는 사무실들이 벌집처럼 많지." 그가 말했다. "여하튼 실크해트를 쓴 당당하고 위엄있는 법정 변호사가 대낮에 비상계단을 기어 내려왔다면 웃음거리는 아니라 하더라도 큰 구경거리로 사람들의 입에 오르내렸으리라는 생각이 드는군. 집어치우게, 페이지. 그건 순 엉터리 상상이야. 이 사건에서 앤드루 트래버스 경이 차지하는 비중은 그의 권총과 마찬가지로 여분의 존재일 뿐이야. 그 사람이 어떻게 관련이 있단 말인가? 자기 친구를 살해할 동기가 무엇이겠는가? 그가 로빈슨의 감시를 피해 어떻게 그 집에 잠입했겠는가? 아니야, 난 그 당당한 실크해트 신사가 이런 사건에 개입되었다고는 생각할 수 없네."

"전 국장보님께서 진상을 좀 알고 계실 줄 알았는데요?" 페이지가 완곡하게 말했다. 전혀 악의가 없는 말이었지만 이 말이 마키스의 감정을 건드렸다.

"자네 말은 전적으로 옳아. 난 살인범이 누구인지도 알고, 범행이 어떻게 저질러졌는지도 잘 알고 있으니까. 하지만 내겐 사실과 증거가 필요해. 그러니 사실을 밝혀 보자구. 자네, 오늘 새 사실을 알아낸 게 있는가?"

"알리바이에 관한 것밖에 없습니다. 예를 들자면 데이비스인데요."

그가 상대방을 날카롭게 쳐다보았지만 미키스 대령은 여유만만했다.

"그는 5시 20분에서 5시 45분까지 요리사와 함께 부엌에 있었다니까 그의 알리바이는 어느 정도 입증된 셈입니다. 제가 '어느 정도'라고 말씀드리는 것은 요리사가 데이비스는 5시 30분을 전후해서 약 3분 동안 맥주를 가지러 지하실에 내려갔었다고 말하고 있기 때문입니다. 문제는 그가 과연 그 시간에 재빨리 별채로 내려갔다가 다시 살짝 돌아올 수 있었겠느냐 하는 것입니다.

그 밖에 이 사건과 관련있는 사람은 단 한 명, 서기인 앨프리드 페니뿐입니다. 그의 알리바이는 확인할 길이 없으므로 그에게는 알리바이가 없다고 할 수 있습니다. 그 사람은 자기가 5시에 시청 도서관을 나서서 지하철을 타고 귀가했다고 말하고 있었습니다. 그러나 지하철을 갈아탈 때 한두 번 열차를 놓치고 또 전반적으로 연착이 심했기 때문에 집에 도착한 것은 5시 40분이었다고 합니다. 지하철을 타고 다니는 사람의 이동상황은 입증할 길이 없지요. 하지만 저 개인적으로는 그의 말이 사실이라고 생각합니다."

페이지가 수첩을 탁 덮으면서 말했다. "이상이 전부입니다. 이것이 사건 관련자 전부입니다. 이들 중 한 명일 겁니다. 제 보고를 완결지으려면 두 가지 증거가 더 있어야 하겠는데 좋으시다면 되풀이해서 말씀드리겠습니다마는 이건 수사망이 좁혀졌다는 것을 보여 주는 데 불과할 겁니다."

"뭐든지 다 얘기해 두는 게 좋겠지."

"알겠습니다. 저는 누가 그 10호짜리 구두자국과 여자 발자국을 만들어 놓았는지 밝혀보려고 애썼습니다. 저는 그 집안의 옷장을 모두 뒤져보았습니다. 여자용 오른발 슬리퍼 자국은 크기가 4호였는데 아이다와 캐럴린이 모두 4호짜리 신발을 신더군요. 그러나 그 집안에 있는 신발들 중에는 길거리를 걸을 때 묻게 마련인 보통 흙이 묻은 것은 있었지만 진흙이 묻었던 흔적이 남은 신발은 없었습니다. 이것이 첫 번째 문제입니다. 두 번째 문제는 남자 신발에 관한 문제인데요, 그 집안에서 10호짜리 신발을 신는 사람은 딱 한 명밖에 없었습니다."

"그게 누구지?" 마키스 대령이 다그쳐 물었다. "페니지요."

페이지는 상대방의 표정만 보아서는 그가 흥분했는지 실망했는지 알 수 없었다. 그러나 마키스 대령이 어떤 반응을 보이고 있다는 것만은 분명했다. 마키스 대령은 난로 불빛을 받으며 앞으로 몸을 내밀고 앉아서 두 눈을 반짝이며 기다란 손가락들을 꺾어 딱 소리를 내고 있었다. 그러나 마키스 대령이 아무 말도 하려고 하지 않아서 페이지는 말을 계속했다.

"페니에게는 구두가 두 켤레뿐입니다. 그건 확실합니다. 한 켤레는 갈색이고 또 한 켤레는 검은색이지요. 그는 어제 검은색 구두를 신었었는데, 그 구두는 젖어 있었습니다. 그러나 어느 구두에도 진흙이 묻었던 흔적은 없었습니다. 진흙을 온전히 닦아내어 흔적을 없앤다는 것은 대단히 힘든 노릇인데 말입니다."

그가 여기서 말을 멈추었다. 맥주를 날라다 주었던 웨이터가 방문 뒤에서 머리를 조심스럽게 내밀고 있었기 때문이었다. 그 웨이터가 가까이 접근해 왔다.

"실례합니다……. 마키스 대령님이시지요? 대령님을 찾는 전화가 걸려왔는데요."

마키스 대령이 벌떡 일어났는데 페이지는 이때 처음으로 그가 초조해하는 것을 간파했다. "알았네." 그가 말했다. 그리고 페이지에게 덧붙여 말했다. "이봐, 심상치 않아. 내가 여기 있다는 것을 아는 사람은 내 비서뿐일세. 난 그에게 특별한 일이 없으면 나에게 연락하지 말라고 일러두었는데……, 함께 가보는 게 좋겠네, 경위."

전화기는 오래된 나무와 맥주 냄새가 나는 술집 뒤켠의 비좁은 복도에 설치되어 있었다. 그 위에는 찌그러진 전등이 매달려 있어 페이지는 자기 상관의 얼굴 표정을 볼 수 있었다. 수화기에서 굵직한 목소리가 튀어나왔다. 소리가 어찌나 크고 빽빽거리는지 마키스 대령은 수화기를 귀에서 밀찌감치 떼어놓아야만 했다. 페이지는 한 마디 한 마디를 모두 알아들을 수 있었다. 그것은 남자의 목소리였다.

그 목소리가 말했다. "대령이오? 나 앤드루 트래버스요." 그가 헛기침을 하고 나서 머뭇거리더니 다시 큰소리로 말했다. "지금 모틀레이크 댁에 와 있습니다."

"무슨 일이 생겼나요?"

"그렇소. 사라 새뮤얼스인가 하는 처녀에 관해 알고 계신가요? 이 집 하녀로 새로 채용되어 내달부터 밀리 레일리 대신 일할 여자라더군요. 알고 있군요. 아시겠지만 그 여자는 어제 오후에 이 집에 있다가 맨 나중에 떠났지요. 그 여자가 1시간 전쯤에 이 집에 전화를 걸었습니다. 캐럴린을 대달라고 하더군요. 매우 중요한 얘기를 할 것이 있다면서 다른 사람에게는 말할 수 없다는 거예요. 캐럴린이 그 여자를 채용했던 탓인지 다른 사람은 믿지 못하는 것 같았습니다. 하지만 캐럴린은 장례 문제를 처리하기 위해 지금 외출중이지요. 그래서 나는 내가 법정 대리인이라고 알려주면서 나에게 말하면 안 되겠느냐고 물었지요. 그 여자는 말을 더듬으며 망설이더니 가능한 한 빨리 이 집으로 찾아오겠다고 말했습니다."

"그래서요?"

페이지는 이제 앤드루 트래버스 경이 창백한 얼굴로 전화기에 대고 소리지르는 모습이 보이는 듯했다.

"그 여자는 이곳에 오지 못했어요. 그 여자는 지금 이 집의 차도 위에 죽어 있어요. 등에 식칼이 꽂힌 채 말입니다."

마키스 대령은 아주 천천히 수화기를 내려놓고 전화기를 노려보다가 돌아섰다. "내 그럴 줄 알았지. 젠장, 경위. 내가 이런 일이 일어나리라고 예상할 수도 있었는데 말이야. 하지만 방금 트래버스 전화를 받기까지는 한 가지가 설명되지 않더란 말이야……. 분명히 모틀레이크 집안의 누군가가 그 전화를 엿들었군."

"그럼 누군가가 그 여자의 입을 막기 위해 죽였다는 말씀인가요?" 페이지가 이마를 문지르며 물었다. "하지만 저는 그 여자가 도대체 무엇을 보거나 들었다는 건지 이해가 안 갑니다. 비록 그 여자가 어제 다른 사람들보다 잠깐 더 머물러 있다가 뒤따라 나갔다고 하지만, 그래도 4시 전에는 돌아갔습니다. 그 시간에는 판사님이 멀쩡하게 살아 있었단 말입니다."

마키스 대령은 그의 말은 듣고 있는 것 같지도 않았다. 그는 손톱이라도 물어뜯을 지경이었다. "하지만 경위, 지금 나를 괴롭히는 문제는 그게 아닐세. 살인범이 사라 새뮤얼스까지 죽였다고 생각할 수도 있지. 그러나 그런 식으로 죽였을까? 아니, 그럴 리가 없어. 그건 아주 치명적인 실수가 되지. 난 이제 필요한 증거를 찾은 셈이네. 한 가지만 더 밝히면 체포할 수 있는 상황에 와 있는 거야. 살인범이 하필이면 왜 범행장소 안에서 그 같은 방법으로 그 여자를 죽였을까? 혹시……."

그는 이제 고민거리를 떨쳐버린 듯 다시 명랑해졌다.

"경위, 자네는 당장 순찰차를 얻어타고 빨리 현장에 가 봐. 내가 도착할 때까지 통상적인 업무를 처리해 주게. 내 곧 뒤따라 갈 테니. 나는 두 사람을 데리고 자네를 뒤쫓아 가겠네. 그 두 사람 다 아주 중요한 증인이라네. 한 사람은 나중에 보면 알 거고, 다른 한 사람은 가브리엘 화이트일세."

페이지가 그를 쳐다보았다. "지금 무슨 일을 하시려는지는 알고 계시겠지요? 가브리엘 화이트를 범인이라고 생각하시는 겁니까?"

"아닐세. 화이트는 판사를 죽이지 않았어. 그리고 그 사람은 지금 시경찰국에서 감시를 받고 있으니 그가 새뮤얼스 처녀를 죽였다고 보기도 힘들지. 하지만 화이트는 사건을 재구성하는 데 매우 큰 도움이 될 걸세. 내가 1시간 뒤쯤에 살인범이 사방이 막힌 서재에서 어떻게 빠져나갔는지 설명할 때 말이야."

런던 경찰국 순찰차의 전조등이 어둠 속에서 모틀레이크 저택 안의 차도를 거의 대각선으로 비추고 있었다. 앞쪽으로는 널찍한 차도가 본채를 향해 오르막길을 이루고 있었다. 길 양쪽에 느릅나무들이 서 있는 데다가 차도가 커브를 이루고 있기 때문에 이 지점은 본채에서도 정문 쪽에서도 보이지 않았다. 그리고 땅바닥에는 하얀 짚이 안개처럼 깔려 있어 시계가 한층 더 흐렸다.

페이지는 경찰차 앞 좌석에서 몸을 일으켜 앞 유리 너머로 밖을 내다보았다. 전조등이 차도에서 왼쪽으로 70~80센티미터쯤 벗어난 느릅나무 밑동 근처에 누워 있는 시체를 비추고 있었다. 앤드루 트래버스 경이 그곳에 있었는데, 모자를 쓰지 않은 채 푸른색 외투의 옷깃을 세운 모습이 다소 초라해 보였다. 아이다 모틀레이크도 그곳에서 어떤 나무를 둘러보고 있었다. 그리고 우비를 입은 문지기 로빈슨 노인이 손전등을 들고서 장승처럼 버티고 서 있었다.

피살된 여인은 낙엽이 수북히 깔린 곳에 누워 있었다. 이 때문에 페이지는 발자국을 찾는 것이 불가능하다는 것을 직감했다. 낙엽들의 상태로 보아 그 여자는 차도에서 살해된 뒤 그곳으로 끌려온 것이 분명했다. 페이지는 시체를 움직이지 않고서도 피살자의 등 왼쪽 어깻죽지 바로 밑에 불쑥 나와 있는 칼의 손잡이를 볼 수 있었다. 그것은 식탁에서 흔히 볼 수 있는 보통 식칼이었는데 뼈로 만든 검은색 손잡이에는 세로 홈이 파여 있었다. 시체는 유혈이 낭자했다.

피살자는 20대 후반의 키가 작고 약간 포동포동한 여자였는데 옷차림은 수수했다. 모자를 쓴 얼굴은 진흙이 묻은 데다가 자갈에 긁혀 있어 얼굴만 보아서는 상황을 짐작할 수 없었다. 그 여자는 범인이 뒤에서 덮쳤을 때 앞으로 쓰러져 차도에 얼굴을 부딪혔으며, 그뒤 범인이 시체를 굽힌 채로 끌어다가 현재의 자리에 옮겨놓은 것이 분명했다.

페이지의 손전등이 현장 주변 여기저기를 비췄다. "젠장." 그가 이렇게 말하며 한곳을 비춰 보았다. 시체에서 70~80센티미터쯤 떨어진 곳에 큼직한 망치가 낙엽에 묻혀 있었다.

"좋아." 페이지가 허리를 펴면서 경찰차를 향해 소리쳤다. "크로스비, 우선 사진을 찍고 레인은 지문을 채취하게. 나머지 분들은 이리 좀 와 주시지요. 시체는 누가 발견했습니까?"

로빈슨이 반항적인 자세로 들고 있는 손전등이 그의 핏발선 얼굴과 움츠린 목을 밝게 비추었다.

로빈슨이 대답했다. "접니다. 반시간 전쯤에요. 아마 확실치는 않지만요. 앤드루 경께서 정문으로 전화를 걸어서 새뮤얼스라는 여자가 올 테니 들여보내라고 이르셨지요. 그 여자가 왔기에 전 시키는 대로 했습니다. 그 여자가 차도로 걸어올라갈 때 저는 수위실 문으로 목을 내밀고 지켜보았어요. 하지만 차도에 여기 이곳처럼 커브가 많아서 잘 보이지 않았습니다. 그래서 문을 닫으려는데 이상한 소리가 들렸습니다."

"무슨 소리였소? 비명소리? 고함소리?"

로빈슨이 약간 움찔했다. "모르겠습니다. 무슨 목을 울리는 소리였는데 하여튼 큰소리였습니다. 저는 기분이 나빴지만 속수무책이었습죠. 그래서 손전등을 들고 차도로 뛰어올라갔습니다. 막 커브를 도는데, 바로 여깁니다, 누군가가 무슨 물건을 떨어뜨리고 도망가는 것 같은 소리가 들렸습니다. 잘 보이지는 않았습니다. 무슨 옷자락 스치는 것 같은 소리였습니다. 그 소리는 숲 속으로 사라졌어요. 그리고 뭔가를 떨어뜨렸는데요. 그것이 무엇이었느냐 하면 바로 저것입니다." 그가 낙엽에 파묻혀 있는 그 망치를 손으로 가리켰다. "제 느낌으로는 누군가가 이 불쌍한 여자를 눕혀놓고 망치로 얼굴을 후려갈기려고 했던 것 같은데요. 제가 너무 빨리 왔던 것이죠. 그래서 제가 본채로 달려가서 앤드루 경께 알려 드렸던 겁니다."

이때 페이지는 주위에 사람들이 늘어가고 있음을 눈치챘다. 피살된 시체와 희미한 불빛에 끌려 다른 사람들이 소리없이 모여들고 있었던 것이다. 그중에서 데이비스의 쉰 목소리가 들렸다.

"제가 한 번 살펴보도록 해주시면 칼과 망치를 모두 알아볼 수 있을 것 같습니다." 데이비스가 무뚝뚝하게 말했다. "제 생각엔 이 식칼은 우리 집 식당에서 나온 것 같군요. 이 망치도 지하실 작업대에 보관중이던 것과 닮았습니다."

"앤드루 트래버스 경은?" 페이지가 그를 찾았다.

트래버스는 목이 좀 쉬기는 했지만 침착성을 되찾아 법정에 선 것 같은 태도를 보였다. "나 여기 있소, 경위." 그가 점잖게 빈정대는 억양으로 읊조리듯 말했다.

"앤드루 경께서는 오후 내내 이 집에 계셨습니까?"

페이지가 물었다.

"오후 3시경부터 내내 있었소. 내가 여기 도착한 때는 당신이 막 떠나고 난 다음이었던 것 같소. 내가 본채에서 여기 있는 모틀레이크 아가씨와 주사위 놀음을 하고 있을 때 로빈슨이 와서 소식을 전해 주더군요. 우리는 오후 내내 함께 있었지요. 정말이요. 그렇지 않소, 아이다?"

아이다 모틀레이크가 입을 열었다가 다시 다물었다. 그리고 이렇게 대답했다. "아, 물론, 정말이고 말고요. 다른 사람들도 이젠 색안경을 쓰고 생각하지 않지요, 앤드루? 아, 이건 끔찍한 사건이에요. 페이지 경위님."

"잠깐," 페이지가 이렇게 말하며 몸을 홱 돌렸다. 자갈길을 딛는 발걸음 소리가 들렸기 때문이었다. "누구요?"

희미한 불빛 속에서 캐럴린 모틀레이크의 창백한 얼굴이 나타났다. 그 얼굴에 깜짝 놀란 표정이 나타났으나 그녀는 곧 평온을 되찾았다. 페이지는 그 놀란 표정이 무엇 때문인지 이해할 수 없었다. 그 표정이 원래의 그 냉소적인 비웃음으로 변했지만 두려움을 감추지는 못하고 있었다. 그녀가 양쪽 소매를 감싸쥐고 비웃듯이 말했다.

"말썽꾸러기가 왔어요. 불쌍한 천덕꾸러기가 왔다구요……." 그녀가 말을 멈췄다. "가만 있자, 이제 생각나네. 페니 씨는 어디 있어?"

"페니 씨는 별채에 계셔. 아버지의 서류를 정리하기 위해 1시간쯤 전에 그곳으로 갔어."

페이지가 끼어들었다. "페니 씨가 아직도 별채에 있단 말인가요? 아무도 그에게 알려주지 않았어요?"

아이다가 말했다. "그런 것 같네요. 그……그 생각을 미처 못했어요. 그러니 그 양반은 아마 아무것도 모르고 있겠군요."

"조심해요!" 갑자기 캐럴린 모틀레이크가 소리쳤다.

또다른 경찰차 한 대가 쏜살같이 정문을 통과하고 커브를 돌아 그들에게 달려들었기 때문에 페이지는 껑충 뛰어 뒤로 물러섰다. 검은색 자동차가 급정거하자 앞좌석에서 키 큰 사람이 아주 정중한 몸짓으로 일어서며 모자를 들어올렸다.

"신사 숙녀 여러분, 안녕하십니까?"

마키스 대령이 마치 BBC 방송국 아나운서처럼 인사했다.

침묵이 흘렀다. 페이지는 과장된 몸짓을 좋아하는 자기 상관의 한심한 버릇을 잘 알고 있었다. 그렇지만 자동차 앞 유리에 팔꿈치를 기대고 서서 새삼 흥미롭다는 듯이 일행을 내다보는 마키스 대령의 태도에는 확실히 어떤 이상한 잔인함 같은 것이 담겨 있었다. 자동차 뒷좌석에는 세 사람이 앉아 있었으나 페이지는 그들이 누군지 알아볼 수 없었다.

마키스 대령이 말했다. "대부분 다 여기에 모인 것 같군요. 좋습니다. 모두 다 나와 함께 별채로 가 주시면 고맙겠습니다. 여러분들 모두 말입니다. 우리 숫자를 늘려줄 손님 한 분을 모셔 왔습니다. 이분을 다른 이름으로 알고 계신 분들도 있겠지만 이분 자신은 스스로를 가브리엘 화이트라 부르고 있습니다." 그가 손짓을 하자 자동차 뒷자석에 있던 검은 모습들 중 한 명이 움직이더니 밖으로 나왔다. 자동차 전조등 앞에서 사람들은 침묵을 지키고 있었으나 페이지는 그들의 표정을 읽을 수 없었다. 그러나 가브리엘 화이트 자신은 긴장하고 겁먹은 표정이었다.

사람들은 시체 주변에 있을지도 모를 흔적을 훼손하지 않도록 조심하면서 한 줄로 늘어서 별채로 걸어갔다. 이 사건이 어떻게 종결될지 아는 사람은 별로 없었지만, 사람들은 모두가 이것이 사건의 종결이 되리라는 것을 알고 있었다.

별채는 방마다 불이 켜지고 창문들은 모두 커튼이 쳐져 있었다. 사람들이 쿵쿵거리며 서재로 들어서자 앨프리드 페니 씨가 콧등에 안경을 끼고 판사의 책상 뒤에 있다가 깜짝 놀라 일어섰다.

마키스 대령이 말했다.

"이 모임에 합류하세요, 페니 씨. 흥미가 있을 겁니다."

그가 이 주머니 저 주머니에서 권총 세 자루를 꺼내 페니가 물러선 책상 위에 한 줄로 늘어 놓았다. 페이지는 여러 사람들의 위치를 눈여겨 보았다. 아이다 모틀레이크는 책상 뒤에서 멀찌감치 떨어져 그늘 속에 섰고, 그 옆에 트래버스가 있었다. 캐럴린 모틀레이크는 팔짱을 끼고 거드름을 피우며 동쪽 벽에 기대어 서 있었다. 데이비스는 이 일에 흥미가 있다는 듯이 차분하게 마키스 대령 바로 곁에 붙어 있었다. 페니는 뒤켠에 서 있었다. 아직도 한사코 모자를 벗지 않고 있는 반항적인 로빈슨 노인은 창문 곁에 있었다. 가브리엘 화이트는 갑자기 쓰러질 것 같은 모습이 되어 두 손을 주머니에 넣은 채 방 한 가운데에 서 있었다.

그리고 마키스 대령은 전등 밑의 책상 뒤에 자리잡고서 자기 앞에 다 권총들을 늘어놓은 채 일행을 향해 미소짓고 있었다. "신사 숙녀 여러분, 지금 이 순간 보든 경사는 사라 새뮤얼스의 놀라운 신원을 밝혀줄 어떤 사람에게 그녀의 시체를 보여 주고 있습니다. 그동안에 증거를 보완하기 위해 두 가지 질문을 하고자 합니다……. 먼저 아이다 모틀레이크 양에게."

아이다가 한 발짝 앞으로 나섰는데 페이지가 보기에 어느 때보다도 활기가 있어 보였다. "뭐든지 물어보세요." 그녀가 말했다.

"좋습니다! 모틀레이크 양, 우리가 이 사건의 수사를 처음 시작했을 때 이 저택에 상인들이 드나드는 출입문의 열쇠가 두 개 있다고 들었습니다. 하나는 로빈슨이, 그리고 나머지 하나는 명목상의 가정 주부인 아가씨께서 갖고 있었지요. 그런데 어제 오후에 아가씨는 그 출입문을 잠그라고 지시했지요. 그래서 로빈슨이 자기 열쇠를 가지고 출입문을 잠갔습니다. 아가씨가 갖고 있던 열쇠는 어디 있었으며, 또 지금은 어디 있나요?"

아이다가 그를 차분하게 바라보았다. "그 열쇠는 다른 열쇠들과 함께 식기실의 서랍에 들어 있었어요. 그리고 지금도 거기에 있어요."

"하지만 첫 번째 질문의 보충입니다만 그 열쇠를 아무도 모르게 꺼내서 복제한 뒤 제자리에 갖다놓을 수 있겠지요?"

"글쎄요, 가능한 일일 거예요. 한 번도 사용하지 않은 열쇠라서…… 하지만 그건 왜 물으시지요?"

"좋습니다. 그럼 마지막 질문입니다. 오늘 우리들의 친구 로빈슨이 한 가지 중요한 얘기를 해주었습니다. 그 사람 말이 얼마 전에 이 방 서쪽 창문을 둘러싸고 논쟁이 있었다고 하더군요. 창틀이 헐거워서 판사님이 늘 덧문을 닫고 지내던 창문 말입니다. 그는 아가씨가 방 안을 밝게 하기 위해 창틀을 갈아끼우자고 제의했다고 말했습니다. 자, 잘 생각해 보고 대답하세요, 로빈슨이 한 말이 사실인가요?"

아이다가 눈을 크게 떴다. "글쎄요, 그런 셈이에요. 아버지께 실제로 그런 말씀을 드린 사람은 저였으니까요. 하지만 아버지는 받아들이지 않으셨어요. 그래서 저도 포기했어요. 하지만 사실은 그건 제 생각이 아니었어요."

"그럼 누가 아가씨에게 그런 제의를 했나요? 기억이 나요?"

"네, 물론 기억해요. 그건……."

그때 방 밖 복도에서 발걸음 소리가 나더니 방문이 열렸다. 보든 경사가 나타나서 아주 흡족한 얼굴로 경례를 했다. "준비가 완료되었습니다." 그가 보고했다. "새뮤얼스의 얼굴에 흙이 묻은 탓으로 신원 확인에 앞서 얼굴을 닦아내느라 시간이 예상보다 몇 분 더 걸렸습니다. 하지만 여기 그 부인을 모셔왔습니다. 이 부인은 언제든지 증언할 수 있습니다."

그가 옆으로 비켜서자 눈이 흐릿하고 머리는 반백인 땅딸막한 여인의 당황한 듯한 모습이 나타났다. 그 여인은 상복을 입고 우산으로 몸을 가리고 있었는데, 페이지는 처음에는 그녀를 알아보지 못했다. 그러나 곧 그녀가 누군지 알아보고 깜짝 놀랐다. 마키스 대령이 그녀에게 목례를 했다. "부인 성함은?"

"클라라 매컨……." 여인이 대답하고 나서 숨을 돌렸다. 그리고 "……부인이에요" 하고 덧붙였다.

"직업은 무엇입니까, 매컨 부인?"

"블룸즈베리 헤이스팅스 거리 32번지에서 신문 판매점을 경영하고 있습니다."

"방금 사라 새뮤얼스의 시신을 보셨지요, 매컨 부인? 전에 그 여자를 본 적이 있습니까?"

매컨 부인이 우산의 손잡이를 꽉 잡고 서둘러 말했다. "네, 본 적 있어요. 어제 오후 5시 20분에 내 상점을 찾아와서 캐럴린 베어 앞으로 온 편지를 달라고 했던 바로 그 여잡니다."

쥐죽은 듯한 침묵이 흐른 끝에 마키스 대령이 한손을 들어올렸다.

그가 말했다. "경위, 여기 자네의 피의자가 있네."

페이지가 말했다. "캐럴린 모틀레이크, 찰스 모틀레이크와 사라 새뮤얼스를 살해한 혐의로 체포한다. 당신의 진술은 기록되어 증거로 이용될 수 있음을 경고한다."

천천히 다섯을 셀 동안 아무도 움직이거나 입을 열지 않았다. 캐럴린 모틀레이크는 여전히 팔짱을 낀 채 벽에 기대어 서 있었다. 달라진 점이 있다면 눈이 사납게 빛나고 짙은 루주 칠을 한 입술이 삐죽 튀어나와 있다는 것뿐이었다.

"바보……바보짓 집어치워요, 증거를 대 보라구요."

그녀가 거칠게 말했다. 그리고 페이지에게 한 번 꽥 소리치고 나서 다시 잠잠해졌다.

마키스 대령이 말했다. "아가씨, 내 증거를 대 보지. 내가 아가씨의 범행을 얼마나 입증할 수 있는지 보여 주기 위해 우선 아가씨에게 충분히 생각할 시간을 주겠소. 몇 분 동안 혼자서 잘 생각해 둬요. 그동안에 나는 다른 사람과 할 말이 있으니까."

그가 사나운 얼굴로 몸을 휙 돌렸다. 가브리엘 화이트가 입술을 빨고 있었다. 화이트는 몸을 제대로 가누지 못했다. 정작 안색이 변한 것은 캐럴린 모틀레이크가 아니라 화이트였다.

마키스 대령이 말했다. "그래, 바로 당신이야. 캐럴린 모틀레이크의 애인 말이야. 가브리엘 화이트 아니면 에드워드 화이트퍼드 경이라고 불리는 사람이지. 당신들은 참 대단한 한 쌍이군!"

"난 그를 죽이지 않았소." 화이트가 말했다.

"그건 나도 알아. 하지만 난 당신을 사전 및 사후 종범으로 교수대로 보낼 수 있소." 마키스 대령이 말했다.

화이트가 한 발짝 앞으로 나섰다. 그러나 보든 경사가 그의 어깨를 잡았다.

마키스 대령이 명령했다. "보든, 이 사람을 감시해. 지금은 그럴 배짱도 있을 것 같지 않지만 이 사람은 백발백중의 명사수일세. 그리고 한 번은 자기가 용돈이 좀 필요한데 담배 가게 현금 서랍에 1~2파운드밖에 없다는 이유 하나만으로 담배가게 여주인을 때려서 반쯤 죽게 만든 적도 있는 사람이라네. 돌아가신 판사님이 옳았어. 화이트란 사람이 성인인지 악인인지 궁금해하는 사람들이 있었던 모양이지만 판사님은 우리보다 훨씬 전부터 제대로 알고 있었던 것이라네."

마키스 대령이 다른 사람들을 바라보았다. "내가 설명을 좀더 해드려야겠지요?" 그가 말을 이었다.

"난 이자가 처음부터 거짓말 한다는 것을 알고 있었어요. 아, 네. 이자는 판사님을 죽일 생각이었어요. 자기 애인이 방해하지만 않았더라면 실제로 죽였을 겁니다. 그렇지만 이자는 그것 때문에 교수형을 당하지는 않을 겁니다.

자, 좀 뒤로 물러서서 저 총탄 구멍들을 보십시오. 이 사건에는 우리가 처음부터 믿었던 한 가지 기본 전제가 있었습니다. 우리는 그것을 당연한 것으로 받아들였지요. 그것은 이 방에서 발사된 두 총탄에 관한 것인데, 그 두 총탄 38구경 아이버-존슨 권총과 32구경 브라우닝 자동 권총의 총탄은 판사님을 살해하지 않았다는 것입니다. 우리는 첫 번째 총탄은 38구경이고, 두 번째 총탄은 32구경이라는 화이트의 진술을 받아들였습니다. 화이트의 항변은 여기에 근거하고 있지요. 그런데 이 진술은 거짓말이었습니다.

그는 자기가 38구경 권총을 휘두르며 이 방에 달려 들어왔다고 말했습니다. 또 그때 판사는 열어놓은 창가에 서 있었고, 그가 들어서자 뭐라고 소리치면서 몸을 돌렸으며, 바로 이 순간에 자기가 총을 쏘았다고 말했습니다.

하지만 그 38구경 탄환은 어떻게 되었을까요? 화이트가 이 방에 들어서자마자 쏘았다는 그 총탄은 구슬기의 튜브를 박살내고 나서 판사가 서 있던 곳에서 2미터 이상 빗나간 벽에 박혔습니다. 그런데 이게 믿기 어려운 일이란 말입니다. 권총이라고는 전혀 모르는 서투른 사람이더라도 5미터도 안 떨어진 곳에서 목표물이 2미터나 빗나간다는 것은 있을 수 없는 노릇이란 말입니다.

그 다음엔 어떻게 되었겠습니까? 창 밖에, 창문을 통해 일직선으로 나간 곳에 나무가 한 그루 있습니다. 그런데 이 나무에 32구경 브라우닝 자동 권총 총탄이 박혀 있었습니다. 다시 말해서 이 총탄이 박혀 있는 위치는 화이트가 이 방에 들어서면서 쏘았다는 첫 번째 총탄이 도달하리라고 예상되는 바로 그 위치란 말입니다. 판사님을 아슬아슬하게 비껴간 그 총탄이 열려 있는 창문을 통해 그 나무에 박힌 것이지요.

그러므로 그가 쏜 첫 번째 총탄은 38구경이 아니라 브라우닝 32구경 총탄이어야 한다는 것이 명백합니다. 그 결정적인 증거로 우리는 그 수수께끼의 브라우닝 총격, 즉 그의 오른쪽 뒤켠, 노란색 꽃병이 있는 구석에서 발사되었다는 두 번째 총격에 관한 이야기는 새빨간 거짓말이라는 점에 주목하고 있습니다. 총탄이 원을 그리며 창 밖으로 나가서 일직선으로 나무에 박힌다는 것은 있을 수 없는 일입니다.

그러므로 사건 줄거리는 이렇게 됩니다. 화이트가 방 안에 들어와서 브라우닝 32구경 자동 권총을 쏘았으나 빗나갔습니다. 그가 왜 못 맞췄는지는 곧 설명하겠습니다. 그러자 화이트는 방 구석으로 가서 브라우닝 자동 권총을 꽃병 속에 떨어뜨리고 곧 되돌아와 아이버-존슨 38구경 권총으로 제2탄을 발사했습니다. 증거가 있느냐고요? 내 부하들이 증거를 제시할 수 있습니다. 오늘 아침 나는 이곳에서 조그만 실험을 해보았습니다. 내가 저 꽃병 옆의 방 구석에 서서 직접 총을 쏴보았습니다. 특별히 무엇을 겨냥한 것은 아니고 그저 두 창문 사이의 벽을 향해 쏘았지요. 그 총탄은 열려 있는 창문에서 오른쪽으로 30센티미터쯤 떨어진 벽에 맞았습니다. 내가 만일 화이트가 두 번째 총격을 한 지점에 서서 총을 쏘았더라면 그 총탄은 아이버-존슨 38구경 탄흔이 있는 바로 그곳에 맞았을 것입니다."

앤드루 트래버스 경이 앞으로 나섰다.

"결국 화이트가 총탄 두 발을 다 쐈다고 말씀하시는 건가요? 하지만 그건 몰상식한 생각이오! 그 사람이 밀폐된 방 안에서 왜 그런 짓을 했겠소? 무슨 의도로 그런 짓을 해요?"

"나중에 설명해 드리겠습니다." 마키스 대령이 말했다. "그건 내 생전 처음 보는 기막힌 계략이었습니다. 하지만 계략이 뒤틀려서…

… 우리의 주목을 끈 또 한 가지 흔적은 선명하게 찍힌 발자국들이었습니다. 남자용 10호짜리 구두로 찍힌 자국이 서쪽 창문 바깥에 있는 넓은 꽃밭을 가로질러 나 있었습니다. 이 발자국들은 모두 창문 쪽에서 걸어나간 사람이 만든 것이었지요. 우리는 누군가 10호 크기의 구두——화이트의 구두보다 큽니다——를 신은 사람이 창문으로 나와서 도망갔다고 믿을 뻔했어요. 하지만 창문 새시의 상태로 보아 누구든 창 밖으로 나간다는 것은 불가능한 일이었습니다. 그러니까 그 발자국들은 분명히 가짜였던 겁니다. 하지만 그것들이 가짜라고 한다면 발자국의 주인공은 어떤 방법으로 그 넓은 꽃밭 위에 창문 쪽에서부터 난 발자국들을 한 줄로 남길 수 있었을까요? 그 주인공은 멀리뛰기를 했던 것입니다. 다시 말해서 멀리뛰기로 꽃밭을 건너갔다가 되돌아오는 방법으로 판사님이 살해되기 1시간 전쯤에 이 발자국들을 꾸며놓았던 것입니다. 그 정도로 멀리 뛸 수 있는 사람은 단 한 사람 가브리엘 화이트밖에 없습니다. 오늘 오후 페니 씨가 알려준 대로 그 자가 옥스퍼드 대학에서 세운 멀리뛰기 기록은 아직 깨어지지 않았을 정도니까요…….

그럼 그 다음에는? 그 다음에 우리는 로빈슨 노인에게서 얼마 전에 이 집안에서 이 창문들을 보통 창문처럼 열 수 있도록 만들자는 계획이 갑작스럽게 논의되었다는 말을 들었습니다. 짐작하시겠지만 이 모든 것은 유령 살인범이 판사를 죽이고 나서 발자국과 권총을 남긴 채 창문을 통해 도망간 것처럼 꾸미기 위한 것이었습니다.

그것은 바로 화이트의 계획이었지요. 그는 모틀레이크 씨를 죽일 작정이었지만 아주 영리한 사람이어서 판사가 어떤 방법으로 살해되든 간에 자기가 의심받게 되리라는 것을 잘 알고 있었습니다. 혐의를 받지 않고는 살인할 방법이 없었던 겁니다. 세상의 이목을 끌지 않을 묘한 계략을 세워 봐야 결국 체포될 게 뻔했단 말입니다. 하지만 그는 살인을 하고서도 증거 불충분으로 유죄 판결을 면하거나 사람들이 그를 무죄라고 믿도록 할 수 있는 방법은 있나고 생각했습니다.

이 사람은 모틀레이크 집안에 있는 공범의 도움을 받아서 이 집안의 어떤 친구 소유인 브라우닝 자동 권총을 입수할 수 있습니다. 화이트로서는 자기가 훔칠 수 없다는 것을 입증할 수만 있으면 그 총이 무슨 총이건 상관없지요. 이 사람은 모두가 듣는 곳에서 판사님에게 난폭한 협박을 가합니다. 이 사람은 배짱좋게 전당포에서 38구경 권총을 구입하는데, 이것은 물론 그 전당포 주인이 경찰 끄나풀이며 따라서 즉시 경찰에 신고하리라는 것을 잘 알고 하는 짓입니다. 이 사람은 또 어디서인지 자기 구두와는 전혀 다른 10호짜리 구두 한 켤레를 구합니다. 이 사람은 또 필요할 때 언제든지 이 저택에 출입하기 위해 자기 공범에게서 장사꾼들의 출입문 열쇠 복제품을 입수합니다. 끝으로 이 사람은 공범에게서 이 녹슨 창문과 덧문들을 정상적으로 고쳐 놓았다는 연락을 받습니다.

이제 준비는 끝났습니다. 이 사람은 이제는 아무 때나 판사님이 별채에 혼자 있을 때를 틈타 범행 1시간 전쯤에 저택에 침입할 수 있게 되었습니다. 우선 발자국들을 만들어 놓습니다. 그리고 덧문을 잡아당겨 제대로 작동하는지 확인해 둡니다. 그 다음에 집안에 경고를 해서 사람들이 자기를 추격하도록 편리한 증인들이 자기를 뒤쫓아오도록 만듭니다. 이 사람은 추격자들보다 훨씬 앞서서 별채 안으로 뛰어들어갑니다. 발자국을 만드는 데 사용했던 구두는 벗어서 저택 안 어딘가에 묻어두고 이제는 자기 신발을 신고 있습니다. 방문을 잠급니다. 그리고 총을 두 방 쏘는데 한 방은 빗나가고 또 한 방은 판사님을 죽입니다. 그리고 서쪽 창문을 재빨리 열고 브라우닝 자동 권총을 창 밖으로 던져 버린다는 겁니다. 그렇게 하면 추격자들이 도착해서 그를 잡더라도 그는 살인을 시도했을 뿐 살인미수에 그친 사람이 되는 것입니다. 그리고 진짜 살인범은 창문께에서 총을 쏘고 창 밖으로 뛰쳐나가 도망가게 되는데, 그 사람은 화이트의 것이 아닌 신발을 신고 화이트가 소지할 수 없는 권총을 소지한 사람이 된다는 것입니다. 요컨대, 화이트는 범행을 은폐하기 위해 스스로를 드러냈던 것입니다. 그는 자기가 살인을 시도했다고 시인하면서 동시에 자기가 살인할 수 없었다고 주장한 것입니다. 그는 유령을 만들어냈습니다. 그렇게 해도 무죄 방면은 어렵고 위험에 빠지게 되겠지만, 그래도 유죄 판결은 면할 수 있다는 계산이지요. 교수대에 스스로 걸어 올라가는 것만이 교수형을 면할 수 있는 확실한 방법이라고 계산했던 것입니다."

페이지가 몸을 돌려 화이트를 보았다. 그 젊은이의 얼굴에 또다시 미묘한 변화가 일어나고 있었다.

"이봐요, 아직 의문이 많아요." 에드워드 화이트퍼드 경이 대수롭지 않은 듯이 말했다. "내가 살인범이 아니라는 것은 당신도 알 텐데."

"마키스, 한 가지 이해되지 않는 점이 있소." 트래버스가 큰소리로 말했다. "당신 설명이 사실이라 하더라도, 진짜 살인범이 어떻게 방 밖으로 나갈 수 있었겠소? 설명을 듣고 보니 더 헷갈린단 말입니다. 그리고 화이트나 그의 공범은 얼마나 멍청했기에 창문이 고쳐지지도 않았는데 원래의 계획을 그대로 밀고 나간단 말입니까? 당신은 캐럴린이 살인범이라고 했는데 난 그 말을 믿을 수 없고……."

"고맙군요, 앤드루." 캐럴린이 조롱하듯 끼어들었다. 그녀가 자세를 바꾸어 발작적으로 불쑥 앞으로 걸어나왔다. 아직 정신을 완전히 가누지 못하고 있는 것이 분명했다. 분별력은 되찾은 듯했지만 온 세상을 향한 분노는 억제하지 못하는 것 같았다.

"사람들에게 밀려서 시인하지는 마세요, 가브리엘." 캐럴린이 애정어린 목소리로 말을 이었다. "이 사람들은 지금 허세를 부리는 거라구요. 나에게 불리한 증거를 눈곱만치도 갖고 있지 못하거든요. 경찰은 내가 아버지를 죽였다고 하지만, 내가 범행을 하려면 투명인간이 되었어야 한다는 것을 깨닫지 못하는 것 같아요. 그러니 아버지가 실제로 어떻게 피살됐는지 입증하지 못하는 한 감히 기소하지 못할 거예요. 경찰이 웃음거리가 되고 말 테니까요. 앤드루, 당신이 정곡을 찔렀어요. 가브리엘과 내가 그린 난폭한 음모를 꾸몄다면 우린 그 창문이 봉해져 있다는 걸 알았어야지요……."

그때 쉰 목소리가 들렸다.

"캐럴린 아가씨, 제가 아가씨에게 거짓말을 했습니다."

로빈슨이 모자를 벗어서 두 손으로 주무르고 있었다. 그가 말을 이었다. "제가 거짓말을 했습니다요. 그 때문에 하루종일 불안하여 미칠 지경이었는데, 정말이지 이제는 거짓말한 게 다행이군. 며칠 전 아가씨가 제게 5파운드를 주면서 이곳에 살짝 들어와 창문 하나를 고치라고 했습죠. 어떻게든 창문이 열리도록만 하라고 말입니다. 그래서 제가 방에 들어갔습니다. 하지만 판사님에게 들켰지요. 판사님이 호통을 치셨습니다. 그래서 전 아가씨께 돌아갔는데 5파운드가 탐이 나서 그만 창문을 고쳐놨다고 거짓말을 했지요. 전 이 얘기를 아무에게도 토설하지 않겠노라고 아가씨께 맹세했고, 또 아가씨는 설사 제가 발설하더라도 아무도 절 믿지 않으리라고 말씀하셨지만 그래도 전 애꿎은 일로 교수형을 당하기는 싫습니다요."

"페이지, 저 여자를 붙잡아." 마키스 대령이 내뱉듯이 말했다.

그러나 캐럴린을 저지할 필요는 없었다. 그 여자는 침착하게 미소지으며 그들을 마주 보았다.

"붙잡아 봐요." 그 여자가 말했다.

마키스 대령이 말했다. "그렇다면 아가씨와 화이트가 이 일을 공모

했구먼. 아가씨도 화이트 못지않게 판사님을 증오했겠군. 그분의 온갖 언행과 심지어는 온화함까지 말이야. 또 아가씨는 전에 공갈범 랠프 스트랫필드와 놀아난 일 때문에 아주 큰 곤경에 빠져 있었으리라 생각되는군. 부친께서 그 소문을 듣는 날에는 유산을 한 푼도 못 받게 될 테니까 말이지. 그런데 아가씨는 스트랫필드라든가 또 가브리엘 화이트 같은 여러 정부들 때문에 돈이 필요했던 것이겠지.

물론 이 집안에 화이트의 공범이 있다는 건 처음부터 뻔한 노릇이었소. 그렇지 않고서야 그가 그처럼 많이 알고 그처럼 여러 가지를 입수할 수 없었을 테니까 말이야. 또 그의 공범이 여자라는 것도 뻔한 노릇이었소. 이 사건에는 페이지 경위의 표현대로 여자의 솜씨가 엿보였던 게 사실이오. 그리고 이 집안에서 공범이 될 동기를 가질 만한 사람이라면 아가씨와 또 아가씨의 동생밖에 또 누가 있겠소? 사실은 그것이 나를 괴롭혔소. 두 사람 중 누구인지 알 수 없었으니 말이야. 사실 난 당초 아이다를 의심하는 편이었소. 하지만 아가씨에게 혐의를 뒤집어 씌우려는 것처럼 보인 모든 일들이 사실은 그 동생과 다른 사람에게 혐의를 돌리기 위한 것임이 밝혀지면서부터는……. 트래버스 당신의 구두는 몇호짜리지요?"

"10호요. 보시다시피 좀 큰 편이지요."

앤드루 경이 무뚝뚝하게 대답했다.

"알겠습니다. 그리고 이건 당신의 권총이지요. 게다가 그날 오후는 당신이 판사님을 방문하기로 되어 있었지요. 그 때문에 화이트는 당신이 나타나기를 기다리며 그처럼 오래 시간을 끌었던 겁니다. 당신은……음……아이다 모틀레이크와 연결되어 있지요. 당신들 두 분이 한 묶음으로 혐의를 뒤집어쓸 뻔한 겁니다.

원래의 계획에서는 캐럴린 모틀레이크가 실제 살인에는 가담하지 않기로 되어 있었지요. 하지만 캐럴린에게는 알리바이가 필요했어요. 두 사람은 유령극을 꾸밀 작정이었으니까요. 트래버스 외에 또 누구에게 혐의가 돌아갈지 모르니까 자기들 주변을 깨끗이 정리해 놓을 필요가 있었던 겁니다. 그래서 계교를 꾸몄지요. '랠프 스트랫필드'를 속임수로 활용키로 했는데, 이것은 불명예스러운 알리바이니 더없이 훌륭한 알리바이가 되는 것이지요. 가브리엘 화이트가 이 집에 전화를 걸어 가공의 주소로 가서 편지를 찾으라고 일러둡니다. 캐럴린 모틀레이크, 당신은 정말로 찾아간 작정이었지 그건 아주 기막힌 사기극이었으니까. 그런 주소가 없다는 것을 아가씨와 화이트는 알고 있었지. 하지만 이렇게 해서 나중에 증인이 될 사람들이 보는 가운데 길거리를 쏘다님으로써 화이트가 판사님을 살해할 시간에 아가씨는 30분쯤 알리바이를 만들 수 있었을 것이란 말이지. 다시 말해서 아가씨는 증인들의 감시하에 여기저기 돌아다닐 구실을 얻은 것이란 말이오. 또 아가씨는 이에 관한 질문에는 결코 대답하지 않을 작정이었지. 결국 경찰이 알아낼 것이고 또 하녀인 밀리 레일리가 전화내용을 도청하고 경찰에 알려 주리라는 것을 잘 알고 있었기 때문이지. 이것도 바로 화이트의 계획이었소. 아가씨도 역시 범행을 은폐하기 위해 스스로를 드러내는 수법을 썼단 말이오. 하지만 우리는 헤이스팅스 거리에는 가보지도 않았소."

여기서 마키스 대령이 말을 멈추었다. 그가 신기하다는 듯이 부드러운 눈초리로 캐럴린을 바라보다가 고개를 끄덕여 화이트를 가리켰다. "아가씨는 저 사람을 몹시 사랑하지요?"

"내가 사랑하건 말건 그건 경찰과도 상관없고 이 사건과도 아무 관계없는 일이에요." 그녀가 말했다.

그러면서도 그녀는 얼굴이 아주 창백해져 있었다. 그동안 페이지가 한 가지 이상하게 생각한 것은 가브리엘 화이트의 무관심한 듯한 태도였다. 아침까지도 그에게서 볼 수 있었던 활기나 열의 같은 것을 전혀 찾아볼 수 없었다. 가브리엘 화이트의 마음은 멀리 북극성에 가 있는 듯했다.

마키스 대령이 내뱉듯이 말했다. "아니지, 그건 이 사건과 상관이 많지. 아가씨는 그를 걱정하고 있어요. 예나 지금이나 그가 나약하다고 생각하고 있는 거야. 아가씨는 화이트가 겁을 먹거나 당황하여 일을 망쳐놓을까봐 걱정하고 있는 거야. 그리고 아가씨는 그를 몹시 염려했는데, 그것은 무엇보다도 그를 사랑하고 있기 때문이란 말이지. 그래서 아가씨는 집에 남아 있고 싶어했지. 그래도 내 감히 말하거니와 아가씨는 저기서 싱글벙글 웃고 있는 저 미남청년 못지않게 매정한 여자여서 알리바이를 얻고 싶어했지. 그런데 어제 오후에 기회가 찾아왔던 거야.

아가씨는 어제 아가씨 집의 하녀 일자리를 원하는 일단의 지망자들을 면접했겠다?"

"그래서요?"

"그중 한 명이 아가씨를 닮았단 말이오." 경찰국장보가 이렇게 말하고 페이지를 쳐다보았다. "경위, 자네도 사라 새뮤얼스에게서 닮은 점을 발견했겠지? 키가 작고 통통한 몸집에 가무잡잡한 용모를 보았겠지? 물론 빼닮았다고는 할 수 없지만 그래도 대역감으로는 충분했단 말일세. 이 새뮤얼스라는 여자를 헤이스팅스 거리에 보냈다면 어떻게 되었겠나? 어둡고 비 오는 날씨였겠다, 그 여자가 지시받은 대로 옷깃을 올리고 다녔다면 우연한 목격자에게는 캐럴린 모틀레이크처럼 보였을 거란 말일세. 아마 이런 식으로 되었겠지? '아, 일자리를 꼭 얻고 싶은 모양이지? 그럼 한 번 테스트해 봐야겠네. 헤이스팅스 거리에 가서…… 그렇게 하지 않으면 일자리는 없어요.' 결국 그 여자는 그렇게 하기로 동의했을 거란 말일세.

만일 그 새뮤얼스 처녀가 나중에 무언가를 의심하게 되더라도……

그래도 별로 걱정할 것은 없지. '입을 열기만 해봐. 경찰이 잡아갈 테니까' 하고 협박하면 된단 말일세. 하지만 그런 일이 일어날 가능성은 없었지. 그 여자는 다음 달에 가서야 취직하게 될 예정이었으니까 말이야. 그러니 경찰이 그 여자를 떠올릴 이유가 전혀 없었단 말일세.

그 다음 일은 누구나 쉽게 생각할 수 있지. 이제는 마음놓고 집안에 남아서……. 만일 화이트가 망설이거나 하면 자기가 직접 나서서 노인을 죽일 수 있게 되었단 말일세.

내 생각엔 아가씨가 표면상 집을 떠나기 전에 별채에 내려가 본 것도 바로 그 때문이었어. 아가씨가 필요로 한 것은 돈이 아니었어. 부친의 책상에 들어 있는 권총이 필요했던 것이야. 아버지 몰래 총을 꺼내기는 힘들었겠지. 하지만 불행하게도 아가씨는 트래버스가 그곳에 오기로 되어 있었다는 점을 강조하면서 그에게 혐의를 뒤집어 씌우려 애씀으로써 자기가 권총을 훔쳤을지도 모른다는 암시를 주었던 것이야. 아가씨는 부친께 거실의 전기 난로가 꺼졌다고 말씀드렸지요. 우리가 듣기로 그분은 아주 까다로운 성품이어서 자기가 조작하는 물건에 다른 사람들이 손대지 못하도록 하는 분이었다더군. 그러니 그분은 아가씨가 손대지 못하도록 자기가 직접 거실에 가서 난로를 켤 수밖에. 그래서 그분이 자리를 비운 동안에 아가씨는 이 방에서 서랍에 든 어크만 공기 권총을 훔칠 수 있었던 것이지.

화이트가 어설픈 짓으로 실수하는 사태를 예방하기 위해 아가씨가 그때 그 자리에서 그분의 심장을 쏠 생각을 했었는지는 모르겠소. 하지만 아가씨는 성공할 가망이 없음을 깨닫고 현명하게도 결행하지 않았던 것이오. 다만 아가씨는 한 가지 실수를 했소. 로빈슨 노인이 서쪽 창문을 고쳐 놓았는지 확인해 보는 일을 깜빡 잊었던 것이오. 어쨌든 아가씨는 그뒤에 집을 나갔지.

그동안에 화이트는 찻집에서 동생과 이야기하고 있었소. 사실 그는 동생을 만날 생각은 없었소. 운 나쁜 만남이었다고나 할까. 하지만 이왕 만난 김에 부친에 대한 협박을 큰소리로 과장함으로써 자기 위치를 굳히려 했던 것이오. 하지만 불행하게도 협박이 지나쳐 그는 동생이 겁을 먹도록 만들었지. 그래서 동생은 집에 돌아와 경찰에 전화를 걸었더란 말이야. 당신들 두 사람은 경찰이 오기를 원하지 않았지. 암, 원했을 리가 없지. 너무 위험하니까. 화이트는 자기가 별채로 달려갈 때 하인 한두 명이 쫓아오거나 목격하기를 바랐지만 그 이상은 원치 않았던 것이야.

아이다가 집에 돌아온 뒤 화이트는 뒤쫓아와서 복제한 열쇠를 가지고 장사꾼들이 드나드는 출입문을 열고 들어왔소. 복제 열쇠를 만들어 둔 것은 대단한 선견지명이었는데, 그것은 보통 때 같으면 아이다가 출입문을 잠그라고 지시하리라고는 예상할 수 없었을 것이기 때문이지. 그런데 이봐요, 화이트, 당신은 어리석게도 아이다의 자동차에 숨어타고 집안에 들어왔다고 거짓말을 하더군. 그건 어리석을 뿐 아니라 불필요한 거짓말이었소.

화이트, 당신이 그때 한 짓을 생각해 봅시다. 당신은 이 저택에 들어서자 곧 별채 주위를 기웃거렸지. 당신은 발자국을 만들어 놓았지. 그런데 서쪽 창의 덧문을 만져 보았더니 움직이지 않는 것 같아서 당황했지. 그래서 별채를 돌아서 남쪽 창문에 자갈돌을 한 개 던졌는데, 그것은 그때 함께 있었던 판사님과 페니 씨를 별채 앞쪽으로 유인해 놓고 그동안에 서쪽 창문을 자세히 살펴보려는 생각에서였지. 불행하게도 판사님은 남쪽 창문을 열고 내다보기만 했기 때문에 당신은 그를 유인해내는 데 실패했지. 그렇지만 캐럴린이 로빈슨의 말을 믿고 다짐한 바 있었기 때문에 당신은 서쪽 창문도 안에서는 쉽게 열 수 있으리라고 생각했던 거야.

이윽고 당신은 본채로 내려갔소. 당신은 우리에게 이야기를 꾸며대는 과정에서 한 가지 진실을 말했소. 그것은 당신이 오랫동안 본채로 침입하려고 애쓰다가 결국 옆 창문을 통해 들어갔다고 한 말이었소. 당신이 노린 것은 하인들이 보는 앞에서 불쑥 집안에 나타났다가 데이비스에게 추격당해 도망감으로써 별채로 갔다는 흔적을 남기려는 것이었지. 그러나 당신은 5시 20분에 본채에 침입하고 나서 놀라운 이야기를 들었던 거야. 데이비스, 한 가지 물어봅시다. 그때 대화중에 모틀레이크 양은 판사님이 별채에서 차를 마시기로 했다는 말 말고 또 다른 말도 합디까?"

데이비스가 뚱하니 고개를 끄덕였다.

"네, 아가씨는 집안에서 경찰관을 보더라도 놀라지 말라고 말씀하시더군요. 전화를 걸어 경찰을 불렀다고 하셨어요."

마키스 대령이 손가락을 뚝하고 꺾으며 말했다.

"좋아요. 자, 이제 화이트의 형편을 봅시다. 그 사람은 이제 제정신이 아닙니다. 그는 경찰이 오는 게 싫고, 경찰이 오면 겁을 집어먹을지도 모릅니다. 그는 창문 밖으로 기어나간 뒤 빗속에 서서 한동안 몹시 망설입니다. 그런데 화이트는 다음날 경찰에서 진술할 때 이 10분 동안 한 일을 빼먹음으로써 아이다 모틀레이크에게 혐의가 돌아가도록 만듭니다. 어쨌든 그는 빗속에 서 있다가 마침내 별채로 가지만 여전히 제정신이 아닌 상태에서 망설입니다. 그러나 천둥번개가 그를 고무하여 마침내 그는 일을 결행하기로 마음을 먹지요. 그는 온세상의 경찰이 지켜보는 앞에서 판사를 죽이기로 결심합니다……. 마치 번개 불빛에 두 경찰관의 모습이 환히 드러나는 상황에서…….

하지만 캐럴린 모틀레이크 양을 잊지 마십시오. 이제 이 여자가 이 사건에서 가장 중요한 역할을 수행하게 되니까요."

마키스 대령이 퉁명스럽게 말을 이었다.

"캐럴린은 화이트 모르게 집으로 되돌아왔어요. 까딱하면 못 들어올 뻔했습니다. 마침 화이트가 출입문을 열어놓고 들어오지 않았더라면 캐럴린은 집에 들어오지 못했겠지요. 그 여자는 이제 망을 봅니다. 아마도 약간은 기도를 하고 있었겠지요. 그런데 무슨 소리가 들립니다. 5시 반이 다 되어 그 여자는 정문 수위실 근처에서 로빈슨이 막 도착한 경찰관 두 명과 이야기하는 소리를 듣습니다.

이젠 다 끝장이구나, 하는 생각이 듭니다. 그녀는 경찰관들보다 먼저 별채로 달려갑니다. 별채 주위에는 나무들이 있지요. 그중 한 나무는 남쪽 창문에서 3미터쯤 떨어진 곳에 있는데 그녀는 바로 이 나무 뒤에 숨습니다. 번갯불 속에서 캐럴린은 두 가지를 봅니다. 경찰관 두 명이 별채를 향해 달려오고 있고, 또 그들보다 앞서서 제정신이 아닌 가브리엘 화이트가 별채 쪽으로 달려가고 있습니다.

이제는 화이트가 겁을 먹지나 않을까 걱정을 할 필요가 없어졌습니다. 화이트는 이미 겁을 먹고 있었고, 따라서 이제 그가 달려가면 그들의 계획이 사기 그릇처럼 박살날 것이 분명했으니까요. 더구나 캐럴린에게는 그를 멈추게 할 방법이 없습니다. 이젠 그가 체포되어 교수형을 당할 것이 분명합니다. 이젠 바보짓이 되어버린 살인계획을 중단시켜 그가 살인죄로 체포되지 않도록 할 무슨 방법이 없을까? 이미 방법은 없습니다. 하지만 캐럴린에게는 한 가지 방법이 생각났습니다.

그녀는 이제 나무 뒤에서 나와 나무와 별채 사이에 서 있지만 나무에 가려서 페이지에게는 보이지 않습니다. 그런데 보든 경사의 고함 소리 때문에 뜻하지 않은 기회가 생깁니다. 커튼이 열립니다. 모틀레이크 씨가 창문을 반쯤 열고 머리를 내밀더니 소리칩니다. 이제 그녀의 의붓아버지가 3미터쯤 떨어진 창문 안에서 마치 표적

물처럼 조명을 받으며 그녀를 마주 보고 있는 것입니다. 여보게, 자네들 깜빡 잊은 게 한 가지 있네. 브리우닝 32구경 총탄이 열려진 창문을 통해 밖으로 날아갈 수 있다면 어크만 공기 권총 탄환은 안으로 날아갈 수 있다네!

캐럴린이 어크만 공기 권총을 들어올려 발사합니다. 번쩍 하는 섬광도 없고 소음도 없어요. 폭풍우 속에서는 무슨 소리든지 쉽게 압도당하고 마는 것이니까. 가브리엘 화이트가 서개문을 활짝 열기 1초 전에 어크만 공기 권총 탄환이 모틀레이크 씨의 가슴에 박힙니다. 캐럴린은 이제 나무의 반대편으로 물러서기만 하면 됩니다. 그러면 경위가 뛰어가면서 그녀를 보지 못하고 그냥 지나치게 된단 말입니다."

앤드루 트래버스 경이 마치 지나가는 버스를 세우듯이 손을 흔들었다.

"그럼, 그것이 제1격이었단 말씀이오? 나머지 두 번의 총격은 그 뒤에 일어났단 말이오?"

"그야 물론이지요. 이제 곧 진상을 이해하게 될 겁니다. 가슴에 총을 맞은 모틀레이그 씨는 화이트가 방 안으로 뛰어들어 왔을 때 무슨 영문인지 모릅니다. 한 가지 기억해 둘 것은 의사가 그분의 사망이 즉사가 아니었다고 경찰에 알려왔다는 점입니다. 다시 말해 모틀레이크 씨는 쓰러지기 전에 몇 발짝 걷거나 몇 마디 말을 할 수 있었다는 것이지요. 화이트가 들어서는 소리를 듣고 그분이 돌아다보았습니다. 그리고 그때…… 화이트가 브라우닝 총을 발사했습니다. 그러나 그가 총을 쏘는 순간 또는 그 직전부터 그분은 몇 발짝 옆으로 걷다가 책상 위에 쓰러졌다 이겁니다. 자, 그가 판사님을 쏘았을까요, 아니면 판사님을 쏜 것은 그가 아닐까요? 더구나 그는 확인해볼 시간도 없었습니다. 그는 창문은 잊고 있었지요.

방문을 잠가 놓았지만 언제 경찰이 들이닥쳐 그를 체포할지 알 수 없는 상황이었습니다. 그는 이제 브라우닝 자동 권총을 버리기 위해 창문으로 뛰어갑니다. 그런데 천만 뜻밖에도 창문은 꿈쩍도 안 합니다. 이제 그가 할 수 있는 일은 한 가지밖에 없습니다. 브라우닝 자동 권총을 꽃병 속에 떨어뜨려 놓는 것입니다. 페이지가 창문 밖 열 발짝쯤 되는 곳까지 다가오니 이제 그가 생각하는 것은 반격뿐입니다. 그래서 그는 몸을 휙 돌려서 다시 38구경 권총을 되는대로 쏘아댑니다. 이것이 원래의 계획에 따른 행동이었을까요? 그렇습니다. 왜냐하면, 그는 어찌됐건 자기 계획을 고수할 수밖에 없었기 때문입니다. 더구나 그는 자기가 판사를 죽였는지 여부도 알지 못하고 있었습니다. 그는 오늘 아침에야 진상을 알았으니까요.

하지만 이제 여러분은 페이지 경위가 창문을 향해 달려가다가 탄환이 그를 스쳐 나무에 박히는 소리를 듣지 못했다고 단언하는 이유를 이해할 수 있을 것입니다. 그것은 나무에 박힌 그 탄환은 화이트가 쏜 두 발 중 첫 번째 것이었으며, 그것은 페이지가 나무에서 20미터쯤 떨어져 있을 때 발사된 것이었기 때문이지요. 여러분은 또 페이지가 왜 여인이나 발자국을 보지 못했는지도 이해하실 겁니다. 캐럴린은 벌써 도망가고 없었기 때문이지요. 하지만 캐럴린은 그가 창문으로 기어올라 간 후에 현장에 되돌아왔습니다. 그리고 나무 뒤에 숨어서 방 안을 들여다보려고 기웃거렸습니다. 이렇게 해서 캐럴린은 엉겁결에 부드러운 흙 위에 발자국을 남기는 실수를 저질렀던 것입니다. 그 여자는 나중에 이 사실을 기억해 내고 자기가 신었던 슬리퍼를 없애 버렸으리라고 생각됩니다.

우리가 생각했던 여러 가지 가정은 사라 새뮤얼스 사건에서 입증되었습니다. 모틀레이크 양, 아가씨는 오늘 오후에 외출했을 때 새뮤얼스 처녀가 이곳으로 오고 있는 것을 보았죠? 아가씨는 그 여자가 그때 자기가 알리바이 조작에 이용당했다는 것을 깨닫고 아가씨를 배신하기 위해 이곳으로 오고 있다는 것을 알았죠? 아가씨는 그 장사꾼들의 출입문을 통해 재빨리 이곳에 먼저 와 있었죠? 아가씨는 아무도 모르게 본채에 들어가서 나이프와 망치를 찾아냈죠? 그리고 그 여자가 아가씨를 닮았다는 것이 알려지고 조작된 알리바이가 탄로나지 않도록 하기 위해 그 여자의 얼굴을 못 알아보도록 만들 작정이었죠? 그 여자를 면접한 사람은 아가씨뿐이었고 로빈슨 노인은 모습을 잘 기억하지 못한다는 것은 아가씨도 잘 알고 있었죠? 그것은 광란이었어, 이 못된 아가씨야. 그건 살인의 광란이었어. 하지만 아가씨는 적어도 이번에는 지나친 기교를 부리는 실수는 저지르지 않았죠. 아가씨는 그 공기 권총을 자기 옷장 서랍에 갖다 넣은 뒤로 줄곧 지나친 기교를 부려왔던 거요."

캐럴린 모틀레이크가 두 손을 폈다가 쥐었다. 그녀는 환한 조명을 받으며 책상 옆에 서 있다가 갑자기 화이트에게 달려들었다.

그 여자가 화이트에게 소리쳤다. "그렇게 가만히 있을 작정이에요? 아무 말도 안 할 거냐구요? 당신이 남자예요? 그렇게 장승처럼 서 있지 말아요. 제발 그렇게 싱글거리며 서 있지 말라구요. 경찰은 지금 증거를 갖고 있지 못해요. 허세를 부리는 거예요. 이 양반이 한 얘기에는 실질적인 증거라곤 한 터럭도 없단 말이에요."

이에 대답하는 화이트의 목소리가 너무나 냉정하고 초연했기 때문에 다른 사람들은 몸이 오싹해졌다.

"이봐요, 정말 미안해. 하지만 뭐 내가 할 말이 별로 있겠어요?"

캐럴린이 그를 노려보았다.

"어쨌건 그 여자를 죽인 건, 그건 좀 심한 짓이었어요." 그가 얼굴을 찌푸리며 말을 이었다. "아가씬 참 재수가 없게 되었지만, 그래도 나는 내 목숨을 구해야 할 것 같군요. 소브 퀴 포(sauve qui peut, 총후퇴)라는 말 알지요? 나는 살인하지 않았소. 이런 상황에서 나는 공범자에게 불리한 증언을 할 수밖에 없을 것 같소. 아가씨가 창문 밖에서 그 노인을 쏘는 것을 보았다고 진술해야 하겠지. 이제 죄상이 탄로난 이상 그런다고 해서 아가씨에게 더 불리해질 것은 없지만 나에게는 조금이라도 도움이 될지는 모르지, 정말 미안해요."

그가 초라한 겉옷의 매무시를 고치고 나서 아주 매혹적인 상냥한 표정으로 그녀를 보았다. 페이지는 너무나 어처구니없어 아무런 말도 나오지 않았고 무슨 생각도 떠오르지 않았다. 캐럴린 모틀레이크도 아무 말도 없었다. 그저 이상하다는 듯이 그를 바라볼 뿐이었다. 경찰이 그녀를 끌고 갈 때 비로소 그녀가 흐느끼기 시작했다.

마키스 대령이 정색을 하고 말했다.

"자, 당신은 그 여자가 총을 쏘는 것을 봤다고 말한 것 같은데?"

"그렇게 말했소, 그건 틀림없어요."

"당신은 그 말이 기록되어 증거로 사용될 수 있다는 것을 알고 자유의지에 따라 진술하는 것이지요?"

화이트가 순교자나 되는 듯이 말했다. "그렇습니다. 그 여자는 참 재수가 없지만 낸들 어쩌겠습니까? 공범에게 불리한 증언을 한 사람은 어떻게 됩니까?"

"말 같지 않은 소리 집어 치워!" 갑자기 마키스 대령이 고래고래 소리질렀다. "그런 진술을 해도 당신은 목숨을 구할 수 없어. 교수형을 당해 죽게 될 거야."

마키스 대령은 서재의 책상 앞에 앉았다. 그는 창백하고 피곤한 표정으로 담배를 피웠으나 담배 맛이 없는 것 같았다. 이제 방 안에 남은 사람은 아이다 모틀레이크와 앤드루 트래버스 경, 그리고 수첩에 기록을 하기에 바쁜 페이지뿐이었다.

트래버스가 격식을 갖추어 말했다. "국장보님, 축하합니다."

마키스 대령이 그에게 성난 듯이 이를 드러내보였다. "나에게 한 가지 설명해 주셔야겠소. 이보시오, 트래버스. 당신은 왜 법학원의 당신 사무실에서 나오려면 정문을 통하는 길밖에 없다고 거짓말을 했소? 아니, 내 질문을 고치겠소. 당신은 어제 오후 5시 30분에 실제로 뭘 하고 계셨소?"

트래버스가 엄숙하게 대답했다. "어제 오후 5시 30분에 나는 검찰국장과 전화로 이야기하고 있었소."

"전화라고!" 마키스가 책상을 치며 탄식했다. 그러더니 어떤 생각이 떠오르는 듯 위를 올려다보았다. "하! 알겠소, 물론 그러셨겠지. 당신은 물샐틈없는 완벽한 알리바이를 가지고 있으면서도 그 알리바이를 제시하고 싶지 않으셨겠군. 당신이 그 모든 쓸데없는 오해를 불러일으킨 것은……."

"그것은 당신이 아이다 모틀레이크 양을 의심할까 두려워서였소." 트래버스가 말했다. "나는……음……내가 두려워한 것은 혹시 아이다……." 망설이던 그가 솔직하게 나왔다. "마키스, 우리 서로 공평해집시다. 아이다가 내 권총을 훔쳤을지도 모른다고 생각하니 혹시 그 여자가 범행을 저지르지나 않았나 하는 생각이 들더군요. 그래서 나는 경찰의 관심을 나에게 끌어들이려 했던 거예요. 아이다가 범인이건 아니건 간에 나는 경찰이 나를 뒤쫓도록 해놓고 그동안에 아이다를 위한 대책을 강구해 볼 생각이었던 겁니다. 당신이 나를 체포하더라도 나에게는 확실한 알리바이가 있으니 걱정할 것이 없었지요. 사실 공교롭게도 나는 모틀레이크 양을 좀 좋아하고 있단 말입니다."

아이다 모틀레이크의 아름다운 얼굴이 환하게 밝아졌다.

"아, 앤드루!" 그녀가 말했다. 그리고 웃음을 지었다.

페이지는 그때 창문으로 수류탄이 날아 들어와 자기 의자 밑에서 터졌다 해도 이보다 더 놀라지는 않았을 것이다. 그는 수첩에서 눈을 들어 그녀를 쳐다보았다. 그 웃음 못지않게, 갑작스럽게 튀어나온 그 말이 그에게 역겨운 감정을 불러일으켰다.

　마키스 대령이 말했다. "어떻게 보면 이번 사건은 아주 주목할 만한 사건이었소. 살인 방법이 절묘했다거나, 또는 그 수사방법이——혹시라도——절묘했다는 뜻은 아니오. 하지만 이 점만은 확실해요. 그것은 이번 사건은 오래 전부터 확립되어 온 미스터리소설의 정석을 뒤집어 놓았다는 겁니다. 예컨대, 이런 식이지요. 범죄소설에 두 여자가 나옵니다. 한 여자는 가무잡잡하고 심술궂고 매정하고 앙심 품은 여자이고, 다른 한 여자는 하얀 피부에 금발을 하고 순진무구하고 상냥한 성격을 지녔고 또한, 에헴, 머리는 비어 있는 여자라 이겁니다. 그런데 아슬아슬한 소설의 정석대로라면 사건 전개는 한 가지밖에 없어요. 소설이 끝날 때가 되면 늘 딱딱거리기만 하던 그 가무잡잡한 심술궂은 여자가 알고 보니 아이를 많이 갖기를 바라는 결백한 여자이고, 반면에 순진해 보이는 그 금발의 미녀가 사실은 마을 사람들을 절반이나 죽인 사나운 악마임이 드러나게 된다는 것이지요. 우리는 지금 그런 전통을 깨뜨린 겁니다! 우리는 지금 가무잡잡하고 심술궂고 매정한 여자가 역시 살인범이고, 장미꽃 같은 순진무구한 여자가 실제로 결백하다는 것을 입증한 것입니다. 여보게들 힘내라구! 페이지 경위, 내 모자와 외투를 주게. 맥주나 좀 마셔야겠네."

독특한 카의 심리탐정법

존 딕슨 카(John Dickson Carr, 1906~1977)는 미국 펜실베이니아 주에서 출생했지만 여러 해 동안 영국에서 살았기 때문에 작품마다 영국 취향이 강하게 나타나고 있다.

미국 미스터리소설작가협회는 그에게 1949년 에드거 상을, 1962년 그랜트마스터 상을 수여했다.

《황제의 코담뱃갑(The Emperor's Snuff-Box, 1942년)》은 순수 본격파 작가 카가 데뷔한 지 12년이 지나서 발표한 작품이다. 이 작품 역시 그가 물리적으로 절대 있을 수 없는 불가능한 상황을 불가능한 기교를 통해 가능으로 바꾸는 트릭소설에 질리지 않고, 왕성한 창작욕을 가지고 있다는 사실을 훌륭하게 증명해 준 걸작이라고 할 수 있다.

카의 이 《황제의 코담뱃갑》에는 그의 어느 밀실작품보다 한층 더 불가능한 트릭이 사용되고 있다. 도저히 불가능한 상황이고, 물리적으로 아무리 생각해도 있을 수 없는 일을 카는 어쨌든 해냈다. 과연 밀실 작가다운 면모가 번뜩이는 작품이라 할 수 있다. 그러나 어딘가 모르게 조금 힘겨운 수단이라는 생각도 들고, 더 심하게 말하면 일종의 속임수라고도 할 수 있다. 부자연스러운 것을 싫어하는 독자라면 그런 술수 따위는 참으로 어리석고 바보스럽게 생각될 수도 있을 것이다. 하지만 오히려 그런 부분이 재미있지 않은가? 작가 입장에서 보면 카가 얼마나 고심했는지 눈에 잡힐 듯 생생하게 떠올라서 독자는 더 깊이 공감하게 될 것이다. 그러한 의미에서 이 작품은 카의 다른 많은 작품 가운데서도 특수하고 이색적이며 뛰어난 작품이라는 것을 인정하게 된다.

카는 기이할 정도로 밀실트릭에 집착한 작가였고, 그를 모방한 다른 많은 작가들이 오랜 세월에 걸쳐 무수한 시험을 펼치면서 그와 경쟁해 왔던 것도 사실이다. 그러나 그의 이 작품은 그가 평생동안 보여준 기계적인 밀실트릭과는 달리, 심리의 맹점을 찌른다는 점에서 다른 어느 작품보다 특별한 지위를 차지하고 있다고 하겠다. 마치 가스통 르루의 《노랑방의 수수께끼》에서 보여준 그 심리적 트릭을 방불케 하는 그런…….

이혼한 한 여성이 앞집 아들과 약혼한다. 두 사람이 연극을 보고 돌아온 그날 밤, 그녀의 방에 전남편이 숨어 들어와 관계 회복을 요구한다. 그녀는 몇 번이고 거절했지만 입장은 점점 어려워진다. 문득 앞집을 보니 약혼자의 아버지가 수집품을 감상하고 있는 것이 보인다. 그렇지만 오해를 불러일으킬 소지도 있으므로 도움을 청하지는 않는다. 그런데 다시 건너편 방을 바라보았을 때는 그의 아버지가 살해된 것을 깨닫는다.

앞집 식구들이 그 죽음으로 소란스러울 때, 그녀는 황급히 전남편을 집 밖으로 몰아내지만 뜻밖의 사고로 그녀가 살인용의자로 지목된다. 무죄를 증명하자면 피해자 측 가족에게 보여주고 싶지 않은 전남편을 데려와야 하는데, 그는 자기 집에서 쫓겨난 뒤 뇌진탕으로 의식불명이라는 궁지에 몰려 있었다.

그러나 그녀와 전남편은 피해자의 방에서 틀림없이 움직이고 있던 사람의 신체의 일부 또는 얼굴을 보았을 게 분명한데도 도무지 표명할 수가 없다.

대충 이런 내용으로 줄거리가 단순한 만큼 스릴과 서스펜스가 가득하여 그것만으로도 트릭의 재미는 점점 더 깊어갈 것이다. 이 흥미로운 수수께끼를 풀려고 하는 사람은 범죄심리학에서는 영국 제일로 불리는 다모트 킨로스 박사이다. 그는 빈폴 거리 정신병원에서 명의로 이름을 떨치고 있으면서 한편으로는 심리학적 재능으로 이따금 중대사건의 범인을 잡곤 한다.

인간의 두뇌를 시계처럼 분석하면서 수수께끼 푸는 것을 살아가는 보람으로 알고 있는 이 박사가, 선한 힘과 심술궂은 힘이 서로 힘 겨루기를 하는 가혹한 운명 사이에 끼어서 서로 상대의 허점을 노리고 있는 듯한 절체절명의 위기에 처한 그녀를 구하려고 마침내 팔을 걷어붙이는 것이다.

다른 사람의 마음까지 어느새 편안해지게 하는 박사의 인덕이, 그녀의 의식 속에 남아 있는 기억을 자세히 분석하여 정확한 영상을 재현해 간다. 비단 카의 작품 안에서만 아니라 모든 미스터리소설 가운데서도 이 독특한 심리적 탐정법은 그 유례가 드문 특이하고 색다른 재미를 독자 여러분들에게 안겨줄 것이다.

카의 괴기취미나 밀실 편중에 대해서는 이미 싫증났다고 생각하고 있는 독자들이라도 이 한 편으로 카에 대한 인식이 전혀 새로워지리라 확신한다. 어쩌면 그의 모든 작품을 새로 읽어보겠다는 의욕까지 불러일으키게 될 것이다. 그만큼 매력적인 책이다. 천편일률적이 아닌, 그의 다양한 얼굴을 알기 위해서도 미스터리소설 애독자라면 반드시 읽어야 할 필독의 가작이 바로 이 책이다.

뒤에 이어지는 《제3의 총탄(The Third Bullet, 1937)》은 뛰어난 구성력이 빛나는 그의 대표적인 중편으로, 놀랍고도 믿을 수 없는 모틀레이크 판사 피살 사건을 풀어가는 마키스 대령의 이야기다.

그의 초기작에 해당하는 이 작품은 미스터리 사건이 한꺼번에 펼쳐지고 한꺼번에 풀려나가고 있어 독자 스스로 이 사건을 풀어나가는 재미를 만끽할 수 있는 작품이다.